# 新譯徐渭詩文選

周群
王逊 注譯

三民書局 印行

國家圖書館出版品預行編目資料

新譯徐渭詩文選 / 周群,王遜注譯.——初版一刷.——
臺北市: 三民, 2016
面;　公分.——(古籍今注新譯叢書)

ISBN 978-957-14-6163-2　(平裝)

846.7　　105009390

© 新譯徐渭詩文選

注譯者　周群　王遜
責任編輯　劉芮均
美術設計　陳智嫣

發行人　劉振強
著作財產權人　三民書局股份有限公司
發行所　三民書局股份有限公司
地址　臺北市復興北路386號
電話　(02)25006600
郵撥帳號　0009998-5
門市部　(復北店) 臺北市復興北路386號
(重南店) 臺北市重慶南路一段61號

出版日期　初版一刷　2016年6月
編號　S 033970
行政院新聞局登記證局版臺業字第〇二〇〇號



ISBN 978-957-14-6163-2　(平裝)

http://www.sanmin.com.tw　三民網路書店

徐渭畫像

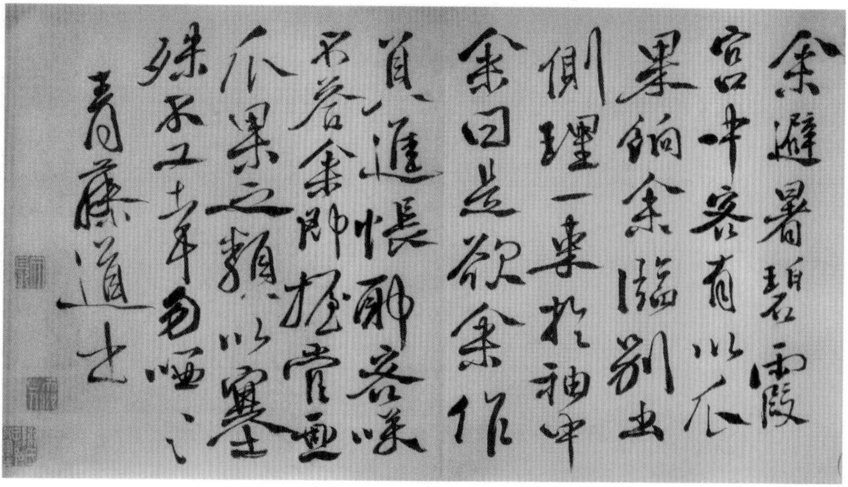

徐渭墨跡

徐渭 水仙圖

徐渭墨竹圖

徐渭墨花圖

# 刊印古籍今注新譯叢書緣起

劉振強

人類歷史發展，每至偏執一端，往而不返的關頭，總有一股新興的反本運動繼起，要求回顧過往的源頭，從中汲取新生的創造力量。孔子所謂的述而不作，溫故知新，以及西方文藝復興所強調的再生精神，都體現了創造源頭這股日新不竭的力量。古典之所以重要，古籍之所以不可不讀，正在這層尋本與啟示的意義上。處於現代世界而倡言讀古書，並不是迷信傳統，更不是故步自封；而是當我們愈懂得聆聽來自根源的聲音，我們就愈懂得如何向歷史追問，也就愈能夠清醒正對當世的苦厄。要擴大心量，冥契古今心靈，會通宇宙精神，不能不由學會讀古書這一層根本的工夫做起。

基於這樣的想法，本局自草創以來，即懷著注譯傳統重要典籍的理想，由第一部的四書做起，希望藉由文字障礙的掃除，幫助有心的讀者，打開禁錮於古老話語中的豐沛寶藏。我們工作的原則是「兼取諸家，直注明解」。一方面熔鑄眾說，擇善而從；

一方面也力求明白可喻，達到學術普及化的要求。叢書自陸續出刊以來，頗受各界的喜愛，使我們得到很大的鼓勵，也有信心繼續推廣這項工作。隨著海峽兩岸的交流，我們注譯的成員，也由臺灣各大學的教授，擴及大陸各有專長的學者。陣容的充實，使我們有更多的資源，整理更多樣化的古籍。兼採經、史、子、集四部的要典，重拾對通才器識的重視，將是我們進一步工作的目標。

古籍的注譯，固然是一件繁難的工作，但其實也只是整個工作的開端而已，最後的完成與意義的賦予，全賴讀者的閱讀與自得自證。我們期望這項工作能有助於為世界文化的未來匯流，注入一股源頭活水；也希望各界博雅君子不吝指正，讓我們的步伐能夠更堅穩地走下去。

# 自序

徐渭，字文長，才華卓絕，諸藝兼精，但倍歷坎坷，蹭蹬科場數十載而仍為一介布衣，終以貧病憂憤隕其身，乃至生前名不出於鄉黨。然而陽春雖調寡於一時，終將為知音所識。晚明奇士袁中郎、澄道人等人驚嘆於文長作品的精奇特兀，爭相拜倒，於是在晚明藝壇出現了磊砢居居士所描述的一道奇麗風景：「徐山陰，曠代奇人也。行奇，遇奇，詩奇，文奇，畫奇，書奇，而詞曲為尤奇。然而石公（袁宏道）之傳遒宕而奇，澄公之序與評俊逸而奇，後先標映，彙為奇書。」（《徐渭集》第一三五九頁）文長繽紛炫目的藝術光彩終於穿透了世俗的霾塵，映射於此後的中國藝壇。

當然，袁中郎與澄道人服膺文長的角度並不一致，中郎最為敬服的是文長的詩文，但要方便地領略徐渭詩文的風采，尚需撩去文長作品的兩重紗幔。一方面，文長詩文數量甚多，且內容豐富，誠如中郎所言：「放浪麴糵，恣情山水，走齊、魯、燕、趙之地，窮覽朔漠，其所見山奔海立，沙起雲行，風鳴樹偃，幽谷大都，人物魚鳥，一切可驚可愕之狀，一一皆達之於詩。」（《袁宏道集箋校》卷十九〈徐文長傳〉）這僅是就文長詩歌而言，至若文的內容則更為豐富，實乃其理想與現實撞擊下的靈魂呼號。其以文而自戕，氣極而歌，不免良莠雜陳，粗豪之什亦屬難免，因此，從徐渭的詩文中遴選出一些優秀篇什，方可更好地領略文長的詩文風采。另一方面，文長助幕督撫，其博雅華贍的駢驪文字中，包含著豐富的時代訊息。即使其不拘格套、真情直寄的小品文，亦涵茹古意，不乏奧衍古峭之作。加之他的作品一般也深中古人法度，古峭中不乏雅麗，自謂「尤契蒙叟賈長沙」。因此，釋譯其佳作，可以使讀者更方便地領略文長詩文的內涵。

有幸的是，臺灣三民書局慧眼獨具，擬組織出版《新譯徐渭詩文選》，其立意概可與當時袁宏道得文長《闕編》而梓播文長作品於人間並美，因此，當書局編輯先生來寧約我荷此重任時，雖深知力有不逮，但感佩其方便讀者的良苦用心，於是與王遜博士戮力為之，參酌明清以降諸家選本，加以己意，選得詩文賦共百又五篇，概述創作背景、疏通典故史實、詮釋繁難詞句，再以通俗曉暢文字為之翻譯，譯述力求達其意而不拘於詞。當然，讀者之「意」各別，我們的譯釋是否能逆文長之「志」，則甚為忐忑。以吾儕之淺陋實難度文長之博大，譯解訛誤，譯釋不達之處一定甚多，尚祈讀者斧正。值此行將付梓之時，茲略敘緣起，爰綴數言以弁簡端。

周　群

西元二〇一六年五月於金陵遠山近藤齋

# 新譯徐渭詩文選　目次

## 七言古詩（十五首）



## 五言律詩（九首）

## 七言律詩（四首）



## 七言絕句（三十首）

## 書



## 論



## 序



## 跋

## 記



## 碑



## 傳



## 墓誌銘



## 墓表



## 祭文

# 導讀

徐渭是明代傑出的文學家、藝術家，雖然牢騷困厄終其一生，但他「一布衣而傾動人主」❶，「詩文崛起，一掃近代蕪穢之習」，❷在明代文壇、藝壇寫下了璀璨的一頁。

## 壹　多舛的命運、多藝的人生

徐渭（西元一五二一—一五九三年），初字文清，後改文長，號天池生，晚年號青藤道人、田水月等。明正德十六年辛巳（西元一五二一年）二月四日生於紹興府山陰縣大雲坊的觀橋東之徐第。徐渭自號天池生，他在為趙氏賦詩時詮釋了自號天池生的寓意，詩云：「予觥莊叟言真誕，子愛江郎石更奇。詎意取為雙別號，遂令人喚兩天池。」（〈天池號篇為趙君賦〉）莊子〈逍遙遊〉中所描寫的御風而行，萬里鵬程的高蹈行誼，是徐渭年輕時所祈求的

❶陳師範〈徐文長佚草序〉，載《徐渭集》附錄。

❷袁宏道〈徐文長傳〉，載《徐渭集》附錄，第一三四四頁。

人生境界。

## 一、早年學履

徐渭家鄉紹興山明水秀，乃人文薈萃之地。徐渭家世軍籍，誠如徐渭詩云：「吾宗本據流，困書出休假。干軌苦不多，負戈蒙絳帕。遠戍致夜郎，履靸趨傳舍。終年苦肩臂，幸不死戎馬。邇來二百年，子孫襲罔赦。」（〈從子國用至自軍中〉）徐家雖然不如當地的張氏、諸氏那樣科場得意，門庭顯赫，但也是一個富足之家，徐氏一族大多是富厚壽考之人。但據徐渭的詩文所載，其祖先在明初受牽連而被放逐到貴州龍里衛充軍，而世為軍籍。徐渭之父名徐鏓，字克平，弘治己酉（西元一四八九年）徐鏓以貴州籍貫應鄉試，中武舉人，後任巨津州知州（治所在今雲南麗江納西族自治縣西北巨甸），官至夔州府（今重慶市奉節）同知。徐鏓平生喜愛清勁之竹，號竹庵主人，可見徐鏓當具有一定的審美素養。徐渭乃徐鏓之庶出。徐鏓原配夫人為童氏，童氏生二子：一為徐淮（字文東），一為徐潞（字文邦）。童宜人去世後，徐鏓鰥居十二年之後續娶雲南江川縣的苗氏為妻，苗氏無嗣。據徐渭記載，苗氏生性絕敏，略知書，持身嚴毅尊重，莫不敬憚。「其才略酬應，畜釀種植，出入籌策，駁辨禁持」，「宗戚、子婦、賓客、塾師、老牙嫗、悍奴婢，靡不失氣」（〈嫡母苗宜人墓誌銘〉）。徐鏓晚年納苗氏婢女為妾，生徐渭。但是，徐渭出生剛百天，徐鏓即去世。大約在徐渭十歲時，因徐氏家道中落，徐渭的生母苗氏又被迫離開了徐家，直到嘉靖二十八年，徐渭才將生母接回奉養。在生母苗氏離開徐家的漫長時光，嫡母視徐渭為己出，對其鍾愛有加，徐渭對嫡母苗宜人的教養十分感激，云：「其保愛教訓渭，則窮百變，致百物，散數百金，竭終身之心力，累百紙不能盡。渭粉百身莫報也。」（〈嫡母苗宜人墓誌銘〉）同樣，嫡母對徐渭的影響也不難想見。

長徐渭達二十九歲的嫡兄徐淮是另一位對徐渭關心殊甚，且影響較大的人。當嫡母去世之後，徐渭隨徐淮生活。徐淮無子，「兄視之如己子」（〈伯兄墓誌銘〉）。根據徐渭所作的〈伯兄墓誌銘〉記載，徐淮一方面性情古直，沉毅寡言，有長者之風。另一方面，又灑落散宕，性嗜丹術，優遊放任，乃至遍遊名山，足跡幾遍天下，期求得與神仙偶遇。徐淮的煙霞之趣、散宕性情在徐渭的身上也留下了些許印記。徐淮雖然對徐渭親愛有加，但他以高蹈瀟散的性情持家，其結果便不難想像。徐淮「又喜施貸，貸或十百金，不責券，人往往負之，亦不改，以故漸散其貲數千金殆盡」（〈伯兄墓誌銘〉）。因此，徐家的窘迫之境也愈加嚴重。徐渭幼失父愛，繼而又母子別離，這對於其幼小心靈的摧折無疑是頗為嚴重的。

幼年的徐渭在嫡母苗宜人及伯兄徐淮等人的呵護之下，也體悟到了真情的溫暖，也曾度過了一段歡娛快樂的時光，徐渭在其後的詩文中對此也時有記載，如〈郭恕先為富人子作風鳶圖〉詩云：「風吹鳶線攪成團，掛在梨花帶燕還。此日兒郎渾已盡，記來嘉靖八年間。」徐渭還與同里數童子，時常騎竹馬遊戲於街巷之中，乃至風塵縷縷，昏蔽一巷。徐渭早年即聰慧過人，六歲入小學讀書，即學習《大學》、唐詩，日誦千餘言。大約八、九歲時又隨當時的塾師陸如岡學時文，陸氏對徐渭的過人才華深為驚歎，批文道：「是先人之慶也，是徐門之光也。所謂謝家之寶樹者。」（〈畸譜〉）十六歲時，徐渭即擬揚雄〈解嘲〉而作〈釋毀〉。徐渭少年時還多方習藝，培養了對藝術的興趣與感悟。如，他從王政習琴，王政僅教其一曲〈顏回〉，徐渭便自會打譜，一月即學會了二十二首曲子，並自譜〈前赤壁賦〉一曲。他又向鄉老陳良器習琴。在讀私塾時，與蕭女臣交誼甚深。蕭氏乃一疏狂之士，喜好秦漢古文、老莊諸子、仙釋經錄及古書法。可見，幼年的徐渭天才早慧，顯示了卓犖的才華，並在人文薈萃的紹興，受到了多方面學術文化的滋養。

當然，讀書習文以求用世，必須通過科舉之途。由於家道的中落，徐渭對功名的渴求更過於常人，但徐渭雖然才華卓異，他的科場搏擊卻十分艱辛。徐渭二十歲為山陰縣學諸生，參加鄉科而不第。這對初入科場的徐渭是一個不小的打擊。但徐渭並沒有向命運屈服，尤其是複雜的家境，窘困的經濟狀況，迫使徐渭又作了一次努力。他致書提學副使張岳，自述其時運不辰，幼本孤獨的危苦之境，書云：「業墜緒危，有若碁卵；學無效驗，遂不信於父兄，而況骨肉煎逼，箕豆相燃，日夜旋顧，惟身與影。」同時，因為「徒手裸體，身無錙銖，去路修阻，危若登天」，無法步父兄之路，以貴州籍入試。不得已而託書自陳，祈求給予再試機會。徐渭雖然言辭懇切，但通篇發抒的則是少不遇時的磊落情懷，自謂其「君子縉紳至有寶樹靈珠之稱，劉晏、楊修之比，此有識共聞，非敢指以為誑」，「再試有司，輒以不合規寸擯斥於時」（〈上提學副使張公書〉）。又云：「夫以伍員策士，志在報楚，猶吹塤而假食於蒲關；韓信壯夫，未遇漢王，尚垂釣而寄餐於漂母」、「激昂丈夫，焉能婆娑蓬蒿，終受制於人」。恰如徐渭所述，時文僵硬之規寸束縛了無數像徐渭這樣才情沛溢的青年才俊的仕進之途。不知是徐渭洋洋灑灑二千餘言的上書使張岳動了憐才憫士之心，還是其為徐渭愷切陳情而不失傲兀之氣的豪情所折服，最終張岳開恩於徐渭，讓他複試。這時正好遇到方廷璽新任知縣，使徐渭有機會當年考中了秀才。但是，這也是徐渭一生中僅有的一次成功的科場努力，其後，徐渭二十餘年的搏擊，則再無收穫，這主要是時文僵硬的規寸所致。徐渭如劍芒江濤，偏宕無狀的文字，顯然非文規律格所能拘束。因此，拔俗不群之士往往不能入於干祿之途。雖然他也曾得到過提學副使薛應旂的青睞，被推置為第一，並判其試論曰：「句句鬼語，李長吉之流也。」（陶望齡〈徐文長傳〉）但這仍未能改變結果。徐渭之所以得到薛氏的稱讚，與薛應旂「深以俗學時文為憂」乃至「悒悒不滿」（〈奉督學宗師薛公〉）的態度有關。薛應旂同樣也是主張崇本刊華，「談道論學，信心胸而破耳目標」的學者，因此，薛氏對徐渭青眼有加，乃至於曾說全浙無一生可與語，獨與徐渭庶幾相得。科場是徐渭的人生惡夢，對其性情、創作都產生了重要的影響，他在《四聲猿‧女狀元》中對科場弊端進行了深刻的揭露：「文章自古無憑據，惟願朱衣暗點頭。」

徐渭雖科場蹭蹬，但是其興趣廣泛，誠如其在〈上提學副使張公書〉中所云：「志頗閎博，自有書契以來，務在通其概焉。」徐渭青年時期的多方學習、廣綜博取，為其成為兼通多種藝術門類的巨擘打下了堅實的基礎。這一時期，徐渭與師友之間的學習交流為其奠定了良好的學術、藝術基礎。這概可分為「師類」與「學侶」兩類。

就「師類」而言，對徐渭的影響主要在於學術思想方面。徐渭出生於陽明學的發源地，浙中是陽明學風最盛的地區，其中，對徐渭影響最大的是被徐渭在〈畸譜〉中列為「師類」的幾位，他們幾乎都是陽明學的傳人：

蕭鳴鳳（西元一四八〇—一五三四年），字子雝，山陰人，弱冠鄉試第一，正德九年進士。蕭鳴鳳曾督學南畿，時人曾以蕭北斗頌之。歷官河南、廣東督學副使，文章行業為世所宗。著有《靜庵文錄》、《詩錄》、《教錄》、《杜詩注》若干卷。而據《明史》本傳載，蕭氏「少從王守仁遊」。據徐渭〈畸譜〉記載，當徐渭九歲時，蕭鳴鳳在廣東學政任上，因憤撻肇慶知府鄭璋，被考察罷官歸里，徐渭得以與蕭鳴鳳相見。徐渭曾與蕭鳴鳳之侄蕭女臣一起在私塾讀書，交誼深篤。女臣以書法著稱，喜好秦漢古文、老莊諸子、仙釋經錄，而不喜舉業。性情疏落鹵莽，鄙薄世俗。這一切都與徐渭聲氣相通。女臣年僅三十九而卒，徐渭聞訃「哭寺中幾絕」。親撰〈蕭女臣墓誌銘〉。

季本（西元一四八五—一五六三年），字明德，號彭山，會稽人，正德十二年進士，授建寧府推官，徵為御史，以言事謫揭陽主簿，官至長沙知府。師事王守仁，其學貴主宰而惡自然。季本憫時人論學空疏之弊，苦心窮經，學風與陽明諸弟子有所不同。季本著述繁富，概有《易學四同》、《詩說解頤》、《春秋私考》、《四書私存》、《說理會編》、《讀禮疑圖》、《孔孟圖譜》、《樂律纂要》、《律呂別書》等。徐渭對從學季本的經歷有如是記載：「山陰徐渭者，少知慕古文詞，及長益力。既而有慕於道，往從長沙公（季本）究王氏宗。謂道類禪，又去扣於禪，久之，人稍許之，然文與道，終兩無得也。」（〈自為墓誌銘〉）徐渭深受季本影響，尤其是季本之「龍惕說」與王畿之見在良知迥然有異。在兩位師長的論爭過程中，徐渭更傾向於季本的龍惕說。季本去世後，徐渭作〈季長沙公哀詞〉，其情哀惋感人：「槐樹宛低迴，猶疑講席開。死因雙宿去，生為六經來。遶瑟飛春水，傳燈暗夜臺。三年更築室，未了獨居懷。」在徐渭看來，季本乃真正承祧陽明學脈的學者，其〈季先生祠堂碑〉云：「先生（季本）蚤聞新建致良知之旨，既浸溢，懼後之學者日流而入於虛也，乃欲身挽其敝，著書數百萬言，大都精考索，務實踐，以究新建未發之緒。」又云：「長沙先生道宗新建，力破陳編，獨立敢言。」（〈景賢祠上梁文〉）徐渭在〈畸譜〉中列「紀師」與「師類」兩種名單。「師類」凡五位，分別為王畿、蕭鳴鳳、季本、錢楩和唐順之，均為名顯一時的學人，概是指對徐渭學術影響顯著者。「紀師」凡十五位，其中有數位徐渭明顯標記為「短侍」者，可見，這些都是曾為徐渭授業的師輩。而兼及「紀師」與「師類」者，僅季本一人，且明確記載：「廿七八歲，始師事季先生，稍覺有進。前此過空二十年，悔無及矣。」（〈畸譜〉）可見，季本堪稱是對徐渭影響最深的一位學人，其影響不僅限於季本所窮究的陽明未發之緒，而且還對徐渭的學術、藝術影響頗大。季本崇實嚴謹的學風，在徐渭注釋《參同契》、《尹文子》、《楞嚴經》，撰著《山陰縣志》中都隱約可尋。深諳音律的季本，對於徐渭的戲曲成就亦多助益。徐渭的學生王驥德有云：「吾鄉季長沙《樂律纂要》、《律呂別書》

諸書，宏博浩繁。」（《曲律》第二卷）對於季本的聲律成就評價甚高。

王畿（西元一四九八—一五八三年）為徐渭表兄，字汝中，別號龍溪，浙江山陰人，嘉靖二年下第歸而受業於陽明，舉嘉靖十一年進士，授南京職方主事，不久以病歸里。起原官，稍遷至武選郎中，夏言斥其偽學，遂乞休而歸。處林下四十餘年，無日不講學，自兩都及吳、楚、閩、越、江、浙，都有講舍，無不以其為宗盟。八十六歲而卒。王畿對陽明學的流布產生了重要的影響。當時「文成門人益進，不能遍授，多使之見先生（王畿）與（錢）緒山」（《明儒學案》卷十二）。王畿堪稱是陽明後學中創制最多的一位，以泰州學派和王畿為代表的王學現成派在中晚明思想界產生了巨大的影響，晚明文學思潮的興起與王畿、羅汝芳思想的沾溉具有直接的關係。誠如黃宗羲所云：「陽明先生之學，有泰州、龍溪而風行天下。」徐渭將唐宋派盟主之一的唐順之也視為「師類」，而唐順之也受王畿的啟教，誠如黃宗羲所記載：「先生（唐順之）之學，得之龍溪者為多，故言於龍溪，只少一拜。」（《明儒學案》卷二十六）王畿與唐順之「異形同心，往返離合者，餘二十年」（〈祭唐荊川墓文〉）。因此，有親屬關係的王畿對徐渭的影響不但較早，而且是全面具體的。

錢楩（？—西元約一五五一年），字世材，號八山，又號雲藏，山陰人，嘉靖五年進士，官至刑部郎中。從現存的《皇明經濟文錄》中所收錄的錢楩所著〈築堡〉、〈徭役〉、〈種馬弊政事〉等文來看，錢楩是一位極用世者。但棄官歸里後，錢氏曾著有《逃禪集》，徐渭為之作〈逃禪集序〉，在序文中徐渭對於高冠務干祿之徒的辟佛之論進行了批駁，認為，這就如同「睹川澤之產而不知其海之藏」，實乃「至溷而無比，塊然略無所見者」，對錢楩逃禪的行為進行了辯解。事實上，錢楩還曾在秦望山半巖修道，徐渭在〈師長沙公行狀〉中說：「錢君楩，始以文章、老、釋自高於世，終亦舍所集而就業於先生焉。」當然，就對於浸淫於佛道而言，徐渭主要還是受徐淮的影響為多。徐渭曾作〈陰風吹火篇呈錢刑部君〉詩一首，詩前小序述及嘉靖三十五年錢楩在錢塘江西陵渡口作法事，普薦國殤，使其得超渡解脫。其後，徐渭在〈答錢刑部公書〉中有云：「門下是出世人，作出世事，僕雖不得其門，曩時亦嘗留意於此宗。」徐渭所謂「曩時」已隱含了非受錢楩影響而「留意」於佛道的意思。錢楩還曾見列於季本的門牆，因此，徐渭與錢楩實乃亦師亦友的關係。

唐順之（西元一五〇七－一五六〇年），字應德，號荊川，武進人，嘉靖八年會試第一，授武選主事，後改翰林編修，春坊司諫。當東南倭亂之時，以郎中視師浙江，躬身泛海，屢破倭寇。擢右僉都御史，巡撫淮、揚，五十四歲卒於泰州。唐順之是唐宋派的盟主之一，為古文汪洋紆折，在明代中葉，屹然為一大宗。唐順之也是一位文道兼擅的學者，還被黃宗義《明儒學案》列為南中王門。他的事功勳業也十分卓著，對徐渭的影響全面而深刻。當然，徐渭與唐順之相識比較遲，嘉靖三十一年（西元一五五二年）當倭寇漸盛之時，唐順之有用世之意，到越中射獵觀海，萬鹿園（表）、謝狷齋（瑜）、徐龍川（學詩）等與其同行，季本、王畿盡地主之誼，唐順之從薛應旂那裡得知徐渭文章卓異，始招徐渭在舟中論文，從此相過從。徐渭為文風格與唐順之十分相似，唐順之曾驚歎道：「此文殆輩吾。」並且還因徐渭為文風格與唐順之相似而引出了一段文壇趣話。據陶望齡〈徐文長傳〉載：「嘗大酒會，文士畢集，胡公又隱渭文語曰：『能識是為誰筆乎？』茅公讀未半，遽曰：『此非吾荊川必不能。』胡公笑謂渭：『茅公雅意師荊川，今北面於子矣。』茅公慙愠面赤，勉卒讀，謬曰：『惜後不逮耳。』」此之「茅公」即為唐宋派重鎮茅坤。徐渭將唐順之列為「師類」，且文似荊川，這當是徐渭對荊川心儀而手摹所致。

當徐渭的學術、藝術思想逐漸形成之時，他常常與越中名士們一起雄談闊視，揮毫潑墨，漸而有結社之舉，史載：「渭與蕭柱山勉、陳海樵鶴、楊秘圖珂、朱東武公節、沈青霞煉、錢八山楩、柳少明文，及諸龍泉、呂對明稱越中十子。」（嘉慶本《紹興府志‧徐渭傳》）十子之中，錢楩曾被徐渭列為「師類」，這是因為徐渭先有承學錢八山，而後有越中十子之稱之故。因此，十子都可看成是同道學侶的關係。與「師類」諸賢主要是對徐渭在思想學術方面的教益稍有區別，與徐渭同被列為「越中十子」的多為藝術與性情方面相得的同道，學侶之間的商論與影響同樣對徐渭的藝術與人生道路產生了一定的影響。其中，與徐渭關係最為密切者，除了錢楩之外，當數陳鶴、沈鍊和楊珂等。

陳鶴（？—西元一五六〇年），字鳴野，一字九皋，號海樵山人，浙江山陰人，嘉靖舉人。穎悟絕群，甫成童，知好古，買奇帙名帖，究晝夜誦覽。年十七，以例襲其祖軍功，官百戶。晝水墨花草，最為超絕。今有《海樵先生全集》二十一卷本、《陳鳴鶴集》一卷存世。徐渭曾作〈書陳山人九皋氏三卉後〉跋。嘉靖四十四年，徐渭為陳鶴作〈陳山人墓表〉，對於陳鶴的學識才藝有這樣的論述：「鶴真書得晉人位置法，頗有韻。」「自云出鍾太傅，其徑四五寸以上者，勁秀絕倫，草效狂素，亦枯硬，結構未密。」（《六藝之一錄》卷三百七十）「其言一氣萬類，儒行玄釋，凌跨恢弘，既足以撼當世學士。而其所作為古詩文若騷賦詞曲草書圖畫，能盡效諸名家，既已間出己意，工贍絕倫。其所自娛戲，雖瑣至吳歈越曲，綠章釋梵，巫史祝咒，棹歌菱唱，伐木挽石，薤辭儺逐，侏儒伶倡，萬舞偶劇，投壺博戲，酒政閣籌，稗官小說，與一切四方之語言，樂師蒙瞍，口誦而手奏者，一遇興至，身親為之，靡不窮態極調。」（〈陳山人墓表〉）徐渭與陳鶴相會於陳鶴外甥蕭家，「酒酣言洽，山人為起舞也，而復坐，歌嘯詣謔，一座盡傾」，可見陳鶴是一位疏狂蕭散之士。當時陳鶴的書畫成就已譽著一時，乃至「四方之人，日造其庭，盡一時豪賢貴介若諸家異流，無不向慕，願得山人片墨」，頗有洛陽紙貴情形。誠如王驥德所云：「陳鳴野先生，以詩、畫、書翰推重一時。」（《曲律》第四卷）徐渭在與友人一起吟詠陳鶴的水仙花圖時有詩云：「海樵筆能移汨羅，分明紙上皺鱗波。況添一種梅花妹，比較〈離騷〉香更過。」（〈鈕給事中花園藏陳山人所畫水仙花，次王子韻一首，而陳文學示我五首，故我亦如數〉）徐渭極寫陳鶴之畫不但有「能移汨羅」的神功，更有觀花以聞香之效，可見，陳鶴之畫已臻於化境。陳鶴年長徐渭幾十歲，當陳鶴的詩、書、畫已達圓熟之境時，徐渭尚為一初涉藝文的側帽少年，因此，陳鶴的性情、藝術方面對徐渭的影響當是深刻而具體的。

十子之中，對徐渭人格薰陶最著的當數沈鍊。沈鍊（西元一五〇七—一五五七年），字純甫，號青霞，會稽人，嘉靖十七年（西元一五三八年）進士，知溧陽，因忤御史而調茌平，入為錦衣衛經歷。沈鍊性情剛直，嫉惡如仇。當俺答犯京師時，詔廷臣博議，沈鍊認為敵由嚴嵩所起，上疏劾嚴嵩十大罪，剛愎自用的明世宗大怒而杖之，並被謫佃保安。邊民們都敬慕沈鍊忠義，多遣使子弟就學。沈鍊痛恨嚴嵩父子，縛李林甫、秦檜以及嵩的草像，令弟子攢射。總督楊順、巡按路楷承嚴嵩旨意，誣陷沈鍊與白蓮教閻浩等人謀亂，遂被棄市。後被追諡忠愍。著有《青霞集》、《鳴劍集》、《塞垣尺牘》等。沈鍊長徐渭十四歲，雖然沈鍊與徐渭並無尺牘交流，但兩人是親戚關係，徐渭稱其堂姐夫，自然頗為熟悉。沈鍊對徐渭亦期許甚殷，據〈畸譜〉載：「沈光祿鍊謂毛海潮曰：『自某某以後若千年矣，不見有此人。關起城門，只有這一個。』」徐渭對沈鍊極為敬慕，尤其是沈鍊不畏強權，忠勇愛國的情操對徐渭有極大的震撼。徐渭作〈贈光祿少卿沈公傳〉，將兩人的關係喻若屈宋，云：「『甚矣，君之似屈原也！』然屈原以怨而君以憤，等死耳，而酷不酷異焉。雖然，死不酷，無以表烈忠。今夫干將缺且折，其所擊必巨堅也。……悲夫！宋玉為屈原弟子，原死，玉作些招原魂。余於君非弟子，然晚交耳。君徙居塞垣時，余直寄所愴詩一篇，愧宋玉矣！」更重要的是，沈鍊痛詈嚴嵩的事實，成了徐渭寫作《四聲猿‧狂鼓史》的基本素材。因此，〈狂鼓史〉決非純粹演繹歷史故事，而是針砭時象的檄文。同時，沈鍊忠勇不屈，期在治平，以及詩文中表現出的憤懣與悲壯，都對走馬看劍，「眼空一世，獨立一時」的徐渭提供了人格的高標，性情的範則。

楊珂（?—西元一五七八年），字汝鳴，餘姚諸生，曾侍陽明講學於餘姚龍泉寺中，隱居秘圖山。從楊珂的行誼、性情與才秉來看，楊珂與徐渭十分相似。據《姚江逸詩》載，楊珂不以科舉為事，自放於山水之間，天台、四明山名勝楊珂題詠殆遍。當白雲滿谷之時，楊珂便背負巨甕納白雲於其中，以紙封口，置之草堂。當天日晴朗之時，以針刺引之，雲氣縷縷而起，縈繞梁間，呼朋以為笑樂。其高致逸性不難想見。在藝術上楊珂亦與徐渭意趣相通，為此受到了執守古法的王元美之不屑。《姚江逸詩》有云：「所臨晉唐帖得其神似，書法與徐文長齊名，而王元美故以險怪目之，以一時藝苑共走，太倉秘圖、文長皆不屑也。」

除此，越中十子中的呂光升，號對明山人，長於吟詩作畫，美國普林斯頓大學博物館藏有光升作小幅山水數幀，印文為對明山人。徐渭與其有詩文贈答，作有〈對明篇〉、〈呂山人詩序〉等。其〈呂山人詩序〉謂：「山人抱奇才，有深計，雄視思任，不得效尺寸而抑在山間，此虎豹而麋鹿之，人或未知也。」朱公節（西元一五〇三—一五六四年），字允中，號東武山人，以詩稱著，曾與陳鶴、沈鍊等組成自柯詩社，其詩骨清真，有古逸民之風。柳文（生卒年不詳），字彬中，則以詩文見稱，徐渭與柳文雖中年始有交誼，然相知頗深，徐渭在柳文去世後所作的〈都昌柳公墓誌銘〉中云：「渭於公為中年交，然誼頗不淺，故相期者亦深。處時，日夜握手語，及出時，時寄書來，書中語未可一一為人道也。」可見兩人乃無話不談的知己。越中十子之一的諸大綬則是對徐渭人生相助甚力的一位。諸大綬（西元一五二三—一五七三年），字端甫，號南明，登嘉靖三十五年（西元一五五六年）進士第一，授修撰，官至禮部侍郎，謚文懿，有《諸文懿公集》。諸大綬與徐渭交誼頗深，徐渭曾作〈南明篇〉，對大綬極為推崇，以崇山喻大綬，云：「天姥迢迢入太清，更分一壁作南明。」進而極寫大綬卓越的才秉，不凡的人生，云：「里中詞客本神仙，去住山中年復年。躭遊李白時飛夢，乘興王猷每泛船。有時引翠來窗牖，無日將青去几筵。文章本許江山助，藻翰元抽草木妍。一自山南走燕北，霧雨文深玄豹隔。對策時成一萬言，傳臚竟壓三千客。昨日新從杏苑行，今朝已得侍承明。詞臣舊自推枚乘，史筆今來讓長卿。」徐渭因家難而入獄，性命堪虞，曾致書大綬，期以「雲雨之救枯槁」。正是因為大綬與張元忭等人努力為之脫罪，徐渭才得以倖免。

不難看出，越中十子雖然年齒不一，科第不同，出處有別，但都是深受越中文化滋養的一時俊傑。他們或以詩文著稱，或以書畫見長，更重要的是，他們都具有豪放磊落的情懷，幾乎無一不是豪蕩之士、性情中人。如果說徐渭的學術思想多受「師類」諸賢的影響，那麼，徐渭在藝術上的精進、性情的涵養，則主要得益於與十子之間的交誼。從陳鶴、楊珂那裡得丹青水墨之助，從沈鍊那裡得崢嶸氣節，從呂光升那裡得慷慨雄肆。總之，越中十子之間的砥礪與交誼在徐渭的思想、藝術乃至人生上都留下了清晰的烙印。

但徐渭生活的前期經歷了太多的磨難。首先是因為父親病故，為了減輕家庭負擔，生母改嫁，這給幼時的徐渭以較大的傷害。嘉靖十三年，對徐渭教愛備至的嫡母苗宜人病卒，當時徐渭尚年方十四，無所依憑，只得隨不善料理家政的長兄徐淮生活。嘉靖二十年（西元一五四一年），當徐渭二十一歲時，娶年僅十四歲的潘氏，潘氏性情樸質，對徐渭十分體貼，夫婦過著和睦幸福的生活，徐渭曾為潘氏作詩云：「一尺高鬟十五人，愛儂雲鬢怯儂勝。近來海舶久不到，欲寄玳瑁簪未曾。」但潘氏在生徐枚後，不幸病卒，年僅二十歲。夫婦形貌彷彿，徐渭在潘氏去世後為其取名，「君姓潘氏，生無名字，死而渭追有之，以其介似渭也，名似，字介君。」（〈亡妻潘墓誌銘〉）可見夫婦二人之情感深篤。十二年之後，徐渭在書室之中檢得舊札，悲從中來，遂作詩七首，其中有云：「掩映雙鬟繡扇新，當時相見各青春。傍人細語親聽得，道是神僊會裡人。」可見徐渭與潘氏相愛甚篤。

在潘氏亡故之後，徐渭又經歷了祖產訴訟失敗。加之科考無果，一連串的打擊使得徐渭處於相當窘困的境地。由於科場之困，仕進無門，徐渭一家的生活仍較貧寒，多年租居在一殘破陋室之中，徐渭的〈補屋〉詩狀寫了當時的貧寒窘狀：「僦居已六年，瓦豁綻椽縫。每當雨雪時，舉族集盆甕。微溜方度楣，驟響忽穿棟。有如淋潦辰，米麥決篩孔。五月候作梅，一雨接芒種。菌耳花篋衣，爛書揭不動。」當然，最沉重的打擊還在於科場挫折。雖然薛應旂在徐渭三十二歲秋闈初試時將其評為第一，但複試仍未中舉。從嘉靖十九年至四十年，徐渭「舉於鄉者八而不一售」，鬢霜齒豁而科場無進，科場的摧折扭曲了徐渭的人生軌跡。

## 二、胡幕生涯

雖然徐渭在科場苦苦搏擊而久無所獲，但大約在他三十六歲時，人生開始了轉機。

這與徐渭家鄉的抗倭戰爭以及總督軍務的胡宗憲有直接關係。嘉靖三十六年，朝廷改巡撫浙江都御史阮鶚於福建，其浙江巡撫事由總督胡宗憲兼理，胡宗憲集抗倭大權於一身，威權震東南。據史載，胡宗憲性喜賓客，招東南士大夫謀議抗倭大計，遂譽滿士林。此時，胡宗憲已得知徐渭文名，遂將徐渭招至幕下。兼任督撫伊始，即命徐渭作〈代胡總督謝新命督撫表〉，為胡宗憲向朝廷表達了矢心圖報，仗天威而策勳，尊廟算以周旋，誓將浩瀚溟渤化為清寧太平的雁鶩之池。其實，這也表達了久困場屋而心憂天下的徐渭的真實情愫。事實上，徐渭在入胡幕之前即已投入到了抗倭鬥爭之中，當抗倭名將俞大猷破敵歸來時，府城百姓感激涕零，徐渭也賦詩贈俞大猷，稱頌其「經春苦戰風雲暗，深夜窮追島嶼連」，表達了其對抗倭英雄的敬意。徐渭還直接參加了抗倭鬥爭的徭役，而且撰寫了對於時局的看法，徐渭認為，對於失路欲脫的倭寇，當「委狡猾者一二人，若逃徙狀，使其虜為嚮導，左其路，而預伏選兵於阻礙處以待」（〈擬上府書〉）。並對當時普遍的用兵思想提出了質疑，認為抗倭亦宜速戰，並設想了詳細的破敵方略，顯示了徐渭的軍事才秉與積極入世的人生態度。

進入胡幕後，胡宗憲對其禮甚周至。這一方面是因為胡宗憲性喜賓客，以延攬名士稱名於時，當時的東南才俊田汝成、茅坤、沈明臣等人都被胡宗憲招至幕中，徐渭雖然厄於科場，但其文名已稱譽一方，自然受到了胡宗憲的青睞。另一方面是因為名士對於胡宗憲有特殊的作用：明世宗喜齋醮，好青詞。青詞一般用駢儷體，文詞華美，沈德符《萬曆野獲編》

有載：「上又留心文字，凡儷語奇麗處，皆以御筆點出，別令小臣錄為一冊。」因此，當時善寫青詞或文辭華美者往往格外受到重用。據《明史・宰輔年表》的統計，嘉靖十七年後，內閣十四個輔臣中，有九人是通過寫青詞起家的。如禮部尚書李春芳即是因為善撰青詞而「大被帝眷」。同樣，呈進的表奏，文辭優美者也易於得到嘉靖帝的歡心。真正使胡宗憲對徐渭青眼有加，便是因為起草〈進白鹿表〉一事。徐渭到胡府之後，主要司管領書記之職。當時胡宗憲部屬在舟山捕獲了被視為具神仙之品，且絕世難逢的祥瑞靈獸白鹿，於是，胡宗憲將白鹿送呈嘉靖帝，並隨之呈上〈進白鹿表〉一文。最初表文並非徐渭所撰，概是因為當時胡幕人才濟濟，徐渭雖已初具文名，但論功名尚是一介諸生而已。最終還是徐渭以自己的才華而使胡宗憲折服，並成為其代擬奏表文字最多的幕僚。對於此次撰寫並呈進〈進白鹿表〉的過程，陶望齡在〈徐文長傳〉中有詳細記載：

> 時方獲白鹿海上，表以獻。表成，召渭視之。渭覽罷，瞠視不答。胡公曰：「生有不足耶？試為之。」退具稿進。公故豪武，不甚能別識，乃寫為兩函，戒使者以視所善諸學士董公份等，謂孰優者即上之。至都，諸學士見之，果賞渭作。表進，上大嘉悅。其文句月間遍誦人口。公以是始重渭。寵禮獨甚。

捕獲及呈進兩隻白鹿是在不同的時間，因此，表文亦有兩篇。雖然內容都是歌頌嘉靖德函三極、道攝萬靈的功績，但文辭簡約而華美，氣象不凡。不難想像，既然都城之中的文人學士對其作品稱讚首肯，喜祥瑞而嗜佳制的嘉靖帝想必也是龍顏大悅。表面看來，這雖然僅是徐渭文才偶露而已，但是，徐渭巧妙地將白鹿的出現與抗倭戰爭聯繫起來，謂：「地當寧波定海之間，況時值陽長陰消之候，允著晏清之效，兼昭晉盛之占。」表示倭患消滅之日可期，稍稍消解了嘉靖帝滅倭的急切心情，為胡宗憲的抗倭爭取了一定的空間。因此，呈進白鹿以及徐渭草擬的表文，對明代抗倭鬥爭與胡宗憲的政治生命也產生了些許影響。據《明史・胡宗憲傳》記載，當汪直被殺之後，新的倭寇又大舉侵襲，皇上曾嚴旨斥責胡宗憲，胡宗憲怕獲罪，上疏表陳戰功，被迫說出了倭寇指日可滅的豪言。朝廷認為其欺誕不實，嘉靖帝怒，盡奪諸將大猷等職，嚴辭斥責胡宗憲，並令其克期平賊。當時偏袒胡宗憲的趙文華已得罪而死，胡宗憲在朝中已失內援。想到倭寇尚未殲滅，想求媚於嘉靖，以更好地實施抗倭大計。正當這時，在舟山獲取白鹿，便呈獻於嘉靖帝，固然「帝大悅，行告廟禮，厚齎銀幣。未幾，復以白鹿獻。帝益大喜，告謝玄極寶殿及太廟，百官稱賀，加宗憲秩」（《明史》卷二百五），這也是何以徐渭對記室之職「百辭而百縻」的原因。當然，靈獸祥瑞之荒誕，諛美表文之虛辭，徐渭有十分清醒的認識。這些作品並非徐渭心曲所衷，而實乃不得已而為之。當徐渭離開督府之後，曾記述了其撰寫〈進白鹿表〉的複雜心情：「予被少保公檄，自獲白鹿而令代表於朝始，其後踵至者凡十品，物聚於好，殆非虛語歟？時予各欲賦以諷公，未能也。」（〈十白賦・序〉）徐渭以及幕僚們未能賦諷宗憲，根本原因即在於這些近乎荒誕之舉，恰恰關乎抗倭大計，對此，胡宗憲亦當有明確認識，徐渭未能以賦諷之，實乃明智之舉。當然，〈進白鹿表〉、〈再進白鹿表〉、〈再進白鹿賜一品俸謝表〉受到文人學士乃至嘉靖帝的肯認，也改變了徐渭在胡幕中的地位，使其成為胡宗憲最為倚重的代筆者。其後，袁宏道在〈徐文長傳〉中云：「公（胡宗憲）以是益重之，一切疏記皆出其手。」徐渭自己亦云：「予從少保胡公典文章，凡五載，記文可百篇。」（〈幕抄小序〉）雖然撰寫代擬之作使徐渭有些許苦悶，這就是為文章者往往或顯或隱，顯者位尊，隱者名高，而代擬者往往處於不顯不隱之間，這種尷尬與隱痛時時縈繞於徐渭心頭。這一現象的產生往往有其必然性，根源則在於當時以時文取士，誠如徐渭所分析的那樣：「故業舉得官者，類不為古文詞，即有為之者，而其所送贈賀啟之禮，乃百倍於古，其勢不得不取諸代。」因此，「代者必士之微而非隱者也」（〈抄代集小序〉）。從這個意義上來說，徐渭的代擬之痛，也是其場屋之痛的一部分。更重要的是，代擬之作需承秉胡宗憲之意，不得不附迎當時宦場之習，不能盡抒心中之磊塊，這使徐渭感到尤為痛苦。對此，徐渭以韓昌黎為時宰所作的〈賀白龜表〉，用詞諂附，而自著之〈諫佛骨表〉則直露坦陳為例，說明代擬之作非執筆者的心曲所寄。

儘管如此，幕中數年仍然是人生旅途多難的徐渭較為順達與自得的一段時光。這主要是因為雖然司掌記室之職，但代擬之作中還是展示了徐渭的政治、軍事、文學才華，使久久難以發抒的抱負通過這一曲折的形式得到了顯示。因此，對於這些作品，徐渭也是如「山雉自愛其羽」般珍愛有加。同時，胡宗憲確實對徐渭頗為優寵，對此，陶望齡在〈徐文長傳〉中有這樣的記載：「渭性通脫，多與群少年昵飲市肆。幕中有急需，召渭不得，夜深，開戟門以待之。偵者得狀，報曰：『徐秀才方大醉嚎囂，不可致也。』公聞，反稱甚善。時督府勢嚴重，文武將吏庭見，懼誅責，無敢仰者，而渭戴敝烏巾，衣白布浣衣，直闖門入，示無忌諱。公常優容之，而渭亦矯節自好，無所顧請。」但是，徐渭仍然是「數赴而數辭」，個中原因是複雜的。除了代擬之作不能盡抒己意之外，更重要的還在於從宦場中體察到了政壇環境的險惡。正因為如此，他辭歸之後給胡宗憲的書信中，每每都描述自己蓬跣不支、精神恍惚之狀。但尺牘文思條貫，顯然是神志清醒之作，徐渭屢辭記室之職，實乃全身避禍的手段而已。險惡的宦海風雲，對徐渭精神的摧折可想而知。

在夾雜著苦痛與榮寵複雜心態司職於胡幕時，徐渭仍然沒有打消科場進取的念頭。嘉靖四十年，這是徐渭參加的第八次鄉試，雖然權重東南的胡宗憲也憫其蹭蹬未進，意欲相助。據陶望齡〈徐文長傳〉記載：「諸簾官入謁，屬之曰：『徐渭，異才也。諸君校士而得渭者，吾為報之。』時胡公權震天下，所出口，無不欲爭得以媚者。而偶一令晚謁，其人貢士也。公心輕之，忘不與語。及試，渭牘適屬令。事將竣，諸人乃大索。獲之，則彈擿遍紙矣。人以是歎渭無命。」自此，徐渭始與科場長別。此時的徐渭已是志慮荒塞，精神傷創益重。同時，徐渭時時擔心的宦海風雲終於激蕩而起。當胡宗憲率軍在浙、直、江、福等地取得抗倭勝利，因功加少保，榮寵一時之後，被逮削籍，罪名是胡宗憲侵盜軍餉及與嚴嵩同黨。但是，嘉靖帝對胡宗憲垂愛殊甚，據《明史・胡宗憲傳》記載嘉靖帝言：「宗憲非嵩黨。朕拔用八九年，人無言者。自累獻祥瑞，為群邪所疾。且初議，獲直予五等封。今若加罪，後誰為我任事者？其釋令閒住。」加之，御史崔棟稱宗憲並無侵盜軍餉的行為，宗憲所用僅是軍中用以賈勇賞諜，鼓舞之術而已。崔棟指出，如果賞賜之用謹守繩墨，哪有今日蕩平倭寇的結果？儘管胡宗憲避過了此難，但最後還是因與嚴嵩及其子嚴世蕃的關係而被逮下獄。

雖然徐渭的胡幕生涯就此結束，但是，由於嘉靖帝大肆齋醮，當政者投其所好，必然多方羅致具文學才華者於幕下，而徐渭善撰駢儷之文的聲名已譽著廟堂，禮部尚書李春芳也深知徐渭所撰深符嘉靖之意，遂命門人查氏與胡氏招徐渭入幕，徐渭遂應李氏召而入京。但是，入李幕則是一個痛苦的經歷，這一方面是因為李幕人數眾多，徐渭所受到的恩遇遠不及胡幕，誠如其〈寄彬仲〉詩中所云：「平原食客多雲霧，未必於中識姓名。」另一方面，更重要的是李春芳與徐階關係密切，據《明史・李春芳傳》記載：「徐階為首輔，得君甚。」而胡宗憲被罷，幕後主使實乃徐階，胡宗憲對徐渭恩寵有加，徐渭入李幕存在著情感隔膜。加之，多年的記室代擬生涯，徐渭已深切地體味到宦場風雲的險惡。因此，徐渭在京的數月之中，僅僅起草文書一兩篇而已。雖然李春芳還是執意延聘，使得徐渭「一年中往來京師」，但最終還是固辭不受，踏上了歸程。

## 三、病狂與入獄

徐渭從李幕辭歸不久，即發狂而引巨錐刺耳，流血狼藉。其發病原因，在〈海上生華氏序〉中說是「有激於時事」，也就是因政治事態的變化而引起的，這是比較可信的自述。三年之前，胡宗憲下獄，其後又堅辭權臣李春芳，這些都是徐渭所說的「時事」激變。這也得到了陶望齡、錢謙益等人的認同，他們都認為徐渭因懼禍而發狂。但張汝霖則認為徐渭是由佯狂而後變成真狂。張汝霖在〈刻徐文長佚書序〉中還認為徐渭之狂不僅僅是「懼」，還是「憤」，這就是其「痛少保功而讒死，冤憤不已，而力不能報，往往形之詩篇。狂中畫雪壓梅竹，而題云：『雲間老檜與天齊，滕六寒威一手提。折竹折梅因底事？不留一葉與山溪。』其感慨激烈之意，悲於擊筑，痛於吞炭，人徒云慮禍故狂，知之政未盡也」。張氏一門與徐渭交誼深篤，其父張元忭曾與諸大綬等人一起救徐渭於牢獄，其孫張岱曾搜徐渭佚書十餘種刻印流布。因此，徐渭之狂的原因，張汝霖的記述尤其值得依憑。事實上，正是在徐渭發病期間，胡宗憲又一次被逮至京，並死於獄中。對於胡宗憲下獄而死，徐渭屢有悲憤不平之辭，如，〈十白賦〉云：「公死於華亭氏。予寄居馬家，飲中燭蝕一寸而成十章。諷固無由，且悲之矣。」所謂華亭氏，即是指相國松江（華亭）徐階。在當時險惡的政治氣氛之下，徐渭還是用曲筆影射權相徐階，如他所作〈氛何來〉云：「氛何來？由水木，連公工。堯老倦勤厭甲兵，竊權而敗時當嚴，氛伺得之攬天綱。」所謂的「水木」連「公工」，即是松江，也就是華亭徐階。徐階雖然較為庸常，但也對革除嘉靖末期的弊政有一定的貢獻。徐渭深惡徐階，原因即在於徐階誣陷了胡宗憲。因此，張汝霖說徐渭因「憤」而狂，並非無稽而談。

如果徐渭所說的「激於時事」是主要導致他發狂的外在原因，那麼，還有一些使徐渭致狂的更為切己的原因，這就是為何同樣身在胡幕，深受胡宗憲優寵，並為胡宗憲抱不平的沈明臣等人並未發狂的重要原因。一方面，徐渭雖才情沛溢，但科場蹭蹬，「舉於鄉者八而不一售」，其中的苦悶與磨難對於其心靈的摧折不難想見，對此，他在〈畸譜〉中有明確的記載：「應辛酉科，復北。自此祟漸赫赫。」顯然，科場失利直接加重了病情。另一方面，不幸的家境也使得徐渭長期抑鬱苦悶。早年喪父，繼而生母被迫離家。婚後兩次入贅，經濟上依附於他人，這對性情傲兀的徐渭來說，無疑是莫大的痛苦。其後，相濡以沫的愛妻潘氏死於肺病，兩個哥哥又相繼去世。潘氏去世後，徐渭其後的幾次婚姻經歷都如同惡夢。或謂之「劣」，或謂之「劣甚。如被詒而誤，秋，絕之，至今恨不已」（〈畸譜〉）。最後娶張氏，但並未給徐渭帶來幸福的生活，而是長期被猜忌所折磨，最後終於將妻子擊殺。可見，徐渭的一生幾乎都被痛苦與不幸所籠罩，因此，徐渭的發狂，既與因政治環境而產生的「懼」、「憤」心理有關，又與痛苦及艱辛的人生際遇不無關係。

嘉靖四十五年（西元一五六六年）徐渭擊殺繼室張氏而入獄。對於徐渭殺妻的原因，是故殺還是誤殺？是否為病狂時擊殺？徐渭的自述也矛盾迭出，欲語還休。在〈畸譜〉中自云：「易（瘉）復，殺張下獄。」意思是因狂而擊殺，有時，徐渭對此又有否定，〈上郁心齋〉尺牘云：「頃罹內變，紛受浮言，出於忍則入於狂，出於疑則入於矯。但如以為狂，何不概施於行道之人；如以為忍，何不漫加於先棄之婦？如以為多疑而妄動，則殺人伏法，豈是輕犯之科？……抑不知河間奇節，卒成掩鼻之羞，賈宅重嚴，乃有竊香之狡。」徐渭在給郁心齋的信中誠懇地否認了殺妻是因為病狂，並不是一時的矯情妄動，而是故意而為。其原因即是信中隱約地傳達出的「掩鼻之羞」與「竊香之狡」。也就是說是因為張氏外遇而殺。對此，馮夢龍在《情史・徐文長》、顧公燮在《消夏閑記摘鈔》、黃文暘在《曲海總目提要》中則踵事增華，更加繪聲繪色，如馮夢龍在《情史》卷十三〈徐文長〉中記載：徐渭妻死之後，續娶小婦，有殊色，而與一俊僧勾搭成姦，徐渭外出歸來，「忽戶內歡笑作聲，隔窗斜視，見一俊僧，年可二十餘，擁其婦於膝，相抱而坐。渭怒，往取刀杖，趨至欲擊之，已不見矣。問婦，婦不知也。後旬日復自外歸，見前少年僧與婦並枕，晝臥於床，渭不勝憤怒，聲如吼虎，便取鐵燈檠刺之，中婦頂門而死」。那麼為何徐渭在〈畸譜〉中稱是因為「易復」而獨在給郁心齋的書信中透露隱衷呢？〈畸譜〉是公開示人的徐渭生平紀年，而〈上郁心齋〉則是一封私人信函。徐渭對郁心齋吐露心曲的原因得從郁心齋其人談起。據張元忭所撰〈前進士潁上令山陰墓誌銘〉載，郁言字從忠，號心齋，嘉靖三十八年與紹興知府岑用賓同榜進士。可見，徐渭寫信給郁言，是希望郁言與紹興知府岑用賓疏通，以求「出萬死於一生」。雖然後人多信從了徐渭殺妻是因「竊香之狡」使其然，但是，徐渭同鄉後進陶望齡則並不這樣看，他認為徐渭為人「猜而妒，妻死後有所娶，輒以嫌棄，至是又擊殺其後婦，遂坐法繫獄中，憤懣欲自決」。也就是說，所謂其妻「竊香之狡」有可能是徐渭生性多疑所致。

因此，後人演繹徐渭遺事也往往多是小說家言，不可憑信。

雖然殺人者死，但是，深受苦痛煎熬的徐渭已並不畏死，因此「有陰變起而九自裁」。徐渭對於自己的人生幾乎已徹底絕望，而獄中的生活更是苦不堪言，〈寄莫叔明〉詩云：「我與鼠爭食，盡日長苦饑。」並且時時有死刑之虞。在寄答楊珂的詩中寫道：「但使時節至，一鼓廣陵琴。」幾年之後，生母病卒，徐渭由同門好友丁樸出面保釋出獄，以料理葬母之事。丁樸，字子範，號肖甫，與徐渭乃三代世交，比鄰而居。據徐渭所作的〈肖甫詩序〉可知，丁樸自幼即與徐渭一起習干祿文字以及辭章義理，交誼深篤。丁樸在徐渭患難時的相助，使其苦寂的心靈受到了些許慰藉。同時，獄中的徐渭並沒有中斷與同道友朋的文字交遊，如，他與張元忭、沈一貫、楊珂、馮惟訥、馬勳等人都有詩文相寄贈，尤其是張元忭赴京會試，徐渭以寄相贈，云：「身伴棘牆鼠，心搖芳草途。不得雙握手，惟聽只呼盧。」當其狀元及第時，徐渭欣喜異常，極少作詞的徐渭連填兩首，並「喜而浮大白者五」，為元忭廷對之捷致賀。當然，徐渭「浮大白」之豪飲，也有徐、張二人科場迥異的失落，對自己命運的婉歎，誠如其得知張元忭廷對報捷後所作的詞中所云：「男兒到此平生足，卻惹起愁人一醉，消他萬斛。」除此，徐渭還在獄中作了《參同契注》。可見，徐渭被繫獄中，還是受到了一些不同於一般囚徒的寬緩待遇，其原因一方面是因為諸大綬、張元忭等享狀元隆名的友朋為其疏通，更重要的是徐渭才華卓異，而地方官吏也時常需要由徐渭代擬文牘，知府岑用賓還遣人入獄訪晤徐渭，並為官府撰寫了〈修郡學記〉。徐渭作有〈謝岑府公賜席〉，云：

「任使之餘，遽有几筵之徹。」可見，徐渭在獄中期間尚受到「几筵」相待。同時，求書索畫者也時時有之，因此，徐渭的文藝創作並未受到太多的影響，尤其是書法技藝，在獄中數年獲得大進。據《紹興府志》載：「文長素工書，既在縲絏，益以此遣。」人生的困厄與藝術的精進相伴而生。同時，獄中的經歷使其對世態風情有了更多的體悟，對其人生觀念產生了一定的影響。

徐渭入獄數年受到了桎梏之所的羈束，情形十分窘迫，沈鍊之子沈襄來獄中探望徐渭，見其「抱梏就攣，與鼠爭殘炙，蟣虱瑟瑟然」，這還是肉體所受之苦，同時，還有一直存在著的生命之虞的困擾，徐渭所受到的心理煎熬不難想見。慶幸的是徐渭受到了諸多友人的鼎力相救。從徐渭的詩文中可以看出，張大復、張元忭父子，山陰知縣徐貞明，按察使朱簠，會稽知縣楊節，侍郎諸大綬等人出力尤多。如，對張氏父子，徐渭〈祭張太僕文〉云：「公之活我也，其務合群喙而為之鳴。」對徐貞明，徐渭〈送徐山陰赴召序〉云：「始渭之觸罟而再從訊也，非公疑於始而得之真，則必不能信於終而為之力也，必使之活而後已。」對朱簠，徐渭為其所作的〈哀詞〉云：「及予在圜中，親人相慰藉。佐觴備海物，烹雞薦鮒鮓。及予脫梏歸，縣官向予詁：爾非朱按公，不得相偕假。顧公見我時，不泄反如啞。」對楊節，徐渭〈送楊會稽一中〉詩云：「餘生偷一日，感淚積千行。勺水喁乾鮒，殘羹活翳桑。」對於諸大綬，徐渭在致諸氏的書啟中云：「從此餘生，並是付買絲將作繡，刻木且焚香。」正是這些朋友有「大慈悲上菩薩之行，兼以猛擔當全龍象之雄」，使得徐渭免去之再造。

了性命之虞。其後神宗即位，也沿襲了新帝登極而大赦天下的慣例，徐渭得以赦免。隆慶六年除夕，伴著千門萬戶新桃換舊符的爆竹之聲，徐渭終於走出了環堵蕭然的方寸之地。屈指算來，已居七載！徐渭開始曾受枷械之苦，如今得以保釋，欣喜莫名，詩人恣意譚謔的性情立見，曾兩作〈破械賦〉，云：「其在今日也，栩栩然莊生之為蝴蝶。其在昨日也，蘧蘧然蝴蝶之為莊生。」又云：「多其高義，隨我四年，我分殉之，何心棄捐。」疏狂不羈的徐渭，禍起閨闈，而拘羈圜中數年，使其深受羈束之苦，急切需要藉縱遊山水以消除心中的鬱悶。當春陽朗照的清明，他及聞人馬國圖等人樵舍於宛委山若耶溪上，繼而遊雲門，買醉梨花樹下，與友朋一起烹筍品茗，燒燈夜坐，春日陽和，與圜中生活判若天壤，徐渭欣喜莫名，賦詩曰：

閑來注罷景純經，客舍樵居煙霧生。流水細分床畔響，群峰尖與筆端迎。春城筍茗來雙客，夜火清明坐二更。卻喜香爐峰靄盡，明朝不用雨中登。（〈寓香爐峰下，注郭子竟，清明夕二客攜筍茗來，擬登〉）

行間看山嵐水色，見福地靈區，注解郭璞《葬書》。其書雖佚，然〈著郭子序〉尚存。注中提出了「人與萬物皆穴土以生」的思想。其後又作諸暨五泄之遊，旅程數百里。友朋結伴而遊，一路歡聲笑語，心情十分舒暢。歸來不久，即參加修撰《會稽縣志》。當時張元忭告歸，縣令楊維新聘其主纂，而徐渭則是實際撰稿人。徐渭所撰的縣志，風格自然暢達，如他論會稽水利時說：「夫會稽上承諸流而下迫海，其賦入之多寡，恆視畜泄之時不，故畝者胃也，上流者咽喉也，海者尾閭也，故咽喉治，尾閭節，則胃和而精，不則不失，咽喉、尾閭，胃之所由以養者也。」更重要的是，徐渭撰志，亦如其做人，並不一味諛美，讚頌鄉土民情，而是有褒有刺，大書如今俗中之「瘤」，他說：「而今之所安者，婚論財，嫁率破家，乃至生女則溺之，父母死不以戚，乃反高會召客，如慶其所歡事，惑於堪輿家則有數十年暴露其父母而不顧者。」這就是他所說的俗之「瘤」，而作者勇於揭其「瘤」於世人，目的在於「我今且受藥，且圖自化為常膚」。因此，撰修縣志，並非通常所作的表彰鄉曲文雅風流的差事，而是表達他自己政治理論的一個重要工具，如，他在《會稽縣志諸論．徭賦論》中說：「徭賦之法，蓋莫善於今之一條鞭矣，第慮其不終耳。其意大略謂均平之始行也。」再如，他論及百姓治生當以戶口與田畝相適應而後可以安民，但他對當時富人占地而貧者無地的現象提出了批評，在《會稽縣志諸論．戶口論》中說：「夫口與業相停，而養始不病，養不病而後可以責民之馴。今按於籍口六萬二千有奇，不丁不籍者奚啻三倍之，而一邑之田，僅四十餘萬畝，富人往往累千至百十等其類而分之，止須數千家而盡有四十餘萬之田矣。合計依田而食與依他業別產而食者，僅可令十萬人不饑耳，此外則不沾寸土者，尚十餘萬人也，然即令不占於富，而并分之上亦不足矣，烏在其為不病於養哉？既病其養，而欲責其馴，加於無恆產而有恆心者則可耳，而若是者能幾何人哉？噫，亦窮矣。」顯然，徐渭所論，昭示了社會不平的要害，顯示了徐渭強烈的經世思想。如此撰志，非徐渭所不能。

## 四、北遊經歷

由於徐渭科考之途屢屢受阻，而明代的游幕文人也不像宋元之前游幕之士可以姓名通於臺閣，祿秩注於銓部，明代幕客並沒有仕進的途徑，因此，布衣徐渭的人生之途註定仍然還需要繼續游幕來應付生活之需。其中，北上宣府，是徐渭的一次較愉快的人生經歷。

徐渭北上宣府，是應宣大巡撫吳兌之邀而成行的。吳兌（西元一五二五—一五九六年），字君澤，號環洲，嘉靖進士。隆慶中累擢僉都御史，巡撫宣府。萬曆二年以俺答、三娘胎子款貢功，加兵部右侍郎。五年代方逢時總督宣大山西軍務。吳兌與徐渭同里，兩人少年同窗，據徐渭〈贈吳宣府序〉記載，他們還曾共同制服橫行鄉里的悍卒。吳兌任巡撫的宣府，為九邊之一，是京師西北的重要屏障。

徐渭與吳兌雖然身分懸殊，但並沒有主、幕之間的隔閡，這與入胡幕迥然有異。此次吳兌邀其北上，固然亦有代擬之需，但更主要的還是出於少年友情，為羈縻達七年之久的徐渭提供一個北上優遊的機會。誠如徐渭在〈答王新建〉中所云：「旅次朔漠，遂復迫冬，無一毫之益於主人，徒費其館穀而已。」正因為這種特殊的身分，徐渭在宣府儼然是座上賓，而非幕下之客。宣府的文武官員亦將徐渭視若同儕。如〈上谷仲秋十三夕，袁戶部、雷麻兩總戎、許口北諸公邀集朝天觀〉詩云：「桂影漸能盈，松壇賞不勝。朔塵終夕斂，邊月倍秋明。投轄馮車倚，歸鞭信馬行。忽思王子晉，客帳夢吹笙。」期間，徐渭還與當時的宣大總督方逢時相識相知，在〈贈方公序〉中，徐渭提出了對邊境防務的看法，認為：「今之虜，其貢與市，人見其若此之馴也，以為虜固猶是也；而不知其雄黠背驁嫚中國，而几肉視其邊陲，終世宗之朝，竭猛將謀臣之力而不能禦。」認為方逢時「用戰以為撫」的策略是完全正確的。徐渭在宣大期間與北國邊將過從甚密，時常一起走馬揚鞭。徐渭〈賦得風入四蹄輕〉詩四首，即是描寫雷總戎騎千里馬，風掣戎衣而僅存其背的颯爽形象。詩云：「駿馬四蹄風，形容有杜公。一塵不動外，千里颯然中。白草連天靡，蒼鷹蹋翅從。檀溪不須躍，隨意過從容。」字裡行間充滿著對北國風情的熱愛。宣府之行是徐渭創新的一個高峰時期，作品從風格到內容都顯示了別樣的色彩，並通過詩作寄予了對時事的看法，如〈胡市歸〉：「胡養復胡王，無鷹不飽揚。滿城屠菜馬，是鼻掩綿羊。即苦新輸輦，猶勝舊殺傷。從來無上策，莫笑嫁王嫱。」正確的禦邊之策會給邊庭帶來迥然不同的情景。而另一首〈胡市〉提出了戰而有節，以戰為和：「千金赤兔匿宛城，一隻黃羊奉老營。自古學碁嫌盡殺，大家和局免輸贏。」再如：「西山一帶一何高，萬脊千稜插作刀。寄語胡兒休驟馬，恐將高鼻跌成坳。」（〈邊詞〉二十六首）表示了禦邊必勝的信心。除此，寫邊塞風光的詩作也頗為多見，如，寫教場，〈宣府教場歌〉：「宣府教場天下聞，箇箇峰巒尖入雲。不用弓刀排虎士，天生劍戟擁將軍。」〈邊詞〉二十六首記載了徐渭對邊塞風情的體察：「牆頭赤棗杵兒斑，打棗竿長二十拳。塞北紅裙爭打棗，江南白苧怯穿蓮。」（〈邊詞〉二十六首其三）其中的第十一首描寫人物極其細緻準確：「葛那頸險斷胡刀，鬗手攀頦按得牢。歸向鏡中嫌未正，特搓過左一絲毫。」需要指出的是，徐渭此次漠北之行，對俺答部執政數十年，力主休戰通商的三娘子有所了解，在其詩歌中不無讚美之辭，如〈邊詞〉二十六首其十五：「女郎那取復梟英，此是胡王女外甥。帳底琵琶推第一，更誰紅頰倚蘆笙?」在二十六首〈邊詞〉之中，有六首專門描寫三娘子，多讚美三娘子紅妝御馬的英姿。其中第十三首「喚起木蘭親與較，看他用箭是誰長」一句尤其值得注意，三娘子的形象極可能是徐渭創作《四聲猿・雌木蘭》的重要誘因。

這次北上之旅，還得以與李如松相識。李如松乃遼東總兵李成梁之子，長期任西北邊地要職，其後率兵東征，參加了抗倭援朝戰爭，官至遼東總兵，加太子太保。當時的李如松「挾其兩弟新破胡而來」，徐渭在〈贈李長公序〉中生動描寫了李如松英武烈烈的丰姿：「弓刀血尚殷，投鞭一語輒竟日，氣陵逸不可控制，視天下士無足當之者。」而其〈贈遼東李長君都司〉、〈寫竹贈李長公歌〉詩中對如松隨父大戰平虜堡的忠勇行為有精彩的描繪：「公子相過日正西，自言昨日破胡歸。寶刀雪暗桃花血，鐵鎧風輕柳葉衣。百口近來餘幾個，一家長自出重圍。禪關夏色炎如此，聽罷凄霜雜霰飛。」徐渭對於李如松的讚美與敬佩還與李氏父子平虜堡之戰中所受的不公之遇有關。當時因軍法嚴苛，阻滯了忠勇之士的血戰，且戰報失序，顯示了明末軍務弊端。為此，徐渭在詩歌中記述了與李如松對話的經過，痛陳了當時軍人們「不死虜手死漢法」、「武人誰是百足蟲，世事全憑三寸筆」的嚴酷現實。自此，徐渭與驍勇過人且雅好藝文的李如松相知相得，兩人「談說鼓鞞，盼睞弓劍，日沉月升而猶不忍別去」（〈答李參戎〉），成為莫逆之交。李如松對徐渭深為體恤，相助甚多。他們之間的情誼是晚年徐渭心靈的一大慰藉。李如松在生活上對徐渭多有濟助，徐渭〈答李長公〉云：「劉君來，得長公書並銀五兩。前此亦叨惠矣，何勤篤乃爾耶？令人不可當。」並且資助徐渭著作的刊行。徐渭次子徐枳也被李如松聘入幕中，徐渭也曾欣然前往李府，最終因病而折返。這一文武之間聲氣相求的佳話，實源於英雄相惜。徐渭途中惜返而不忘在〈贈李宣鎮序〉中縱論軍政，老病而不墮青雲之志。這一切，與英武烈烈之李如松何其相似！

當然，長期生活於南方的徐渭，在領略了邊庭的風土人情之後，又漸生懷鄉之意，誠如其〈答王新建〉中所說：「每陟高眺遠，悽不勝情。南望闕榆，益倍知己之想。」遂有南歸之意。萬曆五年（西元一五七七年）徐渭離開宣府。此次北上，徐渭收益頗多，尤其是對於科場不進的徐渭來說，吳兌以其幕客之名，為其備了「十年粟藿」，其後，取道京師，並留居數月。這時的徐渭心情是優容的，他與張元忭一起遊摩訶、法藏諸剎，一起酬唱步和。徐渭優遊於京師的闊大雄渾的景觀之中，「一日惟看一殿回」。友朋的相濟與交遊使徐渭的心靈受到了莫大的慰藉。這年秋天，在其子徐枚的陪同之下經水道回歸故里。

此次北上為徐渭的藝術創作提供了重要的生活體驗。歸來之後，徐渭的諸種藝術也臻於一新的境界。就書畫藝術而言，即使是病中，仍然書翰未斷。據其自述，病中徐渭「侍筆墨者，抱紙研墨，時一勸書，謂可假此以消永日，便成卷軸」（〈柳君所藏書卷跋〉）。在文學創作方面，除了一般的賦詩唱和、書牘往還之外，極有可能在這段時間內完成了《四聲猿》的創作。

但是，此時的徐渭經常受到了病魔的困擾，在萬曆六年（西元一五七八年）徐渭與友人相約，一起往績溪憑弔胡宗憲，但途中因風雨頻襲，江水暴漲，遇阻於杭州十數日。因旅途勞頓，憑弔幕主，心情悽惶，至嚴州時遂舊病復發，不得已而返回。兩年之後，萬曆八年（西元一五八〇年）秋，徐渭又應張元忭的邀請而至京師。元忭父子在徐渭受刑拘之時相助甚多，張、徐兩家乃多年世交，此次元忭邀其赴京，可能是考慮到徐渭生活比較窘迫，希望在京師徐渭能通過翰墨文章方面的卓犖才藝獲得生活之需，對此，徐渭在與道堅的書牘中曾述及：「今之入燕者，辟如掘礦，滿山是金銀，焚香輪入，命薄者偏當空處，某是也。以太史義高，故不得便拂衣耳。」但實際效果則並不理想，只是因為難以拂卻張元忭之美意。此次赴京期間，徐渭看到了湯顯祖的《問棘郵草》，且賦詩相寄。徐渭稱若士所作為「平生所未嘗見」，評價極高。其〈讀問棘堂集擬寄湯君〉詩云：「蘭苕翡翠逐時鳴，誰解鈞天響洞庭？鼓瑟定應遭客罵，執鞭今始慰生平。即收呂覽千金市，直換咸陽許座城。無限龍門蠶室淚，難偕書札報任卿。」徐渭與湯顯祖這兩位「嶄然有異於時」的文壇巨匠，雖然年齒不一，科名不同，但在王李籠罩文壇之時，雖然各得一面，但他們相互推揚，據徐朔方先生《湯顯祖年譜》考證，徐渭〈漁樂圖〉即是仿湯顯祖〈芳樹〉的寫作手法，湯顯祖〈芳樹〉中段十二句，芳字重複二十三次。徐渭〈漁樂圖〉中間十二句，新字重複二十九次，誠如其所云：「七言歌行字或詞適當重出，以使音節瀏亮，意想回環，不失為修辭一巧。」「〈芳樹〉自是才人逞新弄巧，近乎遊戲。文長以耳順之年猶作此技，則為後七子之反感使之然。」(《徐渭年譜》）他們都對當時七子派籠蓋宇內而使文壇黃茅白葦子彌望皆是的情形深為不滿，掃空王李是他們共同的訴求。因此，從這個意義上說，徐渭與湯顯祖雖未相見，但他們的共同期許與努力，都為晚明文學思潮高潮的到來作了重要的鋪墊。

雖然張、徐兩家為多年世交，但在京師期間由於張元忭矩矱儼然的性情與生性自然豪縱的徐渭迥然有異，徐渭在京師與元忭比屋而居，但心情並不愉快，對此，張元忭之子張汝霖〈刻徐文長佚書序〉中也有明確記載，徐渭「間嘗入長安，苦不耐禮法，遂去走塞上，與射雕者競遂於虜騎，煙塵所出沒處，縱觀以歸」。且元忭對徐渭也不同於吳兌與李如松，元忭清苦自立，對朋友也並無多少慷慨相濟，對此，徐渭也頗為失望，在〈與柳生〉中說：「在家時以為到京，必漁獵滿船馬。及到，似處涸澤，終日不見只蹄寸鱗。言之羞人。」可想而知，徐渭離開京師的心境頗為淒然。

## 五、貧病晚年

此次從京師歸來，直到終老，徐渭再也沒有離開紹興故里。他時常終日閉門與數人飲噱，而深惡富貴之人。據陶望齡〈徐文長傳〉記載，當時「自郡守丞以下，求與見者皆不得也」。晚年的徐渭更深受病痛之苦，不但困擾多年的「腦風」時時發作，從其著述中不難看出，徐渭還時常受到蛇等動物的驚嚇而病倒。再加上徐渭常常飲酒自樂，一次醉後跌傷肋脊，繼而生瘡。身體每況愈下，乃至於「兩股粗如斗，扶笻接往來」（〈梅雨幾三旬，陳君以詩來慰，答之，次韻二首〉）。晚年，長子徐枚與徐渭失和日久，析居於妻葉家，徐渭以老病之軀，偕次子徐枳徙於范氏家。對此，徐渭賦〈雪中移居〉詩二首，令人悽愴不忍卒讀：

十度移家四十年，今來移迫莫冬天。破書一束苦濕雪，折足雙鐺愁斷煙。羅雀是門都解冷，啼鶯換谷不成遷。只堪醉咏梅花下，其奈杖頭無酒錢。

高雪壓瓦轟折椽，跋凍移家勞可憐。長鬚赤腳泥一尺，呼傭買酒賒百錢。飢鳥待我彼檐外，梅花送客此窗前。百苦千愁不在念，腸斷茫茫黯黯天。

隨著病情的加重，徐渭手顫而不能作畫，還需要養活八口之家，不得已只能依靠鬻書賣畫聊博生活之需。徐渭曾作〈畫易粟不得〉詩，描寫了晚年貧苦的生活情狀：

吾家兩名畫，寶玩長相隨。一朝苦無食，持以酬糠粃。名筆匪不珍，苦饑亦難支。一身猶可謀，八口將何為？

據陶望齡〈徐文長傳〉記載，徐渭有書數千卷，後斥賣殆盡。實在不得已，為了一家之生計，這位垂暮老人還持鍬就圃：「老去圃能便，艱難七十年。」（〈方氏子園並蒂王瓜四子頃亦稍圃〉）晚年徐渭的貧苦可見一斑。同時，徐渭晚年還受到心靈上的諸多摧折。長子徐枚品行不端，而使父子失和，徐渭在〈改草〉中痛苦地慨歎道：「前世不知作何業，有此惡種。」萬曆十六年（西元一五八八年），多年的世交張元忭卒於翰林院修撰任上。雖然徐渭入京時與元忭相處並不愉快，但這僅是因性情殊異使其然，惺惺相惜而不形於言表。元忭去世，徐渭深感悲痛，據元忭子張汝霖〈刻徐文長佚書序〉記載：「先文恭（元忭謚）歿後，余兄弟相葬地歸。閽者言，有白衣人徑入，撫棺大慟，道：惟公知我。不告姓名而去。余兄弟追而及之，則文長也。涕泗尚橫披襟袖間。余兄弟哭而拜諸塗。第小垂手撫之，竟不出一語，遂行。捷戶十年，裁此一出。嗚呼，此豈世俗交所有哉！」徐渭內心的苦痛不難想見。

支撐晚年徐渭病體的有李如松等人的相助，門生故舊的往還。次子徐枳被李如松招入幕中，但家人對徐渭甚為關護。更重要的是有其所鍾愛的藝文滋潤著徐渭的心靈，使其蚓屈的生命之樹頑強地挺立於這艱危的環境之中。即使是臨終之前不久，徐渭還堅持潑墨揮毫。雖然常有不遇於時的悲歎，但對藝術的熱愛與執著伴隨著徐渭走完了最後的人生，誠如其〈葡萄〉詩所云：「半生落魄已成翁，獨立書齋嘯晚風。筆底明珠無處賣，閒拋閒擲野藤中。」萬曆二十一年（西元一五九三年）伴著摯友李如松抗倭戰爭的頻頻報捷，這位藝術巨匠帶著一身的病痛以及對遠征的枳兒的思念離開了人間。沒有隆重的葬禮，沒有達官顯貴扶柩送別，因為離去的僅是一布衣、一病翁、一衣衫破蔽的老叟。但隨著日月的遷轉，後世的惋歎與懷念愈來愈烈，人們意識到，在晚明的紹興古城，一位卓絕的文化巨匠愴然離開了人間。

## 貳　狀寫時代、人生與藝術的詩歌

### 一、「無物不可詠」的內容

徐渭諸藝冠絕一時，對於其成就，梅客生說：「文長吾老友，病奇於人，人奇於詩，詩奇於字，字奇於文，文奇於畫。」（引自袁宏道〈徐文長傳〉）而徐渭自評則是書法第一，詩第二，文第三，畫第四。可見，徐渭之詩是其諸種文藝樣式中頗為卓絕者，袁宏道在〈徐文長傳〉中對其詩歌的評價更加形象生動，也最為後人稱道：

> 文長既已不得志於有司，遂乃放浪麴蘗，恣情山水，走齊、魯、燕、趙之地，窮覽朔漠。其所見山奔海立，沙起雲行，雨鳴樹偃，幽谷大都，人物魚鳥，一切可驚可愕之狀，一一皆達之於詩。其胸中又有勃然不可磨滅之氣，英雄失路、托足無門之悲，故其為詩，如嗔如笑，如水鳴峽，如種出土，如寡婦之夜哭，羈人之寒起。

宏道所論的徐渭詩歌，主要是指詩人表現的自然物境、詩人情性兩個方面。其實徐渭詩歌的內容十分豐富，他現存的一千四百七十餘首詩歌中，藝術地再現了時代與人生，並治詩畫於一爐，在王李主盟文壇之時，徐渭莊諧雜出、盡翻窠臼、自出手眼的詩歌，受到了後世文人的讚歎。這是因為，在徐渭看來，「詩至李杜昌黎子瞻而變始盡」，於是題材、風格再無需立限，乃至「無意不可發，無物不可詠」。

首先，狀寫現實的題材。徐渭曾入胡宗憲、吳兌之幕，且與李如松等有密切的交往，而這些人物都是明代後期守衛邊庭海隅的良將重臣，徐渭與其寄贈之作的內容往往關乎明嘉靖年間的重大政治、軍事題材。對於當時靖邊禦寇的戰事，徐渭大多是親歷者。雖然徐渭的詩歌沒有多少金戈鐵馬的直接描寫，但是，充盈著濃郁的時代氣息和戎馬精神。尤其是北國之行，使徐渭的詩歌平添了幾分奇情壯彩，增加了現實的內容。誠如其在〈上谷歌〉中所云：「既去高天遏飛鳥，更供詩料到吟鞍。」

徐渭隨胡宗憲的時間最長，抗倭相關的詩作是徐渭詩歌的重要內容。徐渭與抗倭將士贈答酬唱的作品甚多，這些詩歌歌頌了將士們的慷慨報國。如〈正賓以日本刀見贈，歌以答之〉詩中有云：

> 飛霹雨下完孤城，張巡不死南八生，五千步馬隨朱纓，手指東海鳴金鉦。解刀贈我何來者？斷倭之首取腰下，首積其如刀有餘，為壽兄前人一把。是日別君霰飛子，佩刀騎馬三十里，夜眠酒家枕刀醉，夢見白猿弄溝水，把鞘還驚未脫底，雹母回身不敢視，黑夜橫分

芒碭蛇，清秋碎割咸陽璽。

呂正賓乃抗倭將士，徐渭曾作〈贈呂正賓長篇〉，詩中歌讚呂正賓，當「倭奴夜進金山口」之時，「天生呂生眉采豎，別卻家門守城去，獨攜大膽出吳關，鐵皮雙裹青檀樹。」慷慨赴戰。呂正賓戰罷歸來，「斷倭之首取腰下」，豪氣凜然。更讓徐渭感動的是，呂正賓深知徐渭有英雄失路的悲情，解刀相贈，而徐渭對呂正賓亦有更大的除奸報國的期許，其〈正賓以日本刀具贈以答之〉詩云：「人言寶刀投烈士，呂君何不持之向燕市？荊軻聶政猝難致，五陵七貴家家是，報恩結義從此始。卻以投余據何理，雄心如君莫可擬，用以投予良有以，夜夜酣歌感知己。」值得指出的是，刀劍是詩人徐渭作品中的時常歌讚的靈物，是他詠歎的主題之一，而遠過於描寫自己的寫作生涯。

除此，徐渭對胡宗憲、俞大猷、戚繼光等抗倭將帥的寄贈之作中，同樣表現了熱烈的讚佩之情，如，〈凱歌二首贈參將戚公〉其一：

戰罷親看海日晞，大酋流血濕龍衣。軍中殺氣橫千丈，並作秋風一道歸。

徐渭「窮覽朔漠」雖然不及入胡幕的時間長，但這一時期詩歌的內容十分豐富。當徐渭走馬塞上時，往日干戈搶攘的邊庭，已被祥和安寧的景象所取代，隨著互市通商，漢族與俺答已和諧相處，徐渭也為之歡欣。作〈上谷邊詞〉詩云：

胡兒住牧龍門灣，胡婦烹羊勸客餐。一醉胡家何不可？只愁日落過河難。

對於邊境少數民族的生活，徐渭詩歌中也時常有所表現。尤其是為邊境和平作出重要貢獻的俺答甥女三娘子，徐渭既讚美其走馬看箭的英姿：「喚起木蘭親與較，看他用箭是誰長？」又對其過人才藝嘆服稱奇：「帳底琵琶推第一，更誰紅頰倚蘆笙。」當然，徐渭對於邊庭祥和景象的形成原因亦有深深的思考，對於和與戰的關係，徐渭也有全面的體悟。對於安寧背後的隱患，也時常流注於詩行：「養虎最宜防猝餓，調鷹莫更使多眠。」（〈送鄭職方〉）徐渭與靖邊名將李如松相知相識，在詩歌中也得到了充分的展示。徐渭詩歌中體現出的強烈的入世情懷，是晚明革新派文人中所鮮見的，這便是徐渭與晚明文人的同中之異。

其次，抒寫英雄失路、托足無門之悲。與其詩歌中的現實題材有關，積極有為是徐渭人生的基調。雖然科場掙扎而八不一售，但是，積極用世之心不泯。後期不得已而成為「山人」，但這一「山人」企求功名、企求用世之心更遠過於一般的科場順適者。徐渭的八不一售與袁宏道請辭吳縣縣令而連上七牘恰成鮮明的對比。因此，袁宏道認為徐渭詩歌中抒寫的是「英雄失路、托足無門」的悲情人生。在邊患不斷的明代中葉，徐渭雖然沒有率軍破陣的經歷，但對功名的渴望始終縈繞在心頭。在胡宗憲幕中，他對臨陣殺敵的將士懷著欣慕之情，在贈曹君的詩中說，「同時操筆總紛紛，先著緋袍獨數君。」徐渭的這種人生情懷，還時常通過對靖邊豪傑的謳歌中體現出來，他對戚繼光「金印累累肘後垂」英武烈烈的形象十分崇敬，慨歎「丈夫意氣本如此，自笑讀書何所為」，欣羨之情溢於言表。有時，他通過對古代豪傑的景仰與讚歎以抒寫襟懷，他在〈懷陳將軍同甫〉中讚美南宋的慷慨之士陳亮道：

飛將遠提戎，翩翩氣自雄。椎牛千嶂外，騎象百蠻中。銅柱華封盡，昆池漢鑿空。雁飛真不到，何處寄秋風？

詩人通過對陳亮英武雄邁形象的讚美，寄予了作者的人生理想。但是，命運沒有給徐渭這樣的機會，他在詩歌中時常流露出壯志難酬的浩歎，或拂悶觥籌，「醉後忽呼長劍看，赤鱗乘漲欲飛騰。」（〈中秋雨集金氏園亭，次陳思立〉）但最終落得的只是醉眼看劍：「秦仇不能報，淚澆酒杯紅。」（〈賦得看劍引杯長〉）而每當看到友朋成就功業之時，賦詩相贈，便更易於發出無奈的慨歎，這在〈賦得片月秋帆送馮叔系北行〉詩中得到了體現：

秋帆一幅隨高雁，長安片月相思見。茭菰十里送君行，捩柁未開淚欲傾。燕都我曾遊幾度，悲歌飲酒時無數。易水荊軻不用求，擊筑一聲寒雲流。寒雲流，秋色裡，望諸一去三千年，高臺黃金今亦地。羨君持管復能書，諒君彈鋏食有魚。大道朱門天外起，長堤駿馬柳中趨。柳中天外鳴孤鶴，長笛短簫斷復作。此時為憶越山頭，小肆高囪同夜酌。天目高峰六千丈，陪余一拄青藜杖。飛瀑能為疋練長，古藤復向回溪漲。回溪疋練有時休，二十功名正黑頭。你今有術可干祿，我已無相堪封侯。秦山人，號冰玉，飛雪哦詩清簌簌。昨宵一為泛湖船，今日何當別遠天。種得梅花三百樹，望爾早歸抱甕鶴底眠。

更讓詩人不堪的是，不但功名難遂，而且還有困於囹圄的窘迫。在這極度痛苦之中，他在〈寄答祕圖山人〉，以詩歌抒寫了心中的抑鬱：「緘詞慰蠶室，長吟感孫登。羈紲不可脫，荏苒年歲侵。」儘管如此，徐渭仍不失豪蕩之氣：「但使時節至，一鼓廣陵琴。」雖然經諸大綬、張元忭等人的相助，徐渭免除了性命之虞，但是，這一時期所作的詩歌中還是記錄下了詩人「我與鼠爭食，盡日長苦饑」（〈寄莫叔明〉）的情形。徐渭的老年病苦，在詩作中也得到了再現，如，因家貧無助，只得變賣收藏度日，如，他作〈賣磬〉詩描寫不得已而「贈」他人心愛的石磬：

貧來一石不能留，解贈王郎愧取酬。莊舄戀鄉聲自舊，金人辭漢淚長流。半肩荷蕢過門誚，一葉師襄入海遊。寄語《春秋》休責備，後來能有此人不？

詩人以仕楚而不忘故國，病中思鄉而吟越聲的莊舄，李賀〈金銅仙人辭漢歌〉等典故，不得不解「贈」他人的石磬，表達了自己對困苦生計的無奈和悲歎。詩人將心靈的苦痛隱藏於鮮明的形象之中，具有強烈的藝術震撼力。

徐渭的一生充滿了種種不堪，但他並不向困苦屈服，詩中的徐渭沒有絕望的呻吟，沒有憤怒的詈罵，痛苦與不平，都被詩人化入亦莊亦諧的詩句之中。個中原因固然很多，有朋友的真情相助，有幕主的垂愛與眷顧，更重要的是徐渭所摯愛的美妙的詩境、畫境寄予了其豐富的審美理想，弱化了現實生活中的不幸與苦澀，強化了曙色的光亮。因此，詩中之徐渭較之於現實之徐渭已多了幾分亮色。

最後，畫意與詩情的交匯。中國傳統的審美觀念以含蓄蘊藉見長，而尤以詩畫為著。畫中所示，往往以一種氤氳朦朧之美呈現於觀眾面前，畫中之意往往需通過題畫詩略作點示，誠如吳龍翰所云：「畫難畫之景，以詩湊成；吟難吟之詩，以畫補足。」（《野趣有聲畫・序》）因此，詩與畫之間的互動可使兩者相得益彰。然而，詩與畫是兩種不同的文藝樣式，詩人與畫家具有不同的才秉，真正能使兩者之間相生相發、意蘊交融的作家、作品並不多見。徐渭則詩畫兼擅，這決定了徐渭的題畫詩以及以繪畫為題材的詩作具有獨特的藝術魅力。正因為徐渭詩畫兼通，因此，其題畫詩數量甚多，這些作品與畫面相映成趣、相得益彰，具有很高的審美價值。如，他的〈題畫〉詩云：

嫩筱捎空碧，高枝梗太清。總看奔逸勢，猶帶早雷驚。

題畫詩與墨竹圖相映成趣，修竹的勁節挺拔之態與風雲舒卷的奔逸之勢形成了鮮明的對比，並統一於畫面之中。尤其是後兩句，形象、充分地顯示了題畫的獨特魅力。「早雷驚」是畫中難以顯現的聽覺效果，在詩中釋出，豐富了畫面的意蘊。同時，徐渭的題畫詩還具有鮮明個性。如，徐渭善畫葡萄，其題畫詩〈葡萄〉也獨具風采：

半生落魄已成翁，獨立書齋嘯晚風。筆底明珠無處賣，閒拋閒擲野藤中。

與一般題畫詩點示畫中意蘊不同，徐渭的題畫詩常常是借畫發揮，借畫以抒懷，別具特色。這首題畫詩寫的是作畫原因，作者借繪畫與詩歌以表現懷才不遇、托足無門的悲慨。

徐渭的題畫詩也是其畫作藝術風格的詮釋，誠如其所謂：「山人寫竹略形似，只取葉底瀟瀟意。譬如影裡看叢梢，那得分明成个字？」（〈寫竹贈李長公歌〉）徐渭繪畫「大寫意」的審美風格在其詩作中時常得到體現，如〈李子送小景〉：「李君小景入斯文，不用毫端力一分。更是山腰能簡便，墨痕斷處便成雲。」

他題寫的枯木石竹畫，也是「大抵絕無花葉相，一團蒼老莫煙中」，追求的是一種意態朦朧的境界，取法的是花葉之神韻。他在〈竹染綠色〉中亦云：「我亦狂塗竹，翻飛水墨梢。不能將石綠，細寫鸚哥毛。」徐渭繪畫的這一審美取向在其題畫詩中亦得到了體現，即重「大寫意」，不求工筆的纖細精工之效，並常常不受制於畫中所表現的物象，縱橫捭闔，無所不達。如，他喜畫竹，也喜為竹畫題詩。他曾畫雪竹、雨竹、倒竹、筍竹、菊竹、竹石、水仙雜竹等等，亦有題畫詩。但是，與工筆畫家不同，徐渭不是描摹不同環境中物象的差異，而是寫意而求神采，其題畫詩亦然，如〈雨竹〉：

天街夜雨翻盆注，江河漲滿山頭樹。誰家園內有奇事，蛟龍濕重飛難去。

雖然畫的是雨中之竹，但詩中卻無一字寫竹，全是寫雨。其原因即在於就視覺藝術的畫而言，竹形易現，雨意難摹。因此，詩與畫，一寫雨，一寫竹，互為補充，相得而益彰，使「雨竹」的主題更加完整、豐滿。而以「蛟龍濕重飛難去」狀寫「翻盆注」的豪雨，是畫中原有，還是詩人精騖八極的想像？毋需究問，詩情與畫意已有機地相融為一。

一般的題畫詩因尺幅所限，多為短制，尤以絕句為多，而徐渭的題畫詩則內容十分豐富，有絕句，有律詩，亦有歌行，不一而足。如〈寫竹贈李長公歌〉，長達二百三十五言，詩中除了前四句言及寫竹之外，再不言竹，而是記述了李如松平虜堡之戰歸來時痛述怨憤的過程，徐渭畫竹贈勳將，以喻其凌寒勁節的風骨，並通過詩歌表示了對時政的抨擊。該詩誠如王夫之所言：「仙才俠骨，馳騁煙雲。」徐渭將滿腔的憤懣與痛惜化成了畫中的瀟瀟竹意，詩中主人公的和淚痛訴與詩人的鬱勃情感。全詩在詳細描寫了李如松的訴說後，詩人以「欲答一言無可答，只寫寒梢卷贈君」又回應開篇，結構完整。這幾乎脫略了題畫詩的任何色彩，與史詩幾無區別。

徐渭精通繪畫，他還常常以詩品畫，內容同樣多姿多彩。如，〈王元章倒枝梅畫〉：

皓態孤芳壓俗姿，不堪復寫拂雲枝。從來萬事嫌高格，莫怪梅花著地垂。

徐渭通過品讚元末明初畫家王冕所畫的倒枝梅花「著地垂」的特徵，得出了「從來萬事嫌高格」的結論。是論人？還是為七子派所倡的古法高格而發？抑或兼而有之。有時，徐渭還以詩歌的形式對於前人的畫論提出異議，以彰明自己的審美取向。如，〈畫竹與吳鎮二首〉詩云：「東坡畫竹多荊棘，卻惹評論受俗嗔。自是俗人渾不識，東坡特寫兩般人。」這雖然是一首題畫詩，但詩中所論並非自己所畫之竹，而是對前人品評東坡畫作進行的反批評。如前所述，徐渭對東坡崇仰殊甚，認為「東坡千古一人而已」。徐渭認為，蘇軾畫中的勁竹與蔓生的荊棘，正是雅俗「兩般人」的象徵，不解其意而亂作解人的品評者，其實恰如東坡畫中所現的荊棘而已。

繪畫已融入了徐渭的生活，他或以畫易物，其〈魚蟹〉詩云：「夜窗賓主話，秋浦蟹魚肥。配飲無錢買，思將畫換歸。」或以畫明志，以畫寄情宣憤。畫中之境與現實之境在徐渭那裡已融為一體，並通過詩歌展現了這種渾一之境。如〈畫石榴〉詩寫道：「五寸珊瑚珠一囊，秋風吹老海榴黃。宵來酒渴真無奈，喚取金刀劈玉漿。」作者筆下的石榴已泯合於現實之中，而這也是中國古代繪畫藝術中的極高境界，張僧繇畫龍點睛的傳說，正是狀其畫作之生動逼真。徐渭生性傲兀，他在詩歌中亦以其狀寫自己畫作的精妙，其〈躍鯉三首送人〉詩云：「昔人畫龍破壁去，余今畫鯉亦龍儔。墨到鬣邊忽一逸，令人也動點睛愁。」在〈題自畫菜四種〉中他又說：「葡菜蔥茄滿紙生，墨花奪巧自天成。若教移向廚房裡，大婦為虀小婦羹。」〈伏日寫雪竹〉詩又云：「昨夜苦熱眠不得，起寫生篁雪兩竿。莫問人間涼與否，蒼蠅僵拌研池乾。」畫境內外之寒暑判若天壤，但詩中的畫境可通人境、實境，蒼蠅之「僵」是因「篁雪」而「凍」「僵」，是作者對自己藝術的自信自讚，更是作者沉浸於自己的畫境之中而生的靈思妙想，藝苑奇才徐渭就是生活於詩畫情境之中。

雖然徐渭的畫作以大寫意著稱，但是，畫家都具有準確敏銳的觀察力和獨特的感悟力，徐渭的這一特點在詩歌中也得到了體現，他對於景致的觀察也別具匠心。如〈竹月篇為易道士賦〉：

> 修竹隱丹扉，蕭蕭映月微。林稠光不礙，葉動白俱飛。制鼎看圓魄，裁簫度羽衣。翻經清夜永，猶帶露華歸。

這種準確的觀察與描摹，使得徐渭的詩歌帶有明顯的畫意。就題材而言，徐渭經常以自然物象為詩料，進行仔細的描摹與展現，如，他以〈後聞鸜鵒眼系直度兩眶人可洞視〉為題作五言排律，專門描寫鸚鵡雙眼。這類作品數量甚多，不容論者忽視。

題畫詩、讚畫詩因其內容所限，往往不及表現生民疾苦、時事艱危的作品那樣受到論者的注意。歷來的選家也幾乎不收錄徐渭的此類作品，但是，我們認為這類作品具有較為獨特的價值。其一是因為徐渭詩畫兼通，他所作的題畫詩非他人可比，而具有相融為一的特色。另一方面，這類作品影響了徐渭詩歌的特色。徐渭的文較之於詩歌更多地表現了現實的憂憤，這也許是因為長期的代擬之作嚴重地束縛並戕害了徐渭的心靈與情感，因此，在代擬之外任意揮灑的文章中，徐渭被壓抑的情感便自然地抒寫了出來。與此稍有不同，徐渭的詩歌中表現的情感並不像文中的那樣熾烈，這是因為徐渭的詩歌多為自得之作，尤其是詩歌中營造的藝術境界成了徐渭自得其樂的心靈寓所，其中題畫詩、讚畫詩便是溝通諸種藝術，營造徐渭藝術天地的重要橋樑。面對著勁節的墨竹，搖曳的風荷，傲雪的臘梅，作者沉潛於畫境之中，亦沉潛於詩境之中，與現實的逼仄之境形成了鮮明的對比。雖然我們也偶爾看到一些詩人的歎懷，但詩中的徐渭更多的是以一種寧靜平和的心態來面對著世界與人生的。誠如作者在〈葡萄〉詩中所云：「世事模糊多少在，付之一笑向青天。」因此，詩中的徐渭往往是忘卻了苦痛，以一種寧靜平和的心態來面對世界與人生。詩歌是其遣興、自得之作，而非吶喊與抗爭之作。

## 二、亦莊亦奇的藝術風格

徐渭主張師心自用，抒寫真我，但並不反對師習古人，而是要學習前人之神韻，他在〈書田生詩文後〉中說：「詩亦無不可模者，而亦無一模也。」但是，徐渭的詩歌其實深得前人詩法，這也得到了識者的普遍認同。如，陶望齡在〈刻徐文長三集序〉中認為徐渭詩「深於法而略於貌」，「詩雜入於唐中晚」。袁宏道雖然說徐渭詩歌「盡翻窠臼，自出手眼」，亦即不循固有詩法，但在〈馮侍郎座主〉中也指出其詩「有長吉之奇而暢其語，奪工部之骨而脫其膚，挾子瞻之辨而逸其氣」。也就是說，徐渭是得古人意脈而略於形貌。徐渭以何人為法？識者對於徐渭詩歌得李賀之神韻幾成共識，如朱彝尊在《靜志居詩話》中所說：「文長詩，原本長吉，間雜宋元流派，所謂『斐然成章，不知所以裁之』者。」《四庫》館臣也認為徐渭「詩欲出入李白、李賀之間」。同樣，袁宏道謂其詩「偶爾幽峭，鬼語秋墳」亦可視為徐渭詩歌與李賀神韻相通，這大致道出了徐渭詩歌的風格特徵。徐渭具有奇崛色彩的詩歌在在可見，如〈筠石篇〉：「片石插寒塘，泠泠箭竹黃。誰提數寸管，坐到一秋長。」〈自浦城進延平〉：「溪山孕鐵英，怪石穿水黑。馬齒漱寒流，冶火融初滴。」〈夜宿丘園，喬木蔽天，大者幾十抱，復有修藤數十尋，縣絡溪渚〉：「老樹拿空雲，長藤網溪翠。碧火冷枯根，前山友精祟。」〈無題〉：「黑雲風搓成細索，皎月天開空霽落。雲索條條有時斷，月皎夜夜同君樂。」等等，可見，徐渭詩歌中得李賀神韻的作品是顯而易見的。當然，正如李賀被視為有「異才，而不入於大道」（陸時雍《詩鏡總論》）一樣，徐渭師法李賀也受到了後世學人的批評，如《四庫》館臣在《徐文長集提要》中即認為其「才高識僻，流為魔趣，選言失雅，纖佻居多，譬之急管么弦，淒清幽渺，足以感蕩心靈，而揆以中聲，終為別調。」其實，徐渭這類風格的作品亦為其性情所致，現實給徐渭留下的是條榛莽遍布的生活道路，詩人的心靈受到了太多的摧折，因此，詩人眼中的景致往往帶有險怪冷峭的色彩。

當然，也有論者認為徐渭的詩歌尚有本色的一面，如，清人陳田在《明詩紀事》中說：「文長詩如秋高木落，山骨棱棱。又如潦盡潭清，荇藻畢露。」陳田所謂「潦盡潭清，荇藻畢露」即是自然本色的風格。這些作品當是描寫自然物態、社會狀況、風土人情的作品，而這也正是中國古代詩歌「唯歌生民病」的現實傳統，因此，陳子龍說「文長亦有正音」誠為允評。徐渭有些作品寫得本色自然，優容不迫，如〈順昌道中新晴〉：

解轡投山屋，東鞍聞曙雞。風雲留宿雨，花草踏晴泥。曉峽喧谿路，春沙泛馬蹄。遙知武夷曲，只在亂峰西。

這些描寫現實生活的作品誠如袁宏道所說的「奪工部之骨而脫其膚」之作。同時，徐渭還有縱送自如、恢張排宕的作品，這就是袁宏道所說的「當其放意，平疇千里」般的詩風，其中，歌行體最為流麗。

徐渭詩歌在審美方面呈現出的多元色彩，體現了徐渭是廣泛汲取前人而後自鑄偉辭，即是徐渭自己在〈書草玄堂稿後〉中所說：「渭之學為詩也，矜於昔而頹且放於今也。」他能根據詩作所表現的內容隨物賦形，採取與其相應的風格，而不膠執於一法一格。如，他寫塞上風情的詩歌氣象宏大，狀江南秀色則清麗透逸，寄贈邊庭將士則豪氣干雲，寫自然物象則達意傳神，寫市井生活則質樸自然。在詩歌體裁方面，徐渭能熔眾長於一爐。如，徐渭描寫社會現實的作品時常體現出杜詩沉鬱頓挫的風格，但杜甫「遺詞必中律」，而徐渭是一位兼通眾藝，性情疏狂的詩人，與杜甫有很大的不同，因此，徐渭多以歌行體抒寫胸中「不可磨滅之氣，英雄失路、托足無門之悲」。如〈寫竹贈李長公歌〉、〈沈叔子解番刀為贈〉等詩歌都是現實題材，但都縱送自如，聲宏氣壯，將杜詩的現實風格與太白的恢張之勢融為一體，從而成就了徐渭自己詩歌的風格特徵。

當然，這些尚不屬於《四庫》館臣們所說的「選言失雅，纖佻居多」「憤激無聊」的作品，徐渭詩歌中尚有一些看似格調不高的「俚俗」之作，他有時徑以粗鄙瑣事作詩料，如，〈至日趁曝洗腳行〉即是如此：

> 不踏市上塵，千有五百朝，胡為趾垢牛皮高，碧湯紅檐浣且搔，一盆濕粉湯堪撈。徐以手摸尻之尾，尻中積垢多於趾，解褌纔欲趁餘湯，褌襠赤蝨多於蟣。癢不知搔半死人，叔夜留與景略捫，豕鬣豕蹄爾視為廣庭，比我茅屋一丈之外高幾分，況是僦賃年輸銀。日午割豕纔歸市，醢以餡麵作冬至，澡罷正與蟣蝨語，長鬚喚我拜爺主，往年拜罷號輒已，今年拜罷血如雨，爛兩衣袂，枯兩瞳子。

儘管這些詩歌真實地反映了徐渭落魄潦倒的生活，但確實了無審美價值。因此，論者對徐渭詩歌中「失雅」之作的批評並非完全出於正統文人的偏執之見。當然，對於這樣一位屢遭不幸摧折的詩人來說，以粗鄙無忌語言聊發對於貧苦生活的感喟與無奈，只能說既是詩人的不幸，也是社會的不幸。尤其是當現實世界一次次給詩人無情的折磨後，詩人只能以苦澀的自嘲自謔來排遣生活的鬱悶。因此，在徐渭的詩歌中時常有一些出人意表的情緒表現方式及審美趣味。如，同學葉子肅客死京師，徐渭賦〈子肅再赴戚總戎所未至死於都下〉詩云：「一春綠草飛蝴蝶，千里黃沙暗鼓鼙。兩地分明誰苦樂，遊魂莫遣到家遲。」以葉子肅魂歸江南為樂，化悲慟為慰藉。他藉飛雪而抒寫世事不公，青天亦復如此，飛雪本同，飄落之處卻不一。他戲為〈謔雪〉詩云：「一行分向朱門屋，誤落寒酥點羊肉。」而另一邊則是：「豈無一笠黃茅里，殭殺岩岩一甕虀。」因此，徐渭發問道：「初起青蘋本亦同，大王畢竟是雄風。總令受者自分別，難道青天秉至公。」作者在題注中云：「一笠黃茅，小草屋也。岩岩一甕虀，瘠儒也。」詩人以諧謔的筆調對蒼天、世事發出了沉重的詰問，雪花飄灑異處，「大王畢竟是雄風」！才藝超群，但落得孤處一笠黃茅之中，獨守一甕韭蔬。世事如此不公，令人何等淒悲！但是，作者對一己之窮愁，只化作對小窗之外幾絮飛雪發出幾句戲語而已。如此詼諧之筆，又是何其沉重！

徐渭的詩歌之所以受到後世學人的不同評價，與其取法多方而又不拘於古法的詩學取向不無關係。深而究之，蓋因徐渭才華絕倫而又長期抑鬱憂憤的心態、性情使其然。他的詩歌是不平而又無奈者的苦澀呻吟與寄意，詩人詼諧的筆調中蘊含著冷峻與不平。

詩歌雖然被視為正統雅文學的典範，儒家且以溫柔敦厚為詩教，但「歌緣情」，抒情寫志乃詩歌之本質，從《詩經》中「適彼樂土」的憤激，到屈原「既莫足與為美政兮，吾將從彭咸之所居」❸的絕望與痛苦，到李白「仰天大笑出門去，我輩豈是蓬蒿人」❹的灑落，無不是詩人性情的直接宣洩。而文乃「經國之大業」，「道沿聖以垂文，聖因文而明道」❺，文承荷著明道宗經的使命，除了尺牘等常常不見於文集中的小品之外，一般寄情抒志的作用常常不及詩歌來得直接與酣暢。徐渭則稍有不同，他在文中常常抒寫一己之幽怨，而在詩歌中表現的情緒恰比較平和恬淡。這一方面是因為代擬之文給徐渭心靈的戕害最深，因此，見之於其他文章中的幽怨爆發最烈。而詩歌中雖然也有〈上督府公生日詩〉、〈奉侍少保公宴集龍遊之翠光岩〉等表現了強烈的經世情緒，但是，這些作品一般局限於長篇排律，而短製甚少。大量詩歌乃是徐渭在無所拘礙的環境中的自得之作。另一個重要的原因是畫中的境界往往成為徐渭的情感寄託，而題畫詩以及以描寫自然風物為主的詩歌為徐渭營造了寧靜無垠的心靈天地。

❸ 屈原〈離騷〉，引自朱熹《楚辭集注》卷一，文淵閣《四庫全書》本。

❹ 李白著，瞿蛻園、朱金城校注《李白集校注》卷十五〈南陵別兒童入京〉，上海古籍出版社西元一九八〇年版，第九四七頁。

❺ 劉勰著，范文瀾注《文心雕龍注・原道第一》，第三頁。

## 參　稱顯於時的駢文與開晚明風氣的小品文

如果說徐渭之詩主要是寫一己之情，那麼他的散文、駢文的內容則較為複雜，一方面，因為徐渭長期居於幕下，所作的代擬之文需秉幕主旨意，因此，尚有一些言不由衷之作。但是，幕客的經歷使徐渭的不幸人生中有幸與聞了明代重要的軍國大事，在徐渭代擬的表頌、章奏之中，也寄寓了作者的理想與智慧。這些作品又能充分展示徐渭「經世」的一面。其中駢儷之文占據相當的比重，這些作品辭章富贍流麗，是徐渭當時受到諸幕主青睞的根本原因，理應受到研究的注意。同時，徐渭還有直抒胸臆的小品文類，這些作品任意揮灑，喜怒哀樂無所不及，雋永可喜，才情滿紙，獨具風格，是徐渭與晚明文學思潮相應和最為明顯的文學樣式。

對於自己的散文與駢文成就，徐渭在〈書田生詩文後〉中有這樣的評價：「田生之文，稍融會六經，及先秦諸子諸史，尤契者蒙叟賈長沙也。姑為近格，乃兼并昌黎大蘇，亦用其髓，棄其皮耳。師心橫從，不傍門戶，故了無痕鑿可指。」「田生」即徐渭的別名「田水月」。可見，徐渭的文章一方面以「師心橫從，不傍門戶」為自得；另一方面，又自認為有得於莊子、賈誼以及韓愈、蘇軾之文。徐渭之文有得於蘇軾以及韓愈，這受到了後世學者的普遍認同。但對於有得於莊子與賈誼則鮮有人論及，這主要是因為莊、賈的為文風格並不相同。莊文高蹈恣肆，遁世逍遙，而賈誼則以輔君弼國為己任，所為之文，驗之往古，按之當今之務，多為軍國之大計。兩者之間看似迥然不同。其實，這兩者在徐渭身上確實得到了統一。徐渭一方面自云：「予躭莊叟言真誕。」耽愛莊子，是因為「言真誕」，亦即莊子寓真於誕，寓實於玄，以謬悠之說，荒唐之言，無端崖之辭，表現獨與天地精神往來的人生態度與為文風格。所謂「誕」，顯然不僅僅是語言風格，而更是以汪洋自恣之文以表現「一泓秋水看龍飛」的精神。另一方面，徐渭雖僅為一諸生，但他經歷並參與了明代後期邊疆海防的重大事件，並且多次入高官之幕，為其代擬了諸多表頌、章奏、書啟等公文，雖然多秉承幕主之旨，但其中也寄寓了作者的理想。這些作品無論是縱論國事的內容，還是明允篤誠的風格，都有得賈誼之文風的痕跡。茲對徐渭之文按其內容分為經世之文與小品之文兩類述之。

## 一、經世之文

徐渭雖然科場不順，但經世之心十分強烈，人生期許甚高，曾自云：「激昂丈夫，焉能婆娑蓬蒿，終受制於人？」（〈上提學副使張公書〉）他的經世思想在其文中得到了充分體現，尤其是徐渭親歷了抗倭鬥爭，他曾「至高埠，進舟賊所據之處，觀覽地形，及察知人事」，寫成〈擬上府書〉，提出了詳盡周密的殲滅倭寇的計畫。在〈擬上督府書〉中提出了周密的用兵之道，表現了徐渭突出的軍事才能以及期在報國的決心。即使是代擬之作，也難掩徐渭的經世之志，如〈代白衛使辨書〉，雖是為「以海寇抱不測之罪」的衛使辯白，但作者縱橫捭闔，援古論今，期以「甘犯鈇鉞之誅，再效愚忠于前」，表達了「掛席涉海，凌白濤之中，取鯨鯢之首而梟之藁街」的決心。至於因時制的策問，更是縱横裕如，條分縷析，既表現了徐渭的經國之志，又體現了為文以致用的意向；〈治氣治心〉縱論儒家與兵家治兵之道的異同，具有強烈的現實針對性；〈軍中但聞將軍令論〉從君、臣關係的角度，論述了「古之善將將者，使士卒畏將而不畏己」的道理，同樣是因現實的抗倭鬥爭而發。這些文章風格各異，體裁有別，但都顯示了徐渭鮮為人知的軍事、政治才華以及文以致用的特徵。

徐渭以文經世還在他與張元忭撰寫《會稽縣志》的過程中得到了體現。《會稽縣志》雖然署於張元忭之名，但是，張氏其實僅起到「嚴義例，核名實」的作用，而徐渭實際從事的是「編摩之役」，也就是說，縣志實際成於徐渭之手，這也就不難理解《徐文長三集》中何以收入《會稽縣志》諸分志的專論了。在這些專論中充分體現了徐渭修志為文所秉持著的強烈用世之心。如撰地理志的目的，是因為他將天下視若「大器」，「會稽亦治中之一器也。長是邑者，猶工也，告工以其器，故必先治；告長以其治，故必先地」。由此可見，徐渭修志的立意，是將會稽一縣置於「天下」之大局中，讓治理者了解輿地之實情，期以治理好一縣，並廣而及於「天下」。因此，徐渭所撰之志具有鮮明的特色。這就是他與一般地志以表彰名物風流為唯一期許並不相同，而是美刺相兼。徐渭在志會稽風俗時，痛陳了當時風俗淪喪的現實：「而今之所安者，婚論財，嫁率破家，乃至生女則溺之，父母死不以戚，乃反高會召客，如慶其所懽事，惑於堪輿家則有數十年暴露其父母而不顧者。」又說：「而今之所樂者，其業在博塞以為生，群少年日鶩於市井，黠佃逋主者之租，又從而駕禍以脅之。」徐渭視諸種惡俗如同「瘤」一般，所撰之志，就是期以起到藥石功能，以「圖自化為常膚」。同樣，在〈山川論〉中，與一般志書多狀寫本地山川或峻偉、或秀麗的特色不同，徐渭歷述了古今志山川的篇製區別。作者從「今之志會稽者，書天下千之一之山川，乃累數十紙而未終，且間有缺」的奇怪現象以說明如今貢物之繁多，這是因為「秦以後，天下之地一統於京師。惟一統於京師，則王者雖制其貢矣，不責其數不可也，故一毛一鱗之所產，亦必稽於土，登於版，與壤畝等也，而不敢以謾。夫物不責其數，故山川可略也；可略，故紀山川其大如州者不滿一尺牘。物責其數，故山川不可略也；不可略，故紀山川其小如邑者，累十數紙而未終，且間有缺」。而貢物之源，則在民眾，因此，這一看似令人費解的〈山川論〉實乃著意於關心民瘼。徐渭的這一宗旨還貫及〈物產論〉、〈設官論〉、〈戶口論〉等，亦即《會稽縣志》各篇的編撰之中。由此可見，雖然徐渭之文中有與晚明文人相似的性靈小品，但徐渭之文中更有關乎國是民瘼的大量作品。這些作品有相當一部分代擬之文，這對於主張抒寫一己之真我的徐渭來說，其心靈無疑飽受了常人難以想像的痛苦與煎熬。徐渭卓犖的文學才華成為屬意於他人的工具，其中違背心曲的宦場套語，乃至於諛媚之辭也時時可見，徐渭在靈魂與生計的矛盾糾葛之中，不得已而俯就於嚴酷的生活現實。這也就是他時常表現出逡巡不前、彷徨猶豫心態的根本原因。他在〈自為墓誌銘〉中曾自述入胡幕的經歷：「一旦為少保胡公羅致幕府，典文章，數赴而數辭，投筆出門。使折簡以招，臥不起，人爭愚而危之，而己深以為安。」但這樣的屈就還是為徐渭留下了更為複雜的困境：一方面來自險惡的政治環境的壓迫，因代擬而陷入其中，時時感受到政治險惡的苦悶；另一方面，靈魂屈就於現實的抉擇又悖離了徐渭的人生原則，靈魂發出的哀鳴越發使徐渭感到代擬人生的痛苦。因此，他匯成《幕抄小集》之後有這樣的心靈自白：「予從少保胡公典文章，凡五載，記文可百篇，今存者半耳。其他非病於大諛，則必大不工者也。噫！存者亦諛且不工矣，然有說存焉，余不能病公，人亦或不能病余也，此在智者默而得之耳。」徐渭的痛苦只能以心靈乃至肉體的自戕作為結局。稍感幸運的是，徐渭具有諛媚之嫌的作品主要集中於入胡幕期間代擬的奏表、書啟等文字，數量並不很多。而因生活所需博取潤筆費用的碑傳、序記等文字則時或寄寓自己的真情實感，有些還寫得典麗富贍，很具文學色彩，如深得胡宗憲激賞的〈鎮海樓記〉，雖然不無標榜胡宗憲事功之意，但其宗旨則在於昭太平，悅遠邇，以鐘會萬民所歸。文字典雅莊重，節奏和美，袁宏道稱其為「雋偉宏暢，足稱大篇」。即使是代胡宗憲所作的〈代胡總督謝新命督撫表〉，既表現了胡宗憲履新之時感激皇恩，矢志圖報，灑涕誓師，欲平東南之患的決心，又寄寓了徐渭抗倭報國，拯救蒼生的理想。全篇文字整飭雅馴，用典如貫珠，具有較強的藝術感染力。

徐渭的代擬之作一般都是駢文。對徐渭的駢文成就承學之士論之甚少，這固然是因為駢文確實有矜雅使博、易傷於形式之弊。同時，還因為論者多注意到徐渭之於晚明思潮開風氣的作用，而小品文又是晚明文學最具代表性的文學樣式之一，因此，論及徐渭之文，往往多注重小品文，徐渭的駢文成就也就被小品文所遮蔽。但是，徐渭的駢文頗值一書，其原因固然在於駢文影響了徐渭的人生，徐渭屢次入幕，根本原因即在於其駢文成就冠絕一時。其駢文中包含了嘉靖朝諸多的政治、軍事資訊。同時，在以時文取士的明代，駢文這一古老樣式在嘉靖年間經歷了沉寂於科場而熾熱於宦場的尷尬局面，從徐渭的作品中可以窺見駢文在這一時期發展的基本面貌。

## 二、小品文

與那些雅馴典重的奉意所作相比，徐渭的小品文顯示了別樣的丰采，在這些作品中徐渭真情直露，不拘格套。清人邵長衡認為，徐渭的尺牘題跋「極有簡韻，得蘇、黃小品之遺。譬如山菘溪毛，偶一啖之，牙頰間爽然有世外味也」（《青門簏稿・書徐文長集後》）。這些蕭散自然的作品大多寫作於離開胡宗憲之後。

入胡幕是徐渭重要的人生履歷，也是徐渭作代擬之文最多的時期，其後雖然也曾北上宣府，但那是吳兌為徐渭提供的一次悠閒之旅。此後徐渭的生活窘迫艱辛，還遭逢長達七年的牢獄之災。因此胡幕歸來後徐渭所作也帶有些許頹放的色彩，但這些作品沒有秉意之作靈魂俯屈於他人命意之下的痛苦，自然蕭散的風格是其小品文的基本格調。這一時期的小品文數量眾多，其中尤以樓臺園林小品、品鑑小品、尺牘小品、序跋小品最具特色。徐渭小品文實開晚明小品文興盛之先河。茲略論如次。

## 其一、品鑑小品

中晚明文人頗具魏晉名士雅好品鑑之風，他們品評鑑賞的內容也十分豐富。他們或以蒔花藝竹為樂，或壘石造園、品茗飲酒，並將其一一化為或閒雅清麗，或機趣豐蘊的文字。即如「飲不能一蕉葉」的袁宏道，也要期期以修「酒憲」為務，作《觴政》以作為「醉鄉之甲令」。而以品茗為題材的小品更為多見，如陸樹聲著《茶寮記》、張大復著《茶說》、《煎茶》、張岱著《茶史》、屠本畯著《茶笈》，屠隆《考槃餘事》中亦有專論茗茶的部分。徐渭也雅好品茗，並著有〈煎茶七類〉。該篇雖然以「煎茶」為題，其實是以十分簡括的文字，將茶文化的諸要素一一呈現。徐渭從飲者之品與佳茗諧和相得寫起，云：「煎茶雖微清小雅，然要須其人與茶品相得，故其法每傳於高流大隱、雲霞泉石之輩，魚蝦麋鹿之儔。」以志佳茗之功用，即徐渭所謂「茶勳」為卒篇：「除煩雪滯，滌醒破睡，譚渴書倦。此際策勳，不減凌煙。」文中還述及「品泉」、「嘗茶」、「茶宜」、「茶侶」等。全篇以四字格為主，頓挫有致，如「茶宜」：「涼臺靜室，明窗曲几，僧寮道院，松風竹月，晏坐行吟，清譚把卷。」從品茗的氛圍可見茶乃修性之品，是清談之士、禪伯詩友間證性悟道、論詩交誼之佳品。徐渭品茶之作篇製雖短，實開晚明文士品鑑酒茶之先河。因此，我們就不難理解何以諸家小品文選，諸如十六家小品文選、二十家小品文選、冰雪文選等都將徐渭之小品列於開篇之首。

## 其二、樓臺園林小品

文人雅士往往寄意於園林別墅、館閣樓臺，以此寄寓他們的審美情趣。這些樓臺或高軒凌虛，或小窗疏欄，或曲水流觴，在他們筆下，其藝術結構化成了美侖美奐的文字，這些樓臺園林小品與其所狀的建築之美相映成趣，成了晚明文人精神的重要寄寓。徐渭曾作有多篇樓臺題記，其中既有代擬的「命題」之作，也有有感而題的自得之作。後者往往借庭園以抒懷，於自然處見精警，於敘記中見理趣，風格與其他晚明文人的樓臺題記頗有不同。如〈豁然堂記〉波瀾起伏，不著痕跡。作者從越中湖山之大處著筆，鏡頭由遠而近，逐次推來。當湖山環會之處，堂屋出焉。正當讀者以為將要仔細描繪豁然堂之時，作者又宕出一筆，寫堂所處之背景：繚青縈白，髻峙帶澄，近俯雉堞，遠問村落，更有林莽田隰布錯，人禽宮室之虧蔽。煙雲雪月之變，倏忽於昏旦。還有「蓮女」、「漁郎」點綴其中。由這些看似不經意之筆，作者忽而得出了這樣的結論：「登斯堂，不問其人，即有外感中攻，抑鬱無聊之事，每一流矚，煩慮頓消。」自然而又極謹嚴地點明了題旨。繼而又寫從鑿牖所向之不同，便可捨塞而就曠，卻晦而即明。正當文章似應戛然而止之時，波瀾頓生，筆鋒急轉，由實即虛，由堂屋而歎及人生：「嗟乎，人之心一耳。」由鑿牖以喻人：私一己抑或公萬物全在是否障蔽而已。〈豁然堂記〉，更深刻的主旨卻在「民胞物與」，美文實乃政論。顯然，徐渭的小品之中亦可見東坡文之神韻。時人謂晚明「東坡臨御」而分身有四，其一則為徐渭，誠為允評。

與〈豁然堂記〉以變幻曲折見長不同，〈半禪庵記〉則以用喻精妙勝。誠如陸雲龍所評：「喻處解處微徹渺，度世津梁。」該文實乃因題記而發俗與禪的關係。全篇通過用喻以明理。開篇即論述了佛性與諸業習並不可分，云：「人身具諸佛性，辟如海水；結諸業習，辟如海冰。當其水時，一水而已，安得有冰？及其冰時，雖則成冰，水性不滅。」因此，徐渭認為俗與禪實乃相濟相融，即如同「以一石香屑和一石土沙而為一佛，香穢雜處，終不成半」，指出「大修之人不若頓超諸緣，盡澄性海，則茲半俗，莫非半禪」。不難看出，徐渭之文深具理趣美，這與東坡之文頗多相似。同樣，東坡文章恣肆而又具整飭之美，這就是徐渭所理解的東坡文「極有佈置，而了無佈置者」。徐渭以駢儷之文而見用於時，其題記小品中也透示出作者深厚的四六功底，這在〈半禪庵記〉中也得到了體現。袁宏道對該文亦甚推重，謂其「此等參微真與長公頡頏」，同樣將其與蘇東坡相較。可見，徐渭文章有得於東坡是多方面的。徐渭小品文中體現出的這些特點與其後的袁宏道、劉侗、張岱等人的小品文風格又有顯著的不同。同時，與公安三袁、張岱等人比較，徐渭鮮有山水市井遊記存世，這可能是因為山水遊記往往為信筆所作，徐渭素無珍藏舊作的習慣。陸張侯〈一枝堂稿序〉中有云：「先生落筆，驚風雨，泣鬼神，然不甚愛惜，才脫稿輒棄去。」而樓堂題記則往往多借勒石而得以存世，才免遭散佚之憾。

## 其三、尺牘小品

尺牘是小品文中最為自由靈活，也最易於見作者情致的文體，誠如清人李兆洛所言：「尺牘之美，非關造作，每肖其人，誠以言為心聲。尺牘隨意抒寫而性情自然流露，讀者不啻如見人。」晚明文人的尺牘尤其自然可喜。徐渭的尺牘同樣體現了他文尚本色的特徵。所作既有長篇，亦有短製。長篇如〈奉答馮宗師書〉、〈答人問參同〉等篇製甚宏，實乃政論文體，是徐渭學術思想的重要載體，其內容已在論及徐渭學術思想時述及。對於通常友朋往來，書訊問答的尺牘，徐渭似乎也不善收藏，因此，我們在《徐文長三集》中看到大多是他司記室之職而留下的書啟，另外則主要是北上宣府時留下的為數不多的尺牘，可見是徐渭精選之作。而在《徐文長佚稿》和《徐文長佚草》中收錄的書問、尺牘則為數較多。這些作品或詼諧風趣，或風流可喜，情韻自見，是徐渭小品中最具特色的作品。其詼諧風趣，清新可愛之作，如，〈與梅君〉：

> 肉質蠢重，衰老承之，不數步而揮汗成漿，須臾拌卻塵沙，便作未開光明泥菩薩矣。再失迎候道駕，並只在鄉里故人咫尺之間搖扇閒話而已，非能遠出也。稍涼敬當趨教，兼罄欲言。

徐渭與梅客生相知甚深，其書牘無所不談。文中寥寥數語，似人物漫畫，將自己老病之狀描繪得栩栩如生。作者於自嘲自狀的文詞中自然地傳達出徐、梅二人融洽無間的關係。其整飭華麗，嚴謹縝密之作，如〈與兩畫史〉中與畫家論畫：

奇峰絕壁，大水懸流，怪石蒼松，幽人羽客，大抵以墨汁淋漓，煙嵐滿紙，曠如無天，密如無地為上。百叢媚萼，一幹枯枝，墨則雨潤，彩則露鮮，飛鳴棲息，動靜如生，悅性弄情，工而入逸，斯為妙品。

雖為尺牘，然無一贅語，無一虛應之辭。節奏諧和，詩意拂鬱，渾若題畫詩。而在〈答許口北〉中則就許口北選詩而對儒家的詩學思想作出了別解，云：「試取所選者讀之，果能如冷水澆背，陡然一驚，便是興觀群怨之品，如其不然，便不是矣。」但徐渭持論求中，與公安三袁之信腕信口又有所不同，指出「然有一種直展橫鋪，粗而似豪，質而似雅，可動俗眼，如頑塊大臠，入嘉筵則斥，在屠手則取者，不可不慎之也」，於短短的一篇尺牘中將作者的詩學思想展露無遺。儘管命運多舛，但豪蕩不羈的性情始終如一，其尺牘小品正是文長這一性情的體現，如徐渭曾應張元忭之邀而赴京師，然結果頗令徐渭失望，在常人視若不應為人道的隱衷，徐渭也在致柳生的尺牘中盡情傾訴，云：

在家時以為到京，必漁獵滿船馬。及到，似處涸澤，終日不見隻蹄寸鱗。言之羞人。凡有傳筌蹄緝緝者，非說謊則好我者也，大不足信。然謂非雞肋則不可，故且悠悠耳。

祖露心靈的幽微之聲，正是發揮了尺牘「本無師匠，瑩自心神」（馮夢禎〈敘七子尺牘〉）的作用。可見，徐渭尺牘的內容或揚芬振藻，宣情吐臆；或述事陳理，傷離道別；或譚禪論道，論藝衡文。風格或清俊雅麗，或「如山菘溪毛」，鮮活可喜。晚明小品稱盛，是因為此時的尺牘已超越了實用而兼具抒寫性靈、舒張個性的功能，徐渭是首開風氣者之一。

## 其四、序跋小品

徐渭的文學觀念與實踐「嶄然有異」於時，但他除了作有《南詞敘錄》而專記南戲之外，並無文論專著，這也與晚明文人信筆所如而並不著意於立說頗多相通。他們的文學觀念往往見著於序跋、尺牘之中。如袁宏道的「性靈說」最早則出自於〈敘小修詩〉。同樣，徐渭的序跋中也較多地體現了其文藝思想，如〈葉子肅詩序〉中論及詩歌當發抒本色自然之音時說：「人有學為鳥言者，其音則鳥也，而性則人也。鳥有學為人言者，其音則人也，而性則鳥也。此可以定人與鳥之衡哉？今之為詩者，何以異於是！不出於己之所自得，而徒竊於人之所嘗言，曰某篇是某體，某篇則否，某句似某人，某句則否，此雖極工逼肖，而已不免於鳥之為人言矣。」序跋往往借品評作品提出自己的文學觀念，多以品評議論為主，但徐渭的序跋小品中則以形象鮮明的描寫，以人而為鳥言為喻，對徒竊他人之言的文壇風習提出了批評。同樣，在〈書草玄堂稿後〉幾乎全篇都是描寫：

始女子之來嫁於壻家也，朱之粉之，倩之顰之，步不敢越裾，語不敢見齒，不如是，則以為非女子之態也。迨數十年，長子孫而近嫗姥，於是黜朱粉，罷倩顰，橫步之所加，莫非問耕織於奴婢，橫口之所語，莫非呼雞豕於圈槽，甚至齲齒而笑，蓬首而搔，蓋回視向之所謂態者，真赧然以為妝綴取憐，矯真飾偽之物。而娣姒者猶望其宛宛嬰嬰也，不亦可嘆也哉？渭之學為詩也，矜於昔而頹且放於今也，頗有類於是，其為娣姒哂也多矣。今校鄗君之詩，而恍然契，肅然斂容焉，蓋真得先我而老之娣姒矣。

全文通過老嫗對於年輕時「朱之粉之，倩之顰之，步不敢越裾，語不敢見齒」矯真飾偽行為的赧然羞愧，並以其喻詩，說明了寫詩當真情直寄，自然本色。徐渭序跋小品中以形象生動的描繪以明理的例子不勝枚舉，如，他在〈書朱太僕十七帖〉的跋文，從過人家圃榭之景而有所悟，遂而論及書藝，於錯亂交戛之中見情致，而徐渭的跋文也正是於形象描述之中見理趣的佳作。縱橫捭闔，由此及彼，論理述事。雖然篇製不長，但精警深刻，寄寓了徐渭文求本色的觀念。寓學理於形象，這是徐渭序跋小品的重要特徵。

## 三、駢、散文的審美特徵

如果說徐渭深厚的駢文功底，創作出的富麗雅馴的作品為其屢入官幕，而博得了朝廷重臣的青睞，使布衣徐渭能夠獲取必要的生活依託，那麼，形象鮮明、真情直寄的小品文則為徐渭贏得了在明代文壇的歷史地位。徐渭的知音同道袁宏道曾一語道出其小品文的特徵及價值，他說：「文長短幅最澹逸，才雋手滑，有晉人風韻，宋人理味。」如果說「晉人風韻」是晚明文人小品常見的美學風格，那麼「宋人理味」則是徐渭所獨具，因此，徐渭之小品雖呈「手滑」之狀，但並未溺於晚明文人常見的俗易而至於油滑的境地。這是因為徐渭之小品文與其所擅的雅馴富贍之作同出於一人之手，因此，並非如袁宏道那樣「信腕信口」，視格套為無物。徐渭之文在自然真切之中尚有法度在，論者都看出了這一點，陶望齡說徐渭「文有矩尺」，黃宗羲也認為其「文有法度，得《史》、《漢》之體裁」。當然，承緒前人並非徐渭之文受到後人推讚的原因，徐渭之為徐渭，根本原因是其作品具有自身的風格特徵。這種風格除了在其抒寫真我的根本前提之外，在審美風格方面的特徵是我們尤其值得關注的。對此，前人的評論給我們有些許啟示。明人王思任認為徐渭之文「似厭薄王侯之鯖，獨存蔬筍之味。又如著短後衣，縋險一路，殺訖而罷」。王思任所謂「蔬筍之味」、「縋險一路」大意是指徐渭之文具有奇峭的審美風格。我們認為，王思任所言是頗有見地的。如果說徐渭篇製較長，縱論軍國大事，以及代擬之文多具有典重雅馴的風格，那麼，徐渭自由抒寫的小品文中形象奇峭的審美特徵表現得十分明顯。這從其奇僻的用喻，勁峭的語言風格，以及尚奇的審美追求中即可看出。

徐渭善用喻，且用喻往往奇譎獨特，如在與梅客生的尺牘中有「蚯蚓竅中出蒼蠅聲」之喻，盡顯友朋無所拘束的情形；推讚梅客生之詩不可驟及時以「百丈之井，操尋常之綆以汲之，愈續而愈不及」相喻，生動自謙；寫自己北上吳兌幕府之時已髮白齒搖，身羸體弱，猶千里就道而操觚作文時云「此與老牯踉蹌以耕，拽犁不動，而淚潰肩瘡者何異」，詼諧自嘲，神情畢現；在詮解「興觀群怨」之作的動人之效時說：「如冷水澆背，陡然一驚。」熨貼生動，新人耳目；痛詰模擬之作云：「人有學為鳥言者，其音則鳥也，而性則人也。鳥有學為人言者，其音則人也，而性則鳥也。此可以定人與鳥之衡哉？今之為詩者，何以異於是！」以鳥學人言喻摹擬，戲謔辛辣。有時他還以物喻人，如，他在〈歙石硯銘〉中以硯喻君子養德，云：「不食肉，色故墨，君子效之，絕葷以養德。不聚金，布則星，君子效子，散財以發身。」不但徐渭小品文中以用喻見長，而且較為正式的議論文也時常用喻，如在〈讀龍惕書〉中，他以聰明運動為自然，以盲聾痿痺為不自然，用喻奇峭，形象鮮明。

徐渭之文在語言風格方面與晚明袁宏道等人相比亦有所不同，袁宏道等人的小品文以清新明快的語言風格見長，而徐渭小品文的語言則在峭勁中見沉鬱。比如，徐渭與袁宏道都有過別官而去的經歷，但心情卻迥然不同。袁宏道連上七牘終獲掛冠而去後，輕鬆自適，恰如「敗卻鐵網，打破銅枷，走出刀山劍樹，跳入清涼佛土」，直呼「快活不可言，不可言」。而徐渭從胡幕歸里後，心情憂鬱焦慮。並且這一心情幾乎貫及徐渭一生，因此，鬱勃頹放的語言風格是徐渭小品文的重要特徵。陸雲龍對徐渭小品文曾有這樣的評價：「若寒士一腔牢騷不平之氣，恆欲泄之筆端，為激為濊，為詆毀，為嘲謔，類與世枘鑿。」即使作品中的詼諧幽默也往往帶有苦澀。如，他在〈答張太史〉中引西興腳子所言：「風在戴老爺家過夏，我家過冬。」徐渭文中「一笑」的些許淚痕清晰可見。而身受囹圄之困時，在送友人的序中，對於「與鼠爭殘炙，蟣虱瑟瑟然，宮吾顛，館吾破絮」情狀的描繪，實乃字字泣血。

徐渭文尚奇峭的審美意趣在其作品的題材中可以看出。徐渭長期抑鬱，因此，他的散文中時常可見記幻記夢的內容，徐渭自己說過：「鄙自塞上歸，其後再他出，而歸必有異擬。」徐渭所記的有「黃蛇」、「綠色蛇」、「地板一蛇」、「八腳物，大如大蜘蛛而甚赤」等等。徐渭所記怪異之物象，與其飽受磨難的人生經歷而使精神所受的創傷有關。如果說徐渭作品中出現的奇奇怪怪的題材多源於抑鬱的心理，那麼，尚奇的審美旨趣則形成了徐渭作品的重要特色。磊砢居士在〈四聲猿跋〉中曾這樣說到徐渭作品之奇以及同道品評之奇：「徐山陰，曠代奇人也。行奇，遇奇，詩奇，文奇，畫奇，書奇，而詞曲為尤奇。然而石公之傳遒宕而奇，澂公之序與評俊逸而奇，後先標映，彙為奇書。」徐渭之文確如磊砢居士所言，也與他的其他作品一樣充溢著奇峭的色彩，如他在〈友琴生說〉中寫與琴相狎的友琴生時，情節曲折回環，奇幻莫測：「余嘗見人道友琴生囊客杭，鼓琴於舍，忽有鼠自穴中，蹲几下久不去，座中客起喝之，愈留，此與伯牙氏之琴也，而使馬仰秣者何異哉？」由此作者發出了這樣的感歎：「夫聲之感人，在異類且然，而況於人乎？又況得其趣者乎？宜生之友之也。」人、琴之相得，融融於一，水到渠成，了無痕跡。更奇峭的是文章並未結束，當友琴生請益於徐渭時，雙方默然良久，既而文勢急轉，徐渭對友琴生道出了這樣的驚人語：「余曰：『生誠思之，當木未有桐時，蠶不弦時，匠不斲時，人具耳而或無聽也，是為聲不成時。而使友琴生居其間，則琴且無實也，而安有名？名且無矣，又安得與之友？則何如？』」路轉峰回，人、琴相得頓成空境，友琴生之恍然若失自在情理之中，「君復默然，若有所遺也。」同樣奇譎的是，其後文勢又轉，友琴生畢竟明敏過人：「已而曰：『得之矣，乃今知於琴友而未嘗友，不友而未嘗不友也。』」友琴生悟得徐渭語中三昧否？「余曰：『諾。』」文章戛然而止。從該文可以看出，文中既有鼠得琴聲的奇幻情節，更有文章意脈的奇崛變幻，風卷雲譎，不可捉摸。全文雖不長，但如九曲回廊，前驅不可或測，充分顯示了徐渭之文尚奇的美學特徵。

如果說徐渭的書、畫，以及戲曲作品《四聲猿》曲折地表現了徐渭的心理世界，詩歌主要體現了徐渭對生活、藝術理想的一面，那麼，其文不但較真實全面地記載了徐渭的人生經歷、靈魂屈曲的痛苦與掙扎，而且從一個側面反映了當時社會政治的一個側面。就藝術形式而言，徐渭的駢文如同曾經崢嶸一時的老樹上發出的幾粒新芽，記錄了這一古老文學樣式在明代中後期的存在。尤其值得我們關注的則是如山菘溪毛般爽然有味的小品文，記錄了這一晚明文學拓荒者留下的空谷足音。

磊砢居士在〈四聲猿跋〉中又云：「吾不辨其是徐、是袁、是顧，而祇覺其為奇而已。願與天下後世好奇之士讀是書而共賞其奇也。噫嘻快哉！」❻斯言極是。文長所作與其後所

❻ 磊砢〈四聲猿原跋〉，載《徐渭集》附錄，第一三五九頁。

評，共同組成了一幅文壇奇詭之景。但因其「奇」，也對後人賞其精蘊帶來了些許不便，緣乎此，我與王遜博士遴選了文長詩文部分佳構，譯注研析，以便文長詩文的審美價值為更多的讀者所接受。王博士研究明代文學有年，博洽多識，釋解文長頗多獨得之見。當然，譯釋詩文往往是費心而不討好的工作，不確之處在所難免。歡迎讀者指瑕正訛。

周 群 謹識

# 後破械賦

【題解】嘉靖四十五年（西元一五六六年），徐渭因殺害繼妻張氏而被革去生員籍下獄，他在獄中本來是披枷戴鎖的，隆慶三年（西元一五六九年），他因減刑而摘除腳鐐手銬與枷，當其破械生還之時，欣喜莫名，遂作〈前破械賦〉與〈後破械賦〉。

爰有一物，制亦自斑。鸛喙❶不啄，琴體乏絃。乃偕二友，木竇❷金紐❸，與之為三，脰❹及足手。一人邇之，不棺而朽。多其高義，隨我四年，我分殉之，何心棄捐❺。二三神明，駕鵝❻其首，司其去留，為我撞剖。嗟乎哉，爾完我死，爾破我生，破完倏忽，生死徑庭，可不慎乎？敢告司刑❼。

【注釋】❶喙　嘴，特指鳥獸的嘴。❷竇　孔；洞。❸紐　器物上可以提起或繫掛的部分。❹脰　脖子；頸。❺棄捐　拋棄；廢置。❻駕鵝　野鵝。❼司刑　官名，《周禮》秋官之屬，掌五刑之法，後泛指主管法律刑罰的官。

【語　譯】有這樣一件東西，身上斑斑點點。有的地方像鸛嘴卻不啄人，形體像琴卻沒有琴弦。算上它的兩個朋友，木竇金紐，一共是三樣，困住了我的脖子、雙手和雙足。有人套上了它，沒有躺進棺材就已經腐朽了。感謝它的高義，陪伴了我四年的時光。我應該帶著它一塊陪葬，怎麼忍心將它拋棄。這裡有兩三個神明，為首的是野鵝，牠們決定了此物的去留，為了我祂們去撞擊、剖開此物。哎呀，它要是完整的我就要死，它要是破了我才能生存，是完整還是打破不過倏忽之間，而人的命運卻是或生或死大相徑庭，怎麼能不慎重呢？謹以告訴主管法律刑罰的官員。

【研　析】全文不長，前幾句極力描摹「爰有一物」的形狀、特徵，鸛喙、琴體的比擬，可謂風趣活潑，但當我們意識到描寫的物件是刑具時，只怕隨之會轉為沉重而憂傷。一連四年他都戴著這副刑具，那種苦楚不難想像，但徐渭卻出之以輕鬆、調笑的筆調，當與其揖別時竟稱因為「多其高義，隨我四年」而有「何心棄捐」之感。可那「高義」是什麼呢？無非是折磨、苦痛罷了。反話正言，調侃的背後飽含淚水，令人心驚！當刑具加身時，徐渭只怕無一日不想著能早日去除它，因為「爾完我死，爾破我生」。可當這一日真的來臨的時候，按理說他這時應當異常欣喜，但他卻進言主管法律刑罰的官員，讓他們要千萬慎重，因為「生死徑庭，可不慎乎」。或許，此時的徐渭依舊恐懼籠罩心頭，生怕哪一天這刑具會再次用到他的身上，這種慎重實是猶豫、惶恐使然，此情此景，令人神傷。

# 海上曲（五首選二）

【題解】嘉靖三十一年（西元一五五二年），大規模的倭寇開始在浙東沿海諸城劫掠，次年，倭寇深入到浙西搶掠，並蔓延到長江南北，沿海數千里同時告警。在此過程中，曾有百餘名倭寇渡過曹娥江，到達紹興城東的皋埠，徐渭在此時乘舟進入賊人所據之處，觀覽地形，查知人事，並向知府劉錫獻破敵之策，但劉知府並沒有採納他的建議，只顧守城自保。徐渭為此寫下〈海上曲〉，忠實記載了當日的鬥爭情形，表彰時人英勇抗倭的壯舉、斥責某些官員抵禦倭寇的無能。

## 其三

暇日棄籌策，卒卒❶相束手。四疆險何限，但阻孤城守。曠野獨

匪❷民？棄之如棄草。城市有一夫，誰不如木偶？長立睥睨❸間，盡日

不得溲❹。朝餐雪沒脛❺，夜臥風吹肘。彼亦何人斯❻，炙肉方進酒！

【注釋】❶卒卒　匆促急迫的樣子。❷匪　同「非」。不；不是。❸睥睨　城牆上鋸齒形的短牆；女牆。❹溲　大小便，特指小便。❺脛　小腿。❻斯　語氣詞。《詩經・小雅・何人斯》有「彼何人斯」一語，含有諷刺意味。

【語　譯】官員們平日裡不籌謀計畫，事到臨頭個個都束手無策。四周的險要數不勝數，卻只知道一味依仗孤城堅守。村野中的百姓難道不是你們的子民？竟將他們像野草一樣拋棄。城中只要還有一個男子都被拉去守城，哪個不嚇得如同木偶？長時間站在女牆上，整日連小便的時間都沒有。早飯時雪沒過小腿肚，夜間睡覺的時候風吹過胳膊肘。而那又是些什麼人啊，正在吃著烤肉喝著酒！

【研　析】徐渭此詩對守城官員進行了辛辣的諷刺與批判。前四句斥責官員的失職與無能，本就見識淺薄，平日裡又疏於籌謀，遇事自然束手無策、病急亂投醫。其後八句則批判官員對普通百姓的漠視。面對來犯的敵人，他們採取了集中力量死守孤城的策略，這固然顯示了他們的無能，更出格的在於他們只為了一己安危，置城外之民於不顧，任人屠殺；而城中男子則全被趕上城牆守城，竭力構築保護自己的屏障。「獨匪」、「誰不」等詞中灌注了強烈的感情色彩，令人怒不可遏。詩中將筆觸伸到了日常細節上，尤其是提到了「溲」，即撒尿，看似粗俗，但我們由此不難想像官員們為了自保對百姓的壓迫到達了何種的強制程度。官員們為保自身的安危將百姓趕上城牆，卻毫不顧忌他們的死活，任憑他們處於驚慌失措、飢寒交迫之中，自己卻依然花天酒地。在強烈的對比之中，徐渭怒不可遏，發出了「彼亦何人斯，炙肉方進酒」的控訴。結尾二句與高適「戰士軍前半死生，美人帳下猶歌舞」有異曲同工之妙。

## 其五

肉食者❶誠鄙，鄙夫亦何多？百人守一轍，賤子嗟奈何。積骸枯野草，徵發傾陵阿❷。涓涓❸不可塞，誰為回其波？朽株❹不量力，竊負寧顧他。胡為彼工師，數顧商丘柯❺？

【注釋】❶肉食者　古代把禮制規定的食肉的統治者稱為「肉食者」，此處泛指官員。❷陵阿　丘陵；山陵。❸涓涓　細水緩流的樣子。❹朽株　腐朽的樹樁。亦喻指老朽無用的人。此處是謙稱自己。❺胡為彼工師二句　表達了工匠羨慕沒有技能的人可以免受此苦役的想法。工師，工匠。商丘柯，即商丘之木。《莊子．人間世》：「南伯子綦游省商之丘，見大木焉有異，結駟千乘，隱將芘其所藾。子綦曰：『此何木也哉？此必有異材夫！』仰而視其細枝，則拳曲而不可以為棟樑，俯而見其大根，則軸解而不可為棺槨，咶其葉，則口爛而為傷；嗅之，則使人狂酲三日而不已。子綦曰：『此果不材之木也，以至於此其大也。』」

【語譯】當官的人的確很鄙陋，可這鄙陋的人是何等的多？上百人固守一個路數卻不知變通，卑賤如我只能感歎無可奈何。乾枯的野草地裡遍布屍骸，徵召的人力物資漫山遍野。涓涓流水尚難以堵住，誰又能來力挽狂瀾？窮賤之人自不量力，還在那竭力擔當不顧其他。這就是那位工匠羨慕那些免此苦役的人，是因為那些人沒有技能。

【研析】上面一首詩是對官員無情、自私的控訴，這首詩則諷刺了官員的無能。應對之策理應有多種，這些官員卻只會固守一端，屍骸遍野，也不曾有絲毫的反思與醒悟。前四句批判官員之無能，繼而四句表達對死去兵民的沉痛悼念，兩事合併於一處，一是因為二者間有因果關係，正因官員的無能才招致了如此多的死傷，同時，兩相對照，強化了批判的力量。在位者都是無能之輩，像徐渭這樣的有識之士自然難以發揮所長，其中的辛酸與感慨令人動容。「亦何多」三字裡寄託的不僅是辛辣的諷刺，也是極度的無奈，「朽株」、「竊負」中則寄予了強烈的激憤與不平，此中的辛酸與感慨非識者不能道。儘管身分卑微，有志難伸，徐渭卻不曾減弱自己的用世之心。

## 日暮進帆富春山

【題　解】徐渭一直仰慕武夷勝境，嘉靖三十五年（西元一五五六年）春，他的妻兄潘濤正在福建順昌任縣丞，於是徐渭從紹興啟程去往福建，此詩即旅途中所作。富春山在今浙江桐廬，是一處山與水完美結合的風景佳處。相傳漢代嚴子陵曾耕釣於此，因而有名，又稱「嚴陵山」。

日暮帆重征，江闊眇無度。峰翠逐岸來，樹幹參天去。千里始此行，一日即羈旅。石瀨❶駛❷清磷❸，雪壑聳殘素。回睇吳山岑❹，蒼蒼眇煙霧。

【注　釋】❶石瀨　水被石激形成的急流。❷駛　這裡是流淌、流動的意思。❸磷　清澈明淨的樣子。❹岑　小而高的山。

【語　譯】太陽西下重新揚帆出征，江面上寬闊浩渺看不到邊。兩岸青翠的山峰撲面而來，叢叢的樹木高聳直插向雲天。千里的行程由此開始，只行駛了一日就已羈留他鄉。從石頭上流過的水清亮明淨，山谷中聳立的積雪銀裝素裹。回過頭來看吳山的高處，鬱鬱蒼蒼籠罩著一片煙霧。

【研　析】這是一首紀遊詩。起始兩句，蒼茫的暮色、遼闊的江面、無數的江帆，渲染出一番蒼涼的氣氛，這些正是遊子羈旅抒懷時的常用意象。隨即卻又轉到青翠的山峰與高聳的樹木，滿是生機，透露出明快的色彩，這似乎預示著詩人的羈旅愁思與通常的愁苦有所不同。寫景通常都是為抒情所作的鋪墊，有了前面四句的景色烘托，詩歌筆觸很自然地轉到了情感抒發上。羈旅騁懷，表達的多是漂泊無依、孤苦寂寞的愁緒，但在「千里」與「一日」的對比中，雖有悲涼與感慨，亦不乏輕鬆與豪邁，恰與前面景色描寫所構造的意境相映襯。隨後，詩人的筆鋒再次轉到了景色描寫上。「駛」、「聳」二字賦予靜物以動感，一派飛揚、輕快的畫面；「清」、「殘」二字的使用又使明亮的成色有所減弱，保持著悲涼的基調。揚抑結合、相輔相成，加深了情感的層次。結尾兩句景與情合、情與景融，真摯動人。全詩由景入情，再由情入景，最後以情景交融收束，構思巧妙，意境開闊，情感深厚。

## 將至蘭溪夜宿沙浦

【題　解】此詩也是徐渭前往福建途中所作，依次寫自己在夜晚的所到、所感、所見、所聞、所覺、所夢。蘭溪，在今浙江省中西部，地處錢塘江中游。

中夜依水澤❶，羈愁不可控。遠火澹冥壁，月與江波動。寂野聞籟❷微，單衾覺寒重。託蹤蒲稗❸根，身共鷗❹鳧❺夢。

【注釋】❶水澤　指遍布河湖沼澤的地區。❷籟　孔穴裡發出的聲音，泛指聲響。❸蒲稗　蒲草與稗草，都生長在水邊。❹鷗　鳥類的一科，羽毛多為白色，嘴扁平，前趾有蹼，翼長而尖。生活在湖海上，捕食魚、螺等。❺鳧　水鳥，俗稱野鴨。

【語譯】夜半時停留在沼澤處休息，滿腹的羈旅愁思難以控制。遠處的燈火映照出昏暗的山崖，月光伴隨著江中的波濤一塊晃動。身處寂靜的野外，聽著細微風聲，被子單薄，更加感受到寒意的濃重。將自己的蹤跡留在這長滿蒲稗的沼澤處，伴隨著那沙鷗野鴨一同進入夢鄉。

【研析】這也是一首紀遊之作。首句交待詩人當時的處境：夜半時分、寄身沼澤深處，漂泊無依；更兼長夜漫漫、無心睡眠，羈旅愁思被極大地觸發以致「不可控」。環視四周，燈火、山崖、月光、波濤，不知是由於詩人心境的影響，使它們無一不染上了孤寂的色彩；又或者景象本就落寞，詩人觸景生情，更是平增了內心的愁苦。回過頭來反觀自己，孤身一人在這開闊的野外，連細微的風聲都能聽見；被子單薄，寒意的濃重也讓人體驗得更加深刻。這些雖是正常的觀感，但若非詩人寂寞愁苦，又怎麼會對這些有如此強烈的感受。而且，對於詩人來說，除此之外，他也別無可見、可聞、可想了，好生淒涼。但詩人並非是一個悲觀之人，當此寂寞愁苦之際，他的豁達表現出來：事已至此，難以改變，不如調整心情，隨著那沙鷗野鴨一同進入夢鄉，雖是無奈，也不無情趣。就結構和用語來看，這首詩與杜甫的名作〈旅夜書懷〉非常相似，但詩人將自己所處的環境以及由此而生的情緒刻畫得十分真摯、切合，與單純模擬之作有很大區別。

## 早發仙霞嶺

【題解】仙霞嶺，古稱泉嶺山、古泉山，地處浙、閩、贛三省邊境，由窯嶺、茶嶺、大竿嶺、小竿嶺、梨嶺（五顯嶺）及仙霞嶺組成，統稱仙霞嶺。以其山勢險峻，為歷史上軍事要塞。仙霞嶺除了大自然賦予的險峻外，山清水秀，也是美景之一。嘉靖三十五年（西元一五五六年）春，徐渭從紹興啟程去往福建，賦有多詩讚美沿途風光，此為其一。

披衣陟❶崇岡，日中下未已❷。雄偉莫❸兩都，噴薄❹走千里。百折翠隨人，一望寒生齒❺。高卑互無窮，參差錯難理。蔓草❻結層冰，喬木秀懸藟❼。晝餐就村肆，小結依崖址。去壑❽知幾重，刳❾竿引澗❿水。回視高峽巔，鳥飛不得比。

【注釋】❶陟 登高。❷未已 不止。❸奠 穩固地安置。❹噴薄 洶湧激蕩。❺眥 眼眶。❻蔓草 生有長莖能纏繞攀緣的雜草。泛指蔓生的野草。❼藟 藤。❽壑 坑谷；深溝。❾刳 從中間破開再挖空。❿澗 山間流水的溝。

【語譯】披上衣服登上崇山峻嶺，直到正午也沒有止步。山崗雄偉壯麗使兩都得以安置，氣勢磅礴綿延千里。人的行蹤往復百折，到處都有蒼翠的景色映入眼簾，一眼望去頓生寒意。高低錯落無窮無盡，彼此參差難以理清。蔓生的野草上結有層冰，高大的樹木上懸掛著藤蔓。白天的時候就近村肆吃飯，隨後依靠著懸崖邊休息。不知道那坑谷到底有多深，剖開竹竿去汲引山間的流水。回過頭去看仙霞嶺的山巔，鳥飛得再高也沒法到達那裡。

【研析】徐渭對杜甫非常推崇，其詩作中也頗有不少得杜調的作品，譬如此詩質樸老健，安閒不迫，與杜甫「如禮法之士，冠佩端紳，動作不苟，無竭言急詞，無弛筋懈骨，篇篇莊重」的五言古詩風格十分相似。起始二句交待時間、背景，接著極力描摹仙霞嶺之雄偉壯麗，「奠兩都」與「走千里」可見其恢弘，「翠隨人」與「寒生眥」可見其清新，「蔓草結層冰，喬木秀懸藟」則可見其秀麗。「生」、「結」、「秀」諸字充滿動感，使靜態的景象呈現出動態之感，正是詩人熱情洋溢的心緒的生動寫照。為了避免一味寫景的單調與枯燥，隨後筆觸又轉到敘事上來，就此也實現了時間、地點的轉換。其後四句，運用形象、生動的比擬進一步表現仙霞嶺的雄偉秀麗，前後呼應、彼此映襯、相得益彰。

# 入燕（三首選一）

【題解】嘉靖四十二年（西元一五六三年）秋，徐渭受禮部尚書李春芳年奉六十兩白銀之聘，入京充當其門客，工作任務是代筆起草文稿或青詞。但李春芳要求門客代作的文字非常多，為人處事又極為苛刻，天性崇尚自由的徐渭為此非常苦悶，最終因不能忍受而與李氏交惡。在此過程中，徐渭創作了〈入燕〉詩三首。

## 其二

董生❶抱利器❷，鬱鬱走燕趙❸。賤子❹亦何能，飄然來遠道。行止本無常，譬彼雲中鳥。朝飲西園❺池，暮宿北林❻杪❼。感事復懷人，生年苦不早。欲弔望諸君❽，跡陳知者少。垂首默無言，春風秀芳草。

【注釋】❶董生　指唐代人董邵南。他數次參加進士考試都未被主考官錄取，心情抑鬱，便打算去燕趙地區謀職。臨行前，韓愈寫了〈送董邵南遊河北序〉送給他。文中有云：「懷抱利器，鬱鬱適茲土。」❷利器　比喻傑出的才能。❸燕趙　河北俗稱燕趙，實則古代的燕趙之地還包括了今天的京、津，以及山西、河南北部、內蒙古南部的部分地區。以北京為中心是燕，以邯鄲為中心是趙。唐代的燕趙主要指盧龍（今河北盧龍）、成德

（今河北正定）、魏博（今河北大名）三鎮所在地。❹賤子　徐渭自稱。❺西園　園林名，漢上林苑的別名。❻北林　林名，三國魏曹植〈雜詩〉其一：「高臺多悲風，朝日照北林。」亦可泛指北方的樹林。三國魏阮籍〈咏懷詩〉其一：「孤鴻號外野，翔鳥鳴北林。」❼杪　樹枝的細梢。❽望諸君　指戰國時燕國名將樂毅。燕昭王任用他為上將軍，戰功卓著，曾統帥趙、楚、韓、魏、燕五國之兵伐齊，幾乎將齊國滅亡。昭王死後，其子惠王即位，惠王為太子時就與樂毅有矛盾，即位後對其非常疑忌，樂毅恐被加害便出走趙國，趙王封其為望諸君。事載《史記・樂毅列傳》。韓愈所撰文中有「為我弔望諸君之墓」之語。望諸，古澤名，在河南東北部，又稱「孟諸」。

【語　譯】董邵南身具過人的才華，卻只能懷著滿腔的鬱悶去往燕趙。我又有什麼特別的能耐，飄然從遙遠的地方來到此處。走與停本就沒有定數，就好像那雲中的鳥。早上還在西園的池中飲水，晚上已休息在北林的樹梢。感慨事情又懷念前人，我非常遺憾生得不夠早。想要去憑弔望諸君，古老的遺蹟知道的人很少。低下頭來默默無言，春風輕輕拂過茂盛了芳草。

【研　析】這是一首述懷詩。全詩十四句，無論是感慨唐人董邵南的鬱悶走燕趙、雲中鳥的行止不定，抑或自己想要憑弔望諸君而不得，都是在反覆渲染一個主題：懷才不遇、有志難伸。這可謂是千百年來眾多不得志者的心曲，但若聯繫到徐渭的特殊際遇，則尚別有意味。本詩創作於徐渭充當李春芳門客時期，詩人自由散漫的天性遭受巨大壓制，一應的痛苦折磨化成了這激烈之詞。既然痛苦，何不離去？不是不想，而是不能。徐渭之所以要屢屢加入官員的幕府，尋找機會一展所長固然是有的，但更重要的則是為生計所迫，不得不低頭。進一步說，詩人生活困頓的主要原因又在於屢考不中，故而，他不得志的感慨主要的也最根本的要指向自己科名的困頓，以致要寄人籬下、飽受凌辱。古往今來不得志之人眾多，之所以要舉出董邵南的例子，也是因為董生屢考不中，正與徐渭經歷相似，兩人間頗能形成強烈的共鳴。

## 送蘭公子

【題　解】此詩作於萬曆元年（西元一五七三年）八月。蘭公子，身分不詳，據徐渭自注云：「阿翁，學師也。揚州人。」

耶溪❶芹藻❷色，相伴秋荷老。
公子揭❸重來，傷心那可道。
會日苦無多，相別一何❹早。
八月廣陵濤❺，一葉❻渡殘照❼。

【注　釋】❶耶溪　溪名，出浙江紹興若耶山，北流入運河。相傳是西施浣紗的地方。❷芹藻　水芹和水藻。❸揭　離去。❹一何　為何；多麼。❺廣陵濤　漢枚乘〈七發〉云：「將以八月之望，與諸侯遠方交遊兄弟，并往觀濤乎廣陵之曲江。」後即以「廣陵濤」稱廣陵曲江潮。漢時浩大，蔚為壯觀，後來逐漸變弱。唐大曆後已看不到了。❻一葉　比喻小船。❼殘照　落日餘暉。

【語　譯】耶溪中泛著水芹和水藻的顏色，它們伴隨秋天的荷花一同變老。蘭公子您離去了又重新來，其中的傷心處哪裡能夠說道。會面的日子苦於不夠多，分別得卻又這麼早。八月時節，曲江潮煙波浩蕩，卻只有一隻渡船與落日餘暉相映照。

【研析】這是一首送別詩。前兩句寫景，耶溪本是一片翠綠，生機盎然，令人嚮往，卻要在秋日，伴隨著原本同樣鮮豔的荷花逐漸失去光澤，日益衰敗，所謂好景難常。景色已然不堪，人情亦復如此。蘭公子剛來又去，能夠會面的時間實在太少、太短，知己好友難以歡聚一堂，共訴衷腸。臨別之際，詩人的心情可想而知。他雖沒有直接說出，但想想他描摹的那番場景，八月時節，廣陵江面上，煙波浩渺、一望無際，只有一葉小舟映照在殘陽之中，孤獨無依，衰景配哀情，滿是感傷。末兩句，潘德輿《養一齋詩話》云：「有唐人意。」玩味詩意，確堪與李白「孤帆遠影碧空盡，唯見長江天際流」等千古名句並舉。

## 俠客

【題解】俠客一般是指急人之難、出言必信、鋤強扶弱的豪俠之士。徐渭在此詩中描述了一位武藝高超、慷慨激昂的俠客形象，實則也是他本人的自我期許。

結客❶少年場❷，意氣❸何揚揚。燕尾❹茨菰❺箭，柳葉梨花槍❻。

為弔侯生❼墓，騎驢入大梁❽。

【注釋】❶結客　結交賓客。常指結交豪俠之士。❷少年場　年輕人聚會的場所。❸意氣　志向和氣概。❹燕尾　指箭的尾端像燕尾。❺茨菰　又作慈姑，草本植物。葉柄粗而有棱，葉似箭頭，葉片分叉，像燕尾。❻柳葉梨花槍　是說俠客所帶的槍形狀如柳葉，白亮如梨花。❼侯生　名嬴，戰國時魏國人，年過七十，在魏國大梁當看門小吏。信陵君聽說他識見不凡，故迎為上客。魏安釐王二十年（西元前二五七年），秦國圍攻趙國，趙國危在旦夕，派信使來魏國求援。魏王派晉鄙率十萬大軍前往迎接，但因為畏懼秦國，觀望不前。侯嬴獻計，讓信陵君通過魏王寵妃如姬竊得兵符，並舉薦力士朱亥擊殺晉鄙，奪得兵權，擊退秦軍，保全了趙國。侯嬴與信陵君分別後自刎。事載《史記・魏公子列傳》。❽大梁　魏國都城，今河南開封。

【語譯】結識於少年聚集的地方，意氣何等的振奮高昂。身帶尾如燕尾鏃如菰葉的箭，手握狀如柳葉亮如梨花的槍。為了憑弔侯生的墓，騎驢進入大梁。

【研析】全詩共六句，前兩句引出詩歌主人公，一位意氣風發的青年俠客，並通過隨身攜帶的武器表現其英武不凡。但僅有勇武是遠遠不夠的，所謂「俠客」在英氣逼人的同時必然有著不同凡俗的理想與情懷，於是我們看到詩歌主人公騎驢前往大梁憑弔侯生的場景。中國文人自古即有俠客情結，尤其是當身處政治黑暗、社會動蕩之際，往往會激發出他們狂傲恣肆的豪情並發之於詩文。徐渭所處的時代，外患頻仍、權奸當道，使他對俠客之類的人物懷有異常的興趣。進一步說，在整個中晚明時代，尚俠、任俠在文人中，尤其是在山人中，更是一個頗為突出的現象，發之為詩文，也往往會充溢著不平之氣。袁宏道評徐渭時說他「胸中又有一段不可磨滅之氣，英雄失路托足無門之悲」，此詩可謂典型。彭端淑就稱「余於明人詩，李崆峒外，獨喜徐文長」，並首推〈俠客〉一詩。

# 送劉君（二首選一）

【題解】這是〈送劉君〉二首中的第一首，通過與鳥類的自由遷徙對比，凸顯人的身不由己與走投無路時的無奈。劉君，疑為劉雪湖。徐渭〈劉雪湖梅花大幅〉詩中有「我與劉君相見初，較量長短捋髭鬚」句。

## 其一

南雁正北歸，君今復南去。羽族❶如避炎，君胡故觸暑？嗟哉失路人❷，安所❸避辛苦❹？而我亦同之，臨歧❺淚如雨。

【注釋】❶羽族　鳥類。❷失路人　迷路的人，這裡指找不到出路的人，即不得志的人。❸安所　何處。❹辛苦　窮苦；困厄。❺臨歧　本意為面臨歧路，後用為贈別之辭。《淮南子·說林》載：楊朱在岔路口哭泣，因為不知道走哪條路才是正確的方向。歧，岔路口。

【語譯】南來的大雁正要回歸北方，劉君你又再次往南方去。鳥類尚知道要逃避炎熱，劉君你為何要承受酷暑？哎呀時運不濟之人，去哪裡才能逃離窮苦？我和你同病相憐，臨別時在岔路口淚下如雨。

【研析】這是一首送別詩。古往今來，送別詩在詩歌創作中蔚為大宗。這些詩歌除了表達離愁別緒外，往往還有所寄託，本詩以人與鳥類對比展現出人的痛苦與無奈。鳥類尚能驅寒避暑、自主安排，失路之人卻只能逆來順受，且是「安所避辛苦」，既是不得，也是不能，此中充滿著矛盾與糾結、不甘與無奈。臨別之際，念及彼此的困頓命運，自然傷心莫名、痛哭不已。

## 上冢

【題解】冢即墳墓，上冢即掃墓。據詩中內容可知本詩作於萬曆十三年（西元一五八五年）徐渭六十五歲時。全詩圍繞清明掃墓後到侄孫家的觀感，表達了對家業衰落的概歎。

吾叔邵武公[1]，當年與我翁[2]。雙陪閩蜀守，竹馬[3]走兒童。歸來知幾日，相繼歸窀穸[4]。黃泥閉雪髭[5]，欲會那可得。叔家城北居，高棟[6]亦雕題[7]。邀賓夕駐馬，為母日烹雞。一朝[8]桑海[9]換，不能保子孫。負薪冢上道，養鴨水邊村。我今六十五，仍高破角巾[10]。年年上爺冢，每每到孫家。孫家留我坐，孫婦辦湯茶。以我上冢牲，啖孫且滿引[11]。遶籬黃蝶飛，抽籬高碧筍。起視檐西東，分簷任蜜蜂。問蜂窠幾許，四十還有餘。窠窠如不敗，勝我十畝租。

【注釋】❶邵武公　即徐渭的叔父徐鎡。徐鎡於成化十六年（西元一四八〇年）中舉，正德年間曾任福建邵武府同知（州府一級的副職），故稱邵武公。❷我翁　指徐渭的父親徐鏓。徐鏓於弘治二年（西元一四八九年）利用貴州軍籍在雲南中舉（明嘉靖十六年以前，雲貴兩省鄉試合併於雲南），隨後在雲南歷任州縣官，正德七年（西元一五一二年）升任四川夔州府同知。❸竹馬　兒童遊戲時當馬騎的竹竿。❹窀穸　墓穴。❺雪髭　雪白的鬍子。髭，嘴上邊的鬍子。❻高棟　高大的屋樑，借指廣廈。❼雕題　用彩畫雕刻等裝飾房簷。❽一朝　一時；一旦。❾桑海　滄海桑田的略語。大海變成桑田，桑田變成大海。比喻世事變遷極快、極大。❿角巾　有棱角的頭巾。為隱士或布衣所戴。⓫滿引　斟滿飲盡。

【語譯】我的叔父邵武公，當年與我父親官位相同。分別在福建和四川伴隨太守，孩子們騎著木馬其樂融融。沒想到他們辭官回來沒多久，相繼去世進入墓穴。黃土封蓋住他們雪白的鬍鬚，想要會面卻再也不能實現。叔父一家在城北居住，屋子高樑畫棟。邀來的賓客徹夜不歸，老母親日日為他們煨雞。一朝滄海桑田世事變幻，再也不能擔保子孫的未來。如今他們為了生存不得不在墳前的小路上揹柴行走，在水邊的村寨旁養鴨。我今年已經六十五歲了，仍舊高纏著破舊的頭巾。年年來給祖輩上墳，每次都要到這裡來看望侄孫。侄孫留我小坐，侄孫婦將湯茶準備。就著我上墳的祭品，且同侄孫一同暢飲。黃色的蝴蝶繞著籬笆飛來飛去，籬笆間的嫩竹又高又綠。我站起身來向屋簷兩邊張望，簾下結著密密的蜂巢。我問他們蜜蜂養了多少，說是共有四十多巢。

要是每巢都能養成功，勝過我十畝田的租。

【研　析】這首詩是徐渭晚年時的作品，可以清晰地看到風格的變化，即任情任性、隨意抒寫，而不太計較法度。通篇平鋪直敘，先是交待兩家長輩的親密關係，繼而談及家道中落前後的變化，重點則在細緻描述清明掃墓後在侄孫家做客的情景。筆觸所及全在普通的日常生活，且然後向侄孫了解詳細情況，得到的回覆令其很高興。比如在寫到侄孫家養的蜜蜂時，先是自己起身四處觀望，然後向侄孫詢問產量，並得到令人激動的回覆。看似瑣碎，卻在情在理，充分展示了一位關心後輩的長者事無鉅細都要操心的心情。全詩看似剪裁隨意，且文詞平實，少有修飾，卻給人以自然、平易、真實之感。再者，詩中提及家道中落，生活發生了巨大變化，雖不無感慨，卻並未過多介懷。沒有了賓客盈門的熱鬧，也沒有了錦衣玉食的奢華，且要自力更生，砍柴養鴨，但詩人分明是以欣然的姿態來面對這一切，表現出一種恬淡自甘、安貧樂道的情懷。對於他們來說，能夠通過自己的辛勞獲得回報就是無比開心的事情，所以當說及養蜂的收益時，雖未必富貴，勝過十畝田的租想來也不會太多，但他們已很滿足，流露出無比的喜悅。

# 陰風吹火篇呈錢刑部君附書

【題　解】詩附書云：「側聞公遠臨江滸，普薦國殤，補化理之不及，超沉淪而使脫。渭敷揚鮮才，歡喜無量，賦得〈陰風吹火篇〉以獻，附書別作四首，兼乞覽觀，率戲效李賀體，不審少有似否？別奉唐集一部，伏希垂納。」錢刑部即錢楩，字八山，號雲藏，山陰人，嘉靖五年（西元一五二六年）進士，官至刑部郎中。後棄官歸里，在秦望山半岩修道，再由道入禪，著有《逃禪集》。徐渭受道教的浸潤，與其兄徐淮以及錢楩有密切的關係。李賀體，指唐代元和年間詩人李賀的詩作所獨有的風格意境。其詩瑰麗奇譎，多用「泣」、「血」、「冷」、「腥」等字眼，使詩歌帶有傷感冷豔的風格。本篇篇名就是由李賀〈長平箭頭歌〉「回風送客吹陰火」而來。嘉靖年間，倭寇屢次侵擾，軍民死傷甚重，錢楩憐憫孤魂野鬼無處可依，於是設道場超度亡靈，所謂「普薦國殤」，於是徐渭效仿李賀體作此詩。別作四首，按順序為〈賦得思泉篇〉、〈朱大夫命題王母行海水畫以為壽〉、〈清溪道中見梅〉、〈楊妃春睡圖〉。此詩作於嘉靖三十五年（西元一五五六年）。

陰風❶吹火❷火欲燃，老梟❸夜嘯白晝眠。山頭月出狐狸去，竹徑❹歸來天未曙。黑松❺密處秋螢雨，煙裡聞聲辨鄉語。有身無首知是誰，寒風莫射刀傷處。關門❻懸纛❼稀行旅，半是生人❽半是鬼。猶道能言似昨時，白日牽人說兵事。高旛❾影臥西陵渡❿，召鬼不至毘盧⓫怒。大江流水枉隔儂，馮將呪⓬力攀濃霧。中流燈火密如螢，饑魂未食陰風鳴。髑髏避月攫殘黍，幡底颯然⓭人髮豎。誰言墮地⓮永為厲⓯，宰官功德不可議。

【注　釋】❶陰風　朔風；陰冷的風。❷火　指燐火，也就是人們常說的鬼火。人類和動物的身體中有磷，死後腐爛生成磷化氫，磷化氫冒出地面，可以在空氣中自燃，只不過白天看不到，夜晚可見。❸老梟　即貓頭鷹，舊時視之為不祥之鳥。❹竹徑　竹林中的小徑。❺黑松　常綠喬木。高可達三十米。❻關門　關口上的門。❼纛　古代軍隊裡的大旗。❽生人　活著的人。❾高旛　招鬼的旗幟，其形長幅下垂。❿西陵渡　在浙江蕭山西，這裡泛指東南水濱。西陵，即西興。⓫毘盧　毘盧舍那（亦譯作毘盧遮那）之省稱。即大日如來。一說，法身佛的通稱。⓬呪　同「咒」。⓭颯然　淒厲的樣子。⓮地　地獄。⓯厲　惡鬼。

【語　譯】陰風吹得燐火似要燃燒，貓頭鷹夜間嚎叫白天睡覺。山頭的月亮出來了狐狸速速隱藏離去，從竹林幽深處歸來後天尚未發白。黑松的密處滿是螢火蟲，如同是下起了雨，煙霧裡似有聲音，仔細辨聽聲音竟是鄉語。有身子卻失去了頭顱哪能知道是誰，寒風千萬不要射向有刀傷的地方。關口前懸掛著大旗行人稀少，一半是活著的人一半卻是鬼。那些鬼仍然聲稱像以前一樣能說會道，白天的時候拉著人訴說往日作戰之事。招魂旗的影子倒映在西陵渡，呼喚著鬼魂卻未見前來惹得佛陀非常憤怒。江中的流水枉費心思將我隔斷，憑藉咒力我可以力攀雲霧。江中的鬼火如螢火蟲般繁密，飢餓的鬼魂找不到食物到處陰風陣陣。骷髏避開月亮搜尋殘黍，幡底一派淒厲之狀人的頭髮也不由上豎。誰說墮入地獄就永遠成為厲鬼，長官的功德難以評議。

【研　析】徐渭對李賀的詩歌非常推重，現存徐渭的著作中，可以確認是徐渭批註的古代詩集唯有《唐李長吉詩集》。徐渭喜好李賀之詩，固然與困厄科場而孤憤不遇、懷才兀處的身世有關，更因為他對於李賀詩歌風格的喜愛。袁宏道曾評論徐渭詩歌「有長吉之奇而暢其語」，認為徐渭有些詩歌風格奇詭怪譎、意境陰鬱晦暗、陰森恐怖，與李賀相似，譬如此詩。前四句描摹環境，陰風、鬼火殘怖，已經烘托出陰森氛圍，再加上時而出沒的山狐、晝伏夜出的老梟，更添幽怖之狀。繼而寫鬼，客死他鄉，魂無歸處，突然聽見了鄉音，頗能補償思鄉之人的苦寂心情，可惜身首異處，失去了頭顱無法去辨認對方是否相識，反倒更添煩惱與哀苦；寒風時時吹襲過來，他們苦苦哀求：千萬不要吹向傷口處啊，此等場景又著實可憐可哀。朱彝尊謂：「首八句，句句警策，具體長吉而得其骨髓者也。」本詩是因錢梗「普薦國殤」而作，詩歌自然要過渡及此。眾鬼淒涼，幸得錢八山的祭奠，大江之上，煙霧繚繞，眾鬼紛紛來搶奪食物，鬼火、陰風，又是一派慘澹景象，「髑髏避月攫殘黍」一句，尤其是一「避」字、一「攫」字，把餓鬼又怕人看見、又迫切求食的情態刻畫得淋漓盡致。這裡的氣氛旨趣雖與前面內容契合，但卻收束於「宰官功德不可議」，意在吹捧錢梗，以獲得舉薦的機會，論者以為，用頌詞取代作者本身情志的抒發，不免虛矯。朱彝尊更是認為自前八句以下「嘽緩拖沓，去嘔心人（指李賀）遠矣」，又稱「結句尤索然無味」。批評雖不免嚴苛，卻有一定的道理。

## 楊妃春睡圖

【題　解】楊妃即楊玉環，字太真，她先為唐玄宗李隆基之子壽王李瑁的王妃，後又得到唐玄宗寵愛，天寶四載被封為貴妃。惠洪《冷齋夜話》曾記載過這樣一個故事：唐玄宗登臨沉香亭，讓人去招太真妃子。但妃子晨酒未醒，只得讓人扶掖而至。當時楊妃醉顏殘狀，鬢亂釵橫，不能再拜。玄宗笑說，豈是妃子醉，真海棠睡未足耳。後世以楊妃春睡為題的畫作詩作很多，此即其一。

守宮❶夜落胭脂臂，玉階草色蜻蜓醉。花氣隨風出御牆，無人知道楊妃睡。皂❷紗帳底絳❸羅❹委，一團紅玉❺沉秋水。畫裡猶能動世人，何怪當年走天子❻。欲呼與語不得起，走向屏西打鸚鵡。為問華清❼日影斜，夢裡曾飛何處雨❽。

【注釋】❶守宮　壁虎，這裡是指守宮砂。晉朝《博物志》中記載，如果用硃砂餵養壁虎，壁虎會全身變赤。吃滿七斤硃砂後，把壁虎搗爛並千錘萬杵，然後點在女人的肢體上，殷紅一點，只有在發生房事後，其顏色才會變淡消退。❷皂　黑色。❸絳　紅色。❹羅　質地輕軟、花紋精美的絲織品。❺紅玉　紅色的玉石，古代常用來比喻美人。《西京雜記》卷一稱，「趙飛燕與其妹趙合德二人并色如紅玉」。❻走天子　使天子出走。唐玄宗因耽於楊貴妃的美色，任其堂兄楊國忠專權擅政，以致朝政混亂。天寶十四載（西元七五五年）十一月初九，身兼范陽、平盧、河東三節度使的安祿山趁唐朝內部空虛腐敗之機，聯合契丹、突厥等少數民族，以奉詔討伐楊國忠為藉口在范陽起兵，叛亂發生後，唐玄宗被迫逃往四川。❼華清　宮殿名，在山西臨潼城南驪山西北麓，內有溫泉，為皇帝與妃子沐浴之所。❽夢裡曾飛何處雨　宋玉〈高唐賦〉記載，楚懷王遊高唐，晝寢，夢見巫山神女，因幸之。神女臨別時曰：「妾在巫山之陽，高丘之阻，旦為朝雲，暮為行雨。」後以「巫山雲雨」比喻男女幽合，此處化用其意。

【語　譯】夜間守宮砂顯現在胭脂般的手臂上，玉階前滿庭春色蜻蜓也為之沉醉。花的香氣伴隨著輕風飄出宮牆，沒有人知道楊貴妃已經入睡。黑紗的帳底紅羅盡褪，一團紅玉沉入了秋水。在畫中仍能打動世人，又難怪當日能讓天子流離顛沛。想要喚醒她說句話卻沒法叫起，走向西邊的屏風拍打鸚鵡。請問華清宮已經日影西斜，夢裡在何處行雲雨。

【研　析】這是一首題畫詩，畫由何人所作今已不可知，或許正是出自徐渭本人手筆。全詩十二句，前六句描摹畫境，後六句寫觀者思緒。題為楊妃春睡，首句即直入主題，引出楊妃一人春睡，這恰與後文「無人知道楊妃睡」相照應。描寫楊妃，不及其他，獨獨點出守宮砂，金性堯先生認為此處意味深長。因為既有守宮落在楊妃的手臂上，則除明皇外，別人就不能再親近她了，此可見楊妃得寵之專與深。次句筆調一轉，點出周圍的景致，春意正濃，連蜻蜓也不由陶醉，花香濃密，伴隨春風飄出宮牆，「花氣隨風出御牆」一句構思精巧，想像奇特，令人叫絕。當然，這些自然是圖所不及而作者感受到的，然而當春之時，這些確是必然之感觸。題畫詩講求詩畫融通，此處正是典範。在經過充分的烘托之後，由春而及睡，楊妃終於出場了。可我們在第一時間看到的並不是楊妃本人，反而是「皂紗帳底絳羅委」，黑色紗帳將楊妃遮住，紅羅掉落在地上，此時的楊妃或許已是褪盡了衣裳（因無人故耳）。但楊妃的美豔畢竟難以遮掩，如溫香軟玉般的胴體被一團紗帳包裹著，若隱若現。此情此景，既香豔妖嬈，令人神往，卻又保持著一定的距離，而不顯得輕薄、媚蕩。慣常寫法，多是先渲染環境，以烘托人物神采，但在本詩中，打破常規格局，由人物而到景色，由景色又回到人物，客觀上說，這可能是遵循了一般的觀察視角與習慣，但也在不經意間實現了人物與景致融為一體，彼此映襯，人因景而增色，景因人而增趣，更覺意味無窮。面對此情此景，詩人難以不動容，並很自然的引發歷史之思：畫中人尚且如此美豔，面對那真正的佳人，天子又如何能夠不神魂顛倒，乃至荒廢朝政，落得個出逃的結局？常人至此大多發出紅顏禍水的感慨，但詩人卻只是想表達對楊妃美貌的感歎，作為觀畫者的他，似乎有些忘情了，因為叫不醒畫中的美人，他竟想把屏風邊籠架上同樣沉睡的鸚鵡打起，好把她吵醒。然而，畫畢竟是畫，他不可能真與她親近，醒悟後詩人不勝惆悵。在寫法上，詩人時而變化視角，時而變換色彩，時而對比協調，時而馳騁豐富的想像，把貴妃無聲酣睡的情境和氣氛渲染得溫馨備至，也體現了徐渭作為詩畫家的本色。明人題楊妃春睡圖的很多，多是由楊妃而及安祿山，進而發紅顏禍水之感慨，徐渭此詩卻未曾入此俗套。張謙宜評此詩說：「如此熟題，看他設色遣調，蒼沉老辣，故是作家別開生面處。」

## 射鷹篇贈朱生

【題解】這是一首勸勉朋友之作。朱生，不詳何人。

去年射雁黃浦口，三軍進酒齊為壽[1]。今年射鷹復何處，海舶[2]停沙大桅豎。君本臨洮❸豪傑士，漢時六郡❹良家❺子。作客羞為堂下人，射生❻慣落雲中羽❼。腰間束矢❽插兩房，連年驅賊如驅羊。轅門❾待士近不薄，朝來歸興何洋洋？丈夫有遇有不遇，去留之間向誰語？

【注　釋】❶為壽　指席間向尊長敬酒或贈送禮物，並祝其長壽。❷海舶　海船。❸臨洮　古稱狄道，自古為西北名邑、隴右重鎮，古絲綢之路要道，是黃河上游古文化發祥地之一。❹漢時六郡　指漢代的隴西、天水、安定、北地、上郡、西河六郡。❺良家　指家境富足的人家。❻射生　射獵禽獸。❼雲中羽　指空中飛的鳥。羽，鳥的毛。❽矢　箭。❾轅門　古代帝王巡守、田獵，只宿在險阻的地方，用車子作為屏藩。出入之處，仰起兩輛車子，使兩車的轅相向交接，形成一半圓形的門，稱作轅門。後來也指領兵將領的營門及督撫等官署的外門。這裡指朝廷。

【語　譯】去年射雁於黃浦口，三軍將士共同舉杯為你祝賀。今年射鷹又在何處？海船停在沙灘上旗杆高豎。朱君你本是臨洮的豪傑之士，漢時六郡的世家子弟。作客時羞於受到主人的輕視，射箭時經常打落空中的飛鳥。腰間兩邊插著箭矢，接連數年驅趕賊寇如同趕羊。近來國家待士並不怠慢，為何你歸去時興致不高？大丈夫處世有遇和不遇，去留之間的難處有誰可以訴說？

【研　析】這是一首贈答詩，贈答的對象曾經是一位叱咤風雲的將軍，如今卻解甲歸田，內心充滿了失望與落寞。詩人以這首詩贈之，既表達了對朱生遭遇的感慨，同時也希望對方能夠振奮精神，以待來日。前四句以今昔狀況作對比，呈現出人生的巨大落差。接下來的六句，追憶對方的往日功勳，熱情歌頌他的非凡氣概與才能。末四句是詩人的勸勉之辭，既有現實層面的思量：朝廷正是用人之際，你身負雄才偉略，自有獲用之時，不必灰心失望；亦有詩人對人生的體察：個人的遭際本就風雲變幻，難以把握，因而遇本不必喜，不遇亦不必憂。且終究是個人的事情，難以「向誰語」。自怨自艾根本是無謂之事，不如灑脫應對人生。其中或有無奈，卻是深刻的人生智慧。

## 二馬行

**【題解】**嘉靖二十九年（西元一五五〇年）秋，蒙古韃靼部首領俺答率領騎兵大舉入寇，進犯大同、宣府，大同總兵仇鸞面對來敵嚇得慌了手腳，緊閉城門，不敢抵抗。後來他竟然以重金賄賂俺答，請求他不要進攻大同。俺答收受了賄賂，轉而移兵進攻他處，並於八月中旬攻占古北口，長驅直入內地。後在京郊燒殺擄掠，飽足之後才飛揚而去。仇鸞率兵尾隨，於白羊口大敗，但他因賄賂嚴嵩，非但沒被治罪，反而加太子太保、總督京營戎政。遠在江南的徐渭聞此感慨激憤，寫下了〈二馬行〉。

誰家兩奴騎兩驄❶，誰是主人云姓宗❷。朝來暮去夾街樹，經過煙霧如游龍。問馬何由得如此，淮安❸大荳清泉❹水。胸排兩嶽橫難羈❺，尾撒圓毬❻騎欲死。陽春三月楊柳飛，騎者何人看者稀。梅花銀釘革❼帶肥，京城高帽細褶❽衣。馬厭❾豢養人有威，出入顧盼生光輝。去年防秋古北口❿，勁風吹馬馬逆走。對壘終宵不解鞍，食粟連朝不盈斗。將軍見虜飽掠歸，據鞍作勢呼賊走。士卒久矣知此意，打馬追奔僅得彀⓫。天寒馬毛腹無矢⓬，飢腸霍霍鳴數里。不知此處⓭踏香泥，一路春風坐羅綺。

【注　釋】❶驄　青白相間的駿馬。❷宗　宗公；大臣。有人認為宗與嵩通，是暗指嚴嵩。❸淮安　府名，治所在今江蘇淮安。❹清泉　山名，在今福建閩侯西。清泉和淮安當均是泛指。❺難羈　難以戴上籠頭，不好駕馭。❻圓毬　比喻馬尾毛濃密形如圓球。❼革　馬轡頭。❽褶　騎服。❾厭　滿足。❿古北口　在今北京市密雲東北。⓫彀　即彀中，箭能射及的範圍，形容路程很短。⓬腹無矢　即腹中無食之意。矢，通「屎」。⓭此處　指京城。

【語　譯】誰家的兩個奴僕騎著兩匹青驄，誰是他們的主人回答說姓宗。早去晚歸穿行在滿是樹的街道上，經過的時候揚起塵霧好似游龍。詢問馬為何能夠如此，說是因為吃的是淮安的大豆喝的是清泉的水。胸肌隆起如山，馬肚帶都難以捆縛，尾毛甩起時好似圓球，無比驕橫妄為。陽春三月的時候楊柳紛飛，很少有人觀看騎馬的是誰。那些人的皮帶上嵌著梅花形銀釘非常寬廣，戴

## 29　行馬二

著京城流行的高帽穿著華美的衣裳。馬被豢養得非常滿足人也有威風，出入的時候四處張望熠熠生光。去年秋天官兵防守在古北口，大風吹得羸弱的戰馬倒著走。對陣的時候日夜不能解下馬鞍，供給的糧草接連幾天不滿一斗。將軍看著敵寇肆意搶掠後回去，坐在馬上裝腔作勢叫喊賊要溜。士兵早已知道這一著的用意，僅僅拍打馬匹追趕了一箭射程左右的路程。天氣寒冷馬匹慌亂腹中也空空，飢腸轆轆鳴叫數里。卻不知京城的馬兒正踏著香泥，馱著達官貴人沐浴著一路春風。

【研析】詩歌以馬為中心，通過對比呈現出的巨大反差來表達詩人的愛憎褒貶。這種寫法古已有之，白居易即以此創作了諸多傑作，但像徐渭這般想像之奇特及使用語言之尖刻的，卻頗為少見。以寫馬為例，權貴之馬是「胸排兩嶽橫難羈，尾撒圓毬驕欲死」，邊關的戰馬則「勁風吹馬馬逆走」、「天寒馬毛腹無矢」，為了表現權貴之馬的高大強壯與戰馬的羸弱不堪，可謂極盡誇張之能事。事或不經，但這些正是詩人悲憤到極點時必然的情緒反應，我們也為此受到強烈感染。詩人的批判不僅是強烈的，也同樣深刻。為什麼兩種馬會產生巨大反差？因為前者是以淮安大豆和清泉水來餵養，後者則「食粟連朝不盈斗」；前者被配上華麗的裝飾，終日伴著權貴們四處遊玩，後者則終日不得解鞍，隨時防備著來犯之敵，權貴奸佞們的驕奢淫逸、腐敗墮落昭然若揭，戰爭失敗實在是註定了的。結尾四句，對比鮮明，情感強烈，較之於前面「彼亦何人斯，炙肉方進酒」的直白控訴，更有無窮意味。

# 觀獵篇　并序

【題解】嘉靖三十七年（西元一五五八年）秋，徐渭因赴鄉試，離開胡宗憲幕府，次年春季回歸，住在杭州城內吳山附近。在此期間，除與幕友沈明臣、王寅等人唱和之外，好與武官及俠士交遊。

王將軍邀予觀獵，時積雨❶初霽❷，飛走者避匿。予從將軍諸騎士牽狗出太平門，抵海寧沙上。頃刻馳百餘里，不見一雉兔❸而還。乃割所攜鮮，飲月唐寺中。

【注釋】❶積雨　猶久雨。❷霽　雨雪停止，天放晴。❸雉兔　野雞和兔子。

【語譯】王將軍邀請我去觀看射獵，當時連日的大雨剛剛結束，天上飛的地上跑的獵物都四處逃竄躲了起來。我和將軍以及他的騎士們牽著獵狗從太平門出來，抵達海寧的沙灘上。不一會兒奔馳了百餘里，沒有見到一只野雉或兔子就回去了。於是在月唐寺中就著攜帶的美味開懷暢飲。

茅刀割水嬌紅④茜⑤，風偃寒梢臥長堰。青林⑥疏樹隔荒墳，白水茫茫看不見。將軍本是北平豪，記得依稀身姓曹。怕向揚州作貴客，慣從下澤⑦驟鳴鑣⑧。萬里秋郊平似舸，千騎圍中一是我。箭叫餓鵰⑨，龍騰快馬。趁鹿逐獐，解絛掣鎖⑩。耳後生風，鼻頭出火⑪。自來此州，殺賊不暇。皁鵰⑫氣銷，韓盧⑬魄墮。昨見儒生，衣長履大。入揖令公，揮金不謝。抽筆制詞，彎弓輒射。任釋⑭挾居，刲牛食鮓⑮。外枯中腴，無所不可。促騎請邀，徵徒出野。牽犬莫遲，見兔輒打。儻遇大兕⑯，一發斷髁。為先生壽，引滿十斝⑰。健兒跪領將軍言，翻身上馬去如煙。寶刀映日不足數，角巾受風真可憐。淺草平堤水痕聚，萬蹄避水移家去。沙擁肥螯掠岸飛，絲牽小豸⑱當空乳。漢將窮追路欲闌，胡家甌脫⑲避何難。今朝立馬祁連⑳上，不見匈奴一騎還。

【注釋】④嬌紅　嫩紅；鮮豔的紅色。⑤茜　紅色。⑥青林　蒼翠的樹林；蒼翠的樹木。⑦下澤　即下澤車，一種適宜在沼澤地上行駛的短轂輕便車。⑧鳴鑣　馬銜鐵。借指乘騎。⑨鵰　鵰鷹。⑩解絛掣鎖　絛，用絲線編織成的花邊或扁平的帶子。掣，拉開。鎖，鏈子。⓫耳後生風二句　「耳後生風」與「鼻頭出火」俱出自《梁書・曹景宗傳》，曹景宗曾經對手下說他年少時在鄉村裡，與幾十個年輕的朋友騎著矯健的快馬獵獐的故事，當時年輕氣盛，把弓拉得發響，跑到平原上去競射獐，渴了就喝獐子的血，十分甘甜，喝後覺得耳後生風，鼻頭出火，十分快活。耳後生風，像耳後颳風一樣。形容激烈、迅速運動時耳後根產生的感覺。鼻頭出火，形容意氣風發、情緒激昂。⓬皁鵰　一種黑色大型猛禽。⓭韓盧　戰國時韓國良犬，色墨。後泛指良犬。⓮住釋　居於寺廟中習佛者。明張萊《京口三山志》卷二〈住釋〉：「三山自有寺以來，高人羅士，寄跡其間多矣。」挾屠，拿著屠刀。與住釋相對，意味無所不能。⓯鮓　海蜇，水母的一種。⓰兕　古書上所說的雌犀牛。⓱斝　古代青銅製的酒器，圓口，三足。⓲豸　古書上說的沒有腳的蟲。⓳甌脫　古代少數民族屯戍或守望的土室。⓴祁連　祁連山。「祁連」係匈奴語，匈奴呼天為「祁連」，祁連山即「天山」之意。因位於河西走廊之南，歷史上亦曾叫南山，還有雪山、白山等名稱。

【語　譯】茅刀在水中亂攪，河水變得如同嬌豔的紅茜，大風吹過，掛著霜的樹梢倒伏在堤壩。青林疏樹隔開了荒涼的墳墓，白水茫茫什麼都看不見。將軍本是北平的俊豪，依稀記得他是姓曹不願去往揚州做富貴客，喜歡駕著下澤車縱馬狂飆。秋日中縱橫萬里的郊外如同船舸，千匹馬恣肆狂奔，其中一個是我。箭聲像是飢餓的鴟鷹，馬跑得飛快好似龍在騰躍。放繮解鎖，盡情奔跑，追趕鹿和獐。耳後生出風，鼻端冒出火。自從來到此州，忙於殺敵難有空暇。皁雕消退了氣勢，韓盧嚇掉了魂魄。昨天見到一個儒生，衣服長鞋子大，向令公作揖，拒絕了賞賜的銀兩。拿起筆就能寫，拉開弓就能射。到了寺中，持刀具，剖牛吃鮓，外面乾枯裡面豐腴，沒有什麼不可以。拉著馬匹前去邀請，徵集人去野外打獵。牽著狗不要遲緩，見到兔子就要打。假使遇到兕，一箭就射斷踝骨。向您祝賀，滿飲十斝。矯健的士兵跪在地上等候將軍的命令，翻身上馬像煙塵般快速離去。映照著日光的寶刀不值得稱道，頭巾被風吹掉實在可憐。淺淺的小草與堤面齊平，水痕聚集一處，馬匹為了避開水全都移走。沙鷗圍著肥美的螃蟹沿著海岸低飛，鳥雀在空中給幼鳥餵食蟲子。漢軍將士奮勇追趕到了路的盡頭，胡人士兵想要逃脫是何等困難。如今跨馬站在祁連山上，看不到一匹匈奴馬可以回返。

【研析】官僚貴族在舉行或參加射獵活動時，往往攜幕下文人同往，助威喝彩的同時，更希望其勇猛風姿能體現在詩詞文字中，以炫其能；文人雅客亦從之好之，一方面借此施展才學，博取賞識，另一方面也可聊以慰藉無法舒展的豪壯之情，任胸懷與思緒馳騁。故此，歷代文人有大量的觀獵之作。本詩前四句渲染環境氣氛，一系列典型意象的運用，營造出秋日蒼茫肅殺的氛圍。但詩人並未直接過渡到射獵場景，轉而介紹王將軍的身世、性格，凸顯出他的豪邁不羈。這既是應景，同時也是烘托和鋪墊：這般的英雄、這樣的場景，即將開始的射獵活動必然激情洋溢，豪興遄飛。「萬里」顯出遼闊，「千騎」可見壯觀。自「箭叫餓鴟」至「鼻頭出火」極力描摹射獵時的場面，激烈、暢快，一覽無遺。以下數句追溯此次觀獵活動的由來：將軍因忙於軍事，已經好久不曾有此閒情，以致猛禽、獵狗都失去了往日的威風。可是昨天來了一位儒生，他文武兼備，不卑不亢，瀟灑不羈，激起了將軍久違的豪情，於是有了此次射獵活動。此間數語在表達上採用四言句式，節奏急促、情感強烈，恰與其時的熱烈、緊張氛圍相契合，氣勢豪健，既有李白的飄逸，又有李賀的險怪。將軍見到的那位儒生自然就是詩人自己了，其中數語可謂是他的自我寫照。文長素有大志，只可惜現實沒有給予他實現理想的機會，雖只是觀獵，一樣激發了他的英偉之氣，不卑不亢，能文能武。其時沈明臣亦有〈出獵篇為徐記室王將軍作〉一詩，其中如此描寫徐渭：「徐生氣豪心膽雄，直教萬里追長風。崆峒扶桑掛眉睫，紫騮四足輕飛鴻。」當時的徐渭騎馬揚鞭，神速而過，馬如飛鴻，人似輕燕，堪稱威武雄豪。末幾句由觀獵而延伸到征戰，聯想到昔日漢朝將士掃平匈奴、護衛疆土的豐功偉績，發思古之幽情，寄豪壯之胸襟，既是對王將軍的謳歌，更是徐渭自我襟懷的抒發。

## 畫鷹

【題解】杜甫有一首著名的題畫詩〈畫鷹〉，以細膩傳神的筆觸刻畫出雄鷹的威猛姿態和飛動的神情，以及搏擊的激情，表現了作者青年時代昂揚奮發的心志和鄙視平庸的性情。徐渭的這首同題之作效仿杜甫的意趣，借鷹言志。

閩南縞練❶光浮膩，傳真❷誰寫蒼厓❸鷙❹？生相由來不附人，綠韝❺空著將軍臂。八月九月原草稀，百鳥高高兔走肥。煙中斂翼遠不下，節短暗合孫吳❻機。此時一中貴快意，深林燕雀何須避。惟將搏擊應涼風，誰貪飽臠❼矜山雉❽。昨見少年向南市，買鷹欲放平原轡。凡才側目飽人餧❾，不似畫中有神氣。夜來鴟梟❿作精魅，安得放此向人世，秋風一試刀稜翅。

【注　釋】❶縞練　白絹。❷傳真　畫家摹寫人物形貌。❸蒼厓　深青色的山崖。蒼，深青色。厓，古通「崖」。❹鷙　兇猛的鳥，此處指鷹。❺韝　古代射箭時戴的皮製袖套。❻孫吳　指孫子和吳起。孫子，即孫武，字長卿，春秋時期吳國將領。著名軍事家、政治家。曾率領吳國軍隊大破楚國軍隊，占領了楚國的國都郢城，幾滅亡楚國。著有《孫子兵法》，為後世兵家所推崇，被譽為「兵學聖典」。吳起，戰國初期人，一生歷仕魯、魏、楚三國，通曉兵家、法家、儒家思想，在內政、軍事上都有極高的成就。仕魏魯時曾擊退齊國的入侵，仕魏時屢次破秦，盡得秦國河西之地，成就魏文侯的霸業，仕楚時主持改革，史稱「吳起變法」。後世把他和孫武並稱為「孫吳」。❼臠　切成小塊的肉。❽山雉　鳥名，又名「鸐」，俗稱野雞。❾餧　同「喂」。❿鴟梟　鳥名，俗稱貓頭鷹。

【語　譯】閩南的白絹光豔亮麗，誰能在這上面摹寫出蒼崖上的猛禽？生來的長相不依附別人，綠色的皮製手套無謂的套在將軍的手臂。八九月的時候原野上草木稀少，眾多鳥在高空飛翔，肥胖的兔子在地上奔跑。鷹在煙霧中收攏翅膀遠遠飛著不下來，節奏的長短恰好契合孫武、吳起兵法的玄機。這時候就想射中獵物暢快心意，樹林深處的燕雀何須躲避。就應當迎著涼風英勇搏擊，有誰會嫌吃夠了肉而憐憫野雞。昨天看到一個少年走向南市，買了鷹打算讓牠伴著駿馬在原野上縱行。側目已無古人詩中愁胡之態，終日飽食，意氣消沉，並不像畫中那般有神氣。夜間的時候鴟梟變作精魅，怎能將牠們放到人世間，理應在秋風中試一試像刀鋒般的雙翅。

【研 析】詩歌起始兩句感慨繪畫想要傳神之難，照應〈畫鷹〉的主題，同時，因其難，更可見出這幅畫作的超凡不俗。其後數句是對畫中之鷹的極力描摹，詩人的構思頗為精妙，雖無一字直接提及牠的勇猛，但鷹面對「百鳥高高兔走肥」的局面時斂翼不下，是因為牠已然掌控全域，從這份鎮定、自信中更可見其鋒芒與氣勢，更重要的是在這動靜之中暗含著「孫吳機」，勇猛之外更有機謀。詩人可能是被這畫中之鷹的風采深深震撼了，竟然生出了「此時一中貴快意」、「將搏擊應涼風」的豪情。題為〈畫鷹〉，但卻沒有一絲「畫」的痕跡，甚而有了更為「逼真」的感覺，可見畫家之筆的傳神。或許是詩人覺得這些都尚不足以完全展現這幅畫作的完美，於是他想起了昨日在集市中所見到一少年所買之鷹，將真實的鷹與畫中的鷹相比較，反而是那真實的鷹「不似畫中有神氣」。產生這種差別是可以理解的，畫中之鷹「搏擊應涼風」激昂奮發，現實中的鷹不過是遊戲之物，僅博得「凡才側目飽人饑」，愛憎的背後是詩人心境的流露。末兩句更為清晰地表達了詩人的志向，「安得放此向人世，秋風一試刀棱翅」，畫鷹的人格化正是徐渭欲報效國家的理想之夢的具象物化。

## 賦得百歲萱花為某母壽

【題 解】萱，萱草，一種草本植物。《說文》記載為「忘憂草」。《本草綱目》名之為「療愁」。早在幾千年前，我們的先人就將萱草花作為慰藉母親的心意。古時候當遊子要遠行時，就會在北堂種萱草，希望母親減輕對孩子的思念，忘卻煩憂。母親住的屋子叫做萱堂，萱草就成為母親的代稱。某母，指徐渭的摯友張子錫、張子文之母。

二十年前轉眼事，憶共郎君醉城市。阿母烹雞續夜筵，夜深燭短天如水。我母當時亦不嗔，郎君過我亦主人。兩家酣醉無日夜，罈愁甕怨❶杯生菌。只今白首二十載，我母不在爾母在。八十重逢生日來，雙扉況復門庭改。我今破網未番然，兩翅猶在彈丸邊❷。郎君長寄書一紙，阿母多應贊一言。上壽誰人姓張者，圖裏萱花長不謝。阿母但辦好齒牙，百歲筵前嚼甘蔗。

【注釋】❶罈愁甕怨　酒罈發愁酒甕抱怨。這裡是將酒器擬人化，意謂暢飲不止。❷我今破網未番然二句　嘉靖四十五年（西元一五六六年），徐渭因病狂殺妻入獄，隆慶二年（西元一五六八年）因生母喪事，保釋出獄。此詩或作於此時，因官司尚未完結，故有此語。

【語譯】轉眼之間事情已過去二十年，回憶起當年與公子您喝醉在城市間。阿母煮雞為我們延長夜間的宴席，夜已深，蠟燭將要點完，天色如水。我母親當時也不責怪，您到我家來也如同主人一般。我們開懷暢飲不分晝夜，直到酒罈發愁酒甕抱怨酒杯生出黴菌。二十年後的今天頭髮已經發白，我的母親已經去世您母親仍然健在。我們相逢在她八十歲生日那天，府上的門庭早已有了更改。如今的我衝破羅網卻還難以高飛，雙翅仍時時有彈丸相隨。公子遠遠寄來一封信，說阿母的壽誕上我總該有詩相讚。如此高壽的那個人姓張，願您像圖畫裡的萱花那樣永遠不凋謝。阿母只要留得一口好牙，百歲壽宴上還能咬得動甘蔗。

【研　析】這首詩是為慶賀張母八十壽誕而作。前八句懷舊，敘述兩家的親密交往與深厚感情，往日的生活雖簡單、平淡，現在想來卻充滿著溫馨和幸福。若與後面的內容結合起來看，往日的幸福益加反襯了詩人當下的不幸，在回憶甜蜜的同時正品味著不盡的艱辛。其後六句交待物是人非的現實處境，詩人因官司尚未了結，愁悶情緒還縈繞心頭，故使淒涼傷感的氣氛更加複雜深沉。末幾句回歸詩歌主旨，向高壽的張母表達祝賀，「百歲筵前嚼甘蔗」，調皮詼諧，風趣可愛，想必張母聽聞定能喜笑顏開。除這首詩外，《徐文長三集》卷二十另有〈張母八十序〉一文，亦是為張母賀壽而作。

## 淮陰侯祠

【題　解】淮陰侯即西漢開國功臣韓信，他通兵法、有謀略，在楚漢之爭中建立了重要功勳。曾先後被封為齊王與楚王，漢六年（西元前二〇一年），有人告韓信謀反，韓信謁見劉邦時說：獵物被打盡了，就該烹食走狗了；飛鳥被逮盡了，弓箭就該被收起來了；敵國被消滅了，就該誅殺功臣了；天下已經安定了，我就應該死了。劉邦赦免了韓信的罪過，但解除了他的兵權，將其貶為淮陰侯。後因牽扯進陳豨事，被呂后與相國蕭何設計殺死，且被夷三族。淮陰侯祠在今淮安市鎮淮樓東約二百米處。祠始建年代不詳，但唐代已有詩文記述韓侯祠。據《重修山陽縣志》記載，祠為明萬曆年間推官曹于汴重建，清康熙年間縣令徐恕重修。祠坐北朝南，東西寬約二十三米，南北長約一百三十米。

荒祠幾樹垂枯棗，黃泥落盡朱旗纛。花桐❶漆粉綴鬚眉，猶是登壇人未老。半生作計❷在魚邊，纔得河隄老婦憐❸。誰知一卷長竿去，唾取真王只五年❹。暗中朱碧知誰是，濁水渾魚每相似。當時密語向陳豨❺，更誰傳向他人耳。丈夫勳業何足有？為虜為王如反手。提取山河與別人，到頭一鑊❻悲烹狗。

【注　釋】❶花桐　桐的一種，其色微紅。❷作計　謀劃；考慮，這裡作謀生解。韓信沒有發跡時生活貧困，常在淮陰河邊釣魚為生。❸老婦憐　指韓信窮困時曾得到漂母的接濟。詳參《漂母祠》題解。❹唾取真王只五年　秦二世二年（西元前二〇八年），項梁率軍渡過淮河北上，韓信前往投奔；漢王四年（西元前二〇三年）被封為齊王，前後五年。真王，韓信平定齊國後，向劉邦上書，稱齊國狡詐多變，又南與楚國相鄰，如不設立一個代理王來統治，局勢將會不安定，希望劉邦封他做代理齊王。劉邦本對此十分惱怒，後經張良、陳平提醒，答應了他的要求，派張良前去立韓信為齊王，並說大丈夫平定了諸侯，就做真王罷了，何必做個暫時代理的王呢。❺當時密語向陳豨　據《史記·淮陰侯列傳》載，陳豨被任命為鉅鹿太守，向韓信辭行時，韓信鼓動陳豨謀反，並答應當他的內應。漢十年（西元前一九七年），陳豨果然反叛，劉邦親自率兵前往，韓信託病沒有隨從，暗中與陳豨聯繫，並打算發動罪犯和奴隸去襲擊呂后和太子。但消息走漏，一家臣的弟弟向呂后告發，呂后與蕭何謀劃，將韓信騙進宮中殺死。此事後人多有懷疑。❻鑊　大鍋。

【語　譯】荒涼的祠堂邊幾棵樹上懸掛著乾枯的棗，黃泥落滿了紅色的大纛。花桐漆粉點綴著鬚髮眉毛，仍舊是當年登上將壇的人，並沒有變老。半輩子謀生在水邊，只有河邊的老婦對你表示哀憐。誰料想收起魚竿去投軍，唾手得到王位只不過用了五年。暗地裡辨別紅綠哪知道誰能成功，渾濁水裡的魚兒看著都相同。當時跟陳豨說了悄悄話，是誰傳到了他人之耳。大丈夫的功績有什麼值得追求？成王敗寇的變化猶如反手。打下江山給了別人，到頭來自己成了在鍋裡被烹的狗！

【研　析】這是一首詠史詩。起始二句，渲染環境，以引起所發之情。韓信是漢朝的開國功臣，戰功赫赫、風光一時，然而，昔日的繁華榮耀到底經不住時光的流逝，當詩人前來憑弔時，看到的只是荒祠、枯葉這樣的淒涼、敗落景象。人世浮華，莫不如此，怎能不令人感慨莫名？以下四句概述韓信生平，唾手間即由窮困而成「真王」，這本當是值得熱情歌頌的事情，但詩人卻流露出了無限的哀傷，他應當是想到了自己的命運。像韓信這樣的豪傑之士，縱然時運不濟，只要獲得機會，頃刻間就能功成名就，可自己卻始終沒能一展所長，一個「只」字，意味悠長，既是對韓信才能的肯定，亦有對韓信際遇的欣羨。「暗中朱碧知誰是，濁水渾魚每相似」二句，意謂明珠蒙沙，難以被人分辨出來。詩人似乎是想給自己一點安慰，我沉淪下僚，與俗人混同一處，難辨高下，未曾遇到伯樂亦是難免。最後六句感慨韓信遭遇，淮陰侯為漢朝立下不世之功，卻因功高震主，落得個身首異處，詩人對此氣憤不已，發出「丈夫勳業何足有」的牢騷。詩人自然不會為求安穩而選擇無所作為，他只是想要對這殘酷的現象提出控訴。當其時詩人很可能想起了胡宗憲，同樣居功至偉，同樣因遭人陷害而下場淒慘（徐渭認為胡宗憲獲罪是徐階陷害所致，有詩發洩不滿），為韓信感慨的同時也在為胡鳴不平。既如此，我們該如何取捨？詩人沒有給出答案，也不可能給出答案，因為這就是現實，是命運。

## 寫竹贈李長公歌　仰城

【題解】李長公是指遼東總兵李成梁之長子李如松（西元一五四九—一五九八年），字子茂，號仰城，遼東鐵嶺衛人，明朝名將，指揮過萬曆二十年的平定寧夏哱拜叛亂、壬辰抗倭援朝戰爭，以其抗倭成就名垂千古。出任遼東總兵，後在與蒙古部落的交戰中陣亡。死後，朝廷追贈少保寧遠伯，立祠謚忠烈。其父李成梁（西元一五二六—一六一五年），字汝契，號引城，明朝後期將領。鎮守遼東三十年期間，先後十次奏大捷。邊帥武功之盛，二百年來前所未有。其子如松等五人官至總兵，如梓等四人至參將，為遼東將家。萬曆四十六年（西元一六一八年），後金攻破撫順，不久鐵嶺亦陷，李氏十餘人皆戰死。萬曆四年（西元一五七六年）初夏，正當徐渭在南京遊歷之時，收到了新任宣化巡撫吳兌的邀請，途經北京之時與李如松相識，當時，李如松剛剛隨父取得平虜堡大捷，徐渭畫竹以贈，並題詩〈寫竹贈李長公歌〉，自此與英武烈烈又雅好藝文的李如松相過從。

山人寫竹略形似，只取葉底瀟瀟意。譬如影裡看叢梢，那得分明成个字？公子遠從遼東❶來，寶刀向人拔不開。昨朝大戰平虜堡❷，血冷轆轤❸連鞘埋。平虜之戰非常敵，御史幾為胡馬及。有如大酋之首不落公子刀，帶冑諸君便是去秋阮遊擊❹。不死虜手死漢法❺，敗者合死勝合優。公子何事常憂愁？一言未了一歎息，雙袖那禁雙淚流。卻言阿翁經百戰，箭鏃刀鋒密如霰❻。幸餘兄弟兩三人，眼見家丁百無半。往往彎弓上馬鞍，但有生去無生還。只今金玉光腰帶，終是銅瓶墜井幹❼。兼之阿翁不敢說，曾經千里空胡穴。武人誰是百足蟲❽，世事全憑三寸❾筆。山人聽罷公子言，一虱攻腰手漫捫。欲答一言無可答，只寫寒梢捲贈君。

【注釋】❶遼東　指遼河以東的地區，今遼寧省的東部和南部。❷昨朝大戰平虜堡　萬曆四年（西元一五七六年）李成梁、李如松父子血戰平虜堡，殺部長四人，獲級六十有奇。事載《明史・李成梁傳》。平虜堡，位於今遼寧瀋陽于洪區馬三家子古城子。城已毀，只存土基。❸轆轤　機械上的絞盤。❹阮遊擊　不詳。❺漢法　此指明朝廷的法律。❻霰　在高空中的水蒸氣遇到冷空氣凝結成的小冰粒，多在下雪前或下雪時出現。❼銅瓶墜井幹　用杜甫〈銅瓶〉詩意。井廢而瓶墜井底。杜詩是由銅瓶而思美人，因美人而思瑤殿。這裡是感歎生死無常。銅瓶，汲水的器皿。❽百足蟲　三國魏曹冏〈六代論〉云：「百足之蟲，死而不僵，以扶之者眾也。」比喻某人或集團雖然失勢了，但仍存在一定的氣勢和能量。❾三寸　指舌頭。

【語譯】我畫竹子只求大概形似，看重的是葉底的超俗意趣。就好比在影子裡看樹梢，看到的哪能分明是竹葉的形狀？公子從遙遠的遼東而來，寶刀對著人沒有拔出來。昨天在平虜堡大戰，灑滿凝固鮮血的轆轤和鞘一塊被掩埋。平虜之戰中面對的不是普通來敵，御史差點就被胡人的戰馬追及。假如敵人的頭領沒有被公子的寶刀斬首，那麼各位將軍就將成為去年秋天的阮遊擊。不死於敵人之手就要死於朝廷的法律，敗者理當被處死而勝者應該受優待。公子為何事經常發愁？一句話還沒說完就歎息，兩隻袖子連連擦拭也禁不住眼淚不停的流。卻說自己的父親身經百戰，飽受刀槍箭雨。幸虧還剩下我們兄弟兩三個人，眼看著上百家丁如今不到一半。經常是拉開弓箭跨上馬，去了就難以活著回返。現今雖然佩戴著金玉腰帶，終究難免如銅瓶般落入井幹。加上父親沒敢說起，曾經騎行千里掃蕩了胡人的巢穴。武人有誰是百足之蟲，世間的事情全憑三寸筆來描述。我聽完了公子說的話，伸手胡亂地將腰間的虱子撓抓。想要回答卻無話可說，只能畫一幅掛著霜的樹梢送給他。

【研　析】起始四句，說明自己的畫竹之法，向為書畫家所樂道。以下數句一氣呵成，鋪陳平虜堡戰鬥的情況，指斥時弊，寄寓感慨。平虜堡戰鬥具有較為複雜的背景。據《明實錄》（萬曆四年）載：「李成梁追虜回營，以積勞嘔血，口報不能具文。……辛未，上御文華殿講讀，時遼東大破虜百餘級，然我兵死傷亦略相當。上顧謂輔臣張居正等，虜今一大創，或可數年無事。第戰死者多，朕深念之。居正對言，往時損軍之法太嚴，故將領觀望，不敢當虜，苟幸軍還無損而已。今遼東軍殺傷至四五百人，斯乃血戰，臣以為宜寬論損折以作戰敗之心，而厚加恤錄以酬死事之苦。上嘉納之。」可見，這是一場慘烈的惡戰。將士們忠勇赴陣，能否博得英名，還得受制於不合理的軍法，以及君臣的一念之間，由此揭示了與戰爭相關的更深層次的政治社會問題。全詩一氣如注，雖為題竹之詩，但誠如作者所言「只取葉底瀟瀟意」，以勁竹的瀟瀟氣象，寫戰爭的慘烈，將軍的威猛。接著又寫軍法太苛、捷報失準之弊：「不死虜手死漢法」、「世事全憑三寸筆」，深刻而痛切。全詩風格蒼涼雄渾，亦歌亦刺，具有強烈的現實指向。這些詩歌都是明代嘉、隆、萬時期邊海防軍事、政治的真實寫照。據此，徐渭賦予了題畫詩更為豐富廣闊的內容，使題畫詩不再只是文人墨客間的吟詠。

## 漂母祠

【題　解】據《史記・淮陰侯列傳》載：韓信年輕的時候生活貧困，迫不得已只好從人寄食，為此常遭別人的白眼。韓信咽不下這口氣，就來到淮水邊垂釣。有一個為別人家漂洗紗絮的老婦人見他餓得厲害，就給他飯吃，持續數十日。韓信感動地說：我一定會重重報答您。漂母怒道：你身為大丈夫卻不能自食其力，我只是看你可憐，哪裡是希望得到你的報答。後來韓信追隨劉邦建立功勳被封為楚王，尋到漂母，賞賜千金。後人多以此為美談，有人讚揚漂母之德，認為她施恩不望報，是巾幗叢中的傑出人物，還有人褒揚漂母之智，認為她獨具慧眼，能夠識英雄於微賤之時。徐渭在這首詩中對後一種觀點表示了質疑，認為從漂母當日的話中根本看不出這樣的意思，並對韓信的遭遇表示了感慨。

漂母非能知人，特一時能施於人耳，觀其對信數語可見，而古今論者胥失之。予過其祠，感而賦此。

男兒偃❶餓淮陰❷上，老嫠❸一飯來相餉。自言祗是哀王孫❹，誰云便識逢亭長❺。秦項山河一手提，付將隆準❻作湯池❼。稱孤南面❽魂無主，萬古爭誇漂母祠。

【注釋】❶偃　仰臥。❷淮陰　淮河之南。淮，水名，源於中國河南省桐柏山，流經安徽、江蘇兩省入洪澤湖。❸嫠　寡婦。❹王孫　對人的尊稱，如同「公子」。❺亭長　官名，戰國時始在鄉接他國處設亭，置亭長，任防禦之責。秦、漢時在鄉村每十里設一亭。此處指劉邦，他曾任沛縣泗水亭長。❻隆準　高鼻樑。隆即隆起，準指鼻子。這裡是指劉邦，《史記・高祖本紀》載：「高祖為人，隆準而龍顏。」❼湯池　護城河。❽南

面　古代以坐北朝南為尊位，故帝王諸侯見群臣，或卿大夫見僚屬，皆面向南而坐，因用以指居帝王或諸侯、卿大夫之位。韓信曾被封為齊王和楚王，故云。

【語譯】男兒餓倒在淮河南岸，老婦人送上了一碗飯。自稱只是可憐公子，哪裡想到他日後會投靠亭長。秦始皇、項羽的山河被他一手提起，交給劉邦成就了漢朝的統治。他南面稱王魂魄卻無處可依，後人卻爭著誇讚漂母的見識。

【研　析】全詩八句，前四句交待韓信與漂母的因緣，後四句則對這一歷史事件發表評論。漂母以飯接濟貧困時的韓信，韓信封王拜相後特意前來報答漂母的一飯之恩，贈以千金並立祠紀念，這是歷史佳話，後人屢屢評說。或是讚揚漂母的助人義舉，或是讚揚韓信的知恩圖報，也有人稱漂母見識非凡，具有一雙識別英雄的慧眼，她當日之所以接濟韓信，是因為她看出韓信非泛泛之輩，將來必有非凡功業。詩人在詩中反駁了這樣的觀點，他認為漂母當日只是出於善良的本性，並非是有識人之能，更不是指望回報。結尾二句深值玩味，千百年來，眾人爭著誇耀漂母的見識，卻偏偏忘記了一點，韓信雖南面稱王卻魂無歸處，意謂韓信在取得成就的同時付出了巨大的犧牲，後人卻多半將此忘記了。此或亦是有感而發，胡宗憲為保障東南付出了極大的辛勞，最終卻成了政治犧牲品，可今日又有誰人還記得呢？

## 廿八日雪

【題解】這首詩作於萬曆四年（西元一五七六年）冬，時年五十六歲的徐渭正在南京，正月二十八日，他準備去參加一位太學生在雞鳴寺置辦的詩酒之會，不巧為大雪所阻，故而轉道去了友人璩仲玉處，寫了這首詩。

生平見雪顛不歇，今來見雪愁欲絕。昨朝被失一池綿❶，連夜足拳❷三尺鐵。楊柳未葉花已飛，造化弄水成冰絲。此物何人不快意，其奈無貂作客兒。太學一生索我句，飛書置酒雞鳴處❸。天寒地滑鞭者❹愁，寧知得去不得去？不如著屐❺向西頭，過橋轉柱❻一高樓。華亭有人❼住其上，我卻十日九見投。昨見帙中大可詫，古人絕交寧不罷。謝榛既與為友朋，何事詩中顯相罵❽？乃知朱轂❾華裾❿子，魚肉布衣無顧忌！即今此輩忤謝榛，謝榛敢罵此輩未？回思世事髮指冠，今我不酒亦不寒。須臾念歇無些事，日出冰消雪亦殘。

【注釋】❶昨朝被失一池綿　徐渭自注：「時棉被被盜。」池，邊飾，為保持被子蓋在上身的一頭不沾汗垢而縫上的布帛被稱為被池。❷拳　身體彎曲；蜷曲。❸飛書置酒雞鳴處　徐渭自注：「云設雞鳴山上。」雞鳴山，原名雞籠山，又名北極閣，位於南京市區，東連九華山，西接鼓樓崗，北近玄武湖，為鍾山延伸入城餘脈。春秋戰國時期，以其山勢渾圓，形似雞籠而得名。南朝齊武帝到鍾山射雉至此聞雞鳴，改稱雞鳴山。其東麓山阜上建有雞鳴寺，始建於西晉，是南京最古老的梵剎之一，自古有「南朝第一寺」、「南朝四百八十寺」之首寺的美譽。❹鞭者　趕車人。❺屐　一種適合雨雪天行路的有齒木鞋，可防止打濕鞋襪。❻轉柱　即回車。柱，墊車的滾木。❼有人　據學者考證，此人是指徐渭的友人松江畫家璩仲玉，徐渭就是從他處讀到了下面提及的詩。❽謝榛既與為友朋二句　謝榛，字茂秦，號四溟山人，明代布衣詩人。嘉靖年間，挾試卷遊京師，與李攀龍、王世貞等結社，為「後七子」之一。後為李、王排擠。絕交之後，李、王等還在詩文中取笑他。❾朱轂　紅色車子。❿華裾　華美的服飾。

【語　譯】平日見到下雪開心不已片刻不歇，今天看見下雪卻愁苦欲絕。昨天被偷走了一床被，整夜裡只能蜷縮著腳凍得像冰冷的鐵塊。楊柳未曾抽芽卻已經雪花紛飛，造化弄人水全變成了冰絲。什麼人見了這東西不快意，無奈我要去作客沒有禦寒的貂皮衣。有個太學生索要我的詩句，來信說在雞鳴山上擺下酒席。天寒地凍趕車的人也發愁，誰知道能去不能去。不如穿上鞋走向西頭，過橋有一座高樓。華美的屋宇中有人居住，我十日裡有九日要來此處。昨天看到的詩讓我大為驚訝，古人絕交怎麼如此沒完沒了。謝榛既然跟他們曾是朋友，為什麼要在詩中公然譏罵？於是知道那些達官貴人，欺負平民無所顧忌。即使這些傢伙觸犯了謝榛，不知謝榛敢不敢回罵他們？回顧往事令人怒髮衝冠，使得我不喝酒也不覺得天寒。一會兒怒氣稍歇事情忘去，太陽出來冰被融化雪亦消散。

【研　析】徐渭對雪非常鍾愛且終其一生不改，每遇大雪輒詩興大發，「生平見雪顛不歇」。但這首詩卻頗為特別，從內容上看可分為兩部分。前半部分敘寫自己棉被被偷的窘況及因下雪路阻無法參加詩酒之會的情況；後半部分則借題發揮，想起昨日讀到的令人詫異的文字，為謝榛的遭遇憤憤不平。通讀全詩，除了前面幾句提到大雪天寒遇上棉被失竊的氣惱外，大都與雪無關，詩歌卻題為〈廿八日雪〉，頗有些率意不羈的意味。此外，詩歌前後兩部分的內容亦可謂毫不相干，瞬間突轉也沒有任何交待，這正是徐渭後期詩歌風格發生變化後的典型寫照，陶望齡云：「追而吐者不擇言，觸而書者不擇事。」駱玉明先生將此類詩稱為「隨想詩」，詩人是把心理、感情的活動作為最根本的真實，而追求直達的表現。這種方法更切近於作者心理和表現對象的複雜性，具有更強的真實感。這是一種不同於前人的積極嘗試，影響極大，但也有流於粗率的隱患。

詩中牽涉了明中葉幾位著名詩人之間的糾葛。從嘉靖到萬曆年間，文壇上出現了一個聲勢最為浩大的文學集團，主要成員有李攀龍、王世貞、謝榛、徐中行、梁有譽、宗臣、吳國倫七人，時人稱為「後七子」（區別於李夢陽、何景明等「前七子」），以李、王為正副盟主。後來謝榛與李、王在文學思想上發生衝突，又夾雜了個人意氣之爭，遂被他們逐出七子之盟，宣布絕交。在這前後，李攀龍、王世貞在詩文中對謝榛大肆辱罵，言語非常刻薄。徐渭對謝榛的遭遇感到憤憤不平，故而詩中對李攀龍與王世貞等人予以嚴厲指斥。但更令徐渭感到氣憤的則在於「乃知朱轂華裾子，魚肉布衣無顧忌」，他因謝榛之事想到了無數與布衣之輩的共同遭遇，這其中自然有他個人的強烈憤慨。是詩讀之令人解氣，但卻非客觀中允之論。關於李、王與謝榛之爭，聚訟數百年，大多貶抑李、王而推崇謝榛，但其中情況非常複雜，在李攀龍作〈戲為絕謝茂秦書〉後，七子中人仍舊與謝榛保持來往，並時時提到他。

# 沈叔子解番刀為贈二首　繼霞

【題解】這兩首詩創作於萬曆五年（西元一五七七年），時徐渭五十七歲。那年春天徐渭從宣府回到北京，生了一場病，仲秋時歸越。病癒歸里時，因為行囊較多，由陸路行走要多僱騾和驢，非常不方便，並且直隸山東地面多險山峽谷，帶著許多財物也頗為引人耳目，於是買舟南下。臨行前，沈襄贈送給他一把番刀，當作自衛武器。沈叔子即沈襄，字叔成，號小霞，沈鍊之子。

沈子報讎塞外行，一詫便得千黃金。買馬買鞍意不愜，更買五尺番家鐵❶。鏤金小字半欲滅，付與碧眼❷譯不出。細瓦廠中多狐狸，京師夜行不敢西。叔子佩之只一過，黃蒿❸連夜聞狐啼。今年我從上谷❹行，中丞遺我聊癸庚❺。買驢南歸只兩旬，只愁馬上逢黃巾❻。叔子見我無所仗，解刀贈我行色壯。畢竟還從水道歸，挂在蓬窗❼兩相向。一日十拔九摩挲，鞘影鱗鱗入向河。須臾報道漁罩外，電腳❽龍騰❾五尺梭。

【注釋】❶番家鐵　即番刀。❷碧眼　指胡人。❸黃蒿　枯黃了的蒿草。亦泛指枯草。❹上谷　上谷郡，始建於戰國燕昭王二十九年（西元前二八三年），今河北張家口，因建在大山谷上邊而得名。❺癸庚　原是軍糧的隱語，也泛指口糧。引申為軍旅生活。❻黃巾　東漢末年張角所領導的農民起義軍，因頭包黃巾而得名。借指作亂者、寇盜。❼篷窗　猶船窗。❽雷腳　與地相接的閃電。❾龍騰　此應是化用張華「雙劍化龍」的典故，出自《晉書・張華傳》。據說西晉初建時，斗牛之間常有紫氣沖霄而起。張華通曉易理，知其異，邀請善觀天象的雷煥共卜吉凶，認為紫氣是寶劍之精。於是他幫助雷煥得豐城縣令，到任後，在監獄地基底下掘出一石函，打開後發現有雙劍並列。雷煥將其中一支劍送給張華，而留另外一支劍自佩。張華收到劍後發現此二劍是「干將」、「莫邪」。後張華被殺，干將劍從此下落不明，雷煥將所佩莫邪劍傳給其子雷華。雷華任建安郡從事，持劍行經延平津，腰間佩劍忽然躍出劍鞘掉入河中，雷華請人入水取劍，入水中不見寶劍，但見二龍在水底盤繞，時人以為這是雙劍在水中復合化為龍。

【語譯】沈子為了報仇將有塞外之行，剎那間集得千兩黃金。購得馬匹馬鞍尚嫌不夠愜意，又買了一把五尺的番刀。鏤金的小字有一半已經磨損，拿給外國人看也無法翻譯。細瓦廠那裡有許多狐狸，眾人夜行京城時都不敢往西去。叔子只是佩刀經過一次，接連聽到黃蒿叢中有狐狸在夜間哭啼。今年我曾去上谷旅行，中丞要我聊一聊軍旅生活。騎驢回歸南方只需要兩旬，就擔心會在馬上遭遇盜匪。叔子見我無所憑仗，解刀相贈使我膽色雄壯。取道水路回返家鄉，把刀掛在篷窗上兩面相向。一天中要數次拔出多次摩挲，劍鞘的影子嶙峋映在水中。不一會兒聽到漁船外有人說閃電騰躍，如同飛梭一樣。

【研析】這首詩以敘事為主，主要交待了沈叔成購刀、贈刀的緣由及經過。中心話題是來自域外的這把番刀，但詩人著力表現的則是沈叔子的英偉豪邁及二人間的深刻交情。此刀來自域外，歷史久遠，字跡渺茫，胡人也難以辨識，想必當是不俗之物。細瓦廠常年狐狸為患，可沈叔成只夜間攜帶此刀去過一次，就徹底解決了問題，可見這把刀的銳利鋒芒，但更能見出的無疑是刀主人的膽識與英勇，寶刀配英雄，何等相稱！當詩人為歸鄉途中的安全問題發愁時，叔子不以此刀的名貴與鋒利為念，慨然解刀相贈，二人的深刻情感不難想見。詩人乘舟歸鄉，遭遇劫匪的機會不大，此刀似乎沒有了用武之地，但他卻日日注視、時時摩挲，除了對刀的欣賞外，更多的當是對友人的思念。末兩句以形象手法比擬此刀的逼人英氣，即是與前文的呼應，也為此後將刀返還沈子作為鋪墊。另要提及的是，叔成為報父仇將有塞外之行，短時間內就籌得千兩黃金，想必是世人感慨於其父沈鍊的冤屈和他本人的忠義，故而樂於相助，看似閒筆，亦是文長心曲所繫。

知君本有吞胡❶氣，太白❷正高秋不雨。白蛇❸五尺自西來，出匣不多飛欲去。佩此刀，向遼陽，土蠻畏死為君降。閼氏❹縱有菱花鏡❺，斷卻蛸蠨❻那得妝。君如佩此向上谷，而翁之死人共哭。黃酋亦重忠義人，一見郎君悔南牧❼。河套❽雲中❾盡虜庭，君如佩此去從軍，不須血染鋒邊雪，但見旗裹馬上雲。看君眼大額廣長，有如日月挂扶桑❿。君有寶刀君自佩，解刀贈我不相當。

【注釋】❶吞胡　消滅胡人。❷太白　星名，即金星。古星象家以為太白星主殺伐，故多以喻兵戎。❸白蛇　劍名，五代馬縞《中華古今注・刀劍》稱，吳大帝孫權有六把寶劍，其中一把叫做白蛇。❹閼氏　漢代匈奴單于、諸王妻的統稱。借指其他少數民族君主之妻妾。❺菱花鏡　古代銅鏡名。鏡多為六角形或背面刻有菱花者名菱花鏡。❻蝤蠐　蠍蟲。天牛的幼蟲。色白身長。多比喻美女之頸。❼南牧　南下放牧。引申指北方少數民族南侵。❽河套　指內蒙古自治區和寧夏回族自治區境內賀蘭山以東、狼山和大青山以南黃河流經地區。因黃河流經此形成一個大彎曲，故名。以烏拉山為界，東為前套，西為後套。❾雲中　古郡名，原為戰國趙地，秦時置郡治所在雲中縣（今內蒙古托克托東北）。漢代轄境較小。有時泛指邊關。❿扶桑　神話中的樹名，傳說日出於扶桑之下，拂其樹杪而升，因謂為日出處。

【語譯】知道你本有消滅胡人的氣概，此時的秋天明亮的太白星高懸天空，不曾下雨。五尺寶刀是從西域而來，平日裡很少出鞘，一出鞘就想沖天而去。佩戴這把刀去遮陽，土著蠻族因怕死會向你投降。閼氏即使有菱花鏡，脖子被砍斷了又如何化妝。你如果佩戴這把刀去上谷，你父親的冤死會令眾人一起痛哭。黃髮敵虜也非常敬重忠義之士，一看到你定會後悔來南邊搶掠。河套雲中都被敵虜占據，你要是佩戴這把刀去從軍，不需要讓血沾染刀鋒，只見旌旗翻滾，駿馬飛奔，踏沙穿雲。你眼睛大，額角寬闊且長，好像是日月掛在扶桑。你有寶刀應該自己佩戴，解下刀來送給我實在不敢當。

【研析】前一首詩是寫沈子購刀、贈刀，這一首的內容則是徐渭還刀。詩人洋洋灑灑數語，只是為了說明一事，即「君有寶刀君自佩，解刀贈我不相當」。詩人認為，刀是寶刀，「白蛇五尺自西來，出匣不多飛欲去」；人是壯士，「本有吞胡氣」。所謂寶刀配英雄，應當由沈子佩戴此刀去從軍征戰，掃蕩倭寇，廓清邊境。寫作這兩首詩時詩人已近暮年，再不能馳騁疆場，卻寄寓少年，渴望他們能成就自己未遂的功業。他借刀寫出當時北部邊境的形勢，衷心頌揚當日的民族和睦政策，同時也如實描寫了遼東方面的潛在危險，可謂一介寒儒，心憂天下。徐渭乃狂傲不羈之士，在他的詩歌之中，最善於表達其胸中「不可磨滅之氣，英雄失路、托足無門之悲」的是形式最為自由的歌行體。他將杜甫的現實精神與李白所擅長的縱送自如，恢張排宕的歌行詩風熔於一爐，自然流走，痛快淋漓。誠如王夫之所言：「文長絕技，尤在歌行，袁中郎欲效之不得也。」另，詩中說「黃酋亦重忠義人，一見郎君悔南牧」，再次對沈子的忠義之舉進行表彰，徐渭有多篇詩文與沈鍊父子相關，可見其念念不忘在茲。

## 蟹

【題　解】徐渭擅長畫蟹，並多題有詩文。因其觀察細膩、揮毫灑脫，故他筆下的螃蟹活靈活現，而題畫詩也往往明快、傳神。本詩即是他題蟹詩中的優秀之作。

雖云似蟹不甚似，若云非蟹卻亦非。無意教君費裝裹，君自裝裹又付題。世間美好人奪冒，略涉小醜推向誰？此幅難云都不醜，知者賞之不容口。塗時有神蹲在手，墨色騰煙逸從酒。無腸公子❶渾欲走，沙外漁翁拗楊柳。

【注　釋】❶無腸公子　指螃蟹。晉葛洪《抱朴子・登涉》云：「稱無腸公子者，蟹也。」

【語　譯】雖然說像是螃蟹卻又不太像，但如果說不是螃蟹也不對。本無意於讓你費心裝飾，你卻自己裝飾好了讓人摹寫。這是因為世間美好的東西總有人來搶奪冒領，稍微涉及醜陋、卑賤的事物就百般推辭。這幅畫很難說全都很好，欣賞它的人卻讚不絕口。畫畫時似乎有神靈附體，伴隨著酒興，墨色就像飛騰的煙霧一般揮灑自如。無腸公子想要逃跑，卻被沙外的漁翁用楊柳捆綁住。

【研　析】這是一首題畫詩。袁宏道云：「詩亦不肯工似。」道出了徐渭詩畫的精蘊之處。畫在寫意，詩求傳神，美醜體認，全在觀者自得。蟹乃徐渭之所鍾，他喜畫蟹，亦喜食蟹：「有客餉無腸。」又云：「夜窗賓主話，秋浦蟹魚肥。配飲無錢買，思將畫換歸。」有人索畫，便以螃蟹為換。因此，作者是飽蘸著情感來寫作的，「墨色騰煙逸從酒」，賞詩品畫，已使詩人食指大動；「無腸公子渾欲走」，詼諧生動，詩人對於螃蟹的鍾愛溢於言表。這首題畫詩，將畫外之音、畫外之意，略示一二，加深了觀者對於畫的理解。

# 四張歌張六丈七十

【題解】這是徐渭為一起長大的老友張子錫七十壽誕所寫的祝詞。徐渭九歲時與張氏兄弟二人同學，練習武術、騎馬。所歌四張依次為張良、張蒼、張果與張先，徐渭盡情抒寫上述四人的神采風流為老友賀，祝他青春永駐、生活美滿。

開元❶之唐有張果❷，乃云生長陶之唐❸。師漢帝者張子房❹，子房之後有張蒼❺。張蒼之齡百餘許，老夫牙齒只吃乳，夜夜枕前羅十女❻。子房辟穀❼祈不死，先師黃石公❽，後約赤松子❾。張果騎驢驢是紙❿，明皇藥果杯酒裏，果齒焦黑如漆米，起取如意敲落之，新牙排玉光如洗⓫。三郎⓬驚倒謂玉環，我欲別爾渡海尋三山⓭。玉環淚落君之前，梨花春雨不得乾。緊⓮彼三仙人，是君之祖君是孫。今年己丑⓯臘嘉平⓰，正君七十之生辰。三祖消息雖寥寥，桃仁傳種還生桃。況君作詩句多警，又如爾祖張三影⑰。三影詩翁八十餘，此時特娶如花姝⑱。正宜七十張公子，夜夜香衾比目魚⑲。

【注釋】❶開元　唐朝皇帝玄宗李隆基的年號，自西元七一三—七四一年，共計二十九年。❷張果　民間廣為流傳的「八仙」之一，歷史上確有其人，據傳唐武則天時已逾百歲，多次被武后、唐玄宗召見，還被唐玄宗授以銀青光祿大夫，賜號通玄先生。關於他的神話故事最早出現在《明皇雜錄》中，生平又見於《大唐新語》、《新唐書》有傳。❸陶之唐　即陶唐，傳說中的遠古部落名，其部落領袖是堯。張果曾說自己生於堯丙子年。❹張子房　即張良，字子房，漢高祖劉邦的重要謀士，與韓信、蕭何並稱為「漢初三傑」，因功封留侯。他精通黃老之道，不留戀權威，傳說晚年得道成仙。❺張蒼　生於戰國末年，曾在荀子門下學習，劉邦起義後歸順劉邦，漢朝建立後，先後擔任過代相、趙相等官職，因功被封為北平侯。漢文帝時曾擔任宰相，後因與文帝政見不同而隱退。曾校正《九章算術》，制定曆法。❻張蒼之齡百餘許三句　據說張蒼在免去丞相職務之後，年紀已經很大了，嘴裡沒有牙齒，靠吃人奶度日，讓一些女人當他的乳母。他的妻妾眾多，達百人左右，凡是曾經懷孕生育過的就不再親近。張蒼最後活到一百零幾歲時才去世。事載《史記・張丞相列傳》。❼辟穀　古人常用的一種養生方式。源於先秦，流行於唐朝。最早的記載源自《莊子・逍遙遊》。道教認為，人食五穀雜糧，在腸中積結成糞、產生穢物阻礙成仙的道路。因此他們模仿《莊子・逍遙遊》中所描寫的「不食五穀，吸風飲露」行徑，企求達到不死目的。古人也常將此當作一種養生保健法則。❽黃石公　下邳人，世稱圯上老人，本為秦漢時人，後得道成仙，被道教納入神譜。傳說張良在邳橋上遇到黃石公。黃石公三試張良後，授與《素書》，臨別時跟他說十三年後到濟北穀城山下會看到一塊黃石，那就是黃石公。後來張良果然在那裡找到了黃石，建祠祭祀。事載《史記・留侯世家》。❾赤松子　秦漢傳說中的上古仙人。相傳是神農時的雨師，能入火自焚，隨風雨而上下。《列仙傳》中有詳細記載。張良功成身退時曾說：願棄人間事，欲從赤松子遊。❿張果騎驢　驢是紙　傳說張果常倒騎一匹白毛驢，日行萬里，不用時白驢即變成帛紙，可折疊成一團，用時噴一口水即可以復原。⓫明皇藥果杯酒裏四句　唐玄宗聽說將鴆放入酒中，普通人喝了即死，神仙卻不會有事，於是就讓高力士將鴆酒拿去給張果喝。張果飲了三杯入睡，醒來後牙齒變得焦黑，於是他用鐵如意將牙齒敲落，抹入藥粉再睡，醒來後就長出了一口比先前還要光潔的白牙。明皇，即唐玄宗李隆基。⓬三郎　唐玄宗兄弟六人，他排行第三，故有此稱。⓭三山　古代神話傳說中的三座仙山，即蓬萊、方丈、瀛洲，秦漢方士稱東海中的仙人居住於此。⓮緊　文言助詞，同「維」，語氣詞，放在句首。⓯今年己丑　時為萬曆十七年（西元一五八九年）。⓰嘉平　臘月的別稱。⓱張三影　北宋著名詞人張先，字子野，造語工巧，曾因三處善用「影」字，即「雲破月來花弄影」、「嬌柔懶起，簾押卷花影」、「柳徑無人，墜飛絮無影」，世稱「張三影」。⓲三影詩翁八十餘二句　據傳張先在八十歲時仍娶十八歲的女子為妾，某次家宴上，還春風得意賦詩一首：「我年八十卿十八，卿是紅顏我白髮。與卿顛倒本同庚，只隔中間一花甲。」⓳比目魚　即鰈，據說比目而行，常用來比喻男女感情篤厚。

【語　譯】唐開元年間有張果，自稱出生在陶唐。做漢帝老師的是張良，張良之後有張蒼。張蒼的年紀有一百多，老頭沒了牙齒只能喝乳汁，每晚都在枕前擁著十個女子。張良用辟穀來祈求長生不死，先是師事黃石公，後又追隨赤松子。張果經常騎著驢，那驢子原來是紙，唐明皇將毒酒給他送去，他喝了後牙齒焦黑如同米塗了黑漆，站起身來拿鐵如意將牙齒全部敲落，長出來的新牙像是排立的美玉光潔如洗。唐明皇驚訝無比地告訴楊玉環，我想和你告別渡海去尋找三山。玉環淚灑明皇前，就像是梨花上的春雨始終不乾。那三位仙人，是你的祖先而你是孫輩。今年的臘月，正好是你七十歲的生辰。三位祖先的消息雖然飄渺，桃仁留下的種子長出來的還是桃。況且你作的詩中多是警句，又像是你的祖先張三影。三影老詩翁已是八十多，那時還娶了如花的女子。正該七十多的張公子你，夜夜擁著佳麗共作比目魚。

【研　析】這首詩是徐渭晚年所作，屬於「隨想詩」一類。全詩寫得輕鬆、隨意，在相當多的篇幅內，盡情展開豐富想像，以幽默詼諧的筆調歷數張良等人的神奇傳說，趣味盎然，王夫之在他的《明詩評選》中稱讚這首詩云：「排俗以入俗，古今人無敢如此，左旋右回，元有神筆。『玉環淚落』一波，如五色雲因月作華，非雲華，非月華。離鉤三寸得金鱗，何從而得，俗子不信。」自「緊彼三仙人」始，引出賀壽主題，寄寓美好祝福。張良等三人因年代久遠，或難以追溯，所以詩人特別提到了張先的文采風流。子錫的文采與三影頗有一比，那麼就盼望他也能青春不老、生活美滿，「夜夜香衾比目魚」看似不正經，但正因這戲謔之詞使詩歌妙趣橫生，充滿溫情厚意和無窮韻味。詩人寫作此詩時已是貧病纏身，仍能如此幽默詼諧，平生意氣可以想見。

## 銅雀妓

【題　解】銅雀妓，原指曹操的歌舞伎，後成為古樂府曲調名。也叫〈銅雀臺〉。銅雀臺原名榭臺，在鄴城（今河北臨漳）。建安十五年（西元二一〇年）曹操建造，臺上有銅鑄大雀。據《鄴都故事》記載，曹操命其子將其葬在鄴之西崗；妾妓都住在銅雀臺上，早晚設酒食祭奠，每月初一、十五在靈帳前奏樂祭禮；諸子也經常登臺瞻望西陵墓田。〈銅雀妓〉詩，多是憑弔懷古或詠史之作。

重泉❶鎖玉燕❷，閟燭❸繞金蛾❹。君銷陵柏❺土，妾斷偃松蘿❻。

薦夢❼無雲雨，留香❽別綺羅。願為銅雀瓦，生死托漳河❾。

【注　釋】❶重泉　猶九泉。舊指死者所歸。❷玉燕　即玉燕釵。《洞冥記》卷二云：「神女留玉釵以贈帝，帝以賜趙婕妤。至昭帝元鳳中，宮人猶見此釵。黃諃欲之。明日示之，既發匣，有白燕飛昇天。後宮人學作此釵，因名玉燕釵，言吉祥也。」❸閟燭　《史記・秦始皇本紀》載：秦始皇死後，葬酈山，其墓中「以人魚膏為燭，度不滅者久之」。張守節《正義》：「今帝王用漆燈塚中，則火不滅。」後遂以「閟燭」指藏於墓室中的燭火。❹金蛾　金色的蛾形圖案。❺陵柏　陵墓上的柏樹。❻松蘿　分為長松蘿和節松蘿兩種，生於深山的老樹枝幹或高山巖石上，成懸垂條絲狀。❼薦夢　亦作「薦枕」。傳說楚懷王遊覽高唐地區，十分疲倦，就在白天小睡了一會，在夢中看見一個仙女說：我是高唐人，聽說你來了，願意給你當枕席。楚王臨幸了她。後因以「薦枕」等借指侍寢。❽留香　傳說中的留香草。因其能留下芳香，故亦比喻帝王普施德惠。❾漳河　源出長治西部和北部山區，是長治的母親河。有清漳河和濁漳河兩源，下游位於河北省、河南省之間，同時是安陽和邯鄲兩市的分界線。

【語　譯】黃泉鎖住了玉燕釵，墓室中的燭火旁圍繞著金蛾。您被埋葬在山上的黃土裡，妾身也掩埋在松蘿叢中。侍寢時不曾雲雨，與美人告別時留有餘香。願意做一片銅雀臺上的瓦，生生死死都依託著漳河。

【研 析】銅雀妓是歷代詩人經常吟詠的主題，宋代葛立方《韵語陽秋》卷十九云：「銅雀伎，古人賦咏多矣。」據學者統計，直接以「銅雀臺」、「銅雀妓」等為題的歷代詩歌，現存在百首以上。初唐以前，銅雀妓主要是作為「宮怨」主題被詩人們反覆吟詠，抒發對這些歌妓不幸命運的同情。自中唐以後，則更多了歷史反思與批判意識，表現出對悲劇製造者曹操的批判。但徐渭此詩的題旨顯然與此不同，在他的筆下，這些歌妓的命運或許不幸，但她們卻絲毫沒有對曹操的怨恨，反而情感真摯悠長，願意做一片銅雀臺上的瓦，永遠伴隨在身邊。全詩文辭雋永，籠罩著淒美的感傷情調，特別是首二句，別緻生動，頗可觀。詩中提及的西陵、漳水等意象已然成為特定的文化符號，為人屢屢引用。

## 琉球刀（二首選一）

【題 解】琉球，古國名，在日本與臺灣之間。常山縣位於浙江省西部，錢塘江源頭。常山歷史悠久，建縣已近一千八百年的歷史。

### 其二

單刀新試舞，雙劍舊能輪。雨過腥聞血，風旋雪裹身。對鐶❶歸思動，挂壁蒯緱❷塵。醉後時橫看，終當贈與人。

【注　釋】❶鐶　同「環」。泛指圓圈形物。❷蒯緱　用草繩纏結劍柄。

【語　譯】嘗試著將單刀拿起來揮舞，往日也曾經掄起過雙劍。揮刀之際好似興起腥風血雨，雪白的刀影如同飛舞的雪花般裹住全身。看到刀鐶讓人萌生回去的念頭，把刀掛在牆壁上蒯緱落滿了灰塵。酒醉醒來後時常橫著看，這把刀終究應該贈送給他人。

【研　析】這是一首詠懷言志詩，詩人借舞刀發端，抒發了無限感慨。首兩句交待自己的刀劍之緣，試著舞刀之時，記起了當日揮舞雙劍之事，說明詩人素來就有豪情壯志。但在舊日與當下間卻有著一段時間的空白與斷裂，這想必是因為詩人的命運坎坷以致理想難以實現，刀劍也失去了用武之地。三四句狀寫舞刀的場景，形象生動，英氣逼人，這是否意味著詩人雖長期處於困頓，滿腔豪情卻未曾銷蝕？由於種種的原因，詩人還是把刀掛在了牆上，以致落滿灰塵，這正是詩人一腔抱負難伸的真實寫照。每當醉後，他總是忍不住要一看再看，說是「終當贈與人」，其實正是因為詩人放不下、不甘心，才想著說要轉讓他人，不管如何，他總希望理想能夠實現，哪怕是寄託在他人身上，此中的傷感非意會者不能了然。

# 春日過宋諸陵（三首選一）

【題　解】宋諸陵指南宋高宗永思陵、孝宗永阜陵、光宗永崇陵、寧宗永茂陵、理宗永穆陵、度宗永紹陵，在今浙江紹興東十八公里之寶山。宋理宗寶祐六年（西元一二五八年），蒙古兵大舉南侵。開慶元年（西元一二五九年）十一月，宋軍元帥賈似道請劃江為界，向蒙古奉幣請和，忽必烈許之，但蒙古並未因此停止用兵，最終在二十年後滅了南宋。元世祖至元二十二年（西元一二八五年），元人遍掘宋帝諸陵，且將理宗的屍體倒懸，把他的頭顱製為酒器。後明太祖朱元璋為諸帝重建陵墓。

## 其三

落日愁山鬼❶，寒泉鎖殯宮❷。魂猶驚鐵騎，人自哭遺弓❸。白骨夜半語，諸臣地下逢。如聞穆陵❹道，當日悔和戎❺。

【注　釋】❶山鬼　山神。❷殯宮　臨時停放靈柩的地方，這裡指陵墓。❸遺弓　傳說黃帝騎龍昇天時，「墮黃帝之弓」，後便以「遺弓」作為帝王死亡的委婉語。❹穆陵　宋理宗趙昀墓名永穆陵，簡稱穆陵。後即用穆陵代稱理宗。❺和戎　古代稱漢族與少數民族結盟為和戎。這裡是指宋理宗開慶元年向蒙古奉幣求和事。

【語　譯】太陽西下山神也為此發愁，寒冷的泉水鎖住了皇帝的靈柩。蒙古鐵騎仍使得幽魂擔驚受怕，人們都因皇帝之死而淚流。白骨在夜半時竊竊私語，那是各位大臣在地底重逢。他們好像聽到理宗在說，實在後悔當日的和戎之舉。

【研　析】這是一首懷古詩，係徐渭二十來歲時的少作，詩歌懷古傷今，表達了詩人強烈的現實關懷。起始二句提及落日、寒泉、陵墓等意象，營造出陰冷、幽深的氣氛，與春日似乎格格不入，這巨大反差背後呈現出的正是詩人內心的憂慮。其後由景及人，只不過都是些死人，已經數百年過去了，這些冤魂依舊擔驚受怕、不得安寧，並為當日的變故傷心難過。面對那麼慘痛的教訓，主事者無疑是要深刻反思的，他們得出的結論是什麼呢，「當日悔和戎」。當全詩在無聲的歎息中戛然而止時，分明是要向人們昭示：歷史的教訓再也不能重演了。當其時，倭寇與海盜屢擾東南沿海地區，徐渭借想像之筆寫地下陰間的情形，傳達的雖是南宋理宗等諸帝的遺恨，寄託的卻是對現實問題的強烈關懷。徐渭目睹當日的現實政治形勢，借古詠懷，明確表示面對來犯的敵人要勇於出擊，不能一味妥協。

## 金　客

【題　解】五行中金主殺伐。該詩狀寫一位有志而暫且落拓的志士。不詳何人，但含有自己身世與情懷的寄託。

君是鄴兒非？黃須❶短褐❷衣。單身亡命❸去，虜首賣錢歸。業曠家人棄，門寒結客稀。自知終有用，窮巷且藏機❹。

【注釋】❶黃須　曹操的第二個兒子曹彰鬍鬚為黃色，性情剛猛，曾經親自征討烏丸，頗受曹操喜愛，曹操曾經抓著他的鬍鬚說：「黃鬚兒竟大奇也。」須，通「鬚」。❷短褐　原意是指用粗麻或獸毛編織的粗布上衣，是對古代窮苦人所穿的一種服裝的稱呼，又稱「豎褐」、「裋褐」。短，通「裋」。指粗布衣服。褐，麻料、獸毛織物。❸亡命　指鋌而走險，不顧性命。❹藏機　藏匿心智；藏匿心機。

【語譯】您是不是鄴下的子弟？不然為何長著黃色的鬍鬚穿著粗布上衣。獨自一人鋌而走險離去，用俘虜的頭顱換得賞錢歸來。事業荒廢家人嫌棄，家中貧困訪客也稀少。自己知道總有獲用的時候，身處陋巷之中暫且潛藏心機。

【研析】全詩共八句，前六句是對金客生平遭遇的展示。一二句寫形貌，黃鬚穿粗衣，很自然的讓詩人想起了英武的曹彰，預示了此君將有非凡的作為。這一猜測在三四句得到了證實，他的確是一位豪氣干雲、英勇果敢的俠義之士。前此四句，瀰漫著一股慷慨激昂之氣，五六句突轉，交待金客的現實處境，荒涼破敗、門庭冷落。但詩人並不為此感覺灰心失望，反而大聲疾呼：總有一展所長的機會。「自知」二字，充滿了自信的力量。

## 聚法師將往天台，止其徒玉公庵中，余為留信宿　玉芝

【題解】玉芝（西元一四九一—一五六三年），名法聚，姓富氏，字月泉，嘉興人，十四歲在海鹽資聖寺出家，曾與董從吾一起至會稽山謁王陽明，以詩偈相參。又慕金陵碧峰寺夢居禪師之名，荷笠前往，受其點悟，始覺以前蘊意，泮然冰釋。玉芝居天池山二十餘年，並曾結廬鏡湖之濱。玉芝為人峻潔圓轉，舉止瀟然，工詩，善於說法，與季本、王畿、錢楩等交遊甚密。玉芝禪師曾為徐渭解《首楞嚴經》的奧旨微辭，徐渭深為折服，對徐渭著《首楞嚴經解》，泯會三教合一的學術路向，以及創作《四聲猿》中的〈翠鄉夢〉具有直接的啟教之功。

欲向天台❶去，先為剡水❷尋。秋行萬山出，夜宿一庵深。燕語調花氣，猿歸帶講心。年年石梁❸興，送爾益沉吟。

【注釋】❶天台　指天台山，是中國浙江省東部名山，隸屬於台州市天台縣，地處寧波、紹興、金華、溫州四市的交接地帶。素以「佛宗道源、山水神秀」享譽海內外。❷剡水　水名，即剡溪，為嵊州境內主要河流，由南來的澄潭江和西來的長樂江會流而成。夾岸青山，溪水逶迤，歷史上早有「剡溪九曲」勝景。沿溪古跡迭續，歷代眾多詩人學士或居或遊，留下了無數詠剡名篇及趣聞逸事。❸石梁　即石梁鎮，地處天台縣東北端。

【語　譯】想要到天台山去，先要把剡水搜尋。秋天出行，萬山排沓而出，夜晚時在深山中的一座廟裡休息。燕子細語，調動了花的香氣，收束心猿，講經論佛。年年都有去石樑的雅興，送別你之際更要低聲誦吟。

【研　析】徐渭一生與遊的僧侶有北庵、月洲、少顛、長嘯上人、空上人等，而最受他尊崇的是玉芝禪師。徐渭每次去拜訪都流連忘返，乃至「連晝夜不去」。並與玉芝弟子祖玉交誼甚篤。現存徐渭詩文中，同玉芝禪師相關的尚有〈芝師將返天池山贈別〉、〈春日同馬策之，王道堅，玉芝禪師至寒泉庵偶得偈一首〉以及〈聚禪師傳〉等。全詩八句，精深別緻，充溢禪味。首兩句，看似說明路線，由剡水而至天台，卻使原本普通的出行充滿別樣韻致。其後四句描述行走山中時的風景。「萬山出」可見壯闊，「一庵深」可見幽靜，「萬」與「一」並舉，通過強烈的反差來渲染氛圍，正是詩人慣用的手法。明明是人在山中行走，視野不斷得到拓展，可詩人感受到的卻是「山出」與「庵深」，賦予靜物以動感，這自然是藝術技巧的使用，使得形式、結構靈活多變。但是，某種意義上，這也是當日詩人的真實感受，秋日在山中漫行，精神是自由的，心情是愉快的，此種心情向外投射，只覺自然萬物也在跟自己積極響應、良好互動，我之看見也成為物之呈現。此中韻味，頗值玩味。「燕語調花氣，猿歸帶講心」兩句，含有深厚佛禪旨趣，但因意境清幽，並無突兀之感，可謂佳作。卒章回應送別主題，表達朋友深情。

# 嚴先生祠

【題　解】嚴先生，指東漢時人嚴光，字子陵，會稽餘姚人。年輕時與光武帝同遊學，光武帝即位後想授予他官職，他變換姓名，隱身不見。後人感佩其高風亮潔，尊稱為「嚴先生」，並設祠於富春。事詳《後漢書》。徐渭集中現存同題詩五律七律各一首，題旨相近，且俱為佳作，故一併選入。

碧水映何深，高蹤那可尋？不知天子貴，自是故人心。山靄❶銷春雪，江風灑暮林。如聞流水引❷，誰識伯牙琴？

【注　釋】❶靄　雲氣。❷流水引　表現流水的樂曲。引，樂曲體裁之一。傳說先秦的琴師伯牙一次在荒山野地彈琴，樵夫鍾子期竟能領會這是描繪「巍巍乎志在高山」和「洋洋乎志在流水」。伯牙驚道：「善哉，子之心而與吾心同。」鍾子期死後，伯牙痛失知音，摔琴絕弦，終身不操。〈高山流水〉一曲與伯牙鼓琴遇知音的故事連繫在一起，傳誦千古。「高山流水」比喻知己或知音，也比喻樂曲高妙。此曲為古琴曲，後世分為〈高山〉、〈流水〉二曲。相關故事載於《呂氏春秋》與《列子》中，至今仍為人所傳誦。

【語　譯】碧水映照深不可測，高人的蹤跡何處可尋？不理會天子的高貴，仍保留著昔日朋友的夙心。山間的雲氣融化了春雪，江風吹拂著暮色中的樹林。好像聽見了流水引的琴聲，誰才能真正聽懂伯牙的琴音。

【研　析】徐渭此詩表達了對嚴子陵高蹈的人格讚美。詩中「不知天子貴，自是故人心」兩句，王夫之感喟云：「非謂論嚴子陵者必然要唯此可作詩耳。詩以道性情，道性之情也。性中盡有天德王道、事功節義、禮樂文章，卻分派與《易》、《書》、《春秋》去，彼不能代詩而言性之情，詩亦不能代彼也。決破此疆界，自杜甫始。桎梏人情，以掩性之光輝，風雅罪魁，非杜其誰邪？」王夫之對於杜甫詩歌中所反映的天德王道、事功節義頗不以為然，認為那是史乘之功能，而詩歌當以抒寫「性之情」為是，相形之下杜甫之詩就有桎梏人情之過，乃「風雅罪魁」。我們對於王夫之的評價是否公允暫且不論，值得注意的是王夫之敏銳地體悟到了徐渭之詩與杜甫詩歌存在著一定的異致：這就是徐渭之作是在讚歎嚴子陵「不知天子貴，自是故人心」，亦即人之自然真情的可貴。這也許就是王夫之選徐渭這首詩的動機：既指出徐渭詩歌與杜甫的異趣，也表達了他詩歌當狀寫人的自然情感的觀念。

## 白鷳

【題　解】白鷳，又名白雉。屬於大型雞類。據〈建陽李君寄馴鷳，俄殪野貍，信至燕，哀以三曲〉詩序，徐渭曾四次畜養白鷳。第一次是廣東陽江楊氏所遺，在規江渡丢失。第二次是胡宗憲所賜，死於虱。第三次是以法書向錢氏交換所得，在徐渭重病時觸階而亡。第四次是朋友李有秋所贈，被野狸咬死。此詩徐渭自注：「少保公所遺。」係一次抗倭大勝後，胡宗憲所贈，徐渭為了表達謝意，以〈白鷴〉為題寫了一首詩。

片雪簇寒衣❶，玄絲繡一圍。都緣惜文采，長得侍光輝。提賜朱籠窄，羈棲碧漢❷違。短簷側目處，天際看鴻飛。

【注釋】❶寒衣　冬天禦寒的衣服。❷碧漢　碧天銀漢的合稱，即天空。

【語譯】白鷴的羽毛雪白，就像是一片片雪花編結而成的寒衣，又在上面繡了一圈圈細細的黑絲線。都是由於世人愛惜美麗的花紋，能夠長久地陪侍在貴人的身邊。提著賞賜的狹窄的朱色竹籠，鳥兒棲息在裡面遠離了廣闊的藍天。鳥兒屈身在鳥籠短小的屋簷下，斜望著天邊自由翱翔的大雁。

【研　析】這是一首詠物述懷詩。白鷴或是徐渭一生中最喜歡的動物之一，常作詩寄寓一己感慨，此詩亦然。起始二句，細緻描摹白鷴的姿態。羽毛純白，像是一片片雪花編結成的寒衣，上面又繡了一圈圈細細的黑絲線，可謂光彩照人、美麗異常。於是三四兩句由衷地感歎，這文采實在太炫目了，難怪能得到別樣的優待。這兩句語涉雙關，文采既可指鳥兒美麗的花紋，也可以代指自己非凡的文學才華，白鷴因美麗而為人所愛，自己也因擅於寫文章而被胡宗憲所欣賞。「惜文采」

體現了對胡宗憲賞識人才的歌頌，「長得侍光輝」則流露了對胡宗憲知遇之恩的感激。其下四句筆鋒一轉，白鷴雖然生活優越，但卻失去了自由，只能生活在狹小的牢籠中，一個「窄」字，感情色彩鮮明。這也應當是徐渭自己的心聲，雖說胡宗憲對他非常優待，但詩人總覺得不自在。他和鳥兒一樣，渴望在廣闊的藍天自由翱翔。詩人的這種情緒應當是很強烈的，但考慮到自己的身分，考慮到胡宗憲對自己的態度，他在用詞方面頗為講究。「側目」二字，想看卻又不敢過於明顯，充分體現了寄人籬下的無奈與拘束。

## 懷陳將軍同甫

【題解】徐渭自注：「時鎮滇，漢鑿昆池於長安，而將軍親見於滇，成一笑矣。」昆池即昆明池，或稱滇池，位於雲南昆明的西南，是我國第六大淡水湖。元狩三年（西元前一二〇年），漢武帝命人在長安西南郊開湖，用來讓士兵練習水戰，也稱作昆明池。池周圍四十里，廣三百三十頃。事載《漢書・武帝紀》。歷代幾次修浚，宋以後湮沒。陳亮（西元一一四三—一一九四年），原名汝能，後改名陳亮，字同甫，號龍川，婺州永康（今屬浙江）人，紹熙四年光宗策進士第一，狀元。陳亮力主抗金，曾多次上書孝宗，反對偏安定命，痛斥秦檜奸邪，倡言恢復，完成祖國統一大業。所作政論氣勢縱橫，詞作豪放，有《龍川文集》、《龍川詞》。《宋史》有傳。

飛將❶遠提戎，翩翩氣自雄。椎牛❷千嶂❸外，騎象百蠻❹中。銅柱❺華封❻盡，昆池漢鑿空。雁飛真不到，何處寄秋風❼？

【注　釋】❶飛將　西漢名將李廣鎮守邊郡，匈奴多年不敢進犯，人稱之「飛將軍」。後以此指稱傑出的將領。❷椎牛　傳說古時候，蚩尤被黃帝打敗，其與將領夸佛都被殺死。人們在埋葬他們時吹起號角，敲起戰鼓，以驅趕虎豹豺狼，讓死者的靈魂得以安息。誰知夸佛的戰馬聽到鼓角震天，以為又要出征，掙斷了韁繩跑來，見主人已死，便長嘶數聲，流著眼淚臥在地上，不飲不食，幾天後便死去。此後苗族形成一風俗，當有人死後，家人便椎牛代馬殉葬，既表示託牛將主人的靈魂引到祖先那裡去團聚，又表示送頭牛給死者在陰間使用。❸千嶂　層層疊疊的山。嶂，高險的山，如屏障的山峰。❹百蠻　古代南方少數民族的總稱。後也泛稱其他少數民族。❺銅柱　銅製的作為邊界標誌的界樁。據《後漢書・馬援傳》記載，馬援到了交趾，立下銅柱，作為漢朝的邊界。❻華封　華，地名，今華州。封，即封人，指華地守封疆之人。❼秋風　據《世說新語》載，晉人張翰在洛陽做官，見秋風起，思念故鄉，因而辭官回家。

【語　譯】飛將軍到遙遠的邊關去鎮守，行動輕疾器宇軒昂。揮椎擊牛於層層疊疊的險峻山峰外，騎象縱行在少數民族的部落中。昔日作為地標的銅柱和守疆人都已不存，昆明池早在漢代就被人鑿空。大雁真的飛不到這裡，什麼地方可以寄送秋風？

【研　析】這是一首懷古詩。在邊患不斷的明代中葉，徐渭雖然沒有率軍破陣的經歷，但對功名的渴望始終縈繞在心頭。在胡宗憲幕中，他對臨陣殺敵的將士懷著欣慕之情，在贈曹君的詩中說：「同時操筆總紛紛，先著緋袍獨數君。」徐渭的這種人生情懷，還時常通過對靖邊豪傑的謳歌中體現出來，他對戚繼光「金印累累肘後垂」英武烈烈的形象十分崇敬，慨歎「丈夫意氣本如此，自笑讀書何所為」，欣羨之情溢於言表。有時，他也通過對古代豪傑的景仰與讚歎以抒寫襟懷，這首詩通過對陳亮英武雄邁形象的讚美，寄予了作者的人生理想。全詩共八句，前四句懷古，以形象之筆塑造將軍的英勇形象，氣象豪邁奇偉，蒼健而又不乏超逸之氣。後四句則鑑今，邊境的地標和守疆人都沒有了，曾作練兵之用的昆明池也已被人鑿空，意味邊境不再安定，朝廷也不曾加以重視。結句甚妙，表面上看是說，那些地方實在離得太遠了，連秋風都難以到達，又能靠誰將緊張的局勢報告到朝廷呢？可是，普天之下，莫非王土，作為君主、作為大臣，理應心存天下，即使離得再遠，也不應置若罔聞，細味此句，以疑問結尾，不無嘲諷意味。這首律詩結構謹嚴，文辭雋永，向受好評。沈德潛《明詩別裁》以「始端宗旨，繼審規格，終流神韻」為繩尺，斟選甚嚴，徐渭僅此一首見列。李雯評曰：「結調深永。」

## 賦得風入四蹄輕（四首選一）

【題　解】「風入四蹄輕」是杜甫〈房兵曹胡馬〉中的名句，意思是指駿馬在奔馳時四蹄輕捷，就像有風灌入。詩下有序云：「雷總戎嘗騎千里馬，風掣其衣，僅存襟背，又云趙總戎亦然，故三章云。」故詩人是有感於雷總戎的英勇而作此詩。雷總戎，即雷總兵，當是徐渭在佐幕宣府時所識，徐渭曾作有〈贈雷總兵序〉（《徐文長逸稿》卷十四）。

## 其一

駿馬四蹄風，形容有杜公❶。一塵不動外，千里颯然中。白草❷連天靡，蒼鷹蹋❸翅從。檀溪❹不須躍，隨意過從容。

【注　釋】❶杜公　指杜甫。王嗣奭說：「老杜最善詠馬。」杜甫先後創作了十五、六首詠馬詩，在不少詩歌中，如〈房兵曹胡馬〉、〈高都護驄馬行〉中對馬的狀貌、姿態進行了細緻、生動的描寫，展現出馬的骨力、神采、風度。❷白草　牧草。乾熟時呈白色，故名。❸蹋　拍打。❹檀溪　在今湖北襄陽西南。據傳，荊州刺史劉表打算廢長立幼，被劉備勸止，劉表後妻蔡夫人忌恨劉備，命弟弟蔡瑁在襄陽設宴，打算藉機殺了劉備。到了那天，有人偷偷告訴了劉備實情，劉備急忙騎著名馬的盧出逃。到城西檀溪時，人和馬全都落入了水中，劉備急呼：的盧，我今天遭難，全都看你的了。的盧忽然從水中跳起，一躍三丈，飛到了西岸。

【語　譯】駿馬的四蹄猶如風馳電掣，描繪牠的早已有杜甫的詩歌。一點灰塵也不曾掀起，飛馳千里好似一陣風颳過。白草一望無際沿著天邊倒臥，蒼鷹拍著翅膀在後面跟從。面對檀溪不需要騰躍，隨便就過去了顯得那麼輕鬆。

【研　析】這是一首詠物述懷詩。詩歌前兩句點出來歷，後六句形象描摹駿馬奔馳時的風姿與神采。「一塵不動外，千里颯然中」，可見其迅疾。前面說過，詩人喜用巨大反差來營造效果，此處的「一」和「千」亦是。「白草連天靡，蒼鷹蹋翅從」，這駿馬不僅速度快，氣勢也頗為傲人。讚馬實則是讚人，坐騎如此，其主人的英雄氣概亦可以想見。尤其是末兩句，跨越檀溪竟然不需要騰躍，這份輕鬆、從容正是將軍的自信表現。駿馬馳騁萬里，為的是建功立業，這其中既是詩人對雷總戎的熱烈期許，亦可見他自己的殷切訴求。

## 恭謁孝陵正韻

【題解】孝陵是明朝開國皇帝朱元璋和皇后馬氏的合葬陵墓，因皇后謚「孝慈」，故名孝陵。坐落在南京市紫金山南麓獨龍阜玩珠峰下，東毗中山陵，南臨梅花山，是南京最大的帝王陵墓，亦是中國古代最大的帝王陵寢之一。這首詩作於明神宗萬曆三年（西元一五七五年），當時徐渭出獄未久，前往南京遊覽，遍遊雨花臺、靈谷寺、報恩寺塔、燕子磯、清涼寺等名勝古跡，所到之處，一一題詠，並特地到鍾山拜謁了開國皇帝朱元璋的孝陵，作此詩。題下有序云：「漢高彷彿皇祖，而以少文終其身，故五云然。是日陵監略陳先事。」

二百年來一老生，白頭落魄到西京❶。疲驢狹路愁官長，破帽青衫拜孝陵。亭長一杯❷終馬上，橋山❸萬歲始龍迎。當時事業難身遇，憑仗中官❹說與聽。

【注釋】❶西京　本指長安，這裡指南京。漢朝最初定都長安，東漢時遷都洛陽，以長安為陪都，稱為西京。明太祖建都南京，後成祖遷都北京，而以南京為陪都，情況與漢時相似，所以有此代指。❷一杯　「杯」當作「抔」。一捧之土，後來用作墳墓的代稱。❸橋山　即黃帝陵橋山，為子午嶺中部向東延伸的支脈。橋山在遠古時代為有蟜氏居地，稱作蟜山；黃帝時代稱作「軒轅之丘」或「軒轅之臺」，黃帝因此而得名「軒轅」，黃帝黃城中宮即位於此。以後演變成橋山。據司馬遷《史記．五帝本紀》載「黃帝崩，葬橋山」，漢武帝在此築祠祭祀，歷代不絕。又有傳說講黃帝死後，有龍迎接他上天。這裡是用黃帝故事代指朱元璋之死。❹中官　宦官，即徐渭自注中所說的守陵太監。

【語譯】大明開國二百多年後的一個老書生，頭髮已經花白仍舊落魄不堪，孤身一人來到南京。騎著頭無精打采的驢，生怕會跟官員狹路相逢而發愁，我頭戴破帽身著青衫來拜謁孝陵。漢高祖終其一生靠武力治理天下，像黃帝那樣的帝王才會在死後有龍來相迎。當時的事情沒能親身經歷，唯有依靠陵監說給我聽。

【研析】這是一首懷古言志詩。詩人的自我寫照是老生、白頭、落魄、疲驢、破帽、青衫，獨孤困窘，人生是失意的，心情是失落的。這樣的人想必早已喪失了理想，也沒有了希望。但是，這樣一個人卻要來拜謁朱元璋——曾經的英豪、明君，還要聽守陵太監向他訴說當日的崢嶸歲月，詩人的心曲與志向由此可以想見。尤其要注意「疲驢狹路愁官長」一句，詩人為什麼怕跟官員們相逢？怕麻煩，這樣的考慮或許是有的，更重要的只怕是因為在那樣的環境中會直接凸顯出詩人的落魄與不得志，詩人會感到傷心和羞愧，自哀的背後其實是自負。詩人無疑是想有所作為的，可卻始終不得志，原因在哪呢？或許是生不逢時吧，不甘心卻又無可奈何的情緒相交雜，正是詩人內心的真實寫照。

# 伍公祠

【題解】伍公即伍子胥，名員，春秋末楚國人，父、兄均為楚平王所殺，後來子胥逃離楚國，投奔吳國。多年後協助吳王闔閭，五戰而入楚都郢城。當時楚平王已死，據說伍子胥掘開平王之墓，鞭屍三百，以報殺父兄之仇。闔閭死後，其子夫差即位，吳軍大敗越國，越王句踐請和，伍子胥建議徹底消滅越國，但是夫差不聽，後又聽信讒言，賜給伍子胥寶劍令他自殺。後世屢有人對伍子胥攻打楚國、鞭屍平王的過分行為提出批評。這首詩前四句針對過往非議發表自己的意見，後四句則對伍子胥的遭遇表達感慨。

吳山❶東畔伍公祠，野史評多無定時。舉族何辜同刈草❷，後人郤
苦論鞭屍❸。退耕❹始覺投吳早，雪恨終嫌入郢遲❺。事到此公真不幸，
鐲鏤❻依舊遇夫差。

【注釋】❶吳山　在浙江杭州西湖東南。左帶錢塘江，右瞰西湖，為杭州名勝。春秋時為吳西界，故名。或云以伍子胥故，訛伍為吳。❷刈草　割草，這裡是指楚平王殺害伍子胥族人。❸鞭屍　西元前五〇六年，吳兵

攻進郢都，伍子胥掘開楚平王的墳墓，挖出屍體，抽打了三百鞭才罷休。❹退耕　辭官歸隱。伍子胥投奔吳國後勸吳王僚出兵攻打楚國，因故受阻，曾一度躬耕於田野。❺雪恨終嫌入郢遲　伍子胥帶兵攻入郢都時，楚平王已去世十一年，不能親手殺他報仇，故有進入郢都太遲的感慨。郢，楚國都城。❻鐲鏤　劍名，泛指寶劍。西元前四八四年，吳王夫差聽信讒言，賜寶劍給伍子胥讓他自盡。

【語　譯】吳山的東邊佇立著伍公的祠堂，野史中諸多評判迄今尚無定論，全族的人有何罪過卻全被殺死，後人卻只追究他鞭打平王屍骨之事。退隱耕種時才發覺投奔吳國太早，報仇雪恨後始終感慨進入郢都太遲。事情攤到這個人的身上實在是不幸，最終依然難逃夫差鐲鏤劍賜死。

【研　析】這是一首詠史懷古詩。與一般同類詩歌的不同處在於，詩人未曾過多渲染氣氛，點出伍公祠的位置後，迅速進入主題：關於伍子胥的評論迄今尚無定論。入題迅速明快，可見詩人已難以旁顧其他，迫不及待地想要介入討論、表明立場，為伍子胥尋一個說法，態度可謂鮮明而強烈。隨即兩句係詩人對伍子胥行為的評論。對於伍子胥鞭屍平王一事，歷來有很多人表示了批評，但詩人卻指出，伍子胥身遭滅門之恨，怎麼可以不報仇？「舉族何辜同刈草」與「後人卻苦論鞭屍」二句並舉，表現出詩人對世俗評論的強烈不滿與不平。「雪恨終嫌入郢遲」雖不免過於激烈，但一股慷慨激昂之氣令人熱血沸騰，此處充分顯示了詩人對於世俗權威的蔑視與充分的獨立人格。末二句，詩人以「不幸」總結伍子胥一生，因小人的讒言而被夫差賜死固然是不幸，「遲」與「早」相對比，亦足以見出命運的無常與個人的無奈。

# 岳公祠

【題解】岳公即南宋抗金名將岳飛。為紀念岳飛，中國許多地方都修築了岳王廟，規模較大的有安陽湯陰、杭州、朱仙鎮、靖江、宜豐等地的岳飛廟。杭州岳廟位於棲霞嶺南麓，是墓廟一體的建築群；安陽湯陰岳廟位於岳飛故里湯陰縣；朱仙鎮岳廟傳說是為了紀念朱仙鎮之戰而建；靖江岳廟前身是宋代的岳飛生祠。詩中提到的是杭州岳王廟，位於浙江杭州西湖西北角的岳湖旁邊，始建於南宋嘉定十四年（西元一二二一年），明景泰年間改成忠烈廟，經歷了元、明、清、民國時興時廢，代代相傳一直保存到現在。

墓門朱戟❶碧湖中，湖上桃花相映紅。四海龍蛇❷寒食❸後，六陵❹
風雨大江東。英雄幾夜乾坤博❺，忠孝誰家俎豆同❻。腸斷兩宮終朔
雪❼，年年麥飯隔春風❽。

【注釋】❶朱戟　紅色的木戟，用作官署或貴族家大門前的儀仗。❷龍蛇　〈龍蛇歌〉，是一首有關介子推的哀歌。介子推，春秋時貴族，曾追隨晉文公重耳在外流亡十九年。返國後，重耳立為晉文公，在封賞隨從臣屬時，忘了封賞介子推，介子推便和老母一道隱居於綿上（今陝西東南）山中。文公為逼他出來，放火燒山，

他堅持不出，被燒死。事見《左傳・僖公二十四年》。〈龍蛇歌〉的作者《史記》定之為介子推的從者。❸寒食　即寒食節，為紀念介子推遭焚而成之風俗。清明節前一日或二日，在這一日，禁煙火，只吃冷食。在後世的發展中逐漸增加了祭掃、踏青等風俗。❹六陵　詳參〈春日過宋諸陵〉一詩題解。❺英雄幾夜乾坤博　當指岳飛率兵在朱仙鎮打敗金兀朮一事。❻忠孝誰家俎豆同　岳飛被殺害時，其養子岳雲亦被殺害，年僅二十三歲。孝宗初，與岳飛一同復原官，以禮下葬，今岳廟內有岳雲祠位。俎豆，俎和豆是古代祭祀、宴饗時盛食物用的兩種禮器，亦泛指各種禮器。後引申為祭祀和崇奉之意。❼腸斷兩宮終朔雪　指宋徽宗和欽宗被金人擄至五國城（在今黑龍江境內）。❽年年麥飯隔春風　指徽、欽宗客死異鄉，屍骨也埋在了北地，年年只能遙祭。麥飯，指祭祀品。

【語　譯】墓門前的朱戟映照在碧綠的湖面上，湖中粉紅的桃花彼此映襯。寒食時節，天下四處都奏起〈龍蛇〉曲以懷念先人，大江東流，六位帝王的陵墓沐浴在風雨之中。英雄為了扭轉乾坤幾夜拼搏，有幾家人能因忠孝同享供奉。為徽、欽二宗終老朔漠之事肝腸寸斷，每年只能準備好祭品向北方遙拜。

【研　析】這是一首詠史懷古詩。起始二句描寫岳王廟的環境，渲染氣氛。朱戟、碧湖以及粉紅的桃花，莊嚴肅穆。三四句看似述今，實則弔古，引發詩人的悠長思緒。五六句既是感慨岳飛的遭遇，亦是讚頌他的功績。岳飛與其子孫因忠孝共同受到後人尊奉，徽、欽二宗卻終老朔漠，令人肝腸寸斷，甚至連祭祀也難得周全，兩者對比，更覺無窮意味。詩歌以西湖岳祠興起，結以風雪中的域外二帝，慷慨中寓悲涼。

# 嚴先生祠

【題　解】詳參前同題詩。

大澤高蹤❶不可尋，古碑祠木自陰陰。長江❷萬里元無盡，白日千年此一臨。我已醉中巾屢岸❸，誰能夢裏足長禁？一加帝腹❹渾閒事，何用傍人說到今！

【注　釋】❶大澤高蹤　《後漢書・嚴光傳》記載，光武帝即位後，派人去尋訪嚴光，後來齊國上言說，有一個男子披著羊裘在澤中垂釣。光武帝懷疑那個人是嚴光，於是派車去迎接。「大澤高蹤」即本此。❷長江　此處指富春江。❸巾屢岸　多次頭巾脫落，露出前額。岸，露。❹一加帝腹　《後漢書・嚴光傳》載，光武帝曾將嚴光邀入宮中，談論往事，後來兩人共寢，嚴光將腿放在了光武帝的肚子上。

【語　譯】大澤中高人的蹤跡無處可尋，古老的石碑與祠堂中的樹木鬱鬱森森。富春江縱橫萬里本就無窮無盡，白日裡千年來到此地一遊，我已喝醉了多次頭巾脫落，誰能在睡夢中對自己的雙足施加禁令？將腿放在皇帝的肚子上本是閒事，何必勞煩別人喋喋不休說到如今！

【研　析】此詩與前面所選的五律〈嚴先生祠〉乃同題之作，甚而在結構上也頗為相似，譬如詩篇頭兩句有明顯的仿杜甫〈蜀相〉首聯的痕跡。前四句，以祠堂為中心述今。大澤高蹤、古碑祠木，一派雍容肅穆的景象，正是嚴光高風亮節的寫照。江水滔滔，縱橫萬里，時光荏苒，一晃千年，時間的久遠與空間的廣闊最宜於詩人思古幽情的抒發，也襯托出此種情感的深厚與濃重。繼而論史。史載，嚴光將腳放在了光武帝的肚子上，次日，負責觀察天文星象的太史奏告：「客星犯御座（代表皇帝的星座）甚急。」此事後被載入《後漢書》，且代有人評說，可見古人對此事極為重視。可在詩人看來，只不過是將腳放在了皇帝的肚子上而已，與星象有什麼關係呢？說到底這只不過是一件微不足道的小事，千百年來議論紛紛實在是無聊至極。不僅如此，在詩人看來，人在睡著之後無法控制自己的行為，將腳放在別人身上，哪怕是皇帝的身上，也是理所當然、無可奈何，在展現自我個性的同時也消解了皇權的尊貴色彩。論古大抵是要抒懷，但詩人的主觀色彩無疑更為強烈，他直接將自己引入歷史事件中，徑直稱「我」會如何，更顯出其非凡的膽識和反庸俗的精神，較之上一首詩，思想上更為尖銳而深刻。之所以會產生這樣的差別，一個重要的原因在於上一首詩作於幕府時期，詩人不得不有所收斂，而寫作後一首詩詩人則已恢復自由身分，可以無所顧忌、盡情揮灑。

## 龕山凱歌為吳縣史鼎菴（九首選三）

【題　解】龕山，在今浙江杭州蕭山東北約五十里處，錢塘江南岸，因其形如龕得名。嘉靖三十年（西元一五五一年）冬，明軍由浙江總督胡宗憲指揮，會稽典史吳成器（字鼎菴）統兵進擊，在龕山沉重打擊了騷擾東南沿海的倭寇。徐渭時在胡宗憲幕府，寫下組詩九首。

## 其四

短劍隨槍暮合圍❶，寒風吹血著人飛。朝來道上看歸騎，一片紅冰❷冷鐵衣❸。

【注釋】❶合圍　四面包圍。❷紅冰　雪凝結成的冰。❸鐵衣　古代戰士用鐵片製成的戰衣。

【語譯】執劍持槍入夜後將敵人包圍，寒風吹起鮮血撲向人面。清晨在大路上觀看勝利歸來的士兵，鐵甲上的紅冰原來全是血水。

【研　析】這首詩前兩句寫戰鬥，後兩句寫戰後，首句的「暮」和第三句的「朝」前後呼應，構成場景的轉換。由於篇幅的限制，作者無法對戰鬥過程和場面進行鋪陳，於是他巧妙選取了兩個與「血」相關的典型情節。戰鬥過程中，「寒風吹血著人飛」。寒氣，意味著天氣寒冷、氣候惡劣，可英勇的戰士們不為所動，執劍持槍，奮力殺敵，以致血肉橫飛，這一特寫鏡頭正是交戰中最激烈、最悲壯的場面，以點帶面，將敵我雙方的生死搏鬥場面描寫得生動傳神，由此可以想像戰鬥之慘烈、傷亡之眾多與將士之英勇。戰鬥結束後，「一片紅冰冷鐵衣」。因天氣寒冷，鮮血結冰，凍結在戰士的鐵甲上，與上文呼應，進一步展現出寒夜激戰的艱苦慘烈，但在旁觀的老百姓的眼中，這鮮豔奪目的「紅」意味著昨夜戰果輝煌，讓人無比振奮。

## 其七

無首有身祇自猜，左啼魂魄右啼骸。憑將老譯傳番語❶，此地他生敢再來！

【注釋】❶番語　少數民族或外國的語言。

【語譯】剩下身子卻沒有了頭顱只能自己來猜，左邊哭的是魂魄右邊哭的是屍骸。但由老翻譯將我的話譯成番語，看你們下輩子還敢不敢再來這裡！

【研析】這首詩主要描寫詩人通過對敵人發出豪邁的詰問來表現戰爭勝利的喜悅。古往今來類似題材的詩作甚多，但詩人的構思卻非常獨到，因為他選擇的對象是身首異處的敵人，即戰死者。按常理來說，人都已經死了，發出詰問還有什麼意義呢？但正因為他們是曾經的參戰者，才會對我軍將士保疆守土的決心與英勇作戰的精神有著最深刻的認識，又因為他們是戰死者，為侵略行為付出了最沉痛的代價，他們的感受會比任何人都要深刻，所以，向他們發出詰問，才會最有力量，也最足以警告那些仍舊懷有不軌企圖的人。

## 其九

夷女❶愁妖身畫丹❷，夫行親授不縫衫❸。今朝死向中華地，猶上阿蘇❹望海帆。

【注釋】❶夷女　指倭寇之妻。❷身畫丹　在身上塗抹紅色以避妖邪。❸不縫衫　徐渭自注：「倭衫無縫。」❹阿蘇　徐渭自注：「其地阿蘇山最高。」即富士山。

【語譯】日本女子祈求躲避妖邪因而在自己身上塗抹紅丹，丈夫臨行前又親手送上那無縫的衣衫。如今他已死在中華大地，而她還站在阿蘇山頂，遙望著海上歸來的船帆。

【研析】徐渭抗倭題材的詩歌，甚少平面的描寫，一般多帶有對戰爭深沉的思索，本篇即然。詩歌從倭寇來侵之前的家人送行儀式寫起，表現棄屍他鄉，海帆無歸的絕望。與上一首詩同樣構思奇絕，王夫之云：「二首俱用倒取，愈放愈斂。」詩人從倭寇入侵前夷女相送的情形寫起，將鏡頭推向戰爭的更深遠的背景之中，倭寇侵犯東南沿海，殺傷搶掠，給我國人民造成了巨大的傷害，我們渴望自己的軍隊能夠打敗這些侵略者。但是戰爭的非正義不是單方面的，它所造成的傷害也不是單方面的，那些侵略者對於我們而言是敵人，我們要消滅他們來保護自己的家人，但他們不是戰爭機器，他們也是別人的兒子、丈夫和父親，他們的家人也在盼望著他們平安歸去、一家團聚。因此，倭寇之亂，既是對我國東南沿海民眾的殘害，又是侵略者本身的自戕。詩人在捍衛祖國的正義之戰取得勝利時，能夠冷靜下來對戰爭本身進行反思與質疑，體現了他對於人類共同的生命價值與生存權利的尊重。

嘉靖辛丑之夏，婦翁潘公即陽江官舍，將令予合婚，其鄉劉寺丞公代為之媒，先以三絕見遺。後六年而細子棄帷，又三年聞劉公亦謝世。癸丑冬，徙書室，檢舊札見之，不勝悽惋，因賦七絕（七首選四）

【題解】嘉靖十九年（西元一五四〇年），徐渭二十歲，與潘似定親，隨潘家前往廣東。次年成親。妻年十四。嘉靖二十五年（西元一五四六年），潘氏去世。短短的五年時光是徐渭人生中非常幸福的時刻，妻子的早逝也帶給了他無限的憂傷，他曾多次作詩撰文予以紀念。

## 其二

華堂日晏❶綺羅❷開，伐鼓吹簫一兩迴。帳底畫眉猶未了，寺丞❸親著絳紗❹來。

【注釋】❶日晏　天色已晚。晏，遲；晚。❷綺羅　指華美的帷帳。❸寺丞　官署中的佐吏。❹絳紗　紅紗。紗，絹之輕細者。

【語譯】傍晚時分華美的屋子裡帷帳打開，敲鼓吹簫，齊奏了好幾回。你在帳中還沒有將眉毛畫好，寺丞已經親自穿著紅紗而來。

## 其五

掩映雙鬟❶繡扇新，當時相見各青春。傍❷人細語親聽得，道是神僊會裏人。

【注釋】❶鬟　古代婦女梳的環形髮髻。❷傍　同「旁」。

【語譯】你用嶄新的繡扇遮著自己的雙鬟，當日你我相見的時候尚是青春年華。旁人的竊竊私語我們都親耳聽見，說我們是神仙中的一員。

## 其六

翠幌❶流塵❷著地垂，重論舊事不勝悲。可憐惟有妝臺鏡，曾照朱顏與畫眉。

【注釋】❶翠幌　綠色的帷幔。❷流塵　飛揚的塵土。

【語　譯】綠色的帷幔垂落在地上滿是塵灰，重提往事令人禁不住無限傷悲。感歎只剩下了那梳妝檯上的鏡子，曾經映照過你的紅顏與黛眉。

## 其七

篋❶裏殘花色尚明，分明世事隔前生。坐來不覺西窗暗，飛盡寒梅雪未晴。

【注　釋】❶篋　小箱子。

【語　譯】箱子裡留著的花色彩還很鮮豔，往事卻已分明如隔世一般。呆坐著不知不覺西窗已暗，大雪不停落盡寒梅片片。

【研　析】這組詩共有七首，按照時間順序記錄了兩人相識、成親、喜筵、妻子去世以及追悼等令詩人難以忘懷的一幕幕場面。所選四首詩中，第一首寫成親時的場景，第二首則是二人婚後幸福時光的寫照，熱鬧的氣氛，透過畫眉和繡扇映襯出的潘氏的如花身影以及自己當時與妻子郎才女貌受人品評的細節都歷歷在目。然而往日越是美好，就越是反襯出當前形單影隻的淒苦與悲涼。重提舊事，「不勝悲」，目睹眼前的一切，物是人非，更增悲傷的情緒。妝檯上的鏡子仍在，卻再不能映照你的紅顏與黛眉；箱子裡留著的花色彩還很鮮豔，佳人卻早已離去，在後兩首詩中，過往與現實的強烈反差再次觸動了詩人壓抑已久的沉痛心情，站在窗前睹物思人，深深地陷入了甜美又苦澀的回憶中。日已西沉，對妻子的懷念像窗外的雪花一樣愈積愈厚。真摯深婉，動人心腸。

## 內子亡十年，其家以甥在，稍還母所服潞州紅衫，頸汗尚泚。余為泣數行下，時夜天大雨雪

【題解】內子，妻子的謙稱。甥即徐渭亡妻潘氏所生之子。潞州，今山西長治，縣境產綢，世稱潞綢。潘氏卒後，徐渭自岳家搬出。十年後，妻子娘家送回其所服衣衫，領上汗漬尚存。作者睹物思人，寫成此詩。

黃金小紐茜❶衫溫，袖摺猶存舉案❷痕。開匣不知雙淚下，滿庭積雪一燈昏。

【注釋】❶茜　草名，根可用作紅色染料，這裡指紅色。❷舉案　後漢梁鴻的妻子備好飯菜，一定會高舉食案到眉毛的高度為丈夫送上，以示恭敬。後人因以「舉案齊眉」來形容夫妻敬愛。事見《後漢書・梁鴻傳》。

【語譯】黃金小鈕的紅衫尚留有你的體溫，袖子上還保存著昔日舉案齊眉的折痕。打開盒子後不覺淚下，院子裡滿是積雪，屋內只有一盞昏暗的孤燈。

【研　析】徐渭是在家庭衰敗、與長兄相處不諧的情況下，入贅到潘家的，那時的心境可謂糟透了。他的妻子潘氏雖年僅十四歲，卻特別溫柔賢慧，給予了處於人生低潮的徐渭莫大的安慰，可惜好景不長，潘氏生子後就早早去世了。在自己的生命中難得有一個理解自己、關心自己的人，卻遽然離去，徐渭無疑是無比傷心的；加之後來徐渭雖兩次再婚，卻都不幸福，更是加深了他對潘氏的懷念。因此，命運多蹇的詩人時時想及潘氏，每每情難自禁。此詩前兩句述事，撫摸著妻子舊日的衣裳，體溫尚存、折痕尚在。一晃十年，折痕或許還保留著，體溫肯定早已消逝了，這些多半是詩人睹物思人時的想像之辭。他對妻子的思念太長久、太深厚了，往日的一切深深地印在他的腦海裡，即使現實中不存在了，他也會永遠的存有那種印象、那種感覺，不願失去也不會忘記。後兩句抒情，「不知雙淚下」，這「不知」是不由自主、不能抑制，可見情感之真摯動人。積雪、昏燈，營造出的淒涼場景恰與詩人的心境契合，令讀者也黯然神傷。

## 凱歌二首贈參將戚公（二首選一）　南塘

【題　解】嘉靖四十年（西元一五六一年）四、五月間，倭寇大舉進犯浙江，船達數百艘，人數達一兩萬，騷擾地區達幾十處，聲勢震動遠近。時在浙江任參將的戚繼光確立「大創盡殲」的原則，在花街、上峰嶺、藤嶺、長沙等地大敗倭寇，先後十三戰十三捷，共擒斬倭寇一千四百多人，焚、溺死四千多人，使侵犯台州的倭寇遭到毀滅性的打擊。與此同時，其他將領也在寧波、溫州一帶和倭寇交戰十多次，取得重大勝利，浙江倭患基本平息。徐渭聞訊後作詩以為表彰。戚繼光，字元敬，號南塘，晚號孟儲，卒諡武毅，山東登州人。曾在東南沿海抗擊倭寇十餘年，掃平了多年危害沿海的倭患，後又在北方抗擊蒙族部族內犯十餘年，保衛了北部疆域的安全。同時，他還頗有才思，於戎馬倥傯之際，創作了不少詩文，結集為《止止堂集》，四庫館臣評之曰「格律頗壯」、「近燕趙之音」。事載《明史‧戚繼光傳》。

戰罷親看海日晞❶，大酋❷流血濕龍衣。軍中殺氣橫千丈，並作秋風一道歸。

【注　釋】❶晞　破曉。❷大酋　指敵軍首領，據《明史》載，此役戚繼光親手殲滅了敵軍首領。

【語　譯】戰鬥結束後親自去看海上的日出，敵人首領流出的鮮血弄濕了他的袍服。軍中的殺氣橫亙千丈，全都化入秋風一同踏上歸途。

【研　析】這是一首熱情歌頌戰爭勝利的頌歌。前兩句寫戰爭，作者避開了直接的戰爭場面描寫，採取了側面烘托的手法。大戰過後，東方破曉，將軍打算親自去看日出，此時的將軍輕鬆、歡快，飽含著戰爭勝利的喜悅。但這勝利實在來之不易，不信請看將軍的袍服，竟然被敵人首領流出的鮮血給浸濕了，由此我們不難想像戰爭的激烈程度，且將軍的袍服被敵人首領的鮮血浸濕，說明他一定是身先士卒、奮勇殺敵。後兩句，戰時的「殺氣橫千丈」化作了當下的「並作秋風一道歸」，可見將軍不僅英勇，而且豪邁，大氣磅礴，舉重若輕。全詩於悲壯中孕有雄渾，並將雄渾悲壯的風格與尚武好勇、保家衛國的精神融為一體。

## 武夷山一線天

【題解】嘉靖三十五年（西元一五五六年）春，徐渭入閩遊歷，創作了多首紀遊詩。其間他最關注的是武夷勝境，還有幾篇作品與此相關，此即其一。

雙峽凌虛一線通❶，高巔樹果拂雲紅。青天萬里知何限，也伴藤蘿鎖峽中。

【注釋】❶雙峽淩虛一線通　在武夷山九曲溪二曲南面的一個幽邃的峽谷裡，有一座巍然挺立的巨石，長數百丈，高千仞，名靈巖。巖端傾斜而出，覆蓋著三個毗鄰的巖洞：左為靈巖洞，中為風洞，右為伏羲洞。從伏羲洞而入巖內，到了深處，抬頭仰望，但見巖頂裂開一罅，就像是利斧劈開一樣，相去不滿一尺，長約一百多米，從中漏進天光一線，宛如跨空碧虹，人稱一線天。

【語譯】兩邊的懸崖高聳，中間只有一條縫隙可以走得通，山頂的果樹似乎與雲齊平一片鮮紅。青天廣闊無垠，哪裡知道它的邊界在哪兒，行人伴隨著藤蘿同被封鎖在峽谷之中。

【研析】這是一首紀遊詩。前兩句狀寫一線天的奇偉之貌，「一線通」與「拂雲紅」將其崖高路窄的特色予以想像呈現。身處其中，詩人由衷發出「青天萬里知何限」的感慨。雖說被封鎖在峽谷之中，但伴隨著藤蘿前行時，詩人的心情想必是愉悅的，所謂「知何限」，雖然不知，卻也不想知、不必知，超然、淡定。徐渭此次入閩前，愛妻染病去世，科場連年失利，心境無疑是灰暗的，如今面對這綺麗風光，詩人似乎也拋卻了俗務，融入自然、盡情享受。

## 閶門送別

【題　解】閶門在蘇州古城之西門，通往虎丘方向。這首詩描寫的是詩人在閶門送別友人時的情景。

送別閶門日已西，自將光景比烏棲。平生不解依枝宿，今日翻成遶樹啼。

【語　譯】送別到閶門的時候太陽已經西下，自己的境況正如同那棲息的烏鴉。平日裡不理解分別的滋味只顧依著樹枝休息，今天反倒繞著樹枝悲傷哭啼。

【研　析】這是一首送別詩。太陽西下，城門送別，正是送別詩慣常營造的情境，但詩人在表達離情別緒時獨具一格。歷來的送別詩在表達分別時的悲傷心情時手法多端，無不寫得情真意切，真摯動人，詩人在此方面並不遜色，並且他的思考還更為深刻全面。他在詩中以烏鴉自比，平日中不知分別為何物，可以盡情「依枝宿」，一旦事到臨頭，平靜的狀態瞬間被打破，情緒也被突然調動到極端，啼哭不已，這其中不僅表達了離別時的憂傷，還體現出了平常生活與面臨分別時的巨大差異，正是因為這種突變才令人更加無所適從，袁中郎有「愴傷語不堪再讀」之評，誠然。

## 宣府教場歌

【題　解】萬曆四年夏天，徐渭從南京北上，沿運河，至北京，小住。六月，吳兌派肩輿來北京，接徐渭到了宣化府。在此期間，徐渭創作了多首不同內容的詩歌。這首詩表現的是對戍邊戰士英武雄姿的熱情謳歌。

宣府教場天下聞，箇箇峰巒尖入雲。不用弓刀排虎士，天生劍戟擁將軍。

【語　譯】宣府的練兵場天下聞名，一座座尖聳的山峰高插入雲。不需要手持弓刀排列整齊的勇武士兵，那些山峰就像天然生成的劍戟簇擁著將軍。

【研　析】這是一首邊塞詩。詩歌的主要內容是描寫宣府的校場，「箇箇峰巒尖入雲」與「天生劍戟擁將軍」兩句通過形象化的比擬與展示，使我們都可以感受到那雄偉、壯闊的場面。但寫景狀物的目的終究是為了寫人，身處這樣的環境中，將軍無形中也獲得了威武的氣勢；從另一方面說，也只有雄壯的軍威才能與這樣壯闊的背景相契合。雖然通篇沒有對邊關將士的直接描寫，但通過校場的側面烘托，他們的英勇豪邁躍然紙上。

## 胡市

【題解】從西元一五四二—一五七一年，明朝和蒙古族持續進行了長達三十年的軍事鬥爭，始終沒有取得勝利。為了緩和民族矛盾，自隆慶四年（西元一五七〇年）開始與俺答「通貢」，這種友好的民族政策一直持續到西元一六四四年明朝滅亡。其間雙方發展邊貿，蒙古人以馬匹牛羊交換鐵鍋和紡織品等，民族關係大為和緩。萬曆四年夏，徐渭親赴宣府，此時俺答封貢已經六年，邊塞一片和平繁榮的景象，徐渭滿心喜悅，寫下了〈胡市〉一詩。

千金赤兔❶匿❷宛城❸，一只黃羊奉老營❹。自古學棊嫌盡殺❺，大家和局免輸贏。

【注釋】❶赤兔　赤兔馬，本名「赤菟」，即紅色的、像老虎一樣的烈馬，據說為汗血寶馬。赤兔馬一直是寶馬的代表，所謂「人中呂布，馬中赤兔」。❷匿　隱藏，這裡指良馬被貴重飼養。❸宛城　漢代有大宛國，產駿馬。❹老營　老營堡，明長城山西鎮重要關堡，位於山西偏關西，去長城一里，據《讀史方輿紀要》載，明正統末設置，弘治十五年（西元一五〇二年）、萬曆六年（西元一五七八年）增修。明中葉這裡曾有過多次激戰。❺自古學碁嫌盡殺　意謂棋道不以多殺棋子為高。《碁經・審情》云：「不爭而自保者多勝，多殺而不顧者多敗。」

【語　譯】價值千金的赤兔寶馬出自宛城，為了貿易將黃羊帶到老營。自古以來學棋的人都厭惡趕盡殺絕，大家以和局收場避免輸贏。

【研　析】這是一首邊塞詩，但與傳統邊塞詩不同，詩人既沒有描寫戰爭的殘酷，也沒有歌頌將士的豪情，反倒是在弘揚和平的主題。明朝與俺答常年征戰，給兩族人民都帶來了巨大的痛苦，來之不易的和平是大家共同的期盼。全詩以下棋為喻，力主民族和睦相處，「大家和局免輸贏」，這一卓識則代表了各民族厭惡戰爭愛好和平的美好願望。詩歌描寫的是在進行邊市貿易的場景，眾所周知，老營堡是雙方交戰的遺址，其中蘊含的政治意義不言而喻。「一只黃羊」雖極普通，卻正是民族間和睦相處的真實寫照。

## 邊　詞（二十六首選三）

【題　解】徐渭在萬曆四年（西元一五七六年）秋天，訪問邊塞，與吳兌勘察獨石口，相識宣化總督方逢時。隨方逢時、吳兌巡視口北，曾去過湯泉、十八盤山、龍門彎、黃楊山、苦迷灣、銀洞嶺、黑石堡，穿越牧場，訪問蒙古族和胡市，並創作了〈邊詞〉二十六首。

## 其十一

葛那❶頸險斷胡刀，驀手攀頦❷按得牢。歸向鏡中嫌未正，特搓過左一絲毫。

【注釋】❶葛那　作者自注：「葛那，宣府之降胡。」據說他在一次作戰中險些被砍斷頭頸，自己拿手按著頭下了戰場，傷癒之後，腦瓜還不免有點歪斜。❷頦　下巴。

【語譯】葛那的脖子險些被胡刀砍斷，他猛然出手攀著下巴將它牢牢緊按。回來照鏡子看後仍嫌不夠正，又特地將它稍稍搓向左邊一點。

【研析】這是第十一首。葛那的頭顱差點被人砍斷，傷癒後仍不免有所歪斜，這樣的場景應當是血腥的，感受應當是痛苦的，但詩人的筆下卻充溢著輕鬆愉快，甚至拿葛那的歪脖子開起了玩笑，「特搓過左一絲毫」。這些都是詩人當時心境的寫照，表達了他因戰爭平息而產生的歡欣喜悅。

## 其十三

漢軍爭看繡裲襠❶，十萬彎弧一女郎。喚起木蘭親與較，看他用箭是誰長？

【注釋】❶裲襠 背心，原是騎馬時穿的緊身服裝。這裡指代三娘子。三娘子（西元一五五〇年—一六一三年），俺答汗的妻子，俺答汗晚年多病，事無鉅細，多任憑三娘子裁決。西元一五八二年俺答汗去世後，三娘子主政掌兵達三十年之久，約束各部，保持了與明朝的和平通貢互市關係。特別是萬曆十九年（西元一五九一年），她竭力勸說、督促俺答汗從青海撤軍東歸，避免了蒙古和明軍之間的大規模衝突。為表彰三娘子的功績，明朝於萬曆十五年（西元一五八七年）封她為一品「忠順夫人」。

【語譯】漢軍士兵爭相張望那刺繡的裲襠，十萬士兵手執彎弓簇擁著一個女郎。喚起花木蘭來較量，看看到底是誰射箭更擅長？

【研析】這是〈邊詞〉組詩的第十三首，描寫的主人公是俺答汗之妻三娘子。徐渭在吳兌軍營曾親見三娘子，他以詩補史，將三娘子到吳兌軍中的情形錄入詩中，並用詩歌的語言為後世留下了這位蒙古族女英雄的英姿，〈邊詞〉組詩中有六首是為她而作。這首詩主要是描寫三娘子的英偉。三娘子到來後，引起「漢軍爭看」，在眾人的映襯之下她愈發顯得英氣逼人。當目睹了三娘子的颯爽英姿後，詩人很自然地聯想到了那位著名的巾幗英雄花木蘭。將三娘子與花木蘭相類比，本就可突出她的英武形象，但詩人覺得如此對她的讚揚仍不足夠，甚而突發奇想：若是讓她們較量一番射箭，到底誰的技術更為高明一些呢？看似疑問，但作者無疑更為偏向三娘子一邊，進一步強化了三娘子的英勇。需要說明的是，對於巾幗英姿的欣悅，尤其是北上的經歷徐渭對三娘子有了了解，是徐渭創作《四聲猿・雌木蘭》的重要情感基礎和閱歷背景，並極有可能是創作《四聲猿・雌木蘭》的直接誘因。

## 其十八

姑姑❶花帽細銀披❷，兩靨腮梨灑練椎❸。箇箇菱花❹不離手，時時站馬上胭脂。

【注釋】❶姑姑　即三娘子。❷細銀披　白色細布披風。❸練椎　繫繩以擲擊的鐵錐。❹菱花　菱花鏡，古代六角形或背面飾以菱花花紋的銅鏡。一說，以映日則發光影如菱花，故名。

【語譯】三娘子頭戴花帽身穿白色細布披風，面部兩腮豐滿隆起如梨形的練錐。個個手裡拿著菱花鏡，常常站在馬上塗抹胭脂。

【研析】這是〈邊詞〉組詩的第十八首。上一首詩熱烈歌頌三娘子的英姿，這一首則展現她女性的嫵媚。頭戴花帽，身穿白披風，腮如「練椎」，美麗嬌豔。菱花鏡不離手，時時抹胭脂，正是女性的本真天性。最絕的是，她們常常是站在馬上塗抹胭脂，換在別處或顯得彆扭，但這些看似迥異的事物卻在蒙古族姑娘的身上結合得自然和諧，呈現出少數民族濃郁的生活氣息及特有的美感享受。

## 七十二峰歸來書寺壁

【題　解】徐渭出獄後常與門生外出遊山玩水。萬曆二年（西元一五七四年）冬，他帶著幾個學生遊諸暨五泄。五泄因五條瀑布而得名，溪岸多奇峰怪石，有七十二峰，風景獨特。這首詩是他遊覽五泄時寫在借宿的寺院牆壁上的。

五條挂練❶玉龍奔，七十二峰鬼斧痕。墮水墮驢都不恨，古來一死博河豚。

【注　釋】❶挂練　形容瀑布。練，白絹。

【語　譯】五條高掛的白練有如玉龍奔騰，七十二峰留下鬼斧鑿出的條痕。掉進水中跌下騎驢我都不介意，自古以來就有人拼了性命也要品嚐河豚。

【研　析】這是一首紀遊詩。前兩句寫景，比擬形象，充分展示了七十二峰的雄偉氣勢；後兩句描述遊覽過程中跌下騎驢掉落水中之事，他另有〈遊五泄記〉，說自己途中「墮驢者二，越溪而溺者一，濡者四五」，可知「墮水墮驢」皆是真實寫照。「都不恨」、「博河豚」等語戲謔可愛，充分表達了詩人從牢獄回到大自然懷抱時的喜悅心情。

# 王元章倒枝梅畫

【題　解】王元章即王冕，字元章，號竹齋，別號梅花屋主，浙江諸暨人，元末明初詩人、畫家。王冕主要生活在元代，其性格卓犖不群。屢應進士試都不中。也不屑做州縣小官，只臨死那年，朱元璋授以諮議參軍之職。無論是性格還是經歷都與徐渭極為相似。是詩通過評論王冕的倒枝梅花圖，抒發自己對世道不公，仕途黑暗的憤慨之情。

皓態孤芳壓俗姿，不堪復寫拂雲❶枝。從來萬事嫌高格，莫怪梅花著地垂。

【注　釋】❶拂雲　指高而向上。

【語　譯】高潔的姿態和獨步的芳香使一眾俗品相形見絀，卻不能再畫出那高而向上直插雲霄的圖畫。自古以來的萬事萬物總是將高貴的品格來厭惡，也難怪畫中的梅花只能倒掛著把身姿低俯。

【研　析】這是一首題畫詩，由畫而感慨人生，又由對人生的感悟重回畫面。前兩句評論王冕作的倒枝梅花圖的特點。從梅花的顏色和氣味肯定梅花具有潔白的姿態、獨有的芳香，它的神韻可以壓倒媚俗的百花。後兩句就王冕梅花圖引申發表議論。作者憤恨地指出，從古以來，世上庸俗的人看待萬般事情總厭惡高尚的風格。最後又回到王冕的畫上來，正因為世俗間的這種不公，所以他只能把梅花的枝頭畫成下垂到地面的模樣，無形中進一步加強了批評的力量。徐渭題梅花的詩有很多，此詩重議論而輕描摹，以意取勝，別具一格。

## 雨竹

【題解】徐渭喜畫竹，他曾畫雪竹、雨竹、倒竹、筍竹、菊竹、竹石、水仙雜竹等等，亦有題詩。此為其一。

天街夜雨翻盆注，江河漲滿山頭樹。誰家園內有奇事，蛟龍濕重飛難去。

【語譯】夜晚天街下起了大雨如覆盆般傾注，河水高漲淹沒了山頭的樹。誰家的園子中發生了奇怪的事情，蛟龍因濕重難以飛走。

【研析】與工筆畫家不同，徐渭不是描摹不同環境中物象的差異，而是寫意求神采，畫的主題是竹，但詩中無一字寫竹，全是寫雨。雖然我們並沒有看到原畫，但就視覺藝術的畫而言，竹形易現，雨意難摹。因此，詩與畫，一寫雨，一寫竹，互為補充，相得而益彰，使「雨竹」的主題更加完整、豐滿。而以「蛟龍濕重飛難去」狀寫「翻盆注」的豪雨，是畫中原有，還是詩人精騖八極的想像？毋需究問，詩情與畫意已相融為一，無疑增加了詩畫的藝術感染力。

## 牡丹

五十八年貧賤身，何曾妄念洛陽春❶？
不然豈少胭脂在，富貴花將墨寫神。

【題　解】牡丹被擁戴為花中之王，是我國固有的特產花卉。自唐以來，牡丹就是歷代文人墨客詩畫藝術熱衷的取象題材，但多以描摹牡丹形態、表現人們對牡丹的喜愛為主。徐渭此詩則將自己強烈的主觀色彩寄予其中，傾訴憤激不平的內心情愫。

【注　釋】❶洛陽春　指牡丹。

【語　譯】在貧賤中已經度過了五十八個春秋，什麼時候妄動過富貴榮華的念頭？否則哪裡是因為胭脂不夠，我卻只用墨來表現牡丹的風流。

【研　析】牡丹歷來是富貴的象徵，中國歷代畫家就喜用牡丹來表現吉祥、美好的寓意。徐渭自己雖以人中才傑堪比牡丹花中之王，然而「牡丹為富貴花主，光彩奪目……蓋余本窶人，性與梅竹宜，至榮華富麗，風若馬牛，宜弗相似也」。所以徐渭繪潑墨牡丹，潑墨為之的牡丹遠離了榮華富麗之真面目，倒與窮愁潦倒，耿介傲岸的徐渭身世個性相合，顯現出一種高潔冷峻，憤激傷感，潑辣與豪放的意境，流露出其豪邁的胸襟和氣度，咄咄的氣勢和不羈。

## 水仙（六首選二）

【題解】這是詩人創作的一組題畫詩，通過種種形象的比擬來展現水仙的高妙形象。

### 其一

杜若❶青青江水連，鷓鴣❷拍拍下江烟。湘夫人❸正蒼梧❹去，莫遣一聲啼竹邊❺。

【注釋】❶杜若　多年生草本，高一二尺。葉廣披針形，味辛香。夏日開白花，果實藍黑色。❷鷓鴣　鳥名，形似雌雉，頭如鶉，胸前有白圓點，如珍珠，背毛有紫赤浪紋，足黃褐色。古人形容其鳴聲為「行不得也哥哥」，詩文中常用以表示思念故鄉。❸湘夫人　堯的女兒、舜的妃子娥皇和女英。❹蒼梧　山名，即九嶷，在湖南寧遠南。傳說舜南巡時死於此處。娥皇、女英在洞庭湖的君山得知這一消息，投水而死，化為湘水女神，稱湘夫人。❺啼竹邊　傳說娥皇、女英聽到舜的死訊後，淚水灑在竹子上，竹子都被染成去不掉斑點的斑竹。

【語　譯】杜若青青連接著江水，鷓鴣鳥拍著翅膀飛向煙霧迷濛的江面。湘夫人正要前往蒼梧，不要啼叫，讓她在竹子前悄悄揮淚。

## 其三

略有風情陳妙常❶，絕無烟火杜蘭香❷。昆吾❸鋒盡終難似，愁殺蘇州陸子剛❹。

【注　釋】❶陳妙常　南宋高宗紹興年間，臨江青石鎮郊女貞庵中的尼姑。她好學不倦，不但詩文俊雅，而又兼工音律，十五六歲以後生得容光煥發，秀豔照人。後與書生潘必正相戀，最終衝破封建禮教與道規的約束而同潘結合在一起。故事源出《古今女史》，宋元平話與明人雜劇、傳奇以及崑曲、京劇都曾不斷敷演其故事。❷杜蘭香　傳說中的仙女名。各種記載中的故事並不一致，《墉城仙錄》載，後漢時，有一漁父在湘江水邊撿到一個一兩歲的女孩，十幾歲的時候有青童從天而降，把她帶往天上。行前她告訴漁父自己本是仙女，因過失而被貶謫到人間，如今要回去了。《搜神記》則稱，漢時有一個杜蘭香，自稱是南康人，建業四年的時候屢次去見張碩，說本是張碩的妻子，因年命未合，故有乖違，稱太歲東方卯時會再來。《晉書・曹毗傳》據此稱「張碩為神女杜蘭香所降」，曹毗撰有〈神女杜蘭香傳〉，其中載杜蘭香自述語，說自己三歲時被西王母接走養在崑崙山，至今已有千歲。❸昆吾　山名，據傳山上出產優質紅銅，以之鑄成的刀極為鋒利，切玉如削泥。事載《山海經・中山經》。❹陸子剛　徐渭自注：「陸子剛，蘇人，碾玉妙手也。」其人生卒年不詳，活躍於嘉靖至萬曆年間。擅玉器雕刻，長於立雕、鏤雕、陰刻、剔地陽紋、鑲嵌寶石及磨琢銘文印款等技藝。

【語譯】略帶風情好似那少年道姑陳妙常，沒有一絲煙火氣又像那天上仙女杜蘭香。昆吾寶刀鋒刀消盡也仍然不夠像，愁壞了蘇州的玉雕能手陸子剛。

【研析】水仙花養於水中，每年新春十二月開花，如金盞銀盤，幽香淡雅，清爽宜人，甚至被譽為水中神仙。寒冬時節，百花凋零，而水仙花卻葉花俱在，儀態超俗，故歷代無數文人墨客都為水仙花題詩作畫。竹、松和梅號稱歲寒三友，是中華文化中高尚人格的象徵。詩人以水仙入畫，並賦詩言志。第一首詩中以湘夫人類比水仙，突出它清新美麗、超凡脫俗卻又恍惚飄渺的形象。青青杜若、悠悠江水、濛濛煙靄，配合這鷓鴣的叫聲，構成了一種清淡而悠遠的氣氛。第二首詩通過一個道姑、一個仙女和一個玉雕能人的組合，把水仙的婀娜、高潔與美妙傳達給了讀者。

## 葡萄（五首選一）

【題解】徐渭曾作有〈墨葡萄圖〉，上寫水墨葡萄一枝，串串果實倒掛枝頭，鮮嫩欲滴，形象生動，茂盛的葉子以大塊水墨點成。風格疏放，不法語形似，代表了徐渭大寫意花卉的風格。畫上附詩一首，即此。

### 其一

半生落魄已成翁，獨立書齋嘯❶晚風。筆底明珠無處賣，閒拋閒擲野藤中。

【注釋】❶嘯　吹口哨。徐渭善嘯，陶望齡〈徐文長傳〉中說他：「音朗然如唳鶴，常中夜呼嘯，有群鶴應焉。」

【語譯】潦倒了半輩子如今已是老翁，我獨自一人站在書齋中，對著那晚風呼嘯。筆下的串串明珠無處可賣，隨意將它們拋擲在野藤之中。

【研析】這是一首題畫詩，詩人由畫抒懷，表達了自己潦倒半生、功名不成的悲哀。「筆底明珠」本指作者所繪的墨葡萄，實際是比喻作者的才華。詩歌表面寫的是，墨葡萄被閒置在野藤中無人問津，寄託的卻是自己滿腹才華卻無從施展的感慨。以物喻人，情與景合，詩歌提升了畫作的內涵，畫作又配合了詩歌的旨趣。

## 芭蕉雞冠

【題解】芭蕉為我國原產的多年生草本植物，因枯而復生，葉大而寬，色澤翠綠，造型優美而受到人們的喜愛。徐渭對芭蕉可謂情有獨鍾，現存芭蕉圖十餘圖，且多有題詩，本詩即為其中之佳作。

芭蕉葉下雞冠花，一朵紅鮮不可遮。老夫爛醉抹此幅，雨後西天忽晚霞。

【語　譯】紅紅的雞冠花這樣鮮豔，芭蕉葉也難以把它遮掩。我在大醉中塗抹下這幅畫，雨後天的西邊突然出現一片晚霞。

【研　析】這是一首構思獨特、刻畫精緻的題畫詩，徐朔方先生甚為激賞，說：「結句是神來之筆，不管它是畫家的實際所見，或是他酒後因『一朵紅鮮』引起的幻覺，它是由雞冠花所擴展的如火如荼景象的絕妙寫照。」詩人每每是邊飲酒、邊作畫，甚而「畫已，浮白者五」，畫一幅畫要飲五碗酒，這一過程瀟灑自得、酣暢痛快，「爛醉」後潑墨，自然也是豪氣干雲，這正是徐渭大寫意繪畫精神的寫照。

## 風鳶圖詩（二十五首選四）

【題　解】風鳶即風箏，在我國已有二千七百多年的歷史，最早是用作軍事器械和通訊工具，後來逐漸運用於娛樂和健身。歷代文人曾寫下不少形象生動的風箏詩。徐渭對風箏似乎情有獨鍾，自云：「郭恕先為富人子作風鳶圖，償平生酒肉之餉，富人子以其謾己，謝絕之。意其圖必立遭毀裂，為蝴蝶化去久矣。予慕而擬作之。噫，童子知羨烏獲之鼎，不知其不可扛也。雖然，來丹計粒而食，乃其報黑卵必請宵練快自握，亦取其意之所趨而已矣。每一圖必隨景悲歌一首，並張打油叫街語也，亦取其意而已矣。」郭恕先，名忠恕，五代末期至宋代初期的畫家。據說，有富家子喜歡他的畫，便每天用好酒招待他。過了很久才提出要畫的意思，並給了他一匹布。於是他畫了幅小孩拿著線放風箏的畫，富家子認為他諷刺自己。烏獲，戰國時秦國的大力士，孟子說他能舉百鈞，即三千斤。這裡用以自謙，意謂自己模擬名家之畫是不自量力。「來丹」句，《列子・湯問》載，魏黑卵因私怨殺死了丘邴章，其子來丹為報殺父之仇，向孔周借得宵練劍，但這劍觸碰到身體，咔嚓一下就過去了，一過去就又合起來。來丹用此劍砍了黑卵三下，卻像是砍到虛空一般，不能殺死他。此處用以比喻自己作〈風鳶圖〉之舉，就好比來丹砍殺黑卵，雖不能成功，總算遂了自己的心願。張打油，傳為中唐時人，有〈雪〉詩一首，人們常把一些滑稽通俗，所謂不登大雅之堂的詩稱作打油詩，即「叫街語」。這組詩係徐渭晚年所作，計二十五首（《徐文長逸稿》卷八亦有〈風鳶圖〉詩四首）。

## 其一

柳條搓線絮搓綿，搓夠千尋❶放紙鳶❷。消得春風多少力，帶將兒輩上青天？

【注釋】❶千尋　極言其長。尋，古代長度單位，以八尺為一尋。❷紙鳶　風箏，其上常畫老鷹，故名。

鳶，老鷹。

【語譯】把柳條柳絮都搓成線，搓夠千尋了去放風箏。春風需要花多少氣力，才能把紙鳶一個個帶上青天？

【研析】「風鳶」是徐渭晚年常作的繪畫題材之一，這一組題畫詩以豐富的想像將詩與畫有機地結合起來，詩與畫互相補足，饒有生趣。同時，語言淺顯自然又趣味盎然，表達了對命運的糾結和反思，也寄寓了人世浮沉的感悟。第一首詩寫放紙鳶前的準備和紙鳶飛上天時的感想，卻惟獨沒有直接鋪敘放紙鳶的活動，因為那些可以通過畫面得到直觀感受的。在描寫兒童事前的準備活動時，詩人選取了他們如何努力地編織紙鳶引線這一細節，連續三個「搓」字把小孩子們認真而急切的形態表露無遺。把紙鳶送上天空後，垂暮之年的詩人思緒飛揚，春風需要花多少氣力，才能把紙鳶一個一個送上天去，任意翱翔；而長輩又需要花多少心血，才能把孩子一個一個培養成才，送上青雲路呢？其中寄託著他的深深祝福。詩畫惟妙惟肖地描摹了孩童的歡樂，也不可避免地反襯出作者的無奈。他只有把對未來的希望，傾注和寄託到那只風箏和手牽風箏的一群孩子的身上。

## 其四

我亦曾經放鷂[1]嬉，今來不道老如斯。那能更駐游春馬，閒看兒童斷線時？

【注　釋】❶鷂　雀鷹的俗稱。

【語　譯】我也曾放著風箏嬉鬧，沒想到現在已如此蒼老。什麼時候能再在遊春時停下馬，閒看兒童風箏斷線時的逸趣？

【研　析】這首詩描寫詩人駐足欣賞兒童放風鳶的情景。看到兒童嬉鬧的歡樂場景，詩人想起了自己昔日的幸福時光，可那畢竟屬於過去，現在的自己已是垂垂老矣，這無疑令人傷感。但詩人直到晚年仍舊童心未泯，看人放風箏斷了線，最覺得快活，本是兒童惡作劇的表現；作者年逾古稀仍以此為樂，且歎息自己不能參與其中，遊馬郊外。之所以能有這樣的童趣，當與詩人的心態有關。曾經的徐渭意氣風發、銳意進取，卻困頓終生，不免滿腔激憤；如今已是暮年，洗盡鉛華、看透世事，以恬淡心情享受人生，故能有此閒情逸致。

## 其六

江北江南紙鷂齊，線長線短迴高低。春風自古無憑據，一任騎牛弄笛兒。

【語　譯】江南江北的上空風箏齊飛，風箏線長短不同飛得有高有低。春風自古以來是難以憑藉，全由騎在牛上的吹笛小兒操控一切。

【研　析】這首詩中流露出詩人對於人生無奈的感慨。前兩句展現風箏齊飛的場景，忽高忽低、忽長忽短，風光、歡喜。看起來，是那輕風成就了這一切，其實錯了，自古以來春風都是難以憑藉的，風箏實則是被操持在那騎牛的小兒手上。人生亦是如此，命運難以為自己把握，全由那背後的力量在掌控一切。

## 其二十一

鷂材料取剩糊窗，卻嚇天鵝撲地降。到得爺娘查線腳，拆他鞋襪兩三雙。

【語　譯】紙鷂是用剩餘的窗戶紙所糊，卻嚇得天鵝朝地直撲。等到父母查家裡的棉線，只好拆了自己的兩三雙鞋襪湊數。

【研　析】紙鷂雖只是用窗戶紙做成，卻將天鵝嚇壞了，目睹這幅滑稽的場景，不免要引得人哈哈大笑。但之所以能如此，想必那紙鷂非常的逼真，至少說兒童為了製作它們是非常上心的，以致於用掉了不少家裡的棉線。玩耍的時候自然開心，可當父母檢查家裡的棉線時，禍事也就來了，甚至一頓打也免不了，焦急之下，他們只好拆掉自己的鞋襪來應付。全詩寫得輕鬆愉快，尤其是將孩童的任性、天真表現得淋漓盡致，讓人忍俊不禁。

# 山陰景孟劉侯乘輿過訪，閉門不見，乃題詩素紈致謝

【題　解】這首詩作於萬曆十年夏。劉侯，名尚之，字景孟，時任山陰縣令。徐渭回到紹興後，劉前來拜訪，因他乘坐的是轎子，又帶了隨從，徐渭閉門不見。在白絹上寫了這首詩轉給縣令，詩下自注云：「侯觀詩悅甚，即便服徒步往。」劉縣令傾心於文長的才華，於是穿上便服，徒步再去拜訪，二人因此訂交。

傳呼擁道使君來，寂寂柴門久不開。不是疏狂甘慢客，恐因車馬亂蒼苔。

【語　譯】差役排列在道路兩邊高呼使君到來，我家寂靜的柴門卻遲遲不見打開。不是我放肆狂傲有心怠慢貴客，實在是怕您的車馬踩壞院內的青苔。

【研　析】徐渭雖為寒士，卻傲然獨立，不願屈身事人，此詩最可見其人格節操。首二句，使君前來，前呼後擁，換作一般人只怕早已站在門前熱情接待，徐渭卻不為所動，緊閉柴門，一個「久」字，可見徐渭之超然、淡定；另一方面，柴門遲遲不見打開，劉縣令並沒有擺出官威、勃然大怒，反而靜靜等待，其之品行亦足可觀。三四句最妙，詩人明明是因為看不慣那前呼後擁的

場景，不願意向權貴低頭，卻將拒絕的理由表述為怕車馬踩壞院內的青苔，已含有微微的嘲諷之意，同時，語似調侃，卻得體大方，會心人自當莞爾一笑。

## 奉答少保公書（其一）

【題解】少保公，指胡宗憲，字汝貞，號梅林，明南直隸徽州府績溪縣人。胡宗憲因抗劉倭寇有功，於嘉靖三十九年加官太子太保，晉兵部尚書，並加少保。徐渭嘉靖三十七年入胡宗憲幕府，次年返鄉參加戊午科考試，落第後留家居住，胡宗憲再次派使前往邀請，徐渭作書答覆，共計三通，此為其一。

門下諸生❶徐渭謹上狀明公❷臺下：伏惟明公芳節表世，元勳格天，受知聖明，莫得離間。門下小子渭伏奉鈞札，不勝歡喜，便欲馳詣階墀❸，稽首稱賀，以勢有不可，不敢不言。

【章旨】言受明公之邀，理應欣然而往，因「勢有不可」而敬謹說明。

【注釋】❶諸生　明代稱考取秀才入學的生員為諸生。❷明公　舊時對有名位者的尊稱。❸階墀　臺階。

【語譯】門客秀才徐渭恭謹地上書胡公：想到胡公您具有美好的操行足為世人表率，巨大的功勞感通上天，受過聖明的人教育，是不可能被挑撥離間的。門客小人物徐渭接到您的書札後，非常的歡欣喜悅，就想要趕緊來到您的面下，跪拜向您道賀，因為有些情況沒法辦到，不敢不告訴您。

渭犬馬賤生，夙有心疾❶，近者內外交攻，勢益轉劇。心自揣量，理不久長，若欲療之，又非藥石所能遽去。每欲入山靜養百日，以驗其可活與否，輒未遂願，以命延挨❷，言之痛心。前日稟辭明公，疾已發作，道遠天暑，抵家益增。今者伏奉使書，其人親見渭蓬跣❸不支，親友入視，送迎之禮全廢。渭有此阻滯，自信不欺，輒伏枕定思，摩倣尊意之萬一，謹以草就謝疏，投附使人齎❹上，少備采擇。須靜養稍驗，天氣入涼，渭即馳詣門下，仍備任使下列，渭不勝歡喜悚懼之至。

【章旨】詳言自己「疾已發作」、「蓬跣不支」之狀，宛轉說明暫不能應命之因，求其體諒。

【注釋】❶心疾　勞思、憂憤等引起的疾病。❷延挨　拖延。❸蓬跣　頭髮散亂，雙腳赤裸。蓬，散亂。

跣，赤腳。❹齎　同「賫」。把東西送給別人。

【語　譯】徐渭像狗和馬一樣出身卑賤，向來有腦風病。最近又外感風邪，內有火氣攻心，病情變得更加嚴重。內心揣測，按理是不能長時間這樣的，若是想要治好這病，又不是藥物就能迅速起效的。每每想要到山中去安靜地療養百日，以此來檢驗自己到底能不能活下去，卻一直未能如願，性命就這麼拖延著，說起來都很傷心。前些時向您稟告辭行，疾病已經發作了，路途遙遠天氣炎熱，到家後病情更加嚴重。今天您派人送來書信，他親眼看到我蓬頭赤腳難以支撐，親戚朋友來探視我時，迎來送往的禮儀全被拋棄了。徐渭受到這些阻礙，確實是實情。於是趴在枕頭上靜心思考，希望能夠稍微模仿到一點您的意思，恭謹地寫成了這封謝疏，讓使者呈獻給您，以備您稍微選擇一二。我需要安靜調養以便病情有所好轉，等天氣開始轉涼時，我會立刻來到您的面前，仍舊充當您的幕僚任您差遣，徐渭對此感到非常的高興和惶恐。

【研　析】數年的戎幕生涯中深得胡宗憲的垂愛，這是作為一介諸生的徐渭人生中最為得意的時期，但是，這並沒有改變不隱不仕的尷尬角色，誠如其所云「叨奉管毫，辱下客」，違心命作，時時可見，而徐渭又是一「眼空千古，獨立一時」的人物，焉能長期司職於斯？更重要的是，幾年的記室經歷，徐渭已洞悉了宦海的艱危險惡，殺機四伏，於是他「數赴而數辭」。〈奉答少保公書〉中，徐渭屢屢申說是因病軀所迫，所謂「內外交攻」確是事實：此時雖續娶張氏，失歡幃帷的狀況已有舒解，而新建酬字堂也使徐渭久無定所的窘境得到了改變，但是，科考不第的困境沒有任何改變，這是困擾徐渭一生的「內」之苦；其「外」苦最大的可能是徐渭已經意識到了胡宗憲處境的艱危，而意欲淡出。除此以外，他在給胡宗憲的幾通書信中，無一不說明自己蓬跣不支之狀。但是，「蓬跣不支」時所作的幾通書札卻條理清晰，文辭雅潔，當是神志十分清醒時所作。〈奉答少保公書〉理應是由使者回稟督撫的即時之作，「蓬跣不支」當是有意使其然。「並非飾詐」的申說，頗似此地無銀之白。而胡宗憲遣使「突然見渭」，說明胡宗憲對其亦心存疑議，那麼，最大的可能就是徐渭〈自為墓誌銘〉中所說的「深以為危」，乃至「忽自覓死」。而徐渭對生活的如此絕望，正是在戎幕數年期間引起的。也就是說如果有「心疾」、「腦風」，也是胡幕中的環境使其然。就在此前，胡宗憲的內援趙文華先被「黜為民」，後「遭譴舟中，意邑邑不自聊，一夕手捫其腹，腹裂，臟腑出，遂死」。胡宗憲雖然抗倭有功，但宦海勾心鬥角，成與毀並不以功過論，徐渭在草擬呈送朝廷的表章書啟之中，已洞悉了危機四伏、山雨欲來的預兆：「恭聞邸報，捧讀綸音，續殘命於一絲。」「桴鼓尚叨，敢恤捐於矢石，烽煙既息，猶思碎首於闕廷。」如此險惡的風雲，對於原本健康欠佳的徐渭來說無疑是莫大的刺激。

徐渭入胡幕的情況，袁宏道〈徐文長傳〉的記述影響深遠。文中傳達給人的印象是，徐渭一露面，胡宗憲即折節相待，演繹出一段英雄相惜的佳話，然實際情況並非如此，由〈奉答少保公書〉可見端倪。胡宗憲突然遣使，足以說明二人間的關係遠非袁氏想像般的親密和諧，而徐渭回信中流露出的態度也清楚地表明二人間實是一種尊而不親的微妙的主從關係。稱呼自己是「犬馬賤生」，稱頌胡宗憲則為「芳節表世，元勛格天」，為了真正打消對方的懷疑，「莫得離間」，極力描摹自己的心疾之危險，語氣之懇切卑微令人感慨莫名，幾難想像這是出自「以一諸生而敢傲諸侯」的徐渭之手。非但如此，「蓬跣不支」之際，仍要「草就謝疏」，並稱「靜養稍驗」就「馳詣門下」，人生之無奈與不幸歷歷在目，使人暗自神傷。

## 擬上府書

【題　解】嘉靖三十四年（西元一五五五年）五月，倭寇從上虞爵溪登陸，竄至紹興城東皋埠。徐渭隨軍到皋埠，親自身入敵營觀察形勢，並在此基礎上寫成〈擬上府書〉呈遞紹興知府劉錫典，提出自己的軍事建議。但徐渭的建議未得到採納，這次戰事也以失敗告終，倭寇勢焰也由此大張。徐渭有詩〈海上曲〉五首反映此中情形。

聞賊新來❶失路，期速走脫境，宜委狡猾者一二人，若逃徙狀，使其虜為鄉導，左其路，而預伏選兵於阻隘以待，此上算也，今既已無及矣。

【章　旨】根據敵軍形勢，提出破敵的上佳之策，只可惜時機延誤，只能退而求其次，引出下文的細緻剖析。

【注　釋】❶聞賊新來　嘉靖三十四年，倭寇屢屢侵擾歸安、上虞，掠奪寧波、台州及會稽等地。谷應泰《明倭寇始末》云：「八月，倭賊百餘自上虞爵溪所登岸，犯會稽高埠，奪民居據之。」

【語譯】聽說賊人是第一次來這裡，因此迷路了，他們希望迅速離開這個地方，我方應該委派一兩個比較機靈的人，裝作逃跑的樣子，讓賊人把他們當作嚮導，故意帶錯路，預先埋伏士兵在險要的地方等待他們，這是上上之策，現在已經來不及了。

乃生昨至高埠，進舟賊所據之處，觀覽地形，及察知人事，至熟且悉。眾以為賊自海邊，經數百里來入死地，無積食，利於速戰，不利於持久。不知我兵暴烈日，觸炎氣，食宿飯，飲濁河，衣不解帶，經六晝夜使舟，數日不決，強者必病，弱者必死，且盡卒而萃於一處，使他賊至或相應，更何以支？由此言之，則吾兵亦利速戰，不利持久也。眾又以為賊據高樓，阻林木，既逸且險，民徙者大家倉卒，宜必遺數十石之積，使再持數日，則我兵自因而瓦解，利於持久，不利於速戰。不知我兵入戰，則阻林木，涉汙田，可以往，難以返，又法令素弛，強者爭退，弱者斃逐，由此言之，則我兵亦利持久，不利速戰也。

【章　旨】分析我軍「亦利速戰，不利持久也」與「亦利持久，不利速戰也」的不同情況。

【語　譯】我昨天去了高埠，划船進了賊寇占據的地方，觀察那地方的地理形勢，並且考察那裡的人情世態，已經非常熟悉了。眾人認為賊人是從海邊過來，途經數百里進入這絕境，沒有過多的糧食，比較利於速戰速決，而不利於長期對峙。卻不知道我們的士兵暴曬在烈日之下，遭受暑氣煎熬，吃的是隔夜的食物，喝的是渾濁的河水，不能脫衣安睡，一連六天六夜都在划船，數日內不能有決斷的話，強壯的士兵一定會生病，羸弱的一定會死亡，而且我們把所有的士兵全都集中在一處，假如有其他的賊人過來二者互相呼應，更有什麼可以支撐呢？這麼說的話，我們也是速戰速決有利，而不利於長期對峙。眾人又認為賊人占據了高樓，有林木阻隔，既安適又險要，老百姓逃跑時大戶之家很倉促，一定會有數十石的糧食遺留下來，如果再堅持一段時間，那麼我們的士兵一定會因此而瓦解，對於賊人來說，長期對峙比較有利，速戰速決不太有利。卻不知道我們的士兵進入作戰的話，就要被樹林阻擋，渡過骯髒的田地，可以前往，難以回來。再加上一向法令鬆弛，強壯的人爭相撤退，羸弱的人追逐斃命，這麼說的話，我們的士兵也是長期對峙有利，而不利於速戰速決。

夫共有其害者，則必共有其利，故不欲速戰則已，苟欲制速戰之利，生昨觀東北二面，阻水甚闊，雖南面稍狹，而三面水陸之兵，分布既密，警戒亦嚴。獨西南水甚狹，可徒涉，而夾岸之林，循水而隘，且以岸西之田，一望不盡，田外之水，又復闊甚，我兵恃此不備，而賊據高窺視，遂亦無心於西。試能乘夜遣壯士三十人，銜枚❶，徹首足裹綠衣，混草木色，匍匐出深苗，渡狹水，伏西林中。卻遣壯士三十人，從南渡與戰，佯走而伏發，東北二面，亦各三十人，鼓譟繼進，彼如空樓而逐，北軍入據其樓，東軍橫斷其歸，佯走者轉戈北向，三夾而擊，蔑不濟矣，此之謂速戰之利。

【章旨】分析我軍「苟欲制速戰之利」該如何籌謀布置。

【注釋】❶銜枚　橫枚銜於口中，以防喧譁叫喊。枚，形如筷子，兩端有帶，可繫頸上。

【語譯】共同面對一樣的害處，也必定共同占據一樣的有利條件，所以不想速戰速決就罷了，假如想獲得速戰速決的好處，我昨天觀察到東面和北面，阻隔的水面很寬闊，雖然有些地方不免稍顯狹窄，但三面的水軍和陸軍分布得很密集，警戒也很嚴密。唯獨西南面水面比較狹窄，可以徒步經過，兩岸的樹林順著水面形成險要之地，而岸西邊的田地一望無際，田之外的水面又非常寬闊，我們的士兵沒有防備，而賊人站在高處偷看，於是便不把心思放在西面。假如能趁黑夜派遣三十名勇士，口中銜著枚，全身穿上綠色的衣服，跟草木的顏色混同，爬行著渡過狹窄的水面，埋伏在西面的樹林中。卻派遣三十名勇士，從南邊渡河與他們作戰，然後假裝逃走讓伏兵出擊，東北兩面也各派三十個人，大聲叫著進攻，他們全都離開高樓追逐，北邊的軍隊占領他們的高樓，東邊的軍隊截斷他們的回頭路，假裝逃跑的人掉轉頭向北，三面夾攻，沒有不成功的，這就是徐渭所說的速戰速決之利。

故不欲持久則已，苟欲制持久之利，生昨觀墳原之木蔽野，斬其幹以搆架，取其葉以為蓋，四分千人，每一分舟巡，則息三分，其中舟巡與息者，各制四面吹號，約某面而警，則某面棹擊，不必馳白中軍，徒增勞緩。而潔食清汲，除穢給餌，吾千人之名既章，即使他賊至，密撤半以往，亦無不可。至其西方闊遠，不煩兵守，亦宜遮蔽數十舟，若涼廠然，而使一二人乘單舸，循岸匿以上下，動旗鼓以疑其心，不越數日，賊必饑疲偷渡，讓使中流邀而擊之，亦蔑不濟矣，此之謂持久之利。

【章　旨】分析我軍「苟欲制持久之利」又該如何籌謀布置。

【語　譯】因此不想長期對峙就罷了，假如想取得長期對峙的好處，我昨天觀察到高原的樹木遮蔽了田野，斬斷他們的樹幹作為支架，拿他們的葉子作為遮蓋，將千人分成四份，每次四分之一的人乘船巡邏，其他的人休息，巡邏和休息的人分別制定四面吹什麼號，約定哪一面有警報，那麼就掉頭駛向哪一面，不需要趕往主力大部隊處報告，平白增加辛勞。至於清理食物打掃衛生，除去汙穢補充食物，我們一千人的任務既然已經清楚，假如有其他的賊人過來，秘密地抽調一半人去迎敵，也沒有什麼不可以的。至於西邊開闊遙遠，不需要勞煩士兵防守，也應當藏數十條船，好像很曠蕩，卻讓一兩個人乘著小船，沿著岸邊忽上忽下，搖旗敲鼓來迷惑他們，不需過多少天，賊人一定會飢餓疲勞偷偷渡河，派遣士兵在中央相遇攻擊他們，沒有不成功的。這就是徐渭所說的長期對峙的好處。

由前而言，則兵法所謂攻其無備，出其不意是也❶。由後而言，則兵法所謂先為不可勝，以待敵之可勝是也❷。此之謂兩利，不然，必有兩害，惟明公其裁之。

【章　旨】在分析了各種計畫的利弊得失後，向縣令殷切進言，希望他早作決斷。

【注　釋】❶則兵法所謂攻其無備二句　《孫子・計篇》云：「攻其不備，出其不意。」❷則兵法所謂先為不可勝二句　《孫子・形篇》云：「昔之善戰者，先為不可勝，以待敵之可勝。」謂善於打仗的人，先造成不會被敵人戰勝的條件，以等待可以戰勝敵人的機會。

【語　譯】就前面的情況來說，就是兵法中說的趁著沒有防備進攻，讓他們沒有料想到。就後面的情況來說，就是兵法中說的先造成不會被戰勝的條件，以待可勝敵的機會。這就是兩種好處，否則的話，一定會有兩種害處，一切由您來裁奪。

【研　析】徐渭祖上原本是軍籍，少年時即好彈琴擊劍，習騎射，有報國之志，加之他長期科場受困，仕進之心格外強烈。他自稱云：「生平頗閱兵法，粗識大意，而究心時事，則其愚性之使然，亦遂忘其才之不逮。」因此，無論是其入胡幕時期得以稍展抱負，還是入獄之後以及北上京師、宣鎮，都曾對當時的軍國之事提出過自己的見解。當倭寇入侵之時，徐渭很自然地有了「至高埠，進舟賊所據之處，觀覽地形，及察知人事」之舉，並基於敵軍形勢，發揮自己的軍事才能，寫成〈擬上府書〉，提出詳盡周密的殲滅倭寇的計畫。徐渭在文中分析了敵我雙方的情勢，比較了我軍「亦利速戰，不利持久也」與「亦利持久，不利速戰也」的不同情況，並依據「苟欲制速戰之利」與「苟欲制持久之利」這兩種不同的主張分別提出了剿滅倭賊的具體設想。全文不拘眾說，構想奇異，顯示了徐渭有志於時，以及出色的軍事才能。除此以外，徐渭還曾多次親身參與軍事活動並積極建言，如〈擬上督府書〉，他在其中提出了周密的用兵之道，同樣表現了他突出的軍事才能以及期在報國的決心。即使是代擬之作，也難掩徐渭的經世之志，如〈代白衛使辨書〉，雖是為「以海寇抱不測之罪」的衛使辨白，但作者縱橫捭闔，援古論今，期以「甘犯鐵鉞之誅，再效愚忠于前」，表達了「掛席涉海，淩白濤之中，取鯨鯢之首而梟之藁街」的決心。至於因時而設，極具實用價值的策問，更是縱橫裕如，條分縷析，新意可披。既表現了徐渭的經國之志，又體現了為文以致用的意向；〈治氣治心〉則縱論儒家與兵家治兵之道的異同，以析理勝；〈軍中但聞將軍令論〉從君、臣關係的角度，論述了「古之善將將者，使士卒畏將而不畏己」的道理。這些文章風格各異，體裁有別，但都顯示了徐渭卓犖的軍事才華以及文以致用的特徵。

## 與梅君

【題解】梅君即梅國楨，字客生，號衡湘，湖北麻城人，萬曆十一年進士，積官至兵部右侍郎。萬曆八年明朝名將李如松升任馬水口參將，邀徐渭前往。徐渭攜子徐枳在李如松那裡住了幾個月，因體弱多病，不習慣軍旅生活離開馬水口去了北京。到北京後，應張元忭之邀住在長安街張宅旁，代其寫作一些應酬文字。但張元忭以禮法約束徐渭，使他心情很不愉快。當時湖北人梅國楨常去徐渭的住所談詩論畫、喝酒聊天，減輕了徐渭的幾多怨愁。此文當作於萬曆九年（西元一五八一年），徐渭時年六十一歲。

肉質蠢重[1]，衰老承之，不數步而揮汗成漿，須臾拌卻塵沙，便作未開光明❷泥菩薩矣。再失迎候道駕❸，並只在鄉里故人咫尺之間搖扇閒話而已，非能遠出也。稍涼敬當趨教，兼罄欲言。

【注釋】❶蠢重　猶蠢胖。❷開光明　即「開光」。佛像落成後，擇吉日舉行儀式，開始供奉。❸道駕　指尊貴者之車駕或對來訪者的敬稱。

【語譯】我身體蠢胖，衰朽老邁，走不了幾步路就大汗淋漓，不一會伴著塵土泥沙，就好比是沒有開光的泥菩薩。又在迎接貴客的禮儀方面有所偏頗，只能在鄉下住得很近的老朋友間搖著扇子說些閒話，不能夠遠行。等天氣稍微涼快一些一定會到您跟前受教，並暢所欲言。

【研析】徐渭與梅國楨是意氣相投的知己同道，性情、文學旨趣相類，故而他二人間的互通尺牘往往了無忌諱，徐渭有時還以詼諧戲謔之詞相寄，無所不寫，如「肉質蠢重」、「未開光明泥菩薩」等語，比擬生動、輕鬆活潑、充滿韻致，令人忍俊不禁，袁中郎即對此文有「詼諧成趣」之評。就此我們也可見出徐渭晚年脫離牢籠、拋卻俗務後的曠達、閒適心態。

## 答張太史

【題解】張太史即張元忭（西元一五三八—一五八八年），字子蓋（子藎），別號陽和，其先蜀（今四川）人，徙家山陰（今浙江紹興）。明隆慶五年（西元一五七一年）狀元，授翰林院修撰。

萬曆中為左諭德兼侍讀。係徐渭摯友張大復之子，徐渭獲釋多得張元忭之助。題下自注：「當大雪晨，惠羔羊半臂及菽酒。」羔羊半臂指羔羊皮製的短袖罩衣。菽酒指豆酒。下大雪的早晨，張元忭送來衣服和酒，徐渭寫了這封短信致謝。

僕領賜至矣。晨雪，酒與裘，對證藥也。酒無破肚臟，罄❶當歸甕。羔半臂，非褐夫❷所常服，寒退擬曬以歸。西興❸腳子❹云：「風在戴老爺家過夏，我家過冬。」一笑。

【注釋】❶罄　盡。❷褐夫　穿粗布衣服之人，指貧民。❸西興　鎮名，在今浙江蕭山。❹腳子　挑夫。

【語譯】在下領受的贈與太重了。早晨下雪，酒和裘衣，正是對症的良藥。酒還沒下肚，等喝完把酒甕歸還。羊羔皮的短袖罩衣，不是我這樣的貧民常能穿的，寒冬過後打算曬一曬再送回。就像西興挑夫說的：「風在戴老爺家過夏，卻在我家過冬。」一笑。

【研析】清晨大雪，天氣寒冷，恰在此時，張太史派人送來了美酒裘衣，真可謂是雪中送炭，換做旁人，早已是欣喜不已、感激不盡，但徐渭呢？「僕領賜至矣。」看似客氣，也僅僅是客氣而已，隨即卻說，酒還沒喝，喝完後會將酒罈歸還，至於衣服，不是他這種「褐夫」常能穿的，因此不敢領受，打算曬一曬歸還。這一回答顯得得體而不違心，貌似恭敬卻又內藏傲岸。徐渭的言行看似不通人情，實則有其辛酸在內。「風在戴老爺家過夏，我家過冬」一語看似詼諧，實則帶有濃重的沉鬱基調。徐渭之「一笑」，乃噙淚苦澀之笑，「侘傺窮愁」充溢於字裡行間。

## 與朱翰林

**【題解】** 朱翰林即朱賡（西元一五三五—一六〇九年），字少欽，號金庭，浙江山陰（今紹興）人。隆慶二年（西元一五六八年）進士，官至禮部尚書兼東閣大學士，《明史》有傳。其父朱公節（字允中）、岳父陳鶴都是徐渭的友人，同列越中十子。他與張元忭也是親家。徐渭殺妻入獄，張元忭努力為之脫罪，朱賡助力尤多。徐渭出獄後寄寓京師，沒有前往拜見，朱賡不悅，責怪徐渭有意迴避自己。徐渭得知這一情況後寫了此信。

日者於某人書見公及某之言，似以某有意自外於門牆❶，而高自矜匿，不令人望其顏色。某不惟不能辨，且不敢。然有一言焉以獻，又似以戇❷公而實非也。某往歲客南都❸，初亦不敢先謁一巨翁。巨翁雖不言，似不能忘者。其後巨翁者惟病某往謁之勤而避之不暇矣。是以願公且姑待，行見翁之避某而厭見某之顏色也。入上谷得樵歌❹十首，敬以塵❺。聲音之陋如此，顏色從可知矣。

【注釋】❶門牆　連接大門處的院牆，借指門庭。❷黷　冒犯。❸南都　指南京。明太祖朱元璋在南京建都，後成祖朱棣遷都北京，遂稱南京為南都。❹樵歌　詞的別稱。宋朱敦儒撰有《樵歌》，皆為詞作，後遂以樵歌代指詞。❺塵　通「呈」。

【語譯】近日在某人的書信中看到了先生您談論我的話，看您話裡的意思似乎是認為我故意不去拜在您的門下，反而自視甚高地迴避別人，不想讓人看到模樣。我不但不能，而且也不敢辯解。但是有一句話要向您稟告，似乎又是要衝撞先生，其實不是。我以前客居南京時，起初也不敢先去拜見一位大人物。大人物雖不說，卻好像耿耿於懷。可是後來大人物就只嫌我拜見的次數太多而唯恐避之不及了。所以我希望先生您暫且等著，馬上將要看到您躲避我而討厭看到我的模樣了。我去上谷郡的時候寫了十首詞，敬呈給您。語言鄙陋到這種程度，我的模樣從中也就可以想見了。

【研析】王思任曾說：「(徐渭)不喜富貴人，縱饗以上賓，出其死獄，終以對貴人為苦，輒逃去。」恰與此文流露的徐渭心態相契合。曾經的徐渭自視甚高，熱烈期盼能夠科舉得中、建功立業。他之所以加入胡宗憲幕府，與各類權貴結交，也不無面臨著這方面的考慮。當其時，他不得不壓抑自己的獨立人格、屈身事人。但五十三歲出獄後，徐渭面臨著個人身分的重新定位與人生道路的重新選擇。科舉入仕的道路已徹底斬斷，這固然是痛苦的，但徐渭也因之可以更好地展現個性中的真率、自由。於是，當他再次給權貴們寫信時，不再如〈奉答少保公書〉那般委屈自輕，大可直抒胸臆，甚而比較激烈。以前給胡宗憲寫信時是自稱「門下諸生」、「門下小子」、「犬馬賤生」，如今則徑稱「某」，流露出的是平等與自尊。「某不惟不能不辨，且不敢」一語看起來是極為謙恭，但當徐渭說出辯解之辭時，在那小小的幽默之後也不無嘲諷之意。以十首詞奉上，看似取悅之舉，但一句「聲音之陋如此，顏色從可知矣」又微有調謔之意。綜觀全文，自然得體，有理有節，頗能見出其人意氣。

## 上提學副使張公書

【題　解】本文作於嘉靖十九年（西元一五四〇年），徐渭二十歲。張公指浙江提學副使張岳，字維喬，惠安人，《明史》卷二百有傳。徐渭雖然從小就文才出眾，但科考始終不順利。他十七歲時第一次參加童試，不第。嘉靖十九年，他再次參加童試，仍不第。兩次受困於場屋，對徐渭是一個沉重的打擊。複雜的家境、拮据的經濟，使得徐渭再無退路，不得已，他向提學副使張岳痛陳窘況，祈求複試，於是便作了本文。

渭聞之，貴賤之勢，其相懸也，若太行王屋❶之與歸墟❷也。夫太行王屋其高也幾天，而歸墟之谷，其淵也測地。苟非盲瞍者睹之，皆知其為絕廓也。故凡士之賤者，其視尊貴而當軒冕也，若斧鉞之加胸臆也，春冰之在巨津也，瞻顧盼而股栗，睹顏色而肉悸，非尊貴之故以威其下而其顏也，勢若此其懸也。嘻，士亦戚而卑哉！故遇其賞則佯狂者見珍於執政，大夫種❸是已；潛其聲則居鄭者沒譽於君卿，列御寇❹是也已。今渭無御寇之玄通，而明公之明達過於范蠡❺，故渭以不以尊貴為畏而輕犯其下風。願明公假之以容，款之以色，勿略其鄙賤，憐其菲謭之才，而後其狂悖之誅，俾得申其孤孽之苦，陳其履歷之難，以觀意向之所在，則蟠木朽株或可比於積蘇，魚目燕石庶幾歸於篋笥，非敢藉口說為苟進之資，以翰墨為衒售之術也。

【章旨】感歎貴賤之勢相差懸殊，懇求張公聽取自己的申訴。

【注釋】❶太行王屋　皆山名。《列子・湯問》記載：「太行王屋二山，方七百里，高萬仞。」❷歸墟　亦作「歸虛」，傳說為海中無底之谷，是眾水匯聚之處。《列子・湯問》記載：「渤海之東，不知幾億萬里，有大壑焉，實惟無底之谷，其下無底，名曰歸墟。八弦九野之水，天漢之流，莫不注之，而無增無減焉。」❸大夫

種　文種，也作文仲、文會、少禽、子禽，楚國郢（今湖北江陵附近）人，後去越國，春秋末年著名謀略家，和范蠡一起為句踐最終打敗吳王夫差立下赫赫戰功。滅吳後，不聽范蠡勸告，繼續輔佐句踐，被句踐賜劍自刎而死。需要說明的是，文種沒有佯狂之事，倒是文種請范蠡的時候范蠡佯狂，此處當是徐渭記憶有誤。❹列禦寇　即列子，戰國時期鄭國圃田（今河南鄭州）人，道家學派著名代表人物，學說與莊子相近，著有《列子》。列子一生安於貧寒，不求名利，隱居鄭地四十年，潛心著述。唐玄宗詔封列子為「沖虛真人」。❺范蠡　字少伯，楚國宛地三戶邑（今屬河南南陽）人，春秋末年著名政治家、謀略家。句踐在會稽山被夫差包圍時，范蠡勸句踐暫時投降吳國。後來和文種共同幫助句踐復興越國，打敗夫差，成就霸業。功成名就後，范蠡急流勇退，化名鴟夷子皮開始從商並成為巨富，自稱陶朱公。

**【語　譯】**我聽說，貴與賤的形勢，兩者相差就像太行、王屋兩座高山與歸墟相比一樣。太行、王屋的高度接近天空，而歸墟的山谷之深可以用來測地。如果不是盲人看的話，都能知道貴賤之間的差距是無比的廣闊。因此平庸低賤的人，看待尊貴的官員，就好像斧鉞放在了胸口上，春天的冰塊到了寬闊的渡口裡，四處張望，兩腿顫抖，看見官員的臉就心驚肉跳，並非是官員故意耍威風使人變色，二者的形勢像這樣的懸殊。唉，士真是既憂愁又卑微啊！因此遇到長官封賞時佯裝狂妄的人，就會被長官珍惜看重，大夫文種就是這樣；隱藏自己的名聲，居住在鄭國的人，則在君主、卿相之間得不到聲譽，列禦寇就是這樣。現在我徐渭沒有列禦寇那樣玄妙通徹的品質，而張公您的明澈通達高過范蠡，因此我不因為您尊貴而畏懼您，冒昧地處在您的下位。希望您能對我寬容，以溫和的臉色對待我，忽略我的鄙薄微賤，愛惜我淺薄的學問，而將我狂妄無理的責求暫時放在腦後，讓我能夠申訴孤臣孽子之苦，陳述我經歷的艱辛苦難，使您可以觀察我的志向所在。如此的話，則蟠曲難以成才的、腐朽的樹木或許可以和積累的柴草相比，魚目和燕山產的石頭或許能夠回到箱籠裡。我不敢憑藉信口之言作為苟且進取的資本，把筆墨文章當作誇耀、販賣的技藝。

謂聞貧窶❶者，士之常也；時命❷者，士之幾也；修身者，士之的❸也。故智士不語貧，達人不言命，庸眾不期的。是以亢激節而樹玄邈，堯舜不能臣❹；振清風而肆逃遁，文武不能粟❺。追其轍迹而擬諸後人，則自媒者當衾影而慚，奔競者宜閉戶而入。然當今之士，遇熙灝❻之辰而急進取之義，六甲❼未窺者以朱紫為周行，四書未閱者以官仕為標的；設若素居草萊而坐待哲人，則雖服閔曾❽之行，抱左陸❾之才，生則沒身荊棘，與喬木同繫，死則名逝道絕，棄溝壑而不返。上既乖於臬征❿之義，下無以協〈白駒〉⓫之遐心，茲復生之老死，志士至今惜之。孟軻之徘徊七國⓬，韓愈之趦趄相門⓭，彼豈示□於人⓮，抑將以勞為安哉！渭也何人，敢言韓孟？原其志意，未必無可取者。

【章旨】解釋自己干謁求仕實在是因為當今奔競之風盛行，若一味安貧樂道，即使才華橫溢也無法施展抱負。

【注釋】❶窶　貧窮；貧寒。❷時命　時機和命運。❸的　目標。❹堯舜不能臣　指巢父、許由事蹟。巢父、許由都是堯舜時代的高士，道家前身，清高不營世務。西晉皇甫謐《高士傳》記載：「堯之讓許由也，由以告巢父。巢父曰：『汝何不隱汝形，藏汝光。若非吾友也。』擊其膺而下之。由悵然不自得，乃過清泠之水，洗其耳，拭其目，曰：『向聞貪言，負吾之友矣。』遂去，終身不相見。」又記載：「（許）由遁耕於中岳潁水之陽，箕山之下，終身無經天下色。堯又召為九州長，由不欲聞之，洗耳於潁水濱。時其友巢父牽犢欲飲之，見由洗耳，問其故。對曰：『堯欲召我為九州長，惡聞其聲，是故洗耳。』巢父曰：『子若處高岸深谷，人道不通，誰能見子？子故浮游欲聞，求其名譽，污吾犢口。』牽犢上流飲之。」❺文武不能粟　文武是指周文王和周武王，此處說的是伯夷、叔齊事蹟。伯夷、叔齊是商末孤竹君的兩個兒子。相傳其父遺命要立叔齊為繼承人。孤竹君死後，叔齊讓位給伯夷，伯夷不受，叔齊也不願登位，於是二人先後逃亡周國。周武王伐紂，二人叩馬阻諫，指責周武王不孝不仁。武王滅商後，他們恥食周粟，采薇而食，餓死在首陽山。事見《史記・伯夷列傳》。❻熙灝　熙，光明。灝，同「皓」。明亮。❼六甲　古代用天干地支相配計算時日的方法，其中有甲子、甲戌、甲申、甲午、甲辰、甲寅，故稱「六甲」。《漢書・食貨志上》云：「八歲入小學，學六甲五方書計之事，始知室家長幼之節。」❽閔曾　指孔子的弟子閔子騫和曾參，二人俱以孝行著稱。《二十四孝》中收有閔子騫「蘆花順母」和曾參「嚙指痛心」的故事。❾左陸　指西晉著名文學家左思和陸機。謝靈運稱讚「左太沖（左思）詩、潘安仁（潘岳）詩，古今難比。」鍾嶸在《詩品》中盛讚陸機為「太康之英」。❿彙征　《周易・泰》：「初九，拔茅茹，以其彙征，吉。」孔穎達疏云：「彙，類也，以類相從。征，吉者征行也。」即連類而從，後引申為進用賢者。宋代詩人王禹偁《送戚維戚綸之閬州亳州》一詩中寫道：「彙征補皇極，戮力張道樞。」⓫白駒　指《詩經・小雅・白駒》。《毛詩序》認為這首詩是大夫刺周宣王不能留用賢者。朱熹《詩集傳》說：「為此詩者，以賢者之去而不可留也。」詩的第三章寫道「爾公爾侯，逸豫無期。慎爾優遊，勉爾遁思」，描寫主人苦心挽留客人，還勸客人謹慎考慮出遊，不要隱遁山林，獨善其身。⓬孟軻之徘徊七國　孟軻，即孟子，戰國時儒家學派的重要代表人物，曾周遊梁（魏）、齊、宋、滕、魯等國，但他的學說始終得不到君王的認可，無法施行。⓭韓愈之趑趄相門　韓愈在〈送李愿歸盤谷序〉中寫道：「伺候於公卿之門，奔走於形勢之途，足將進而趑趄，口將言而囁嚅，處汙穢而不羞，觸刑辟而誅戮，僥倖於萬一，老死而後止者，其於為人，賢不肖何如也？」形象地描寫了寒士求取功名之難。⓮彼豈句　原書句中缺一字。下同。

**【語譯】**我聽說生活貧寒，是士人的常態；時命，是士人的機遇；修身，是士人要達到的目標。因此有智慧的士人不抱怨生活貧苦，通達的人不言天命，平庸的大眾不期待目標。因此巢父、許由振奮清高的節操，擺出玄遠的姿態，堯和舜都不能讓他們臣服；伯夷、叔齊揮動清風，逃跑隱遁在首陽山上，文王、武王也不能讓他們食周粟。如果追蹤他們的事蹟並用以對比後人的話，那麼自薦的人獨寢時看到被子、獨處時看到影子就應該心生慚愧，四處奔走以求入仕的人就應該關上門不出來。然而當今的士人，身逢聖明之世卻急於進取求祿，六甲都沒有學會就把做官當作大道，四書都沒有讀過就以仕宦為目標。如果安靜地住在草屋裡坐等賢人來發現自己，那麼即使是有閔子騫、曾參那樣的孝行，胸懷左思、陸機那樣的才華，也只是活的時候在荊棘中討生活，與草木生活在一起，死了之後名聲和追求的目標都消失、斷絕，屍體被拋棄在溝壑裡一去不返。於上既違背進用賢者的義理，於下又不能順從〈白駒〉詩中渴望避世隱居之心。這樣又只能或者已等待老死，有志之士至今都認為這樣很可惜。孟子在七國之間奔走，韓愈在卿相門外疑懼不決，他們難道是在把□□展示給人看嗎？或者他們是把勞累當作安穩嗎？我算什麼人，怎敢對韓愈、孟子妄加評論？但是考察他們的意志，未必沒有可以借鑑之處。

渭運時不辰，幼本孤獨，先人嘗拜別駕，生渭一歲而卒。有二兄❶，伯貫於外，仲遠取貴州，至今充庠生。渭少嗜讀書，志頗閎博，自有書契❷以來，務在通其概焉。六歲受《大學》，日誦千餘言，九歲成文章，便能發衍章句❸，君子縉紳至有寶樹❹靈珠❺之稱，劉晏、楊修❻之比，此有識共聞，非敢指以為誑。十三歲老母終堂，變故尋□絲棼縷疊，有非說所能盡者。五尺之軀，百事攸萃，志雖英銳而業因事牽。家本伶仃就衰，而渭號託藝苑，不復生產作業；再試有司，輒以不合規寸擯斥於時，業墜緒危，有若碁卵❼；學無效驗，遂不信於父兄，而況骨肉煎逼，萁豆相燃❽，日夜旋顧，惟身與影。

【章　旨】介紹自己的家庭狀況和幼年讀書經歷。

【注　釋】❶二兄　指徐渭父徐鏓原配童氏所生二子，一為徐淮（字文東），一為徐潞（字文邦）。❷書契　文字。❸章句　剖章析句。經學家解說經義的一種方式。亦泛指書籍注釋。❹寶樹　出自《世說新語・言語》中謝安與謝玄的對話：「謝太傅問諸子侄：『子弟亦何預人事，而正欲使其佳？』諸人莫有言者，車騎答曰：『譬如芝蘭玉樹，欲使其生于階庭耳。』」後用來比喻能光耀門庭的子侄。❺靈珠　即靈蛇珠。《文選》陸倕〈新漏刻銘〉：「陸機之賦，虛握靈珠；孫綽之銘，空擅崑玉。」李周翰注：「靈珠、崑玉，喻文章美也。」❻劉晏楊修　劉晏，字士安，曹州南華（今屬山東東明）人，唐代著名經濟改革家，幼年才華橫溢，號稱神童。王應麟在《三字經》稱讚劉晏：「唐劉晏，方七歲，舉神童，作正字，彼雖幼，身已仕。」楊修，字德祖，弘農華陰（今陝西華陰）人，東漢末年文學家，學問淵博，聰慧異常。《世說新語・捷悟》記載了四則楊修展才的故事，他的才華曹操也自歎不如。❼碁卵　即危若累卵，形容非常危險。典故出自《說苑》：「晉靈公造九層臺，費用千金，謂左右曰：『敢有諫者斬。』荀息聞之，上書求見。靈公張弩持矢見之。曰：『臣不敢諫也。臣能累十二博棋，加九雞子其上。』公曰：『子為寡人作之。』荀息正顏色，定志意，以棋子置下，加九雞子其上。左右懼懾息，靈公氣息不續。公曰：『危哉，危哉！』荀息曰：『不危也，復有危于此者。』公曰：『願見之。』荀息曰：『九層之臺三年不成，男不耕，女不織，國用空虛，鄰國謀議將興，社稷亡滅，君欲何望？』靈公曰：『寡人之過也乃至于此！』即壞九層臺也。」❽骨肉煎逼二句　用曹丕陷害曹植之事。曹丕即位後，陷害兄弟曹植，命其在七步之內作一首詩。曹植應聲作詩：「煮豆持作羹，漉菽以為汁。萁在釜下燃，豆在釜中泣。本自同根生，相煎何太急？」

【語　譯】我的命運不得其時，幼年喪父，父親曾官拜別駕，生了我一年之後就去世了。我有兩個兄長，大哥在外地從商，二哥遠赴貴州，至今還只是秀才。我從小酷愛讀書，志向頗為宏偉博大，自有文字以來的書籍，我力求通曉其中的大義。我六歲時學《大學》，每天記誦千餘字，九歲時寫文章，便能發揮、推衍經書章句，君子、縉紳甚至將我稱作寶樹、靈珠，把我同劉晏、楊修相提並論。這是有識之士都知道的，不敢用來欺騙您。十三歲時老母去世，此後變故時常到來，紛亂糾纏，不是言語所能說得完的。五尺之軀，各種磨難集於一身，我雖有英明而敢於進取的志向，但學業終究還是受到事故的牽連。家境本就孤獨無依，逐漸衰敗，而我又喜好文學藝術，不從事農業生產；兩次參加考試，又因為寫的文章不符合時文的規範而被考官排斥，功業崩塌、危險有如在棋盤上疊雞蛋。讀書考試沒有得到預想的效果，於是不被父輩兄長信任，更何況兄弟之間相互迫害，我日夜環視四周，陪著我的只有自己的身子和影子。

嘗觀北溟之魚❶，終亦南徙，扶桑之鳥❷，豈當垂翅？古人志在四方，故桑弧蓬矢❸取諸廣遠，重耳奔竄而霸❹，馬援牧邊而達❺，奮名發迹，豈有拘方？激昂丈夫，焉能婆娑蓬蒿，終受制於人？或遂詣父兄宗黨，誓曰：「功名何處不取？復似今日形骸，不上此堂也！」便欲往之貴州，從仲兄以希肄業發迹，而徒手裸體，身無錙銖，去路修阻，危若登天，未嘗通曉一藝而欲致足萬里之饔飧，不亦難哉！乞食於異域，委骨於他途，此所預定，不待知者而後知也。夫以伍員策士，志在報楚，猶吹塤而假食於蒲關❻；韓信壯夫，未遇漢王，尚垂釣而寄餐於漂母❼。有二賢之才，以當分爭之世，一時不遇，終日無貲；況於某者乏二賢之蘊抱❽，而無漂母之知人，雖亦有之，豈能遇地盡同者？步隨情變，衣共體單，飄遊雲天，跼蹐霜月，進不能取功名以發舒懷抱，退則蒙詬當途，君子所不齒，鄉曲不道，由食其出誓不為義人耳，比諸木偶，方以遊芥，夫豈過哉！則雖自咋己指，戒輒既晚，悔之何追？徒取父老之侮，祇為伯仲見侮之媒耳，何以竟己少時之志，以復見先人之廟耶？

【章旨】感歎自己雖然有志求學，但卻不為父兄所理解，意欲外出，又無謀生之道。進退兩難之狀可見一斑。

【注釋】❶北溟之魚　出自《莊子・逍遙遊》：「北冥有魚，其名為鯤。鯤之大，不知其幾千里也。化而為鳥，其名為鵬。鵬之背，不知其幾千里也。怒而飛，其翼若垂天之雲。是鳥也，海運則將徙於南冥。」❷扶桑之鳥　指傳說在太陽中的三足烏。《山海經・海外東經》說：「湯谷上有扶桑，十日所浴。」《山海經・大荒東經》也說：「湯谷上有扶木，一日方至，一日方出，皆載於烏。」晉郭璞注曰：「中有三足烏。」❸桑弧蓬矢《禮記・射義》：「男子生，桑弧蓬矢六，以射天地四方。天地四方者，男子之所有事也。」❹重耳奔竄而霸　重耳即「春秋五霸」之一的晉文公，晉獻公之子。獻公聽信寵妃驪姬的讒言，派人謀殺重耳，重耳爬牆僥倖逃走，從此流亡在外十九年，先後去了齊國、曹國、宋國、楚國，最後來到秦國，在秦穆公的幫助下重新回到晉國並即位。在位期間敗楚軍於城濮，盟諸侯於踐土，開創晉國長達百年的霸業。❺馬援牧邊而達　馬援（西元前一四－西元四九年），字文淵，扶風茂陵人，東漢著名軍事家、開國功臣之一。《後漢書・馬援傳》記載：「援年十二而孤，少有大志，諸兄奇之。嘗受《齊詩》，意不能守章句，乃辭況（筆者注：馬援之兄），欲就邊郡田牧。」新朝末年，馬援先為隗囂屬下，後歸順劉秀，為劉秀的統一戰爭立下赫赫戰功。東漢建立後，馬援又西破羌人，南征交趾。因官拜伏波將軍，被尊稱為「馬伏波」。❻夫以伍員策十三句　伍員，即伍子胥，其父伍奢為楚平王太傅，因受費無忌讒害，和其長子伍尚一同被楚平王殺害。伍員從楚國逃到吳國，成為吳王闔閭的重臣，幫助闔閭在柏舉之戰中大敗楚國，伍員掘楚平王墓，鞭屍三百，以報父兄之仇。《史記》記載：「伍子胥橐載而出昭關，夜行晝伏，至於陵水，無以餬其口，膝行蒲伏，稽首肉袒，鼓腹吹篪，乞食於吳市。」此處作「蒲關」，似有誤。❼韓信壯夫三句　《史記・淮陰侯列傳》記載：「信釣於城下，諸母漂，有一母見信飢，飯信，竟漂數十日。」❽蘊抱　懷藏抱負。

【語　譯】我曾看到記載說那北溟之魚，最終會化為大鵬飛向南方；扶桑樹上的三足烏，又怎麼會垂下翅膀？古人志在四方，故男子出生時，以桑木為弓，蓬草作箭，射天地四方，以象徵男兒應志在四方；晉文公重耳流亡在外十九年，最終成就霸業；馬援在北地郡放牧，最終顯達成名，他們揚名起家，又哪裡拘泥於方法？胸懷激烈、氣質高昂的大丈夫，又怎能在蓬蒿間盤桓，始終受制於他人？於是有一天我到父輩親屬、兄長、宗黨那裡，向他們發誓說：「功名在哪裡得不到？如果還像今日這般落拓的話，我就永遠不上此堂！」於是我便打算去貴州找二哥，希望能夠在那裡讀書學習，尋求發跡的機會。但是我衣不蔽體，身無分文，去路漫長艱險，好比登天，我身無一技之長，卻想到萬里之外謀生，這難道不是很難的事情嗎！在異地乞討，死在他鄉，這是可以預見的結果，不必要等有智慧的人設想後才能知道。像伍子胥那樣的智謀之士，志在報復楚國，尚且吹塤而乞食於蒲關；韓信這樣的壯士，在沒有遇到漢王劉邦之前，尚且在河邊垂釣，靠漂母送飯度日。具備了以上兩位賢士的才能，並且處在紛亂、征戰的世道裡，如果一時不遇，尚且終日無法果腹；況且像我這樣沒有二位賢士那樣的才能、懷抱，又沒有像漂母那樣了解我的人，即使有，又豈能和韓信受到相同的待遇？我的腳步和情感一同變化，衣服和身體一樣單薄，飄遊在天地之間，在風霜月夜下侷促不安，進不能博取功名以抒發懷抱，退的話又會被當政者恥笑，被君子極端鄙視，鄉親們都不屑談起，這是因為我違背了當初的誓言，不是一個符合道德標準的人，即使是把我比作木偶、不固定的小草也不為過！那樣的話，就算咬掉自己的指頭，作為懲戒也已經晚了，後悔又哪裡來得及呢？只是讓父老侮辱，成為別人侮辱我兄弟的媒介，怎麼能實現自己年少時的志向呢，又有何面目參拜祖先之廟呢？

愚以為君子不蹈危地，哲人宜務先機，吾儒行事，當如用兵，一失其算，安可再振？遂使智逾黃帝，勇先賁育[1]，無所復施，況渭今日之事猶宜敬慎而念此者也。是以猶務隱忍，寄旅北門，意在強為人師以糊方寸，何期營營數旬，竟無一人與接者。流水既鼓而鍾期未緣❷，駃騠非駑而方皐泯迹❸。芻米僕賃，無以為貲，將擊無魚之歌，恐鮮孟嘗之聽❹；若欲閉門偃臥，不免袁安之隕❺。俯仰牽制，桎梏加躬；憤懣抑鬱，若蹈湯火，五內怛然。竊計返家，則倏去忽來若猨狙也❻，長江非遙，若隔秦楚；因茲不返，則館帷壁立，僅存古書數十卷，日無見援，夕當棄失。畏路阻而處飢困，避道乞而將操瓢，是猶惡影而居日，惡臭而聞庖也。是故每至終夜淡為寂寥，起舞而為歌曰：「鴻鵠兮高飛，昔時渡江兮何時能歸？亡絕四海兮羽翼未舒，中路阻險兮當復依誰？」慷慨三四，不覺淚下。悲哉悲哉，事未易為俗人言也！

【章旨】寫自己想隱忍度日都不能如願，生計困難，又無人賞識，只能憤懣悲歌。

【注釋】❶賁育　戰國時勇士孟賁和夏育的並稱。顏師古《漢書注》云：「孟賁，古之勇士也，水行不避蛟龍，陸行不避豺狼，發怒吐氣，聲響動天。」裴駰《史記集解》引《漢書音義》說：「夏育，衛人，力舉千斤。」❷流水既鼓句　此句用俞伯牙和鍾子期的典故。《呂氏春秋》記載：「伯牙鼓琴，鍾子期聽之。方鼓琴而志在太山，鍾子期曰：『善哉乎鼓琴！巍巍乎若太山。』少選之間而志在流水，鍾子期又曰：『善哉乎鼓琴！湯湯乎若流水。』鍾子期死，伯牙破琴絕絃，終身不復鼓琴，以為世無足復為鼓琴者。」徐渭用這個典故是說，自己沒有遇到像鍾子期了解俞伯牙那樣能夠賞識自己的人。❸駃騠非駑句　駃騠，古代良馬名。方臯，即九方臯，春秋時著名相馬家。《列子・說符》中記載了九方臯為秦穆公相馬的故事。徐渭在這裡也用來感歎懷才不遇，難覓知音。❹芻米僕賃四句　這幾句話說的是戰國時齊人馮諼的故事。馮諼是孟嘗君門下的食客，起初孟嘗君對他並不重用，於是有一天馮諼倚著柱子，彈劍唱歌：「長鋏歸來乎！食無魚。」孟嘗君知道後說：「食之，比門下之客。」❺若欲閉門偃臥二句　袁安，字邵公，東漢汝南汝陽人。李賢注《後漢書》引《汝南先賢傳》：「時大雪積地丈餘，洛陽令身出案行，見人家皆除雪出，有乞食者。至袁安門，無有行路，謂安已死，令人除雪入戶，見安僵臥。問何以不出，安曰：『大雪人皆餓，不宜干人。』令以為賢，舉為孝廉也。」然而袁安並未凍餓而死，徐渭似乎有誤。❻倏去忽來若猨狙也　徐渭此處用《莊子・齊物論》中「朝三暮四」的典故，形容反覆無常。《莊子》記載：「狙公賦芧，曰：『朝三而暮四。』眾狙皆怒。曰：『然則朝四而暮三。』眾狙皆悅。名實未虧而喜怒為用，亦因是也。」《列子・黃帝》也記載了這則寓言。猨狙，泛指猿猴。

【語　譯】我認為君子不去危險的地方，哲人應該抓住先機，我們儒生做事情，應當像用兵一樣，一旦失算，哪裡還能再次振奮起來？即使智慧超過黃帝，勇力超過孟賁、夏育，也很難再有所作為。何況我今天的事尤其要恭敬、謹慎，時刻想著這一點。因此我仍然盡力隱忍，寄居在北門外，打算勉強通過教書來餬口，怎料忙碌了數十天，竟沒有一個人前來和我商談。雖然彈奏了高山流水之曲，卻無緣遇見鍾子期這樣懂音樂的人；駃騠並非劣馬，卻找不到九方臯這樣善於相馬的人。我現在糧草和僱僕人的錢都拿不出來，即使是像馮諼那樣彈劍唱無魚之歌，恐怕也沒有孟嘗君來聽吧；若想閉門仰臥在床上，又不免像袁安那樣凍餓死在家中。無論是前進還是後退，都受到牽制，如同刑具戴在身上；憤懣抑鬱，如同跳到開水和烈火中去，五臟都覺得悲苦、慘痛。私下打算回家，則忽去忽來好像猿猴一樣反覆無常，長江雖然並不遙遠，但對我來說就像秦楚相隔一樣；如果維持這樣不回家，則家窮四壁，僅有數十卷古書，早晨沒有人幫助，晚上就要被遺棄。害怕道路險阻，於是就保持飢困的狀態，不願在大道上乞討，卻又拿著瓢，這就像討厭影子但卻待在太陽底下，厭惡臭味但又去聞廚房的味道一樣。因此每到夜晚倍感寂寥之時，我就邊起舞邊唱歌：「鴻鵠啊高飛，以前渡江啊什麼時候能回歸？漂泊四海啊羽翼無法舒展，道路險阻啊我又該依靠誰呢？」慷慨悲歌三四次，不覺淚下。可悲啊可悲，這些事情實在不易對俗人講！

伏睹明公鵬迹❶霞騫❷，丰采玉立，德參天地，文協典謨❸，固將以齊足三代❹而卓犖❺於虞夏❻者也。是故四絕之稱，凡許當道，一代之士，仰為宗師。靈珠在室，四隅煌然，語以歐胡，未能盡善。士之聞謦咳❼者，奕奕然出冥室❽而觀日月，去汙瀆❾而浮江湖。譬諸鈞天廣樂❿，懸於虞庭⓫，而伶官俳優，快呈其響。故巴人⓬郢客⓭，□舞雀躍，鳶魚螻蟻，翕翼俛首。何者？以明公為人物之槖鑰⓮，文章之鈐鍵，足登龍門，聲逾珠玉。此懷栗縷之技者悉皆攘臂，抱一隙之明者亦願發輝光，雖知染淬之色未合玄黃，桑間之音⑮難應風雅，所在大雅含弘，君子矜憫也。況渭遭此荼毒，旅於窮途，蓋將灑淚旋車比於阮生⑯者也。為人木強嵬崛，不能希聲釣望，既寡淳于、仲連⑰之薦，終鮮叔牙得意之交⑱，狼狽偃蹇，安所施計？一餔不火，胡能生活？尚恐救死不贍，奚暇復志詩旨？雖明敏若顏、端⑲，經濟若董、賈⑳，文章若班、馬㉑，授以廣成、羨門㉒之訣，投以岐伯、盧扁㉓之術，終當捐骸，豈有過補？生無以建立奇絕，死當含無窮之恨耳！故曹沫、聶政㉔無三尺之劍，則不如農夫之處隴畝；蛟龍處木，不若狐狸；騏驥處水，不若跛鼈。士而無資，何以異此？每念於斯，未嘗不擲卷投札，流汗至踵也。

【章旨】先稱讚張公德高望重，是士人所仰慕的一代宗師，再渲染自己生活艱辛、懷才不遇之狀，亟待張公施以援手。

【注釋】❶鵬跡　猶言榮耀的經歷。❷霞騫　謂志向高遠。❸典謨　《尚書》中〈堯典〉、〈舜典〉和〈大禹謨〉、〈皋陶謨〉等篇的並稱。後泛指經典。❹三代　指夏、商、周。❺卓犖　卓越、突出。❻虞夏　指有虞氏之世和夏代。有虞氏是古部落名，傳說其首領舜受堯禪，都蒲阪。❼謦咳　通常作「謦欬」，指咳嗽，引申為言笑、教誨。❽冥室　黑暗無光之室。❾汙瀆　死水溝。❿鈞天廣樂　鈞天，是古代神話中天帝住的地方。《呂氏春秋・有始》「中央曰鈞天」，高誘注：「鈞，平也，為四方主，故曰鈞天。」廣樂，指天上的音樂、仙樂。⓫虞庭　指虞舜的朝廷。相傳虞舜為古代的聖明之主，故亦以「虞廷」為聖朝的代稱。⓬巴人　古巴州人。唐劉禹錫〈竹枝詞〉云：「楚水巴山江雨多，巴人能唱本鄉歌。」⓭郢客　指歌手、詩人。⓮橐鑰　指鎖鑰，比喻事物的核心、關鍵。下句的「鈐鍵」同。⓯桑間之音　《禮記・樂記》：「桑間濮上之音，亡國之音也。」泛指淫靡、不合雅正的音樂。⓰阮生　即阮籍（西元二一〇－二六三年），字嗣宗，陳留尉氏人，三國時魏國文學家，竹林七賢之一。阮籍崇奉老莊之學，政治上採取謹慎避禍的態度。《世說新語・棲逸》劉孝標注引《魏氏春秋》：「阮籍常率意獨駕，不由徑路，車跡所窮，輒慟哭而反。」⓱淳于仲連　淳于，指淳于髡，戰國時齊國著名的政治家、思想家，是稷下學派的重要代表人物。淳于髡善於推薦人才，《戰國策・齊策》記載他曾一天之內向齊宣王推薦了七位賢人。仲連，即魯仲連，戰國末期齊國人。他長於闡發奇特宏偉卓異不凡的謀略，卻不肯做官任職，願意保持高風亮節。曾在破燕復齊的進程中出奇謀，立奇功，為光復祖國做出了傑出貢獻。他曾客遊趙國，秦為了達到稱帝的目的，擴張疆土，包圍了趙國的都城邯鄲。魏王得到這個消息後急忙派大將晉鄙火速馳援趙國，秦昭襄王得知魏出兵救趙，寫信恐嚇魏王，揚言誰救趙先攻擊誰。魏王收信後救趙決心發生動搖，命令晉鄙留兵於鄴（河北磁縣南；另一說是湯陰）。既擺出救趙的姿態，又不敢貿然採取行動。他還派魏將辛垣衍秘密潛入邯鄲，想通過趙相平原君趙勝說服趙孝成王一起尊秦為帝，以屈辱換和平，以解邯鄲燃眉之急。平原君在內憂外患災禍頻仍的情況下，亂了方寸，魯仲連挺身而出，慷慨陳詞，痛斥辛垣衍，義不帝秦，這一事蹟廣為後世傳頌。⓲叔牙得意之交　叔牙，指鮑叔牙，春秋時齊國大夫，與管仲交情莫逆。齊襄公時國政混亂，管仲保護公子糾、鮑叔牙保護公子小白逃到國外。襄公死後，糾和小白都想回國即位，糾派管仲帶兵在路上襲擊小白，管仲一箭射中小白帶鉤，小白假裝倒地而死。糾信以為真，於是放緩速度，小白趁機趕回齊國即位，即齊桓公。即位後，桓公要殺管仲，鮑叔牙為管仲求情，並將相位讓給才華更高的管仲。管仲最終輔佐桓公稱霸。⑲顏端　顏指顏淵，端指端木賜，即子貢，二人均是孔子的得意弟子。顏淵謙遜好學，安貧樂道，以德行著稱，孔子稱讚他：「其心三月不違仁，其餘則日月至焉而已矣。」子貢以言語聞名，善於雄辯，且有幹濟才，辦事通達，曾任魯、衛兩國之相，還善於經商，家累千金。⑳經濟若董賈　董，指董仲舒（西元前一七九—一〇四年），漢廣川郡（今河北棗強）人，漢代思想家、哲學家、政治家。賈，指賈誼（西元前二〇〇—一六八年），洛陽人，西漢初年著名政論家、文學家。這裡的「經濟」指經世濟民，治國的才幹。董仲舒在漢武帝時上〈天人三策〉，論述了神權與君權的關係，並提出「罷黜百家，獨尊儒術」的建議。董仲舒以《公羊春秋》為依據，將周代以來的宗教天道觀和陰陽五行學說結合起來，吸收法家、道家、陰陽家思想，建立了一個新的思想體系，成為漢代的官方哲學。賈誼繼承陸賈、叔孫通的主張，在黃老之術盛行的漢文帝時期，不顧舊臣的排擠，提出「改正朔、易服色、制法度、興禮樂」的主張。㉑文章若班馬　班，指班固，字孟堅，扶風安陵（今陝西咸陽東北）人，東漢著名史學家、文學家。在其父班彪續補《史記》的基礎上編寫成《漢書》，善辭賦，有〈兩都賦〉、〈幽通賦〉等作品。馬，指司馬遷，字子長，左馮翊夏陽（今陝西韓城）人，一說山西河津人，西漢著名史學家、文學家，著有《史記》。班固與司馬遷在後世並稱「班馬」。㉒廣成羨門　廣成，指廣成子，傳說是黃帝時期人，住在崆峒山上，是道家的創始人。《莊子・在宥》和葛洪《神仙傳》都記載了黃帝向他問道的故事。羨門，應劭注《漢書》時說：「羨門名子高，古仙人也。」㉓岐伯盧扁　岐伯，是中國傳說時期最富聲望的醫學家，《帝王世紀》記載：「（黃帝）又使岐伯嘗味百草，典醫療疾，今經方、本草之書咸出焉。」今傳《素問》基本上是黃帝問，岐伯答，以闡述醫學理論，顯示了岐伯高深的醫學修養。盧扁，即戰國時名醫扁鵲，因家住盧國，故也稱「盧扁」。㉔曹沫聶政　曹沫，是春秋時魯莊公的戰將，在與齊國的戰爭中三次都敗北，於是魯國割地求和。在柯地之盟上，曹沫用匕首挾持齊桓公，成功逼迫桓公歸還了侵奪魯國的土地。聶政，是戰國時韓國人，受韓大夫嚴仲子知遇之恩，獨自一人刺殺韓相俠累。因害怕連累姐姐，於是自毀面容，並挖眼剖腹。他的姐姐在韓市尋認弟屍，伏屍痛哭，悲痛而死。

【語譯】我恭敬地了解到您光輝的事蹟和遠大的志向，您的姿態儀容挺拔修美，高尚的品德與天地齊同，文章符合典謨的規範，原本以此與三代的聖賢並駕齊驅，甚至在虞、夏兩代都是卓越出眾的人才。因此您「四絕」的稱號被執政者稱許，一代的文士都仰奉您為宗師。您好比放在房間中的靈珠，將四角都照得通亮，把您的事蹟、品德告訴給少數民族，都無法說盡。士人聽到您的教誨，都會精神煥發地走出昏暗的房間去瞻仰日月，都會離開死水溝而到江湖上泛舟。您就好比演奏天上音樂的樂器，懸掛在虞舜的宮庭中，戲子藝人因為能聽到這樣高妙的音樂而感到身心暢快。於是蜀人楚客，都舞蹈雀躍，魚鳥螻蟻，都合上翅膀低下頭。為什麼會這樣呢？是因為把您當作名流賢士的核心，文章寫作的典範，您腳登龍門，聲音比珠玉之聲還動聽。懷有一技之長的人都很振奮，紛紛捋起衣袖，伸出胳膊，有一點本事的人都願意為您效力。我雖然知道雜染的顏色不能符合玄黃正色，低俗淫靡的音樂難以和風雅應和，所幸運的是大雅之音有含蘊、包容的特質，君子也有憐憫的品德。況且我遭受了如此重的痛苦，走在窮途上，恐怕將要灑淚回車，和當初的阮籍處境相似了。我為人質直剛強，不能故意假裝隱士來騙取聲名，既沒有淳于髡、魯仲連這樣的人推薦我，終究也沒有像鮑叔牙那樣的得意之交，窘迫困頓，又能有什麼辦法呢？一頓飯都吃不到，怎麼能生活呢？救死尚且都顧不上，哪裡有時間再讀書論道？即使我像顏淵、端木賜那樣聰明機敏，像董仲舒、賈誼那樣有經濟天下之才，文章寫得像班固、司馬遷一樣好，再教我廣成子、羨門這些仙人的妙訣，給我岐伯、扁鵲那樣高超的醫術，我最終還是會死去，難道有什麼補救的方法嗎？生前不能建立奇偉絕世的功業，死後一定會抱憾無窮！因此曹沫、聶政如果沒有三尺之劍，甚至不如農夫在田地中耕種；蛟龍如果待在樹上，還比不上狐狸；駿馬到了水裡，甚至不如跛腳的龜鱉。身為士人而沒有財物，與牠們有什麼不同呢？每每想到這些，沒有不扔掉書卷，流汗直到腳跟的。

伏冀明公憫其始終歷涉之難艱，諒其進退患難之危迫，憐其踈鄙之才，援其今日無資之困。請假晷刻❶，試其短長，指掌之間，萬言可就。或者才有可觀，物非終棄，則願挈之枯涸，置以清波❷，俾得飯茹糗❸糲❹，雖云駑蹇❺，尚奮馳驅。不過期月，則書生之學可通，假以三年，則道理之堂可造。語文章則跨制兩漢，語盡性則駕軼四儒❻。此亦學者之志願能事，豈敢誇張虛說以炫耀大人哉！

【章旨】懇請張公再給自己一次考試的機會，並提出自己的求學目標。

【注釋】❶晷刻　指日晷和刻漏，是古代計時的儀器，在這裡代指時間。❷則願挈之枯涸二句　此處用的是《莊子．外物》中「涸轍之鮒」的典故，說的是一條在乾涸了的車轍裡的鯽魚，比喻處於極度窘困境地、急需救援的人。❸糗　乾糧，炒熟的米或麵等。❹糲　粗糙的米。❺駑蹇　原指劣馬，後代指能力低劣。❻四儒　指宋朝理學的四個重要學派濂、洛、關、閩。濂指周敦頤，因其原居道州營道濂溪，世稱濂溪先生，其學稱為濂學。洛指程頤、程顥兄弟，因其家居洛陽，世稱其學為洛學。關指張載，張家居關中，世稱橫渠先生，張載之學稱關學。閩指朱熹，朱熹曾講學於福建考亭，故稱閩學。

【語　譯】我希望您能可憐我自始至終經歷的各種艱辛坎坷，體諒我進退無路的危難窘迫，愛惜我微薄的才華，對我今日沒有度日之資的困境施以援手。請您抽出片刻的時間，測試一下我的才能，很短的時間內我就可以寫出萬餘言的文章。倘若我的才華有可取之處，終究不會被人遺棄的話，則希望您把我從枯涸的水溝裡提起來，放到清澈的波浪中，使我能夠吃上乾糧、粗糧，即使我是一匹劣馬，也會奮力奔馳。不用一個月，我就可以通曉一般讀書人的學問，給我三年時間，我就可以在探討儒道的領域登堂入室。說起寫文章，我可以總兩漢名家之長；談論性理之學，則可以超越宋代的濂、洛、關、閩四家。這也是我希望能夠達到的目標，我怎麼敢誇張虛說來迷惑大人呢！

夫信陵、春申❶，戰國之鄙夫也，且致客數千而名流後世；飛劍躍舞，小人之技也，亦能見悅元君而賞以百金❷。渭雖寒賤，豈直劍舞之士哉！願明公進而教之，則二君不足數而皐、夔❸易為也。明公豈靳❹

毫髮之勞，使才士沉淪朽沒，不得仰首信眉、激昂當世也！昔荊軻、豫讓❺行若屠販，一感國士之遇，思報其主而不可解，遂至於殉身而不可化。中流之龜❻，北溟之魚，靈豈多於人哉？乃能報珠而浮渡。渭頗讀詩書，亦知大義，豈同負販，有異魚蟲，使一辱英盼，九死甘心，第恐天地無窮，徒懷衷悃耳！渭又聞河海納流，百川歸潦，一人憫士，四方翹首，諒明公觀於超曠之道，必不以踈遠見拒。故敢述其始末，託書自陳。萬一因其昏愚加以擯斥，則有負石投淵、入坑自焚耳，烏能俛首匍匐，偷活苟生，為學士之廢棄，儒行之瑕謫乎！惟明公其生死之。渭恐懼頓首。

【章　旨】將張公比作信陵君和春申君，稱自己若得援助，必將知恩圖報。

【注　釋】❶信陵春申　信陵君本名魏無忌，戰國時魏國著名政治家，因被封於信陵，故後世稱其為信陵君。春申君本名黃歇，戰國時楚國著名政治家。二人均好延攬食客，以禮賢下士、寬厚待人著稱，與趙國的平原君趙勝、齊國的孟嘗君田文並稱戰國四公子。❷飛劍躍舞三句　據《列子・說符》記載，宋國有個會雜耍技藝的人，用雜技求見宋元君。宋元君召見了他。他的技藝是將兩根有身長兩倍的木杖捆綁在小腿上，時而快走，時而奔跑，又用七把劍迭相拋出，有五把劍常在空中。元君大為驚喜，立即賞賜給他金銀布帛。❸臯夔　臯，指九方臯，春秋時人，以善於相馬著稱。夔，是虞舜時著名的音樂家。《尚書・舜典》記載舜讓夔掌管音樂，教導貴族子弟。❹靳　吝惜。❺荊軻豫讓　荊軻，戰國末期衛國人，好讀書擊劍，為人慷慨俠義，後遊離到燕國，受燕太子丹賞識。荊軻為報知遇之恩，以獻燕國地圖之名，毅然前往秦國刺殺秦王，未果，被殺。豫讓，春秋末年晉國人，是晉卿智伯的家臣。西元前四五三年，趙、魏、韓三家共滅智氏。豫讓用漆塗身，吞炭致啞，埋伏在橋下刺殺趙襄子，未果，被趙襄子抓獲。臨死時求得趙襄子的衣服，拔劍擊斬其衣，以示為主復仇，然後伏劍自殺。二人事蹟見《史記・刺客列傳》。❻中流之龜　據《晉書》卷七十八〈孔愉傳〉：「(孔愉)以討華軼功，封餘不亭侯。愉嘗行經餘不亭，見籠龜於路者，愉買而放之溪中，龜中流左顧者數四。及是，鑄侯印，而印龜左顧，三鑄如初。印工以告，愉乃悟，遂佩焉。」

【語　譯】信陵君和春申君只是戰國時人品鄙陋、見識淺薄的人，尚且招攬賓客數千名並且名聲傳揚到後世；擊劍跳躍只是卑賤之人的技能，但蘭子也能以此取悅宋元君，並得到百金的賞賜。我雖然寒微低賤，難道只是舞劍之人嗎！希望您能提攜並教導我，如此的話信陵君和春申君就不足為道，您也可以輕鬆地成為九方臯和夔了。您怎麼會吝惜些許的辛勞，而讓有才之士沉淪朽沒，不能昂首挺胸、舒展眉頭、在當時做一番事業呢！古時的荊軻、豫讓行事就像屠夫販卒，一旦受到國士的禮遇，就自始至終想著報答主人，甚至為主人喪命都不肯改變。被孔愉放生的龜，北溟的魚，靈性難道比人還多嗎？牠們或能用珍珠報答主人，或能載人過河。我徐渭讀了很多詩書，也知道做人的大義，豈能像販夫走卒一樣，又怎能連魚蟲都不如？假若能有幸得到您的企望，萬死我也甘心，我只是害怕天地無窮無盡，讓我空懷誠懇之心。我又聽說河海容納細流，一定不會因為我和您的關係有所疏遠，一個人憐憫士人，四方都會翹首企盼，我想您了解高遠曠達的道理，一定不會因為我和您疏遠的關係而拒絕我。因此我才斗膽向您傾訴我的經歷，上書向您陳述。倘若萬一因為我的昏庸愚笨而被您排斥，對我來說就像是背著石頭投入深淵、跳進火坑自焚一樣，我怎能低著頭匍匐前行，在世上苟且偷生，做被學士遺棄的人，成為儒學的汙點呢！希望您能把我的請求當作我的生死來對待。徐渭心懷恐懼地向您致敬。

【研析】徐渭自稱此次上書「非敢藉口說為苟進之資，以翰墨為銜售之術」，然而其目的卻正是借炫才耀博以為「苟進之資」，以要求複試的。也正是靠了這篇文章，他才得到了浙江提學副使張岳的照顧，通過複試而取得了經學的資格。但年輕的徐渭實現這樣的目的靠的不是卑辭謙語，而是狂言大語，以致於通篇激盪著一股未受理性規範的狂躁鬱勃之氣。如說到自己不容於家人則曰：「骨肉煎逼，萁豆相燃，日夜旋顧，惟身與影」；說到設帳收徒則曰：「意在強為人師以糊方寸，何期營營數旬，竟無一人與接者」；說到為生計所迫則有「憤懣抑鬱，若蹈湯火、五內怛然」的危苦之辭；說到此次託書自陳之成敗則有「萬一因其昏愚加以擯斥，則有負石投淵，入坑自焚」的激憤決絕之語；最後「惟明公其生死之」的請求也帶有明顯不妥的近乎威脅的成分。因此，抗爭現實、爭取未來成為此文的基調和出發點，躁動的情緒和高亢的言辭共同作用，凸顯出一個受壓抑卻又不甘受壓抑的個體積極抗爭的狂躁形象。二十四年後，徐渭又寫了〈奉尚書李公書〉，其強烈的抗爭精神並沒有因為歲月的磨礪而衰退，但年少時疏狂激憤之語卻早已不見，取而代之的是謙遜溫和、不卑不亢的態度。

## 會稽縣志・風俗論

【題解】萬曆二年（西元一五七四年）初，徐渭和張元忭編修《會稽縣志》，該志每項分志均有專論，諸論文字都出於徐渭之手，被收入《徐文長三集》中，在諸論文字中，體現了徐渭鮮明的以致用為首務的撰志思想，〈風俗論〉即為其中之一。本文痛擊時弊，清晰冷峻地指出當今會稽風俗中的各種不良習俗，感歎淳樸之風已喪，但在最後也提出了自己認為的解救之法。

老子曰：「至治之極，鄰國相望，雞犬之聲相聞，民各甘其食，美其服，安其俗，樂其業，至老死不相往來。」❶夫以予觀於古所摘而列者諸志語，則會稽者，重犯法，勤儉，重祭祀，文雅而風流，其俗也顧不安之。而今之所安者，婚論財，嫁率破家，乃至生女則溺之，父母死不以戚，乃反高會召客，如慶其所歡事，惑於堪輿家❷則有數十年暴露其父母而不顧者。

【章旨】批評會稽不僅喪失了古時淳樸的民風，反而還養成了許多違背道德、倫理的習俗。

【注釋】❶至治之極八句　引自《老子》第八十章，原文作：「甘其食，美其服，安其居，樂其俗。鄰國相望，雞犬之聲相聞，民至老死，不相往來。」描述了老子理想中的「小國寡民」的社會圖景。❷堪輿家　古時為占候卜筮者之一種。後專稱以相地看風水為職業者，俗稱風水先生。

【語譯】老子說：「治國的極致，國與國之間互相可以看得見，雞和狗的聲音都能聽得見，老百姓吃得好，穿得好，住得安適，過得習慣，從生到死也不互相往來。」根據我看到的古人摘錄下來列在各種方志裡的話，會稽這個地方，重視犯罪行為，勤勞節儉，重視祭祀，溫和禮貌，風雅瀟灑，這樣的風俗卻沒有被保存下來。如今所安適的，娶親在乎錢財，嫁女必然要搞得破產，以至於生了女兒就把她淹死，父母去世也不傷心，反而大宴賓客，好像慶祝他高興的事情，受風水先生的蠱惑，有人數十年不將父母安葬卻不在乎。

民有四，耕耨❶而誦其業，絲布其服，魚鹽與稻、果蓏❷而蠃❸蛤其食也，顧不樂之美之甘之。而今之所樂者，其業在博塞❹以為生，群少年日鶩❺於市井，點佃逋主者之租，又從而駕禍以脅之。所甘所美，其在食且服者，窮江之南北，山之東西，競其綺麗，罄其方之所輸，其多不可以指數。夫若老子言鄰國可相望，而不相往來，此蓋上古時事，余亦安敢以望於今之會稽也哉！至如司馬某所稱，特數十年以前之會稽耳。今不望於上古，而望於數十年之前，又革其甚者，於俗若婚之論財，若厚嫁，若溺，若喪父母而盛宴，與暴露其父母；於業若博，若羣少，若黠佃；於服於食，若窮江南北、山東西之華靡。噫，俗其殆庶幾哉！

【章旨】從事業、衣食、婚喪嫁娶三個角度抨擊會稽風俗中的陋習，感歎此地淳樸之風已喪。

【注釋】❶耕耨　耕田除草，亦泛指耕種。❷蓏　草本植物的果實。❸蠃　俗字作螺。凡軟體動物腹足類，背有旋線的硬殼都叫螺，種類繁多。❹博塞　博戲，下棋一類的遊戲，也作「博簺」。《管子》：「是故秋三月一庚辛之日發五政，一政曰禁博塞，圉小辯，鬭譯認。」唐代張籍〈上韓昌黎書〉：「願執事絕博塞之好，棄無實之談。」❺鷙　兇猛。

【語譯】老百姓的生活中有四件大事，耕種和讀書是他們的事業，養蠶織布做衣服，魚鹽和水稻、果物、蚌蛤是他們的食物，然而會稽的人卻不以此為樂，不以此為美，也不享受自己的食物。

如今這裡的人認為快樂的，是以博塞為事業、生計，眾少年白天奔馳在市井之中，收繳狡猾的佃客和負債的人的租稅，又跟從並嫁禍給他們，以此行威脅、勒索之事。如今會稽的人在食物、服裝方面所享受，並認為美的東西，窮盡山水江河，攀比食物、衣裝的奢華、貴重，用盡了會稽地區的物產，花費的錢財多得難以用手指計算。至於老子所說的，國與國之間互相可以看得見，卻不相互往來，這大概是上古時候的事情，我怎麼敢以此奢望現在的會稽呢！至於司馬某所說的，僅僅是數十年以前的會稽。如今不奢望於上古的會稽，而希望回到數十年前的樣子，還要革除掉嚴重的陋習，風俗中的陋習比如娶親時在乎錢財，比如嫁女時要陪嫁很多，比如淹死女嬰，比如死了父母卻擺排盛宴，還暴露父母的屍體不即時安葬；事業方面比如賭博，比如眾多不務正業的少年，比如狡猾的佃客；衣服飲食方面，比如窮盡山川江河的豪華奢靡。唉，會稽以前淳樸的風俗大概已經所剩無幾了吧！

夫人之身有瘤也，俗亦有瘤。俗之瘤則有丐，□丐以戶稱，不知其所始，相傳為宋罪俘之遺，故擯之，名墮民。其內外率習汙賤無賴，四民中居業不得占，彼所業，民亦絕不冐之。四民中所籍[1]，彼不得籍，彼所籍，民亦絕不入。四民中即所常服，彼亦不得服。蓋四民向號曰：

「是出於官，特用以別且辱之者也。」而籍與業至於今不亂，服則稍僭而亂矣。丐以民擯己若是甚也，亦競盟其黨，以相訟僥，必勝於民。官茲土者知之，則右民，偶不及知，則亦時左民，民恥之，務以所沿之俗聞，必右而後已。於是丐之盟其黨，以求右民者滋益甚，故曰：丐者俗之瘤也。雖然，瘤卒自外於常膚，則瘤之也宜，苟瘤者肯自咎曰：「我今且受藥，且圖自化為常膚，烏必瘤而決之哉？」經不云乎：「人而不仁，疾之已甚，亂也。」

【章旨】指出乞丐是風俗層面的瘤患，但又認為治理乞丐不能僅靠單一的打壓，還要注意懷柔。

【注釋】❶籍　登記隸屬關係的簿冊；隸屬關係。

【語譯】人的身上有瘤，風俗也有瘤。風俗的瘤就是有乞丐。乞丐以戶計算，不知道是從什麼時候開始的，相傳乞丐們是宋代有罪的犯人的後代，因此排斥他們，叫他們墮民。這些人從裡到外都學習賤民、無賴，士農工商四民做的工作，乞丐們不能做，他們自己從事的工作，四民們也決不去做。四民的戶籍，這些乞丐不能進入，他們的戶籍，四民也絕不加入。四民們經常穿的衣服，他們也不能穿。大概四民們曾經揚言說：「他們出身於官府的犯人，是要特別加以區別並侮辱的人。」乞丐們與四民的戶籍、工作至今不相混亂，只是乞丐們的服飾漸漸僭越並混亂。乞丐們因為百姓排斥自己非常嚴重，也爭著和自己的同胞結盟，以和百姓辯論、爭利，力求一定要在與百姓們的競爭中獲勝。管理本地的官員了解這種情況後，就偏袒百姓，偶爾有不能及時了解情況的，也有讓百姓吃虧的時候，百姓們以此為恥，盡力向長官講述這裡沿襲下來的官員偏袒百姓的習慣，一定要讓官員偏袒自己才罷休。於是乞丐內部相互團結，要求長官偏袒自己的百姓就越發增多。因此說：乞丐是風俗層面的毒瘤。即使如此，如果瘤子最終不同於正常的皮膚，那麼把它當作瘤子處理也是應當的。如果瘤子肯承認自己的罪過，說：「我現在將要接受藥物的治療，而且希望變成正常的皮膚，何必要把我當作瘤子而一定要剷除呢？」經書上不是說過這樣的話嗎：「對於不仁德的人，如果逼迫得太緊的話，就會出亂子。」

【研　析】方志一般多狀寫一地之特色、表彰人物風流，以使俊偉傑出之人物遠播流芳，即如清代著名方志學家章學誠所云：「史志之書，有裨風教者，原因傳述忠孝節義，凜凜烈烈，有聲有色，使百世而下，怯者勇生，貪者廉立。」然而徐渭的這篇〈風俗論〉，卻大膽突破常規，不以表彰名物風流為唯一期許，而是以諷刺、批評為主。本文善用對比之法，開頭先將古時會稽「文雅而風流」的民風與如今的風俗作對比，從整體上映襯出當今會稽民風之衰敗、道德之淪落。其次，從事業、衣食、婚喪嫁娶三個角度具體剖析會稽民風之中的種種弊病，此時對比的基準由老子設想的上古之治降到了數十年前的民風。然而即便如此，革除陋習之事依然任重道遠。有感於此，作者才痛心疾首地歎息：「俗其殆庶幾哉！」徐渭顯然並不滿足於僅僅指出時弊，他真正的目的是去除「俗之瘤」，於是他在文章的最後一段指出了癥結的真正所在，即「丐」，然後詳細解釋了自己的理由，並提出了治理乞丐的辦法。值得一提的是，徐渭並沒有主張對乞丐進行單一的打壓政策，而是強調要兼顧懷柔。這一方面是徐渭儒者仁愛之心的體現，另一方面也有著現實層面的考慮，顯示了徐渭思維的嚴密與全面。文章條理縝密，說理透闢，有批評更有具體意見，看似不合理的方志文章，實際上真正貫徹了徐渭文以致用、關心民瘼的思想。

## 葉子肅詩序

**【題　解】** 葉子肅，名雍，字子肅，是徐渭的友人。葉子肅曾是戚繼光的幕客，戚先後擔任福建、薊鎮等處總兵，每換一地，子肅亦隨幕轉徙，終因勞累過度死於途中。徐渭分別賦有〈送葉子肅再赴閩幕〉、〈送葉子肅赴三團營〉和〈子肅再赴戚總戎所未至死於都下〉諸詩，末首為悼亡之作。明中葉以來，七子派的詩學主張發展到極致，流弊橫生，復古變成擬古、泥古，徐渭對這種現象極為厭惡，借為葉子肅詩集作序之際，提出了自己爭鋒對立的文學主張。

人有學為鳥言者，其音則鳥也，而性則人也。鳥有學為人言者，其音則人也，而性則鳥也。此可以定人與鳥之衡[1]哉？今之為詩者，何以異於是。不出於己之所自得，而徒竊於人之所嘗言，曰某篇是某體，某篇則否，某句似某人，某句則否，此雖極工逼肖，而已不免於鳥之為人言矣。

【章　旨】通過人學鳥言與鳥學人言的形象比較，指出詩歌創作貴在自得。

【注　釋】❶衡　準則；標準。

【語　譯】人有學鳥說話的，他的聲音像鳥，而本性還是人；鳥有學人說話的，牠的聲音像人，而本性仍然是鳥。這就可以劃定人與鳥之間的不同特徵了。現在那些作詩的，又有什麼和這不一樣呢？他們不是出於自己所體會感受到的，而只是從別人那裡剽竊已經說過了的東西，並且標榜說這一首詩是什麼體，那一首則不是；這一句像誰的，那一句則不像。這樣的作品即使摹仿得極其工細、極其近似，還是免不了像鳥在學人說話一樣。

若吾友子肅之詩則不然，其情坦以直，故語無晦，其情散以博，故語無拘，其情多喜而少憂，故語雖苦而能遣其情，好高而恥下，故語雖儉而實豐，蓋所謂出於己之所自得，而不竊於人之所嘗言者也。就其所自得，以論其所自鳴，規其微疵而約於至純，此則渭之所獻於子肅者也。若曰某篇不似某體，某句不似某人，是烏知子肅者哉？

【章　旨】熱情表彰葉子肅詩歌因重在自得而取得的突出成就。

【語　譯】至於我友人葉子肅的詩，就不是如此。他的作品情感坦蕩而直率，所以語言不隱晦；他的作品情感自由而開闊，所以語言不受拘束；他的作品情感喜悅多而憂愁少，所以即使用語苦澀也能排遣；他的作品情感追求高尚而以卑下為恥，所以語言即使很簡略而含義卻很豐富。這就是所謂出於自己所體會感受到的，而不是從別人那裡剽竊已經說過了的東西啊。就他自己所體會感受到的，來評論他自己所發表的，提醒他改正細小的缺點，從而不斷精煉到極其純淨的境界，這就是徐渭所要奉獻給葉子肅的話啊。假如說他某一篇不像某體，某一句不像某人，這怎麼算得上是理解葉子肅呢？

【研　析】徐渭論文學尚本色，認為文藝要真實地反映生活的本來面目，也就是真實的事物，至於這個真並不是說斤斤計較故事本體的完全真實而不允許虛構，只要作者抒發的是真情實感那就是真。那麼怎麼才能摹寫出真摯感情呢？徐渭在〈葉子肅詩序〉一文中作出了清楚的回答。全文分為兩個部分。第一部分從「言」與「性」的關係說起，指出人即使學鳥說話，其本性仍然是人；而鳥即使能學人說話，牠的本性依然是鳥。借助於這樣一個形象的比擬，詩人將筆鋒轉到文學創作上，認為假如詩歌不是心有所感而發，即使「極工逼肖」，也不過似鸚鵡學舌一般，不可以稱之為詩，批評矛頭直指七子派的復古流弊。第一部分可稱之為反面襯托，第二部分則直接從正面立論，通過對友人葉子肅詩歌的稱頌來表達自己的文學主張，突出強調情感在詩歌創作中的本質性地位。這一段論述中連用了幾個排比句式，既有氣勢，又不乏變化。陸雲龍評曰「笑罵妙絕」、「識超而言爽」。詩歌如此，徐渭論畫亦然。他曾經一而再、再而三地畫牡丹。他畫牡丹，不用色彩，僅以潑墨為主，徐渭明知他所畫的牡丹不是人們「眼中之牡丹」，而是他「心中之牡丹」，是帶有情感的牡丹，所以才有「不然豈少胭脂在，富貴花將墨寫神」。通過酣暢淋漓的筆墨掃盡鉛華粉黛的相色，盡顯此花之本色。

# 詩說序

【題解】《詩說解頤》是季本的解《詩經》之作，有《總論》二卷，為全書提綱；《正釋》三十卷，釋《詩經》正文。《字義》八卷，釋名物典制。該書在陽明心學的影響下，大膽懷疑，敢於創新。季本既不完全宗宋，也不照搬《詩序》，在舊說之外，時有新解。同時他也摒棄了王學末流的空疏之弊，能夠旁徵博引，持之有據。徐渭在這篇文章中闡述了「用吾心之所通，以求書之所未通」這一解經原則的價值，並藉此給予了季本此著極高的讚譽。季本，字明德，號彭山，會稽人。正德十二年（西元一五一七年）進士，是陽明的入室弟子，曾參加平反宸濠之變，後在長沙知府任上罷歸。徐渭受季本影響極深，是〈畸譜〉「師類」與「師紀」中唯一兼列的一位。

予嘗閱孟德所解《孫子》十三篇❶，及李衛公與唐太宗之所談說者❷，其言多非孫子本意。至論二人用兵，隨其平日之所說解而以施之於戰爭營守之間，其功反出孫子上。以知凡書之所載，有不可盡知者，不必正為之解，其要在於取吾心之所通，以求適於用而已。用吾心之所通，以求書之所未通，雖未盡釋也，辟諸癢者，指摩以為搔，未為不濟也。用吾心之所未通，以必求書之通，雖盡釋也，辟諸痺❸者，指搔以為搔，未為濟也。

【章　旨】通過曹操、李靖等人註解《孫子》時的「多非孫子本意」與實際用兵時的「反出孫子上」的區別，引出自己的觀點。

【注　釋】❶孟德所解孫子十三篇　孟德，即曹操，東漢末年傑出的政治家、軍事家、文學家，三國中曹魏政權的締造者。孫子十三篇，即《孫子兵法》，是我國最古老、最傑出的一部兵書，歷來備受推崇，研習者輩出，被譽為「兵學聖典」。該書共有十三篇。曹操十分推崇《孫子兵法》，他曾說：「吾觀兵書戰策多矣，孫武所著深矣。」他著有《孫子略解》（即《孫子注》）一書，開創了整理注釋《孫子兵法》十三篇的先河，《孫子兵法》言簡義深，一般人不易讀懂其中道理，經曹操的整理與注釋，方使《孫子》得以流傳至今。❷及李衛公與唐太

宗之所談說者　李衛公，即李靖，隋末唐初人，善於用兵，長於謀略，原為隋將，後效力李唐，為唐王朝的建立立下赫赫戰功，被封為衛國公，世稱李衛公。李衛公與唐太宗之所談說者係指《唐太宗李衛公問對》一書，又稱《李衛公問對》，簡稱《唐李問對》。舊題李靖所撰。由於新舊《唐書》都沒有此書的記載，許多人懷疑是偽作。現在一般認為此書是熟悉唐太宗、李靖思想的人根據他們的言論所編寫，係唐太宗與李靖多次談兵的言論輯錄，涉及的內容較為廣泛，包括軍制、陣法、訓練、邊防等問題，但主要是討論作戰指揮。❸痺　痺症，中醫指由風、寒、濕等引起的肢體疼痛或麻木的病。

【語譯】我曾經閱讀過曹操解釋《孫子》十三篇的文章，以及李靖與唐太宗談論的內容，他們講的有很多並非是孫子原來的意思。若是談論他們兩人帶兵的情況，他們將自己平日裡所談論和解釋的內容用於攻擊防守，取得的功績反而在孫子之上。我因此知道凡是書中說的內容，有不能完全知道的，這些內容也不必正確解釋，關鍵在於吸取跟自己心意相通的內容，能夠適合自己的需要。根據自己內心的理解，去探求書中沒有理解的內容，雖然沒能完全解釋，就好像身上有癢處的地方，用手指去摩挲，未嘗不能起到作用。自己心中並沒有想法，務求能夠完全理解書中的內容，儘管能解釋清楚，就好比身體麻木，用手指去摩挲，起不到什麼作用。

夫《詩》多至三百篇，孔子約其旨，乃曰興而已矣❶，曰思無邪❷而已矣，此則未嘗解之也，而其所以寓勸戒，使人感善端而懲逸志者，自藹然溢於言外。至於所解見於《魯論》、鄒書❸者，有若〈淇澳〉、

〈蒸民〉❹，裁數語耳。他若〈棠棣〉❺志懷也，而以警遺，〈巧笑〉❻美質也，而以訂禮，〈雄雉〉❼思君子也，而以激門人之進善，是皆非正解者矣。

【章　旨】舉例說明孔子在解經時也是「皆非正解」，從而進一步增強自己觀點的說服力。

【注　釋】❶乃曰興而已矣　《論語・陽貨》云：「《詩》可以興，可以觀，可以群，可以怨。」❷曰思無邪　《論語・為政》云：「《詩三百》，一言以蔽之，曰：『思無邪』。」❸魯論鄒書　魯論，即《魯論語》，《論語》的漢代傳本之一。相傳為魯人所傳，是今本《論語》的來源之一。鄒書，指孟子之書，因孟子乃東周時鄒國人。❹淇澳蒸民　淇澳，是《詩經・衛風》中的一首詩。詩中讚美德才兼備、寬和幽默的君子，充分展示了男子真正的美在於氣質品格，才華修養，表達難以忘懷的情感。蒸民，出自《詩經・大雅》，原文為「天生蒸民，有物有則。」意即昊天上帝生養了人民，創造了萬物，定下了律法，他是創造主。❺棠棣　《詩經》篇目之一，出自〈小雅・鹿鳴之什〉。〈棠棣〉是周人宴會兄弟時，歌唱兄弟親情的詩。詩中既有對「莫如兄弟」的歌唱，也有對「不如友生」的感歎，更有對「和樂且湛」的推崇和期望。❻巧笑　語出《詩經・衛風・碩人》，原文為「巧笑倩兮，美目盼兮。」意謂「嫣然一笑動人心，秋波一轉攝人魂。」此詩是題詠美人文學作品的「千古之祖」。❼雄雉　《詩經》篇目之一，出自《邶風・谷風》，這是一首婦人思念遠役丈夫的詩。

【語　譯】《詩經》多達三百多篇，孔子概括它的主旨，只是說興和思無邪而已，這其實並沒有解釋，但他想要寄寓的勸誡的內容以及要人們觸動善念苗頭、戒止好逸惡勞等想法，自然而然地表露了出來。至於在《魯論》、鄒書中見到的解說的內容，跟〈淇澳〉、〈蒸民〉中的一樣，只有幾句話。其他的像〈棠棣〉是表達情懷的，卻用來警示，〈巧笑〉是寫美貌的，卻用來制定禮儀，〈雄雉〉是思念君子的，卻用來激勵門人進善，這些都不是正確的解釋。

會稽季先生所著《詩說解頤》凡四十卷，吾取而讀之，其大槩實有得於是。其志正，其見遠，其意悉本於經而不泥於舊聞，是以其為說也卓而專，其成書也勇而敢，雖古詩人與吾相去數千載之上，諸家所註無慮數十百計，未可以必知其彼之盡非，而吾之盡是，至論取吾心之通以適於用，深有得於孔氏之遺者，先生一人而已。

【章旨】進入文章主題，論述季本著作的特點與價值，且認為只有季本才繼承了孔子的解經原則。

【語譯】會稽季本先生撰著的《詩說解頤》有四十卷，我取來拜讀了，他的主要思路正與此意相當。他的志向正直，見識深遠，他的想法全都以經為根本卻又不拘泥於前人的觀點，因此他的觀點卓越而專業，他寫出這部書勇敢而果斷，雖然古代的詩人距離我們已有上千年，各家的注釋有數百種，未必能夠完全知道他們的說法全都不對，而我們的觀點全都正確，至於說吸取與自己心意相通的內容以適合自己的需要，深刻領會孔子意圖的，只有季先生一個人。

夫以孟德與衛公摘其所述兵家❶者流耳，有濟於用，而吾猶然取之，矧是書也，詎邪說，正人心，上發先儒所未明，下有裨於後學者哉？吾讀之解頤焉，因為之刻，刻成而請序，遂序之。若其剔隱伏，刺缺漏，按駁❷禁持❸，胃搯而腎擢之，雖善避者無所逃，如子唐子❹所謂古經師不及者，多散見於諸所著述，不獨是書已也。

【章旨】說明刻印此書的原因，並稱季本的思想一以貫之，在除此書以外的各種著作中皆有體現。

【注釋】❶兵家　古代對軍事家或用兵者的通稱。❷按駁　駁議。❸禁持　奪去。❹子唐子　即唐順之（西元一五〇七－一五六〇年），字應德，一字義修，號荊川，武進（今屬江蘇常州）人，明代的儒學大師、軍事家、散文家、抗倭英雄。

【語譯】那曹操和李靖摘述的不過是兵家的東西，能夠起到作用，我們尚且吸取，更何況這本書，拒絕邪說，匡正人心，上可以發明前代儒者不明白的內容，下可以對後來的學者有所裨益呢？我讀了後開顏歡笑，因此為他刻了出來，刻成後他請我作序，於是寫了這篇文章。至於說他剔除隱秘，指出缺漏，駁議批評，挖胃洗腎，即使是善於逃避的人也逃脫不開，就像唐子所說的古代經師比不上他的地方，散見在他的各種著述中，不只是這部書而已。

【研析】本文是徐渭代人為季本的解《詩經》著作所作的序言。此類文章極易落入俗套，因此必須在切入角度和方式上細心思量方能不落窠臼，文長此作堪稱典範，故而袁中郎評此文說：「文長諸文多精論，此篇尤其卓犖。」全文直接與季本著作相關的內容不多，反而以較多的篇幅討論解經的原則，原因在於季本之作雖有諸多優點，但大多數內容與千百年來的其他注家相比並不具特別之處，甚而彼此的是非也難以論斷，因此，要想凸顯《詩說解頤》的價值，就應當刪除枝蔓，就其獨具價值之處著力闡發才是。如果某一價值為其所獨備且意義深遠，那麼是書的價值自然就會凸顯，於是文章的重心落到了闡發「取吾心之通，以求適於用」這一原則上。首先，徐渭列舉了曹操、李靖等的例子，指出儘管他們對《孫子》的解讀並不符合原意，但當他們將自己平日裡的理解運用於行軍作戰時，卻取得了比孫子更高的成就，文長據此總結解讀經典的原則，即「以知凡書之所載」五句，翠娛閣評之曰「讀書法」。文長此論確係別開生面、高人一等，但因為有了前面的例子，再加上癢、痺的形象比擬，使人對「用吾心之所通，以求書之所未通」與「用吾心之所未通，以必求書之通」這兩種情況有了深刻的理解。但這只是徐渭的個人見解，缺乏權威性，為了進一步加強說服力，他採取了最普通卻又最有效的方式：抬出孔子。通過具體的例子指出孔子解經「皆非正解」，看中的仍在於「用吾心之所通，以求書之所未通」。既然這是聖人的解經原則，其權威性與正確性自然不言而喻。

此文既是為人作序，也是徐渭自己治學方法的集中闡述。在徐渭看來，詮解經典，其意在於不要膠執於事蹟、典故的訓釋考稽，以至於彼此詆譏，後先翻異，而應以虛活之法，以一己之心，體度原作以發明奧義。對於誇多而鬥靡，摘一字一句以售己說，略人全文的詮釋之風，徐渭更不以為然。顯然，徐渭見陳於其師的是一種一切放下，不執於末節細枝，而以吾心體度的詮釋方法。徐渭的這一方法，就其思想本源而言，正是本於陽明的為學路徑。

## 肖甫詩序

【題解】丁模，字子範，號肖甫，山陰人。徐渭與丁模既是習舉業的同學，又同師事季本，同時還是目連巷的鄰居，交誼深篤。當徐渭在獄中之時，丁模相助甚多。當其入獄期間，生母去世時，正是丁模出面保釋出獄，理喪葬母。徐渭藉由為丁模詩作序之際，表達了自己的文學主張。

古人之詩本乎情，非設以為之者也，是以有詩而無詩人。迨於後世，則有詩人矣，乞詩之目多至不可勝應，而詩之格亦多至不可勝品，然其於詩，類皆本無是情，而設情以為之。夫設情以為之者，其趨在於干詩之名，干詩之名，其勢必至於襲詩之格而剿其華詞。審如是，則詩之實亡矣，是之謂有詩人而無詩。

【章旨】通過古今對比，認為古人的詩歌「本乎情」，所以有詩而無詩人，後世「設情以為之」，因此有詩人而無詩。

【語譯】古人創作的詩歌多是因情而發，而非出自於設計，因此有詩歌而沒有詩人。到了後世，就有了詩人，請求創作的詩歌多到應接不暇，於是詩歌的格調也多到來不及品評，但說到詩歌的話，全都是些沒有真實情感，需要有所設計的作品。那些設計情感寫作詩歌的人，他們的目的在於藉助詩的名義去推銷自己，藉助詩歌的名義去推銷自己，必然的發展趨勢就是抄襲別人的詩歌格調與華麗辭藻。確實如此的話，詩歌的實際就消亡了，所以稱作有詩人而沒有詩歌。

有窮理者起而捄❶之，以為詞有限而理無窮，格之華詞有限而理之生議無窮也，於是其所為詩悉出乎理而主乎議。而性暢者其詞亮，性鬱者其詞沉，理深而議高者人難知，理通而議平者人易知。夫是兩詩家者均之為俳，然謂彼之有限而此之無窮，則無窮者信乎在此而不在彼也。

【章旨】徐渭認為若是沒有情，可以寫窮理之詩，並分析了寫作窮理之詩的優點。

【注釋】❶捄　同「救」。

【語譯】有寫作窮理詩歌的人出來拯救這種情況，他們認為詞是有限的而理是無窮的，某種格調的華麗辭藻是有限的而由理生發出來的議論卻是無窮的，因此他們創作的詩歌全都出於理而以議論為主。那些性格暢快的人寫的詩韻宏亮，性格憂鬱的人寫出來的詩歌深沉，道理深邃而議論高妙的詩歌一般人難以理解，道理普通而議論平和的詩歌則容易為人理解。設情者與窮理者都是詩人，然而詞是有限的而理是無窮的，那麼可以無窮的可以確信是在窮理者而非設情者。

肖甫與吾結髮❶而同師，至十六七而始分，又六七年而復合，合而復同師也。始同師時，同學為干祿文字，既而分則同有事於詞家，又既而合則同有事於道。於是肖甫者為詩始入理而主議，然其性也鬱，而其所造之理與所主之議深而高，故其為詩也沉，而為人所難知。夫兩詩家者，各是其是，如聚訟然，即使亮而易知，猶不相入也，況沉而難知乎？而余獨私好之，某氏善肖甫，亦好之，將稍出其藏匣者梓以布，而試其果投於人否也。而謀於余，余故略道其所以然。諺有云，鼠不容穴，銜窶數也❷。乃予之評，其亦果容於人否耶？

【章　旨】交待自己與丁模的交往、求學經歷，分析並肯定丁模的詩歌創作，說明此文的寫作緣由。

【注　釋】❶結髮　古代男子自成童開始束髮，因以指初成年。❷鼠不容穴二句　《漢書・楊惲傳》作：「鼠不容穴，銜窶數者也。」窶數，用茅草結成的環狀物，戴在頭上頂物品。

【語　譯】我跟肖甫初成年的時候就拜在同一位老師的門下，到十六七歲的時候才開始分開，過了六七年又匯聚到一處，匯聚後再次跟同一位老師學習。剛開始同學時，共同學的是科舉詩文，分別後則共同投身於詩文創作，再次團聚後則一起從事為道之學。因此肖甫的詩歌開始轉而窮理主議論，因為他性格憂鬱，所以他所表現的理與採用的議論都精深而高明，寫作的詩歌也非常深沉，不為一般人所能理解。設情與窮理兩家都各自認為自己的主張是對的，眾說紛紜，即使是宏亮而易於理解的詩歌，想要讓人明白理解已屬不易，何況是深沉而難以讓人理解的呢？但我卻惟獨非常喜歡，某人與肖甫關係很好，也喜歡他的詩歌，於是將他藏在箱子裡的詩歌拿出來刊行，想要看看是否能獲得別人的認同。於是他來跟我商量，我大概說了說其中的道理。俗話說，老鼠如果沒有洞容身，會銜草作窩。那麼我的評論，不知道是否會得到別人的認同呢？

【研　析】文章起始，徐渭通過古今對比，得出了古代有詩而無詩人、現今有詩人而無詩的不同現象，其中的癥結就在於是「本乎情」還是「設情」。徐渭特別指出，為文設情、有詩人而無詩歌現象的出現是因為「乞詩之目」過多，而「乞詩之目」過多則直接源於世人大多藉助於詩歌之名行推銷自己之實。徐渭的這種觀點，犀利地批判了文人附庸風雅，「為賦新詞強說愁」的普遍現象。在徐渭看來，如果沒有情，就不必非要寫言情之詩，可以轉而寫「窮理」之詩。寫「窮理」之詩有兩個好處，一是「詞有限而理無窮」，這樣可以避免詩人黔驢技窮，無話可寫而產生的生拉硬造現象；二是每個人都有不同的性情，「窮理」就可以讓自己詩人的言辭更容易有個性特徵，在這裡，理和性情統一了。至於徐渭所談之理，究其實乃是心學之理，而心學之理，所要表現和強調的，還是自我、師心。師心與真是緊密聯繫在一起的。

# 抄代集小序

【題　解】徐渭身世坎坷、仕途困頓，長期處於清貧之中，為了生計，他替官員代寫了不少文章，現存徐渭作品中，此類「代文」計有一百五十餘篇。徐渭固然通過寫作這些應酬文字獲得了報酬，但奉命作文不免要違心說話，飽受人格撕裂之苦，同時還要承受世人的種種指摘批評，由此造成的巨大的心理壓力可見一斑。但徐渭對此類文字同樣重視，將它們彙編成集，《抄代集》即為其一，並作序交待個人心曲。本文通過古今對比，強調自己不得不代的境遇，並指出即使代文也有其重要價值，不當一味輕視。

古人為文章，鮮有代人者，蓋能文者非顯則隱，顯者貴，求之不得，況今其代？隱者高，得之無由，亦安能使之代？渭於文不幸若馬耕耳，而處於不顯不隱之間，故人得而代之，在渭亦不能避其代。又今制用時義❶，以故業舉得官者，類不為古文詞，即有為之者，而其所送贈賀啟之禮，乃百倍於古，其勢不得不取諸代，而代者必士之微而非隱者也。故於代可以觀人，可以考世。

【注　釋】❶時義　指當時科舉考試所用的八股文。

【語　譯】古人寫文章，很少有代人寫的。大概能寫文章的人要麼顯貴要麼隱逸，顯達的人尊貴，求都求不到，何況讓他代寫？隱逸的人清高，沒有辦法找到他，又怎麼能讓他代寫？我之於作文很不幸，就像用馬耕地一樣，處在不顯不隱之間，所以別人能夠讓我代寫，而在我也不能避免為他們代寫。如今科舉取士都用八股，所以通過這種方式獲得官位的人，大多都不能寫古文。即使有能寫的，他所需要的送贈賀信之類，又比古人要多百倍，這勢頭也不得不讓人代寫，而代寫的必定是士人中地位低微而又沒有隱逸的人。所以通過代人寫文章可以看出人情，可以考察世事。

【研　析】本文乃是徐渭的自我辯護之辭，雖篇幅短小、辭句簡單，卻情真意切。其中有無奈，因為自己「處於不顯不隱之間」，難以擺脫或者說抗拒為人代筆的命運，即不能不代；同時，面對生活的壓力，為了生存的需要，他又不得不代。當眼空千古，獨立一時的性格與「不能避其代」的現實處境相衝突，且必須放棄自己的獨立人格而向現實屈服時，徐渭無疑是矛盾和痛苦的，千載而下，想及斯人，我們也不免感慨不已。代筆雖是無奈之舉，卻並非無益之事，徐渭特意在此標舉了它的價值。正如他文中所說，送贈賀啟之類文章必須要用古文來寫作，而明人以八股取士，那些通過科舉登第的文人大多不精於此道，即使會寫，因為數量巨大，自己也實在處理不過來，不得不依靠像他這樣的人。所以他認為由此可以看出人情、可以考察世事，不可以輕視，更不能無視。

代人作文雖係無奈之舉，但若不擅長古文詞，也難以承擔這樣的任務，故而徐渭在此也頗有些自傲的意味。且徐渭曾在〈黃譚先生文集序〉等文章中表達對文人階層把「古人之文」視為「妨己之業」而「棄去不講」的不滿，因此，他致力於古文創作是基於強烈的使命感，大有挑戰並扭轉世風、文風的考量。諸多代文皆是以古文寫就，徐渭自然會頗為珍視。

尚需注意的是，文長在寥寥數語中念念不忘自己的「微」者身分，可見他雖因代人作文而聲名鵲起並得到胡宗憲的殊甚優寵，但科舉不利的苦悶時刻縈繞心頭，揮之不去。

## 幕抄小序

【題　解】徐渭任職胡宗憲幕中的主要任務是幫助胡起草文字，《幕抄》即是部分此類文章的彙編。徐渭代作中具有諛媚之嫌的文字多出於此，受到的批評也極為嚴苛。徐渭本人也意識到了這一點，慚愧地將此稱之為「大諛」，但在本文中，徐渭再次鮮明地為自己辯護，並引韓愈作類比，認為世人不應該苛責於他。

古幕府記室，典文之士可指而名者多矣，然其文不槩見，即散見於載記，亦千百中之一二耳。予從少保胡公典文章，凡五載，記文可百篇，今存者半耳。其他非病於大諛，則必大不工者也。噫！存者亦諛且不工矣，然有說存焉，余不能病公，人亦或不能病余也，此在智者默而得之耳。然卒以是咄咄❶，智者固不如是也，以此見病，其庶乎？即論其細者，能安生將謁徐之才和士開，乃自稱觸觸❷。而余為公表啟，中數犯忌諱，初蓋不覺也，意者天其有意於禍予乎？不然，何迷且略一至此！韓昌黎為宰相作〈賀白龜表〉❸，亦涉諛，其〈諫迎佛骨〉❹則直，人不能病余，其以此也夫！

【注釋】❶咄咄 感歎聲，表示感慨。❷熊安生將謁二句 史載，熊安生將要通報姓名時，見到徐之才與和士開二人相對而坐，因徐之才名諱為「雄」，和士開名諱為「安」，就自稱「觸觸生」，眾人都哂笑他。詳參《北史・熊安生傳》。熊安生，北朝經學家，北學代表人物之一。徐之才，字士茂，南北朝時北齊醫學家。和士開，北朝時期的一大奸臣。❸賀白龜表 即〈為宰相賀白龜表〉，今韓愈文集多作〈為宰相賀白龜狀〉。唐元和十一年（西元八一六年），任命李道谷為鄂岳觀察使，元和十二年淮西平定，李道谷以白龜進獻，宰臣認為是祥瑞，韓愈寫了這篇文章，後人以此責怪韓愈諂媚權貴。宰相指裴度、張弘靖、韋貫之。❹諫迎佛骨 元和十四年正月，唐憲宗將鳳翔法門寺的佛指骨迎接到宮中，韓愈上奏〈諫迎佛骨表〉，觸怒憲宗，由刑部侍郎貶官潮州刺史。

【語譯】古代幕府中負責掌管文書的人，善於文辭並且出名的有很多，但他們寫的文章卻基本上看不到了，即使能在記載中零散地見到，也只不過是千分之一二而已。我跟隨胡宗憲少保負責起草文書，共有五年的時間，撰寫的文章有一百篇，如今留存下來的只有一半。其他的文章不是過於諂媚，就是太不工整。哎！保存下來的也是過於諂媚並且不太工整的，但關於這是有說法的，我不能責怪胡公，其他人恐怕也不能責怪我，這些只有智者在私下裡能夠明白。然而終究因此而感慨，明智的肯定不會這樣子的，因為這而遭受批評，是不是與此相當呢？即使是討論那些細微的問題，熊安生將要謁見徐之才、和士開時，自稱觸觸生。而我為胡公起草章標書啟時，曾數次觸犯忌諱，剛開始時並沒有察覺，想來是上天故意要讓我遭罪嗎？如果不是這樣，怎麼會糊塗到這種地步？韓愈為宰相寫的〈賀白龜表〉不免也有諂媚的嫌疑，但〈諫迎佛骨表〉就很直率，人們不能責怪我，也是因為這樣的原因吧！

【研析】據說，嘉靖皇帝「留心文字，凡儷語奇麗處，皆以御筆點出，別令小臣錄為一冊」（《萬曆野獲編》卷十四），徐渭代胡宗憲所作的文章頗受讚譽，茅坤、唐順之等文章巨子也對此類文字青睞有加，其中「進白鹿前後二表，尤世所豔」。但徐渭因這類文字譽滿天下的同時也謗滿天下，因為這類文字多具諛媚之嫌，比如他曾代胡宗憲一連幾次給嚴嵩寫感謝信和生日祝賀等，把嚴嵩吹捧得十分肉麻。因此即使可以舉出觀人、考世等理由，徐渭似乎也很難為這些「過諛」文字進行辯護。但他卻非但不接受這樣的苛責，反而表現出相當的自信。文章開頭即說明古代名記室的情況，言下之意，自己是當世的名記室，對於自己的文學才華頗為自信。古人雖善於寫文章卻很少流傳下來，不免可惜，那麼他將自己的文章彙編起來似乎理所當然。接著自嘲說此類文字「諛且不工」，但字裡行間充滿了自負和不遜。緊跟著他明確說世人不應當以此責怪他，並稱這其中的道理只有智者才能明白，這無疑是強迫世人要麼承認自己不是智者，要麼接受他的意見，頗有些不講道理的意味。但在徐渭看來，他是有充分理由的，給予他自信的是韓愈，因為韓愈既寫過有諂媚嫌疑的〈為宰相賀白龜狀〉，也寫過剛正不阿的〈諫迎佛骨表〉，世人如果不責怪韓愈的話也不能責怪他徐渭，因為在他所寫的文章中，除了「大諛」之作外，也有很多率直懇切的內容。這番陳述看似言之鑿鑿，卻未必有說服力，但此中表現出的激憤不平之氣卻令人印象深刻。

同樣是為自己辯護之辭，上文的整體情緒尚屬平實，雖有自傲的一面，但更多的還是無奈，本文則激切不少，這與本集所收全是胡幕中所作文字有關。嘉靖四十一年，胡宗憲坐嚴嵩黨被逮消籍，四十四年，再次被捕入獄，隨後於獄中自殺。徐渭胡幕中所作多有阿諛嚴嵩之辭，他既為此等諂媚之辭感到羞愧，又不免擔心是否會受牽連，故而態度尤為激烈。

難能可貴的是，此類諂媚之文多是代胡宗憲所作，但徐渭卻稱「余不能病公」，不僅為自己，也為對自己有知遇之恩的胡宗憲百般辯護。

## 贈吳宣府序

【題解】吳宣府即吳兌，字君澤，山陰人，嘉靖三十八年（西元一五五九年）進士，後授兵部主事等職，隆慶五年（西元一五七一年）秋，擢升右僉都御使，巡撫宣府。萬曆二年加右副都御史，後遷兵部侍郎，擢右都御史，佐兵部事。終官兵部尚書，加太子少保，《明史》卷二百二十二有傳。吳兌是徐渭的少年好友，萬曆四年（西元一五七六年）孟夏，徐渭受時任宣府巡撫吳兌之召，北上宣府加入吳幕。次年創作了本文，深情回憶了二十二年前在紹興老家和吳兌一起召集市民和族人，痛毆為非作歹的悍卒，大快人心的一件往事。

當嘉靖乙卯❶間，海上始大用兵❷，兵隸諸大府❸者特驕甚，偶絳衣襲錦而靴幗、幹魁岸多力者三四人，入越鄉，把劍袖錐，目夔夔❹以睨，過市饔❺則醉飽，繫馬狹斜❻則擁紅紫以嬉，如入其家之庖室，都不與一錢，日既昃，知無所怫，遂稍侵居人家，居人聚譁之，則走撞縣門，撼丞簿，收笞居人，猶呶呶❼睨丞簿❽，丞簿畏得禍，不敢動氣，與酒益奮，尚恣睢❾街市中不去。

【章　旨】追憶往昔，引出悍卒為非作歹一事。

【注　釋】❶嘉靖乙卯　嘉靖三十四年，西元一五五五年。❷海上始大用兵　嘉靖三十四年正月初一，海盜頭目徐海勾結倭寇，肆意侵擾江浙、福建沿海一帶。❸大府　明清時稱總督、巡撫為大府。❹夔夔　敬謹恐懼的樣子。❺饔　早飯。❻狹斜　指妓院。古樂府有〈長安有狹斜行〉，述少年冶遊之事，後稱娼妓居處為「狹斜」。❼呶呶　多言；喋喋不休。❽丞簿　州郡的丞和主簿等佐官。❾恣睢　放縱暴戾。

【語　譯】嘉靖三十四年的時候，海上開始大舉用兵，隸屬總督與巡撫衙門的士兵特別驕橫，經常有三四個穿著絳色錦衣褐色靴子、魁梧有力氣的士兵，來到紹興鄉閭，拿著劍，藏在袖裡，招搖過市，早飯時就喝得醉醺醺的，繫住馬匹去妓院，擁抱著穿紅戴紫的女子嬉鬧，就跟進入自己的家一樣，從來不給一分錢。太陽快下山了，知道沒有人敢發怒，於是便侵犯居民，居民聚集譁變，於是就來到縣衙，撞破縣衙大門，逼迫縣丞主簿將居民收押鞭笞，還斜眼看著縣丞主簿喋喋不休，縣丞主簿害怕招惹禍事都不敢生氣，給他們喝了酒後越發亢奮，依然停留在市中心放縱暴戾不肯離去。

余方與君❶罷講稽山❷，下逢之，直前視，彼四人者嗔曰：「酸何知，敢視我，直攫乃巾❸碎之耳！」余謂君曰：「市人足恃也，盍抶❹諸？」君曰：「不約易散，未可也。」君歸呼族人於家，余歸呼族人於寓。得七八輩，余曰：「可矣。」君曰：「不約莫任其害，未可也。」約族人曰：「儕等擊，擊其下，莫擊其上。」約市人曰：「儕等莫擊，第喊而聲援。」遂擊。四人者靡不仆幾爛，擊者逞褫其絳錦與靴，四人者裸而號，乞命，君曰：「悉還之。」稽首悔謝若崩角❺。市者譁而合掌，君答而拊曰：「勞矣！」稽首稱快若崩角，顧謂余曰：「盍歸乎？」余曰：「諾。」過寓將別，君曰：「未也，已令設於寓矣。」舉爵以揖升，若次功級然，盡醉而退。翼日，丞簿若守並寄謝以言。

【章　旨】描述吳兌精心謀劃，召集市民和族人教訓不法士卒的經過。

【注　釋】❶君　即吳兌。❷稽山　書院名，在紹興臥龍山西崗，朱熹曾在此講學。❸巾　指衣服。❹抶　用鞭、杖或竹板之類的東西打。❺崩角　指磕頭，語出《孟子・盡心下》。

【語　譯】我剛與吳君結束在稽山書院的講學，下來時碰上了，徑直上前去盯著他們，那四個人怒著說：「窮酸書生懂什麼，竟敢盯著我們，再這樣就把你們衣服給扯碎了。」我對吳君說：「街道上的人可以憑藉，何不打他們一頓？」吳君說：「沒有約定很容易散去，不可以。」吳君回去後將族人召喚到家中，我也回去將自己的族人叫到家中，有七八個人贊同我們的意見，我說：「可以了。」吳君說：「沒有約定好難以抵擋他們，還不可以。」與族人約定說：「你們出手的話，打下面，不要打他們上面。」與街上的人約定說：「你們不要動手，只要呼喊聲援就可以了。」於是動手打了他們。四個人無不倒在地上差點被打壞了，動手的人放任地脫掉了他們的絳色錦衣與靴子，四個人赤裸著哭號，祈求饒命。吳君說：「都還給他們吧。」四個人如磕頭般跪拜表達悔意並道謝。街道上的人全都大叫鼓掌，吳君安撫他們說：「有勞了。」眾人全都如磕頭般跪拜稱快。吳君回過頭對我說：「何不回去？」我說：「好。」經過他家將要告別，吳君說：「先不要急著離開，我已讓人在家中設宴。」舉起酒杯互相謙讓，就好像比較功勞一般，喝到大醉才離開。第二天早晨，縣丞主簿和太守都表達了謝意。

一日，予把君手謂曰：「生平知公操筆而搖髯，誠不知用膽與略乃如是。」君笑曰：「使他日試某以兵，亦猶是也。」已而君果仕，及今二十有二年，乃始為明天子提十萬眾守數千里亭障，不用其邊幅❶，直用一言以定虜，虜六年不敢決檻而哮，其求食也，特稍稍然搖尾耳。中朝始翕然以君為長城，一時動名無與比伍。余於是益信士磊落奇瑰，赫赫奕奕❷垂後世者，不定於素，不可以襲於一時，若彼武侯❸淮陰❹，並以數言初見其主之時，策天下於几席，非君稽山之一鬭，烏足以倫哉！於是君方以貢成❺晉兵侍❻，又以秩滿膺贈❼與廕❽，而予適以公招在幕中，感舊而贈以言。

【章　旨】交待吳兌的鎮邊歷程，歌頌他的功績。

【注　釋】❶邊幅　邊境。❷赫赫奕奕　顯著美好的樣子。❸武侯　指三國時蜀漢丞相諸葛亮，其死後被追諡為忠武侯，後世稱之為武侯。❹淮陰　指韓信，西漢開國功臣。❺貢成　隆慶四年（西元一五七〇年），在高拱和張居正的策劃下，加上宣大總督王崇古及大同巡撫方逢時的操作，明朝與韃靼達成了封貢及互市。但由於韃靼內部還有很大分歧，且市場也沒有規範，吳兌為了維護難得的穩定局面，殫精竭慮，用心謀劃。萬曆二年，推款貢功，被加封為右副都御使。貢市畢，又被加封為兵部右侍郎兼右僉都御使。❻兵侍　兵部侍郎。❼贈　古代皇帝為已死的官員及其親屬加封。❽廕　封建時代由於父祖有功而給予子孫入學或任官的權利。

【語　譯】有一天，我握著吳君的手說：「平日裡知道您善於舞文弄墨，實在沒想到您的膽量與謀略竟然如此。」吳君笑著說：「假如日後試著讓我帶兵，也一定會像這樣。」後來吳君果然出仕，到今天已經二十二年了，開始時帶領十萬士兵為聖明的天子防守千里的亭障，不用他鎮守邊境則已，要是用了很輕易地就能平定來犯的敵人，敵寇六年間都不敢冒犯邊境撒野，想要搶奪東西時，也不敢太過放肆。朝廷這才將他視為像長城一樣的屏障，一時間的功勳名聲沒有人可以比得上。我於是更加相信光明磊落、奇特偉岸，在後世留下美好名聲的士大夫，若不是平日就已奠定基礎，就不能在特定的時候表現出來，好比說諸葛武侯、淮陰侯，剛見到他們的主公時都只是說了幾句話，就在几案上謀劃天下大事，如果沒有吳君在稽山的那一場爭鬥，有什麼可以相提並論呢！這時吳君正好因為邊貢事成晉升為兵部侍郎，又因為任期屆滿獲得封妻蔭子，我正巧被他招在幕府中，感歎往事寫下這些文字贈給他。

**【研　析】**本文是一篇生動的回憶錄，敘事生動，人物對話與動作描寫很精彩。袁中郎評其曰：「摹畫有生韻，憤惋沉壯直逼史遷矣。」尤其是這篇文章的構思與布局頗有匠心。徐渭是要撰文稱頌吳兌的赫赫功勳，但文章卻不正面描寫他鎮守邊境時的種種作為，反倒以極大篇幅鋪陳二十二年前的一件往事。如此安排的妙處在於，通過這初次亮相，吳兌的膽略與智謀得到了充分展現，既然平日的細事中就已展露出眾的才能，一旦得到施展的機會必然能夠取得突出成就，此即徐渭所云「不定於素，不可以襲於一時」。雖沒有正面的詳細描摹，但基於側面烘托塑造的豐滿形象，讀者大可盡情展開想像。再者，將重心放在對往事的回憶上，方能使徐渭本人也進入敘述之中，一則可以通過自己去襯托吳兌，凸顯他的膽識與才略，同時也利於作者自我表現，說明自己與吳宣府交誼深厚。徐、吳二人此時地位懸殊，徐渭對吳兌的熱情謳歌或不無自我標榜的意味，也難免有涉謏之譏，但公正地講，徐渭對吳氏是極為佩服的，而且聯想到徐渭的少存大志與滿腹韜略卻報國無門，在對吳兌功績的讚賞與欣羨背後，也是他自我一腔豪情的傾訴與流露。

有研究者發現，徐渭前後期的散文創作存在一個明顯的變化，即前期議論為多，後期則敘事為多。這一點在本文中也體現得非常明顯，為了表現或烘托某些場景，徐渭往往不惜筆墨。如在描寫那些士卒的蠻橫時，對其言語、姿態、動作、行為皆有生動刻畫。又如在敘述吳兌為了教訓那些士卒而精心謀劃時，層層推進，充滿了故事性和趣味性。通過這樣形象的描述，使讀者不僅受到了情感上的影響，也獲得了美感享受。

# 送沈君叔成序

**【題解】**沈叔成，名襄，字小霞，沈鍊長子。隆慶元年（西元一五六七年），穆宗大赦天下，沈鍊冤案也得以昭雪，沈襄拾沈鍊遺骸歸里，既而沈襄赴京之前來與徐渭告別，當時徐渭因病狂後殺害繼妻張氏被繫於獄中。

叔成父仗劍出塞垣❶，拾其先公蛻❷以歸，乃復抱書號闕下，取所銜兩虎數狐❸以甘心，始拂衣歸鄉閭，駐馬野棠❹，灑涕報事於先公墓道，於是鄉閭稱叔成奇男子，無忝先公。既罷，復短劍跨一驢，將渡江淮而北，復有事京師也。來別余於理，見余抱梏就攣❺，與鼠爭殘炙，蟣虱❻瑟瑟然，宮吾顛，館吾破絮，成父忽雙涕大叫曰：「叔憊至此乎！袖吾搏虎手何為？」余壯之，體貌雖孱囚矣，而氣少振也，於是作歌以為別。

【注　釋】❶塞垣　指北方邊境地帶。❷蛻　指屍骨。❸兩虎數狐　指嚴嵩父子及其黨羽。叔成父沈鍊因為嚴嵩父子所忌，被謫佃保安，繼被誣謀亂，於嘉靖三十六年十月被殺於保安州。❹野棠　果木名，即棠梨。❺抱梏就攣　指被囚禁。嘉靖四十五年（西元一五六六年），徐渭在又一次狂病發作時，因懷疑繼妻張氏不貞，將她殺死，因此被捕下獄。❻蟣虱　虱及其卵。

【語　譯】叔成先生提劍出走塞外，收拾他父親的屍骨帶了回來，然後又抱著訴狀來到皇宮前痛哭，皇上處置了他所痛恨的那些奸臣讓他快意，他才開始整理衣服回家鄉，將馬綁在野棠樹上，到他父親的墓道前哭著報告了整件事，於是鄉里的人都稱他是奇偉男子，沒有辱沒他的父親。事情結束後，又拿著一把短劍，騎著一頭驢，打算渡過長江、淮河去北方，又因為一些事情來了京城。臨走前到大理寺來跟我告別，看見我被囚禁，跟老鼠爭奪殘羹冷炙，身上的虱子哆嗦著，在我的頂上作窩，住在我的破棉絮裡，成父突然痛哭大喊說：「您怎麼疲乏到這種程度！讓我能夠搏擊老虎的雙手空著幹嘛呢？」我鼓勵了他，雖然體貌是孱弱的囚徒，但志氣卻稍微振奮了一些，於是寫了詩歌告別。

【研　析】嘉靖四十五年（西元一五六六年），徐渭因殺繼妻張氏而革去生員籍下獄，據明律，殺人當死，徐渭早就有「渭則自死，孰與人死之」的念頭，因此屢屢自殺而未遂，入獄後的身心痛苦不難想見，但沈襄前來探監，卻使徐渭的情緒為之一振，寫成〈送沈君叔成序〉一文，記述了探監的經過，並作詩〈送沈叔成〉。沈鍊之子仗劍出塞，拾父蛻以歸，徐渭既喜且悲，喜的是沈鍊遺蛻得歸於里，且沈鍊有嗣子承父遺風。但是，全文既有對沈鍊之死的悲愴，又為自己「抱梏就攣」的窘況而悲歎，作者化無盡的悲楚於諧趣之中：「與鼠爭殘炙，蟣虱瑟瑟然，宮吾顛，館吾破絮。」字字泣血，又化成了苦澀的戲謔，實非徐渭所不能道。陸雲龍評此文曰：「寫得張惶，光焰閃爍」、「壯氣悲風，交集筆底。」袁宏道亦有高度讚譽，云：「文數行耳，悲楚激烈，幾於〈易水歌〉矣！」

# 張母八十序

【題　解】本文作於萬曆七年（西元一五八〇年），徐渭時年五十九歲。張母為張子儀、子錫、子文之母。張母自始至終都對徐渭關愛有加，並有一套獨特的教育子女的理念。作者在文章中表達了對張母的感激和美好祝願，同時在寫到自己的經歷時我們還可以讀出蘊含其中的抑鬱之氣。這篇文章雖然是序記文字，但作者在質樸自然的文字中同樣品悟著人生況味。

始吾與子錫、子文輩居相近也，子錫伯兄將軍❶曰子儀者，暨兩弟，並來就予家塾。稍後，而子錫、子文乃與予同挾策而翔。並髫❷也，兩家兄弟無一日不三四至。竹馬裲襠❸，一趨而到門，蓋自屋畔庵左抵衛署右衢，數百步間，風塵縷縷昏一巷，皆吾數童子所蹴踏也。

【章旨】寫徐渭小時候與張家兄弟一同讀書、嬉戲，情同手足的情形。

【注釋】❶將軍　《徐文長逸稿》卷四〈張子錫嘗自題鏡容，今死矣，次其韻五首，應乃郎之索・前刻其二〉詩中自注云：「乃祖正千戶階武略將軍。」❷髫　古時候小孩前額下垂的頭髮，引申指童年。❸裲襠　《釋名・釋衣服》曰：「裲襠，其一當胸，其一當背也。」形似今天的背心。

【語譯】小時候我家和子錫、子文家住得很近，子錫的那位繼承了祖父將軍官職的長兄叫子儀，和兩個弟弟一起來我家的家塾學習。過段時間後，子錫、子文就和我一同夾著書本四處跑著玩。因為都是孩子，所以兩家的兄弟沒有一日不互相竄門三四趟的。幾個人騎著竹馬，穿著坎肩，飛快地直接跑到對方家的大門口。從房屋左邊到衛署右邊的街道，數百步的距離，一陣陣的塵土飛揚在空中，整個巷子都顯得昏暗了，這都是我們幾個孩子奔跑踩踏造成的。

而予與二張即髫，占對❶屬文，稍稍驚座客，名一時誤起郡中。而太君者與其太公並拊而憐愛之，至則啖❷以粔籹❸、餦餭❹，或出果餌❺入袖中。戲劇而蓬垢，則為櫛沐❻，綻則為針紉澣熨，不憚細瑣。而閫❼固將軍也，備戎❽物，或弄劍槊❾，拾而引弓，相與牽櫪馬❿，不轡而馳，且射衛⓫墀⓬道中，超臺級至墮跌損壞，而母終愛之不色慍，亦不甚禁訶兩兒子，意若期以闊遠，不屑屑事兒女束箝者。

【章　旨】寫張母對兩個兒子和徐渭自己呵護備至，無形中又教導兒子要目光遠大，不拘小節。

【注　釋】❶占對　應對；對答。❷啖　給人吃。❸粔籹　古代的一種食品，以蜜和米麵，搓成細條，組之成束，扭成環形，用油煎熟，猶今之饊子。又稱寒具、膏環。❹餦餭　一種用麵粉製成的環形油炸食品。❺餌　糕餅。❻櫛沐　梳洗。❼閫　古代指有權勢的家庭。❽戎　古代兵器的總稱。❾槊　長矛。❿櫪馬　拴在馬槽上的馬。⓫衛　明代軍隊編制名，清初曾沿用。於要害地區設衛，大致以五千六百人為一衛，由都司率領，隸屬於五軍都督府。一般駐紮在某地即稱某衛，如威海衛、金山衛等，後相沿成為地名。⓬墀　臺階上的空地，亦指臺階。

【語　譯】我與子錫、子文幼時，對對子、寫文章，漸漸展示出才華，讓在座的客人們吃驚，名聲一時在郡中僥倖傳揚。而張母和伯父都很疼愛我，每次到張家，他們就給我吃粔籹和餦餭，或者拿出果物點心放在我的袖兜裡。孩子們嬉戲打鬧後蓬頭垢面，張母則為我們梳頭、洗澡，衣服破了就為我們縫紉、洗熨，一點也不嫌繁瑣細碎。張家本是將軍出身，家中備有軍中之物，我和子錫、子文或玩弄劍槊，或彎弓拉箭，一起從馬槽中把馬牽出來，連馬具都不裝備就騎馬飛奔，而且在駐兵處的臺階、道路上射箭，馬匹一連跨越幾個臺階，人從馬上跌落下來摔傷了，而張母始終疼愛我們，從來不露出生氣的樣子，也不嚴厲禁止、苛責兩個兒子，好像是期望兒子們心胸開闊、目光高遠，不屑用瑣碎的小事束縛住他們。

數十年來，二張者薄俗學為詩人，四方知之，賓至盈座，吟嘯酒盞，間無虛夜。而予顧逡巡庠序❶中，庶幾一飛而屢墜，既乃觸網罟，謝去其巾衫❷，益一意於頹放，時時復從二張遊。而太君益為治俎脯，釀黍秫，教飭諸婦毋違夫子意。人或問之，太君曰：「顧人家於人倫天理中，毋大虧欠耳。至富貴會有盡時，兩兒子若其父儕輩中，所馳宜不與彼校短長也。」

【章　旨】寫張母不因徐渭和二張境遇不同而區別對待，並以身作則教導諸婦。

【注　釋】❶庠序　泛指學校。殷代叫庠，周代叫序。❷謝去其巾衫　嘉靖四十五年（西元一五六六年），徐渭因狂病復發，殺死繼妻張氏，革去生員籍下獄之事，至隆慶六年（西元一五七二年），徐渭才出獄。

【語　譯】數十年來，子錫、子文鄙薄作八股文，而成了詩人，名動四方，賓客滿座，吟詩歌嘯，觥籌交錯，夜以繼日。而我卻在學校中蹉跎時光，希望可以一飛沖天，卻屢試不中。後來又觸犯律法，被革去生員籍，更加一心頹放，經常和子錫、子文遊玩。而張母越發給我們做肉醬，釀酒，教誨我們的妻子不要違背自己丈夫的意志。有人問她為什麼這樣做，張母回答說：「在人倫天理中看待家庭，但求沒有大的虧欠而已。至於富貴，總會有窮盡的時候，在兩個兒子和他所交的同輩人中，我對他們的期望不宜和他人相較短長。」

噫，鳴鳩稱君子之壽，不以其用心專一❶耶？太君數十年中，視其子與吾輩如一日，予與吾輩所履有不同，而太君者自小時啖果餌以來，至今為治俎脯之日無不同。故太君者，當其被戴笄❷珥❸，則女婦儔也。及問其中，則鳴鳩之君子，意者其莫過矣。此不可以卜太君之不短耶？及是太君年八十矣，交太君之子輩，今渭操筆以頌，某唯唯。已則頌曰：某誠自棄，不能如淮陰釣徒❹，持千金以報漂母飯。天如有意於吾輩，其令吾輩更頌太君如今日者四十年，以少報太君啖果餌治俎脯與釀之德也。

【章　旨】借《詩經》之語稱讚張母用心專一，堪稱女中君子，並祝福張母健康長壽。

【注　釋】❶鳲鳩稱君子之壽二句　《詩經・曹風・鳲鳩》：「鳲鳩在桑，其子七兮。淑人君子，其儀一兮。其儀一兮，心如結兮。」朱熹《詩集傳》云：「詩人美君子之用心平均專一。」❷笄　古代的一種簪子，用來插住挽起的頭髮。❸珥　用珠子或玉石做的耳環。❹淮陰釣徒　指漢韓信。事見前〈漂母〉詩。

【語　譯】啊，《詩經》借鳲鳩之口稱讚君子萬壽無疆，難道不是因為君子用心專一嗎？張母對待她的兒子和我，數十年如一日，她的兒子和我的經歷、境遇有所不同，但張母從我小時候給我水果、點心以來，至今仍然給我做肉醬，沒有任何不同。所以啊，張母當她戴上髮簪、耳環時，她就是婦女之輩。然而探尋她的內在品質，則稱之為鳲鳩所稱讚的君子恐怕也不為過。由此難道不可以推測張母之壽一定不會短嗎？現在張母已經八十歲了，她的子輩們讓我給張母寫一篇頌，我恭敬地應許。頌曰：我實在自不如人，不能像當初釣魚的淮陰侯韓信那樣，可以持千金報漂母一飯之恩。上天如果垂青我輩，那麼就讓我輩再次祝願張母能夠像現在這樣再活四十年，好讓我們能夠報答一點張母給我們吃水果、點心，做肉醬，釀酒的恩德吧！

【研　析】本文多敘事和回憶的內容，其中一段不獨通過形象的畫面表現了對張母的感激，還表現回顧美好的過往經歷：「兩家兄弟無一日不三四至。竹馬裲襠，一趨而到門，蓋自屋畔庵左抵衛署右衢，數百步間，風塵縷縷昏一巷，皆吾數童子所蹴踏也。」第二段寫張母照料自己的細節則有豐富的可解釋性，一方面表達了對張母的讚美和感謝，同時也表達了有負張母厚望的愧疚；聯繫作者大半生的不幸遭遇，那種對童年生活的美好記憶不也是對落拓現實境遇的不平和無奈嗎？對張母樸素而瑣細關照的深情回憶不也同樣是對現實人情高度失望後、更高層次上的返璞歸真嗎？換言之，這個世界唯一值得留戀的只有遙遠的記憶中那樸素的人情和天真的往事，因而親切之中其實也透著悲涼。總之，敘事所提供的形象具有更大的可解釋性，與議論所表達情感的確定和單一是不同的。

## 贈成翁序

【題　解】本文是徐渭為外甥吳某的上司成德之之父所寫的賀壽之文，但他卻藉此機會鮮明地表達了他對文壇因襲模仿之弊的不滿，認為存真而去偽是改變文壇風氣的關鍵。

予家吳甥某嘗以療幸侍今長垣❶成公德之，比成公從稽勳大夫❷參議❸山東，而封公❹去年為七十，甥壽之，文尚虛也。至是，來以屬予，謝曰：「舅，山人耳，慵且陋。」甥強之堅。予曰：「舅賤，無已其代諸。」甥曰：「甥侍成公有日矣，竊聞公之言，似不然也。」予曰：「奈封公何？」甥曰：「父子者，居相習也。子不投父以所不悅，舅何疑焉？」

【章　旨】交待寫作這篇文章的緣由。

【注　釋】❶長垣　縣名，位於今河南東北部。❷稽勳大夫　明朝中樞設六部。吏部有尚書一人，左右侍郎各一人，下設有四個清吏司，其中之一為稽勳司。稽勳大夫即是指稽勳司的官員。❸參議　明於布政使下設左、右參議，無定員，分守各道，並分管糧儲、屯田、清軍、驛傳、水利等事。此處作動詞用，指充當稽勳大夫的佐官協同治理地方。❹封公　或稱封翁，封建時代因數孫顯貴而受封典的人。此處指成公的父親。

【語　譯】我的外甥吳某曾經因為治病的關係有幸侍奉長垣成公德之，等到他充當稽勳大夫的佐官去治理山東時，他的父親去年剛好滿七十歲，外甥去祝壽了，但賀壽文字還沒有著落。因此，他來拜託我給寫一篇，我婉拒他說：「你舅舅我是山人，慵懶且鄙陋。」但他要求我的態度非常堅決。我說：「舅舅的身分卑微，不要讓我代替你寫吧。」外甥說：「外甥跟隨成公有一段日子了，私下裡聽他說的話，似乎不是這樣的。」我說：「那他的父親又是怎樣的呢？」外甥說：「父親跟兒子，平日裡是互相學習、因襲的，兒子不會將父親不喜歡的東西拿給他，舅舅有什麼疑問的呢？」

予惟天下之事，其在今日，鮮不偽者也，而文為甚。舉人之一身，其以偽而供五官百骸❶之奉者，鮮不重者也，而文為輕。何者？視必組繡❷，五色❸偽矣，聽必淫哇❹，五聲❺偽矣，食必脆醲，五味❻偽矣，推而至於凡身之所取以奉者，靡不然。否則，且怫然❼逆，故曰重。至於文，則一以為筌蹄❽，一以為羔雉❾，故曰輕。然而文也者，將之以授於人也。從左佚❿而得之，亦必取趙孟⓫而名之。故曰，今天下事鮮不偽者，而文為甚。夫真者，偽之反也。故五味必淡，食斯真矣，五聲必希，聽斯真矣，五色不華，視斯真矣。凡人能真此三者，推而至於他，將未有不真者。故真也則不搖，不搖則神凝，神凝則壽。

【章　旨】批判當日世事「鮮不偽者也」，並且以文學創作中的因襲模仿最為嚴重，呼籲改變風氣，去偽存真。

【注釋】❶百骸　指人的各種骨骼或全身。❷組繡　華麗的絲繡服飾。❸五色　青、赤、白、黑、黃五種顏色。古代以此五者為正色。❹淫哇　淫邪之聲。❺五聲　指宮、商、角、徵、羽五音。❻五味　指酸、甜、苦、辣、鹹五種味道。❼怫然　忿怒的樣子。❽筌蹄　《莊子・外物》：「筌者所以在魚，得魚而忘筌；蹄者所以在兔，得兔而忘蹄。」筌，指捕魚竹器。蹄，捕兔網。後以「筌蹄」比喻達到目的的手段或工具。❾羔雉　陽明〈重刊文章軌範序〉云：「故舉業者，士君子求見于君之羔雉耳。羔雉之弗飾，是謂無禮；無禮，無所庸於交際矣。故夫求工於舉業而不事于古，作弗可工也。」其意是說舉業之文僅是求得寵祿的羔雉而已。❿左佚　古人凡右為用事，故而左佚而右，故而從左為上。此謂文乃閒暇所作。⓫趙孟　晉襄公的大臣趙盾。但其賢則不及趙襄，其良不及宣子，僅以爵貴。故曰：趙孟之所貴，趙孟能賤之也。

【語譯】我發現世間的事情，在今天的環境中，少有不虛假的，文學創作中的情況尤其嚴重。就以人的身體來說，因為好虛假凡是用來滿足五官百骸需求的，少有不重視的，文反而被輕視。這是什麼原因呢？看一定要華麗的絲繡服飾，因此五色混亂了，聽一定要淫邪之聲，於是五音混亂了，吃一定要美味，於是五味混亂了。推廣開來以致於一切身體需要的無不如此。否則的話就會憤怒地拒絕，所以稱之為重。至於說到文，或是將它視為筌蹄，或是將它視為羔雉，僅僅是求得寵祿的工具而已，所以稱之為輕。但是文，是要給別人看的。是從閒暇而得之，因此，其貴也是其賤。所以才說，如今世間的事情少有不虛假的，其中又以文最為嚴重。真，是假的反面。所以五味一定要清淡，食物就會真，五音一定要寂靜異聲，聽覺就會真，五色不華麗，看的就會真。人如果能在這三方面求真，推廣到其他地方，就不會有什麼東西不真。所以如果真了就不會動搖，不動搖就會精神凝聚，精神凝聚了就會長壽。

舅山人也，賤也，未嘗知公之為銓❶，與封君之為封，然而知封公之契於真也，遂亦因是而知封公之壽也。曰：「舅未有素於封公也，何以知封公之契於真？」曰：「以甥適所云『子習父，不欲偽於文』者而知之也。今夫知長人之長，侏儒之短，奚必盡寸寸而校之，尺尺而量之哉？亦觀其一節而已矣。」

【章　旨】褒獎成公父子，並說明識人之方，即無需「尺尺而量之」，有時「觀其一節」即可。

【注　釋】❶銓　古代稱量才授官，選拔官吏。

【語　譯】舅舅是山人，身分卑微，不知道成公為什麼會被授予官職，也不知道他的父親為何會受封典，然卻知道成公父親契合真的要求，由此也可以知道他是長壽之人。外甥說：「舅舅平日裡沒有與封公打過交道，從哪知道他契合真的要求呢？」我回答他說：「是從你剛才說的『兒子學習父親，不願意寫作文時模仿』知道的。如今想要知道高個子的高與侏儒的矮，何必要一寸一寸的去量呢？通過其中的一個方面就可以知道了。」

【研　析】文章的核心自然是中間部分，徐渭所處的時代，文壇最大的弊象在於因襲模擬，重格調而輕風神，襲古人而鮮自得。一人作則，應者風起，他對此深為不滿，每每形諸筆端。他認識到，雖然「偽」的情況以文為甚，但那不是孤立的文學問題，而是時代風氣使然，因此，必須由視、聽、食，推廣到一切方面，實現整體的改觀，這是其深刻所在；而由最普通的衣食住行入手，進而擴充開去，方能因勢利導、便於開展，這則是其高明處。就文中內容來看，徐渭所謂的文之偽，當有二義：一是如同陽明所言，舉業時文乃博取功名的手段，而不副於實；二是如同色之組繡，徒具形式之似，這是就文壇鮮有自得的現狀而發。在徐渭看來，真文即是去除藻飾，本色自然的作品，如同必淡之五味，這正是他孜求的本色之論。

# 書朱太僕十七帖又跋於後

【題解】〈十七帖〉是王羲之草書代表作，因卷首有「十七」二字而得名。此帖為一組書信，據考證是寫給他朋友益州刺史周撫的。書寫時間從永和三年到升平五年（西元三四七—三六一年），時間長達十四年之久。原墨蹟早佚，現傳世〈十七帖〉是刻本。朱太僕，名南雍，字子肅，號越崢山人，隆慶二年（西元一五六八年）進士，萬曆八年（西元一五八〇年）為太僕寺卿。山水木石，法沈周、倪瓚，清勁絕俗。這是徐渭為朱氏所藏〈十七帖〉拓本寫的跋。

昨過人家圃榭❶中，見珍花異果，繡地參天，而野藤刺蔓，交戛❷

其間，顧問主人曰：「何得濫放此輩？」主人曰：「然，然去此亦不成圃也。」予拙於書，朱使君令予首尾是帖❸，意或近是說耶？

【注釋】❶榭　建在高土臺或水面（或臨水）上的木屋。❷交戛　交錯纏結。❸首尾是帖　徐渭為朱氏所藏《十七帖》前後各作題跋，故云。

【語　譯】昨天經過別人家的圃榭，看到了珍貴奇異的花木，遍布園地，插向雲天，而野生帶刺的藤蔓，也交雜在中間，就對主人說：「為什麼要放任這些東西生長呢？」主人說：「不錯。但如果除掉它們也就不成其為園圃了。」我不擅長寫字，朱使君要我在這帖的前後題字，用意或許接近這種說法吧？

【研　析】因圃榭之景而論及書藝，於錯亂交戛之中見情致，而徐渭的跋文也正是於形象描述之中見理趣的佳作。縱橫捭闔，由此及彼，論理述事。雖然篇製不長，但精警深刻，其中寄寓了徐渭豐富的思想。此類自然流走，吐露真我情趣、「不復問古人法度為何物」的作品妙趣橫生，活潑自然，輕靈可愛，成就了徐渭身後在文學史上的地位。袁宏道對徐渭的序跋有這樣的評價：「文長短幅最瀟逸，才雋手滑，有晉人風韻，宋人理味。」堪稱的論。

# 書草玄堂稿後

【題解】《草玄堂稿》是徐渭友人酈琥的著作。酈琥，字仲玉，號元崖，會稽山陰人，是陽明高足錢德洪的弟子。以歲貢官績溪主簿，時望頗佳，文章、書法亦頗為時人推許，此外他還著有文言韻語短篇小說《會仙女志向》。其餘事蹟並生卒年月不詳。酈琥因蘇轍曾經任職績溪，著有《和蘇集》一卷，徐渭曾為他作序，即〈酈績溪和詩序〉，載《徐文長逸稿》卷十四。本文是徐渭讀酈氏《草玄堂稿》後所作，文中描述了自己的文風變化，並進而闡述了自己的文學主張。

始女子之來嫁於壻家也，朱之粉之❶，倩❷之顰❸之，步不敢越裾❹，語不敢見齒，不如是，則以為非女子之態也。迨數十年，長子孫而近嫗姥，於是黜朱粉，罷倩顰，橫步❺之所加，莫非問耕織於奴婢，橫口之所語，莫非呼雞豕於圈槽，甚至齲齒❻而笑，蓬首而搔，蓋回視向之所謂態者，真赧然以為妝綴取憐，矯真飾偽之物。而娣姒❼者猶望其宛宛嬰嬰❽也，不亦可嘆也哉？渭之學為詩也，矜於昔而頹且放於今也，頗有類於是，其為娣姒哂也多矣。今校鄘君之詩，而恍然契，肅然斂容焉，蓋真得先我而老之娣姒矣。

【注　釋】❶朱之粉之　塗脂抹粉。朱、粉皆用作動詞。❷倩　笑靨嬌美的樣子。❸顰　皺眉。這裡指表情造作。❹裾　衣襟。❺橫步　率意而行；信步。❻齵齒　牙齒外露。❼娣姒　妯娌。❽宛宛嬰嬰　形容扭扭捏捏的做作之態。

【語　譯】女子剛開始嫁到夫家來的時候，又是塗脂又是抹粉，時而嬌笑時而皺眉，邁步不敢越過衣襟，說話不敢露出牙齒，不這樣就會認為不是女子應有的姿態。過了數十年，養大了子孫快成了老婦，於是不再塗脂抹粉，也不再賣弄風情，大步所邁，都是問奴婢耕織情況；出口所說，無非是將家畜哄喚到圈中，甚而至於滿口歪牙也想笑就笑，滿頭的亂髮也想搔就搔，回頭再看以前那些所謂的應有的姿態，著實羞愧地感到那些都只是用修飾打扮來求取憐愛，歪曲本真而矯情做作的伎倆。而妯娌們還希望她們能保持那些扭扭捏捏的做作之態，不也很可歎嗎？我學寫詩，過去矜持而現在則很頹放，跟這個很相似，它們時常遭到妯娌們的譏笑。現在我校讀鄘君的詩作，一下子就感到投合，恭敬地端正了神色，這真是找到了比我還先老的妯娌啊。

【研　析】徐渭在文中回顧了自己為文的情狀：從故作姿態到自然隨意，從絢爛璀璨到樸素無華。作者通過老嫗對於年輕時「朱之粉之，倩之顰之，步不敢越裾，語不敢見齒」之類矯真飾偽行為的赧然羞愧為喻，說明了為文當真情直寄，自然本色。

序跋本是評價作品內容的文字，一般以評價議論為主，但徐渭此跋全篇語言形象生動，如同述事。描摹女子初嫁之態以及年長近嫗姥之狀栩栩如生，絕少議論文字，但作者所表現的自然為文、切莫矯真飾偽的意旨極其深刻鮮明。縱橫捭闔，由此及彼，論理述事。徐渭序跋小品中用形象生動的描繪以明理的例子不勝枚舉，大多篇製不長，卻精警深刻，寓學理於形象，這是徐渭序跋小品的重要特徵。

## 書田生詩文後

**【題解】** 田生即徐渭本人，因「渭」字可拆分為田、水、月，故徐渭嘗以「田水月」自號。徐渭在本文中述及了自己的文學偏好，並對自己的文學主張及創作成就表示了極高的自信。

田生之文，稍融會六經，及先秦諸子諸史，尤契者蒙叟❶賈長沙❷也。姑為近格，乃兼并昌黎❸大蘇❹，亦用其髓，棄其皮耳。師心橫從，不傍門戶，故了無痕鑿可指。詩亦無不可模者，而亦無一模也。此語良不誑。以世無知者，故其語亢而自高，犯賢人之病。噫，無怪也。

【注　釋】❶蒙叟　指莊周。他是宋國蒙人，做過蒙的漆園吏，故稱。❷賈長沙　即賈誼。賈誼曾任長沙王太傅，故稱。❸昌黎　指韓愈，以其郡望為昌黎，故常自稱昌黎韓愈。❹大蘇　指蘇軾。

【語　譯】徐渭的文章，能夠稍微融會六經與先秦時的諸子散文和史著，最為相投的是莊子和賈誼。姑且做出近代的風格，則兼有韓愈、蘇軾，也是採用他們的精髓，捨棄他們的表皮。一任內心自由馳騁，不依傍於任何一門戶，因此看不出一點斧鑿的痕跡。詩也沒有一家是不可以拿來模仿的，然而也沒有模仿任何一家。這話實在不假。由於世上沒有知音，所以他出言高亢自傲，觸犯了賢人的毛病。唉，這也不足為怪啊。

【研　析】徐渭雖反對七子派食古不化，卻並不拒絕借鑑古人，因為雖然「不學而天成者尚矣」，但這種天才畢竟是鳳毛麟角，更多的是「始於學，終於天成」。如果不重視古人的經驗，只依賴於自己的摸索，就會「苦悖且不暇」，因此他提倡「貴因」；但假如全以古人為依歸，「惑之甚也」，七子派即是教訓，所以他提倡在「貴因」的基礎上有所創新，正如他在本文中所說：「兼并昌黎大蘇，亦用其髓，棄其皮耳。師心橫從，不傍門戶，故了無痕鑿可指。」可見徐渭這種文學家的自覺意識及對文學規律的深刻把握迴出於同時代的後七子和唐宋派之上。

徐渭在文中自稱深契於蒙叟（莊子）的作品，他耽愛莊子，是因為「言真誕」，亦即莊子寓真於誕，寓實於玄，以謬悠之說，荒唐之言，無端崖之辭，表現獨與天地精神往來的人生態度與為文風格。所謂「誕」，顯然不僅僅是語言風格所能概括，而更是以汪洋自恣之文以表現「一泓秋水看龍飛」的精神。當從胡幕歸來，家難發生之後，徐渭的人生態度發生了重要的變化，到「天下事哪一件不可笑者。譬如到極沒擺布處，只以一笑付之，就是天地也奈何我不得了」。雖然不無潤筆代擬所作，但已不是創作的重點。因此，徐渭自謂「尤契者蒙叟賈長沙」，我們既可以視為徐渭對作品風格的自評，更應理解為主要是就文章的內容而論。

## 評朱子論東坡文

【題解】朱子即朱熹，南宋著名理學家。東坡即蘇軾，北宋著名文學家。作為理學家的朱熹對作為文學家的蘇軾曾有批評，徐渭此文則代東坡立言，針對朱熹的批評予以針鋒相對的批駁，實則正是他個人立場的直白流露。

夫子不語怪[1]，亦未嘗指之無怪。《史記》所稱秦穆趙簡事[2]，未可為無。文公件件要中鵠[3]，把定執板，只是要人說他是箇聖人，並無一些破綻，所以做別人著人人不中他意，世間事事不稱他心，無過中必求有過，穀裏揀米，米裏揀蟲，只是張湯趙禹[4]伎倆。此不解東坡深。吹毛求疵，苛刻之吏，無過中求有過，暗昧之吏。極有佈置而了無佈置痕跡者，東坡千古一人而已。朱老議論乃是盲者摸索，拗者品評，酷者苛斷。

【注釋】❶夫子不語怪　《論語·述而》云：「子不語怪力亂神。」❷史記所稱句　秦穆，即秦穆公，春秋時代秦國國君，在《史記》中被認定為春秋五霸之一。趙簡，即趙簡子，春秋後期晉國六卿之一，曾長期執掌晉國國政，戰國時代趙國基業的開創者。據傳趙簡子生病了，五天不省人事，大夫們都害怕了。扁鵲看過後走出來，董安詢問病情，扁鵲說：「血脈平和，你們何必驚怪！從前秦穆公也有過這種情況，過了七天才醒過來。告訴大臣說他去了上帝住的地方，之所以停留的時間久，是由於在接受上帝的教導。」過了兩天半，趙簡子醒了過來，也說他到了上帝那裡非常快樂，並且上帝告訴了他晉國的未來云云。事載《史記·趙世家》。❸中鵠　射中靶子，引申為準確。❹張湯趙禹　張湯和趙禹都是漢武帝時的大臣，曾編訂《朝律》、《越宮律》等法律著作，用法主張嚴峻，後世以之作為酷吏的代表人物。詳見《漢書》卷五十九、卷九十。

【語譯】孔子不說怪異的事情，卻也沒有說不存在怪異之事。《史記》所記載的關於秦穆公、趙簡子的事情，未必就沒有。朱熹每件事情都要準確，執拗刻板，只是想讓別人把他視為聖人，沒有絲毫的偏差，所以他對每一個人都有意見，世上也沒有一件事情讓他滿意，沒有過錯中要挑出過錯來，稻穀中要挑出米，米中要挑出蟲子，只不過是張湯趙禹之流的花招手段。這太不理解東坡了。故意挑剔別人的缺點，尋找差錯，這是苛刻之吏，沒有過錯中尋找過錯，這是昏庸愚昧之吏。非常有安排設計但卻看不出一點刻意的痕跡，千古以來只有東坡一人。朱熹的議論是眼瞎的人搜索，執拗的人評判，苛刻的人論斷。

【研　析】朱熹對蘇軾的文章並非沒有肯定之論，曾云：「東坡天資高明，其議論文詞自有人不到處。」但相較而言，褒貶參半乃至否定批判的言論更多。總的來說，朱熹對蘇軾文章的批評表現在兩個方面，一是批評蘇軾好談怪異，二是批評蘇軾文章寫作方式上的「缺陷」。關於前者，眾人皆知東坡好談鬼神，據《東坡事類》載，東坡喜歡和人談鬼，別人講不出鬼故事，他還強迫別人講，即使胡編也沒有關係，反正他愛聽。但並不是所有人都願意給他講，被東坡糾纏得不耐煩了，也會粗魯地對他推來搡去。關於後者，《朱子語類》一書中多處可見，或是批評東坡文章傷於巧、或是批評東坡善議論文詞卻說不透道理、或是批評東坡文章首尾不相應，無布置。二者文學主張分歧的背後是他們不同的思想觀念，尤其是對文道關係的不同認識。作為理學家的朱熹強調文道合一，「文即是道」，反對將文與道分開刻意作文的態度。而蘇軾正好與他針鋒相對，「文自文而道自道」，創作文章時也強調出於自然，只要意之所到，隨意揮灑。東坡的文學態度無疑契合了文長的理想，故而他對朱熹的苛刻死板極為反感，針鋒相對地予以了強烈的批評，言辭犀利、鋒芒畢露。

需要注意的是，本文原來可能是獨立的兩節，後合抄為一，故文中語有重複之處。與高文典冊相比，徐渭的小品文都是真情的自然流露，涵茹古意又不拘格套，誠如邵長衡所言：「徐文長尺牘題跋極有簡韻，得蘇、黃小品之遺。譬如山菘溪毛，偶一啖之，牙頰間爽然有世外味也。」此文當之。

# 題自書杜拾遺詩後

【題解】杜拾遺即唐代大詩人杜甫，因他曾任左拾遺，故有此稱。徐渭對杜甫有特殊的感情，一方面是因為他自己的詩歌創作深受杜甫影響，以致於不少詩歌在主題和形式上都印上了深深的杜甫的痕跡；更重要的在於徐渭在現實中一次次碰壁，使他將同樣命運坎坷的杜甫引為知己，感慨係之，屢屢發抒。徐渭曾多次手書杜甫詩作，並題詩撰文。

余讀書臥龍山❶之巔，每於風雨晦暝時，輒呼杜甫。嗟乎，唐以詩賦取士，如李杜者不得舉進士；元以曲取士，而迄今嘖嘖於人口如王實甫者，終不得進士之舉。然青蓮以〈清平調〉三絕寵遇明皇❷，實甫見知於花拖而榮耀當世❸；彼拾遺❹者一見而輒阻❺，僅博得早朝詩幾首而已❻，餘俱悲歌慷慨，苦不勝述。為錄其詩三首，見吾兩人之遇，異世同軌，誰謂古今人不相及哉？

【注　釋】❶臥龍山　舊名文種山，越大夫文種所葬處。在紹興治後，今稱府山。文長常遊此山。❷然青蓮以清平調句　相傳唐開元中，李白供翰林，恰逢皇宮中木芍藥盛開，唐玄宗於月夜賞花，召楊貴妃侍酒，以金花箋賜李白，命他賦詩。李白醉中成〈清平調〉三章，由李龜年當場演唱，楊貴妃聽了非常高興，玄宗因而更加寵愛李白。事載韋睿《松窗錄》。❸實甫見知於花拖句　其事不詳。花拖當為元朝貴族。❹拾遺　即杜甫。安祿山軍隊攻陷長安後，杜甫逃至鳳翔，謁見唐肅宗，拜官左拾遺，故世稱杜拾遺。❺一見而輒阻　唐肅宗至德二載九月，廣平王李俶率朔方、安西、回紇、南蠻、大食之兵二十萬人收復長安，平定了安祿山父子之亂。十月丁卯，肅宗還京，入居大明宮。三年二月丁未大赦天下，改元乾元。杜甫任左拾遺，不料杜甫很快因營救房琯，觸怒肅宗，被貶到華州（今華縣），從此之後，肅宗對杜甫不再重用。❻僅博得早朝詩句　早朝詩指〈奉和賈至舍人早朝大明宮〉，這是杜甫平生少有的幾首應制詩，後人評價很高。

【語　譯】我在臥龍山山頂讀書，經常在風雨交加天色昏暗時，大聲呼喊杜甫。哎呀！唐代是以詩詞歌賦來選拔人才，像李白杜甫這樣的人卻未能得中進士；元代是以曲選拔人才，直到今天仍被人稱讚不已的王實甫始終未能考取進士。然而李白因為三首〈清平調〉受到唐玄宗的榮寵，王實甫也因為被花拖賞識而享譽當世。至於杜甫擔任了左拾遺一職後不久，就因營救房琯，觸怒肅宗，被貶到華州，從此之後，再也沒有獲得肅宗的重用，僅僅是幾首早朝詩得到賞識，其他的都是抒發悲壯情懷之作，苦不堪言。寫下他的三首詩，可以看到我們雖身處不同的時代，懷才不遇的命運卻是一樣的，誰說古今的人不一樣呢？

【研　析】徐渭二十三歲時赴癸卯科，未能得中，此後數年中，「八不一售」。第八次赴北後「予奔應不暇，與可長別矣」，感傷之情溢於言表。事實上徐渭還有第九次機會，只是陷於與閣臣李春芳之間的糾纏，使得他誤了科考。兩年後，他在病狂的狀態下殺了繼妻張氏，被革去了生員籍，從此斷絕了科考之門，所謂「後竟廢考」。強烈的入仕熱情與慘澹的科考經歷讓徐渭飽受折磨與痛苦，同時也使他對科舉產生了矛盾而複雜的態度。儘管說他曾幾度表達對於科舉的批評和不滿，但卻並非是針對科舉制度本身而言，因為由科舉而入仕是他始終不能忘懷的理想，所以他批判的鋒芒，也是他痛苦的所在，是科舉不能使優秀人才脫穎而出。本文中他雖提及了好幾人，同情、感慨的卻只有老杜，因為別人雖失意科考，卻蒙貴人相助，終得展露才華、斬獲聲名；而徐渭與老杜雖天才橫溢卻終身落魄。此處固然涉及到科舉的不公，但更多的則是懷才不遇的一腔憤懣。尤當注意文中提及的「早朝詩」，它與徐渭存在著一種複雜而微妙的關係。據徐渭自為〈畸譜〉記載，他六歲時跟隨管士顏學習，讀到了唐詩「雞鳴紫陌曙光寒」，這是岑參〈奉和賈至舍人早朝大明宮〉詩的首句，杜甫也曾有唱和，即所謂「早朝詩」。徐渭自童年時代就已然被教育或灌輸了科舉取士、光宗耀祖的想法，且終身難以忘懷。童年時代的閱讀經歷塑造了他的美好理想，但蹉跎一生，他與當年一起唱和的杜甫一樣，仕途坎坷，所謂異世同軌，自然感慨良多。

# 西施山書舍記

【題　解】西施山遺址位於今紹興市區五雲門外東北一點二公里處。西施山，又名土城山，亦稱美人宮，傳為西施習步處。嘉靖四十四年（西元一五六五年），徐渭居家養病，時商維濬買此地以為書舍，文長受其請創作此文。商維濬即文中提及的商伯子，初名商濬，明萬曆間會稽人，刻印過自編《稗海》四百八十卷。他曾師事徐渭，萬曆二十八年，也是他首先將徐渭的文集「購寫而合之」，又請自己的摯友、姻親陶望齡「詮次」並作序，刻成《徐文長三集》。

西施山去縣東可五里，《越絕》❶若《吳越春秋》❷並稱土城，後人始易以今名，然亦曰土城山，蓋句踐❸作宮其間，以教西施鄭旦❹而用以獻吳。又曰：「恐女樸鄙，故令近大道。」則當其時，此地固鉅麗要津耶？更數千年，主者不可問矣。商伯子用值若干而有之。

【章旨】交待有關西施山的傳說，為後文的借古諷今埋下伏筆。

【注釋】❶越絕　《越絕書》的簡稱。作者不詳。該書雜記春秋戰國時期吳越兩國的史實，旁及諸侯列國，對這一歷史時期吳越地區的政治、經濟、軍事、天文、地理、曆法、語言等多有涉及，被譽為「地方志鼻祖」。❷吳越春秋　東漢趙曄著，是一部記述春秋時期吳越兩國史事為主的史學著作。❸句踐　春秋末越國國君，曾敗於吳，屈服求和。後臥薪嚐膽，發憤圖強，終於滅吳雪恥。❹西施鄭旦　春秋末越國的美女，二人同被越王句踐獻給吳王夫差。

【語譯】西施山在縣城往東約五里，《越絕書》和《吳越春秋》都稱之為土城，後人才改成現在的名字，但也叫它土城山。大概因為越王句踐曾經在這裡建造宮室，訓練西施和鄭旦，拿她們去獻給吳王夫差。又說：「擔心這兩個女子粗野鄙陋，所以讓靠近大路居住。」那麼在當時，這裡本是顯要的地方？又過了數千年，它的主人是誰已經難以知道了。商伯子用錢買下了它。

山高不過數仞，而叢灌疏篁❶，亦鮮澄可悅。上有臺，臺東有亭；西有書舍數礎，舍後有池以荷，東外折，斷水以菱而亭之，前則仍其舊，曰脂粉塘，無所改。出東南西而山者，聳秀不可悉，悉名山也。遶其舍而畝者水者不可以目盡，以田以漁以桑者，盡畝與水無不然。余少時蓋觴於此而樂之。茲伯子使余記，余雖以病阻其觴，然尚能憶之也，率如此。

【章旨】描述西施山的風光。

【注釋】❶篁　竹林。

【語譯】西施山不過數仞高，然而叢生的灌木與錯落的竹林，卻也明麗喜人。山上有臺，臺東有亭子；西邊有幾間書屋，書屋後邊有池塘，裡面養著荷花。從東向外轉過去，水面種上菱角截住水流蓋有亭子。前面仍跟從前一樣，叫脂粉塘，沒有改變。遠處東南西面的山，高聳青翠，連綿不斷，全都是名山。圍繞著書屋的田地、水塘，一眼望不到邊。所有的田地與水塘，無不用來種稻米養魚植桑。我年輕時曾在這裡飲酒作樂。現在伯子讓我作文記敘，我雖因病不能前往飲酒，但還能夠記起它來，大體就是這樣。

嗟夫！土城，一山耳，始以粉黛❶歌舞之宮，當鉅麗傾都之孔道❷，而今變而且遷之。一旦寥寥然為墟落，田夫野老耕釣徘徊於其間，或拾其墮釵於鋤掘，迨於陰晦，又往往詫野火轉燐❸於夜歸牧唱之兒童，宜無不感而噓，資野人❹之聚而談者矣。至其易冶❺以樸，易優伎❻以農桑，本業專而謠俗❼厚，則有識者又未嘗不忘其悲而為之一笑也。伯子聰敏擅文譽，達事變，試從讀書暇，一登茲山而望之，或觸於景而有如吾前所言者，姑取而咀之，儻亦一解頤❽耶？伯子名濬，字景哲。

【章旨】本段借西施山的古今變遷闡發歷史感慨。

【注釋】❶粉黛　傅面的白粉和畫眉的黛墨，均為化妝用品。後代指年輕貌美的女子。❷孔道　大道。❸野火轉燐　野外荒墳中飄轉的燐火，俗稱鬼火。❹野人　鄉野之人；農夫。❺冶　過分的裝飾打扮。❻優伎　泛指歌舞表演。❼謠俗 風俗。❽解頤 謂開顏歡笑。

【語 譯】唉！土城，不過是一座山而已，當初曾是美女歌舞的宮殿，對著極為繁華的大路，而今時過境遷。一旦寥落變成了廢墟，那些莊稼漢在裡面耕種、垂釣、徜徉，有時還在除草掘地時撿到她們遺落的頭飾。等到陰沉晦暗之時，唱著牧歌晚歸的放牛娃總要被田野上幽幽閃亮的燐火弄得心神不安。這些無不令人感慨歎息，成為鄉野之人平日裡聚集閒談的話題。至於如今以質樸代替了妖冶，以農桑生產取代歌舞表演，專心本業，民俗醇厚，則使得有識之士未嘗不會忘其可悲而為之一笑。伯子聰明過人，以善文辭著稱，通達事理，如果能在讀書之暇，登上西施山放眼望去，也許看到那些景象會有像我前面所說的那樣的想法，姑且拿來體味體味，或許也能為之一笑吧？伯子名濬，字景哲。

【研 析】全文首先敘說西施山「更數千年，主者不可問」的古老傳說，繼而描寫眼前景色，記述所思所想，原來是因為商伯子購下此處營為書社，「使余記」，下面則是藉機抒發古今盛衰的感慨。本文以平易樸實的筆調，最後以交待舍主的名號個性收尾。結構看似隨意，布局亦無精巧，但通盤看來，淡淡幾筆，便描摹出一幅賞心悅目、和平寧靜的山光水色；而文章關於今古變遷的一番議論，透現出他悼古的一縷淡淡哀愁，蘊含著喜愛現實生活的一片真情，同時又交織著對於時事易變的輾轉思考。複雜的人生，矛盾的思緒，在這篇短文中表現得恰到好處，可謂是不經營之經營，正屬於他表彰東坡之「極有佈置而了無佈置痕跡者」。順便提一句，有學者研究發現，此文的結撰與東坡〈淩虛臺記〉一文極為神似，可見東坡對文長之影響。

# 鎮海樓記

【題解】鎮海樓位於杭州城內吳山東麓，為五代吳越王錢鏐所建，徐謂在文中將建樓之人誤為錢俶。嘉靖三十五年（西元一五五六年），胡宗憲於遺址重起樓臺，歷時五年，嘉靖三十九年方才完工。樓成後，「從其舊名曰鎮海」，胡宗憲又令徐渭代作〈鎮海樓記〉。

鎮海樓相傳為吳越王錢氏❶所建，用以朝望汴京❷，表臣服之意。其基址樓臺，門戶欄楯❸，極高廣壯麗，具載別志中。樓在錢氏時，名朝天門，元至正中，更名拱北樓，皇明洪武八年，更名來遠。時有術者病其名之書畫不祥，後果驗，乃更今名。火於成化十年，再建。嘉靖三十五年九月又火。

【章旨】交待鎮海樓的興廢歷史。

【注釋】❶吳越王錢氏　指錢俶，錢鏐孫，錢元瓘第九子，是五代十國時期吳越的最後一位國王。宋太祖平定江南，他出兵策應有功，授天下兵馬大元帥。後入朝，仍為吳越國王。太平興國三年（西元九七八年），獻所據兩浙十三州之地歸宋。❷汴京　即開封，北宋都城。❸楯　欄杆的橫木。

【語譯】鎮海樓相傳是吳越王錢俶建造的，用來朝望北宋的都城開封，表達自己臣服的態度。它的地基、亭臺樓閣、門窗和欄杆，非常的高達廣闊、雄偉壯麗，這些都在別志中有記載。在錢俶那個時候，這座樓叫朝天門，元朝至正時改名拱北樓，大明洪武八年，改名叫來遠。當時有術士嫌這個名字不太吉利，後來果然應驗了，於是改成了今天這個名字。成化十年時被大火燒燬，又重新建造。嘉靖三十五年九月又遭受大火。

予奉命總督直浙閩軍務❶，開府於杭，而方移師治寇，駐嘉興。比歸，始與某官某等謀復之。人有以不急病者，予曰：「鎮海建當府城之中，跨通衢，截吳山❷麓，其四面有名山大海江湖潮汐之勝，一望蒼茫可數百里，民廬舍百萬戶，其間村市官私之景不可億計，而可以指顧得者，惟此樓為傑特之觀。至於島嶼浩眇，亦宛在吾掌股間，高翥長騫❸，有俯壓百蠻❹氣。而東夷❺之以貢獻過此者，亦往往瞻拜低回而始去，故四方來者，無不趨仰以為觀遊的。如此者累數百年，而一旦廢之，使民悵然若失所歸，非所以昭太平，悅遠邇。非特如此已也，其所貯鍾鼓刻漏之具，四時氣候之榜，令民知昏曉，時作息，寒暑啟閉，桑麻種植漁佃，諸如此類，是居者之指南也。而一旦廢之，使民懵然迷所往，非所以示節序，全利用。且人傳錢氏以臣服宋而建此，事昭著已久，至方國珍❻時，求緩死於我高皇，猶知借鏐❼事以請。誠使今海上群醜而亦得知錢氏事，其祈款如珍之初詞，則有補於臣道不細，顧可使其跡湮沒而不章耶？予職清海徼，視今日務莫有急於此者，公等第營之，毋浚徵於民而務先以己。」

【章 旨】說明重修鎮海樓的意義與價值。

【注 釋】❶予奉命總督句　嘉靖三十五年二月壬午，胡宗憲以兵部左侍郎兼右僉都御使，總督直隸、浙江。❷吳山　在浙江杭州西湖東南。左帶錢塘江，右瞰西湖，為杭州名勝。春秋時為吳西界，故名。或云以伍子胥故，訛伍為吳。❸高翥長騫　形容建築物的高聳壯麗。翥，鳥向上飛。騫，高舉；飛起。❹百蠻　古代南方少數民族的總稱。後也泛稱其他少數民族。❺東夷　是中原人士對東方民族的泛稱，非特定的一個民族，所指代的概念隨著中原王朝疆域的變化而屢屢變化。❻方國珍　浙江黃巖人，世以販鹽浮海為業。元至正八年，與兄

弟數人入海，聚眾數千人，劫奪元朝海運皇糧。曾降元，後降明，明洪武二年（西元一三六九年），領廣西行省
左丞，留居京師（南京）。七年，病死。❼鏐 即錢鏐，臨安人，唐末曾從董昌鎮壓黃巢起義軍，任鎮海節度
使。後擊敗董昌，盡有兩浙十三州之地，建立吳越國。

【語　譯】我奉命督辦浙閩等處的軍務，總督府設在杭州，開始指揮部隊打擊敵寇，駐紮在嘉興。
等到回來後，才開始與一些官員商量復建鎮海樓。有人認為這件事並不著急，我說：「鎮海樓建
造在省府的城市中，橫跨四通八達的大道，截斷吳山山麓，它的四面有名山大海江湖潮汐這樣的
景觀，一眼望去遼闊無邊可以達到數百里遠，民眾的屋舍有百萬，這中間鄉村的集市的官方的民
間的景色不計其數，而可以手指目視的，只有這座樓才是傑出特別的景觀。站在樓上觀望島嶼曠
遠渺遠，就好像在我們股掌之間，建築高聳壯麗，有壓制南方少數民族的氣勢。並且東方的夷族
進貢經過時，也經常要瞻仰徘徊一番才離去，因此從四面八方來的人，全都爭相前往觀賞鎮海樓。
這樣的情形已經有數百年了，若突然沒有了，民眾不免會惆悵，似乎失去了歸宿。這不是昭示太
平，愉悅遠近的人的做法。還不僅僅是如此，它所貯藏的鐘鼓刻漏等器具，記錄四時氣候的文告，
讓民眾得以知道晝夜、安排作息，寒暑的更替，種植桑麻打漁耕作，以及與此相關的各項事情都
由此來安排，這是民眾的生活指南。如果一下子沒有了，老百姓就會迷茫不知道該怎麼辦，這也
不是告知節候次序，完備使用的做法。並且人們相傳錢氏為了表示對宋朝的臣服建造了這座樓，
這件事天下皆知已經很久了，到方國珍的時候，希望高皇帝能夠赦免他，還知道利用錢鏐的事情
向高皇帝請求。假如能讓現在海上的那些賊寇也知道方國珍的往事，使他們像方國珍當年那樣來
祈求，這對於他們幡然醒悟重新履行臣道的功勞不小，怎麼能使他們的痕跡淹沒不聞呢？我的任

務在於肅清海上的賊寇，考察現在的事情沒有比這更急的了，你們只管經營這件事，但務必不要為了爭先而向民眾苛徵。」

於是予與某官某某等捐於公者計銀凡若干，募於民者若干，遂集工材，始事於某年月日。計所搆，甃石❶為門，上架樓，樓基疊石高若干丈尺，東西若干步，南北半之，左右級曲而達於樓，樓之高又若干丈，凡七楹❷，礎❸百，巨鐘一，鼓大小九，時序榜各有差，貯其中，悉如成化時制，蓋歷幾年月而成。始樓未成時，劇寇滿海上，予移師往討日不暇，至於今五年；寇劇者禽，來者遁，居者懾不敢來，海始晏然，而樓適成，故從其舊名曰鎮海。

【章旨】說明重修鎮海樓的基本情況。

【注釋】❶甃石　砌石；疊石為壁。❷楹　量詞，古代計算房屋的單位，一說一列為一楹，一說一間為一楹。❸礎　墊在柱下的石墩。

【語譯】於是我和某某官員們一共捐了若干兩銀子，又向民眾募集了若干，於是開始置辦材料，某年月日開始工程。計畫的構造是，用疊砌石壁當門，上面蓋樓，樓的基座用層疊的石頭，高若干丈，東西有若干步長，南北的距離減半，左右兩邊有數級樓梯可以到達樓上。樓高若干丈，有七楹，石墩百個，大鐘一個，大小不一的鼓九個，記錄節候的公告若干，貯藏在裡面，全都跟成化時一樣，一共花了好幾年才完工。剛開始樓沒建成時，兇猛的賊寇遍布海上，我率領部隊去討伐沒有閒暇的時間，到今天已有五年，賊寇裡面厲害的被擒拿了，來的逃跑了，沒來的懾於威勢不敢來，於是海上太平了，而樓正好建成，於是依照往日的名字叫它鎮海。

【研　析】徐渭所代之作，涉於諛媚之嫌的數量其實並不太多，並基本囿於供職於胡幕之時，而代作中更多的是涉及政治軍國大事的重要文書，以及因生活之計而博取潤筆費的碑傳、序記等文字。雖然這些作品仍然是秉承他人之意而作，但是，行文之中，自然寄寓了徐渭自己的思想，某些潤筆代擬之作更是基本無此之瑕，且寫得還十分典麗富贍，如深得胡宗憲激賞的〈鎮海樓記〉。全文不無標榜胡宗憲事功進而取悅胡氏之嫌，因而此文開篇追溯鎮海樓之興廢，後篇描述新建鎮海樓之壯麗，中間插入胡氏的大段議論，闡明鎮海樓重建的重大意義，篇末又以胡氏議論作結，交待沿用「鎮海」一名之原委。議論文字占去了中間一半的篇幅，有學者認為如此設計正是為了將胡宗憲放在極為顯著的地位加以突出。但通觀全文，著意點仍是在於渲染鎮海樓之高翥長騫，俯壓百蠻之氣，目的在於昭太平，悅遠邇，以鐘會萬民所歸。建樓題樓都為海防大計，寄意頗高。記文典莊宏肆，徐紆優容，節奏和美，錯落有致。袁宏道謂其「雋偉宏暢，足稱大篇」當為允評。這類作品是以另一種方式記錄了徐渭的人生經歷，直接關係徐渭的生活依憑，因此多為徐渭的精心結構之作。

# 酬字堂記

【題解】嘉靖三十九年，鎮海樓修成，胡宗憲令徐渭代作〈鎮海樓記〉，事後贈給他白銀一百二十兩，讓他購置住宅。徐渭在紹興東南買了一所頗具規模的住宅，怡然自得。為了表示對胡宗憲的感恩，他將房屋命名為「酬字堂」，寫下了這篇文章。

鎮海樓成，少保公❶進渭曰：「是當記，子為我草。」草成以進，公賞之，曰：「聞子久僑❷矣，趣召掌計❸廩銀之兩百有二十❹，為秀才廬。」渭謝侈❺，不敢。公曰：「我愧晉公❻，子於是文乃遂能愧湜❼，儻用福先寺事❽，數字以責我酬，我其薄矣，何侈為？」渭感公語，乃拜賜，持歸，盡橐❾中賣文物如公數，買城南東地十畝，有屋二十有二間，小池二，以魚以荷。木之類，果花材三種，凡數十株。長籬亙畝，護以枸杞，外有竹數十箇，筍迸雲。客至，網魚燒筍，佐以落果，醉而詠歌。始屋陳而無次，稍序新之，遂額其堂曰酬字。

【注釋】❶少保公　指胡宗憲。胡宗憲因抗剿倭寇有功，於嘉靖三十九年加官太子太保，晉兵部尚書，並加少保。❷僑　這裡指因沒有房屋而寄居。徐渭嘉靖二十七年由潘宅遷出，在東城郡學附近賃屋居住。事詳〈自為墓誌銘〉。❸掌計　掌管計簿者。❹廩銀之兩百有二十　今人多將這句話理解為胡宗憲贈給徐渭白銀兩百二十兩，但徐渭〈青藤書屋八景圖記〉云：「少保公屬作鎮海樓賦，贈我白金百有二十為秀才廬。予以此款作築室資，額曰酬字堂。」據此，「兩」似不當作數詞理解，贈銀數量應該是一百二十兩。❺侈　過分。❻晉公　指裴度，唐憲宗時宰相。❼湜　指皇甫湜，唐代文學家。❽福先寺事　裴度修福先寺，將立碑，請皇甫湜撰寫碑文，事成之後，裴度送了許多車馬絹帛作為酬謝，皇甫湜仍有不滿，大怒道：碑文三千字，每個字須三匹縑，你給得也太少了！事詳《新唐書·皇甫湜傳》。❾橐　口袋。

【語譯】鎮海樓修成之後，少保公對我說：「這件事應該記下來，你幫我起草吧。」我寫好呈獻給他，他很讚賞，說：「聽說你在外面寄居很久了，快召掌管計簿的拿廩銀一百二十兩，買座秀才廬吧。」我辭謝說太多了，不敢接受。少保公說：「我比不了裴度，你的這篇文章卻是要超過皇甫湜的，倘若依照福先寺的先例，按照字數來跟我索取酬金，我給的實在太微薄了，怎麼會太多呢？」我為他的話感動，就拜謝賞賜，拿了回來，耗盡了自己袋裡全部賣文所得的錢，跟少保公給的一樣，也是一百二十兩，買了城南靠東的十畝地，有房屋二十二間，小池塘兩個，養了魚和荷花。植物類的，有果樹、花木和材林三種，共幾十株。長長的籬笆在地上延伸著，用枸杞圍護起來，外面還有幾十株竹子，竹筍正從地面鑽出來直指天空。有客人來時，捕魚燒筍，配上掉落的果子，且飲且醉，作詩唱歌。剛開始屋子既陳舊又雜亂，我把它稍加整理翻新，於是將正堂題名為酬字。

【研　析】文人頗為醉心自造園林別墅，因為他們可以在這私人天地中拋卻俗務，復歸自由，更可與一二同好吟詩作對、飲酒嬉戲，與此相關的題記小品往往最見情愫。袁宏道有柳浪湖，袁中道有篔簹谷，黃汝亨有懶園，鍾惺有梅花墅等。徐渭自嘉靖二十年與潘氏成親後，入贅六年，之後一直賃屋居住、居無定所。據〈畸譜〉記載：「二十八歲。自潘遷寓一枝堂。」「三十一歲，寓杭瑪瑙寺。」「三十二歲，是時移居目連巷。」「三十九歲，徙師子街頭。」供職胡宗憲幕府後也因戰事之需四處奔波，如今終於因為題〈鎮海樓記〉得到胡宗憲賞賜而得以建成自己的別墅，結束四處僑居的生活，自然欣喜異常。本文文辭簡約，明快自然，袁宏道謂其「黃花瘦石不妨幽致」，既是對其樓的狀寫、其文的概括，亦是其人精神的洋溢。據徐渭自撰〈畸譜〉可知，嘉靖四十二年癸亥（西元一五六二年），他移居酬字堂，沈明臣等朋友曾來此流連唱和。可惜好景不長，因胡宗憲被逮下獄，深受刺激的徐渭病狂殺妻，被捕入獄，過了七年的牢獄生活。出獄後徐渭四處遊歷，等他重新歸鄉時，昔日的酬字堂早已破敗不堪，他只能再度賃屋居住，先是租金氏屋舍，既而租范氏屋舍，二兒入贅王氏後又被接到王氏家居住，多番折騰。

# 借竹樓記

【題解】徐渭友葉子肅在鄰居的竹叢旁邊築樓，並取名借竹樓。圍繞「借竹樓」的命名原因，二人展開了一場對話，徐渭藉此表達了自己的人生理想與人格追求，葉子肅受啟發，讓徐渭作文記載下此事。

龍山子❶既結樓於宅東北，稍並其鄰之竹，以著書樂道，集交遊燕笑於其中，而自題曰「借竹樓」。

【章旨】交待借竹樓之由來。

【注釋】❶龍山子　徐渭自注：「龍山子，名雍，字子肅。」

【語譯】龍山子在住宅的東北蓋了一座樓，稍稍靠近他鄰居家的竹子，在這裡讀書向道，或是聚集友人宴飲談笑，自己把它命名為「借竹樓」。

方蟬子❶往問之，龍山子曰：「始吾先大夫之卜居❷於此也，則買鄰之地而宅之。今吾不能也，則借鄰之竹而樓之。如是而已。」

【章旨】方蟬子向龍山子詢問此樓命名的原因，引出下面的一系列問答。

【注釋】❶方蟬子　徐渭別號。《徐文長三集》卷五〈醉中贈張子先〉：「方蟬子，調差別，中年學道立深雪，如魚飲水知寒熱。」❷卜居　擇地居住。

【語譯】方蟬子去問他命名的原因。龍山子說：「如果當初我的先人在這裡擇地居住，就會買了鄰居的地來建造住宅。如今我沒有這個能力，只能借了鄰居竹子來蓋樓。就是這樣罷了。」

方蟬子起而四顧，指以問曰：「如吾子之所為借者，特是鄰之竹乎非歟？」曰：「然。」「然則是鄰之竹之外何物乎？」曰：「他鄰之竹也。」「他鄰之竹之外又何物乎？」曰：「莫非鄰莫非竹也。」「莫非鄰莫非竹之外又何物乎？」曰：「會稽之山，遠出於南而迤於東也。」「山之外又何物乎？」曰：「雲天之所覆也。」方蟬子默然良久，龍山子固啟之。方蟬子曰：「子見是鄰之竹而樂，欲有之而不得也，故以借乎非歟？」曰：「然。」「然則見他鄰之竹而樂亦借也，見莫非鄰之竹而樂亦借也，又遠而見會稽之山與雲天之所覆而樂，亦莫非借也，而胡獨於是鄰之竹？使吾子見雲天而樂弗借也，山而樂弗借也，則近而見莫非鄰之竹而樂，宜亦弗借也，而又胡獨於是鄰之竹？且誠如吾子之所云，假而進吾子之居於是鄰之東，以次而極於雲天焉，則吾子之所樂而借者，能不以次而東之，而其所不借者，不反在於是鄰乎？又假而退吾子之居於雲天之西，以次而極於是鄰，則吾子之所樂而借者，能不以次而西之，而其所不借者，不反在於雲天乎？而吾子之所為借者，將何居乎？」

【章旨】二人往來問答，層層推進，探討所「借」者為何物，「借」的背後又有何意味。

【語譯】方蟬子站起來四處看了看，指著問道：「你想要借的，只是鄰居的竹子對嗎？」龍山子回答說：「對。」「那麼鄰居的竹子之外是什麼呢？」「是其他鄰居的竹子。」「其他鄰居的竹子之外又是什麼呢？」「無不是鄰居無不是竹子。」「無不是鄰居無不是竹子之外又是什麼呢？」「是會稽山，它開始於遙遠的南邊，綿延到東面。」「山的外面又是什麼呢？」「是被雲天所覆蓋的一切。」方蟬子沉默了很久，龍山子一再請他談談看法。方蟬子說：「你看到鄰居家的竹子很高興，想要占有它卻得不到，於是想借是不是？」回答說：「是。」「那麼見到其他鄰居的竹子而高興也應該算是借，見到無不是鄰居的竹子而高興也應該算是借，又遠遠地看到會稽山和雲天覆蓋的一切而高興也無不應該算是借，又豈止是借鄰居的竹子呢？假如讓你看到雲天感到快樂卻不借，看到山感到快樂卻不借，那麼就近看到無不是鄰居的竹子感到快樂，也應該不借，卻為什麼偏偏借這家鄰居的竹子呢？而且就像你所說的，假如把你的房子移到這家鄰居的東邊，依次一直到達雲天覆蓋的地方，那麼你所喜歡而借的東西，是不是也要依次向東延伸，而所不借的東西，不反倒是在鄰居處嗎？又假如把你的房子後移到雲天的西邊，依次達到現在這鄰居家，那麼你樂於要借的東西，是不是也要依次向西延伸，而不想借的，反而是雲天所覆之處呢？這樣說來，你想要借的東西，究竟是處在哪個位置上呢？」

龍山子矍然曰：「吾知之矣，吾知之矣。吾能忘情於遠，而不能忘情於近，非真忘情也。物遠近也，凡逐逐然❶於其可致，而飄飄然❷於其不可致，以自謂能忘者，舉天下之物皆若是矣。非子，則吾幾不免於敝。請子易吾之題，以廣吾之志，何如？」

【章　旨】龍山子恍然開悟。

【注　釋】❶逐逐然　斤斤計較地追逐的樣子。❷飄飄然　超脫不動心的樣子。

【語　譯】龍山子恍然醒悟說：「我明白了，我明白了！我能對遠的東西忘情，卻不能對近的東西忘情，這不是真正的忘情。東西有遠近，凡是斤斤計較地對待他可能得到的東西，而貌似瀟灑地放下那些所不可能得到的東西，就說自己能置身物外，人們對待天下的事情大致都是如此。要不是你，我幾乎免不了要被蒙蔽了。請幫我改一個名字，來開闊我的心胸，怎麼樣？」

方蟬子曰：「胡以易為？乃所謂借者，固亦有之也。其心虛以直，其行清以逸，其文章鏗然而有節，則子之所借於竹也，而子固不知也。其本錯以固，其勢昂以聳，其流風瀟然而不冗，則竹之所借於子也，而竹固不知也。而何不可之有？」龍山子仰而思，俯而釋，使方蟬子書其題，而記是語焉。

【章　旨】本段闡發「借竹樓」這一命名的深層內涵，呼應前文，深化主題。

【語　譯】方蟬子說：「何必要換呢？你所謂的借的東西，本來也是有的。那心胸的謙虛正直，行為的清峻飄逸，文章的鏗鏘而有節律，這些就是你從竹子那裡借來的，而你原本並不知道。那根系的盤錯牢固，姿勢的昂揚高聳，風格的瀟灑而不累贅，則是竹子從你身上得到的借鑑，而竹子原本也不知道。把樓命名為『借竹』有什麼不可呢？」龍山子仰頭沉思，低頭豁然開朗，讓方蟬子題寫了樓名，又記下了這番話。

【研　析】本文雖名為「記」，重點卻不在描摹敘寫，它以探討「借竹樓」命名的原因為中心展開問答，邏輯清晰、結構縝密，是一篇絕佳的說理文字。其特色首先在於論述的層次感。既是「借竹」，則必須要問借哪裡的竹，答曰「鄰之竹」，接著延續正常的理解思路，詢問「鄰之竹」之外是否尚有他物，由近及遠，由淺入深，層層推進，使對方的視野和思路得以不斷開拓。二是正、反論相結合。通過層層追問告訴對方如果看到鄰居家的竹子高興而想借，那麼其他的東西乃至雲天覆蓋的一切若能讓人感到快樂都應該被借；反過來說，若雲天覆蓋之處不是借用的目標，鄰家之竹亦然，正反結合，強化對方的認識。第三，為了進一步加深對方的理解，徐渭還引導對方進行換位思考。當房子位於現在的位置時，很自然的看到了鄰家之竹，但若房子的位置更換了，所見所感也會有所變化，由此提示龍山子去思考「吾子之所為借者，將何居乎」。通過徐渭的一番開導，龍山子豁然開悟，於是要求徐渭重新命名，但徐渭卻認為原名可以保留，並且指出人與竹二者彼此呼應。

# 豁然堂記

【題解】本文是一篇將寫景狀物與議論抒情相結合的優美散文，通過對豁然堂的改建與命名，引申出有關人心的議論。由事及理，借物說理，文筆舒展，夾敘夾議。

越中❶山之大者，若禹穴、香爐、蛾眉、秦望❷之屬以十數，而小者至不可計。至於湖，則總之稱鑑湖❸，而支流之別出者，益不可勝計矣。郡城隍祠，在臥龍山❹之臂，其西有堂，當湖山環會處。語其似，大約繚青縈白，髻峙帶澄。而近俯雉堞❺，遠問村落。其間林莽田隰之布錯，人禽宮室之虧蔽❻，稻黍菱蒲蓮芡之產，甿漁犁楫之具，紛披於坻窪；煙雲雪月之變，倏忽於昏旦。數十百里間，巨麗纖華，無不畢集人衿帶❼上。或至遊舫冶尊，歌笑互答，若當時龜齡所稱「蓮女」「漁郎」❽者，時亦點綴其中。於是登斯堂，不問其人，即有外感中攻❾，抑鬱無聊之事，每一流矚，煩慮頓消。而官斯土者，每當宴集過客，亦往往寓庖於此。獨規制無法，四蒙以辟❿，西面鑿牖，僅容兩軀。客主座必東，而既背湖山，起座一觀，還則隨失。是為坐斥曠明，而自取晦塞。予病其然，悉取西南牖之，直辟其東一面，今客座東而西向，倚几以臨，即湖山，終席不去。而後向之所云諸景，若舍塞而就曠，卻晦而即明。工既訖，擬其名，以為莫「豁然」宜。

【章　旨】描述豁然堂所處的地理位置以及周圍的山水等人間風物，說明豁然堂的改造和名字的由來。

【注　釋】❶越中　一般指浙江紹興地區，因該地為古越國的核心地帶。❷禹穴香爐蛾眉秦望　皆山名。禹穴，在今紹興會稽山，相傳大禹葬於此。香爐，又名茅峴山，在今紹興東南。蛾眉，在今福建泰寧西北及歸化北皆有峨眉山。秦望，在今浙江餘杭東南，相傳秦始皇登此以望東海，故名。❸鑒湖　在今紹興城南三里，又名鏡湖、長湖、南湖。❹臥龍山　舊名文種山，越大夫文種所葬處。在紹興治後，今稱府山。文長常遊此山。❺雉堞　城上短牆。❻虧蔽　疏落掩蔽。❼衿帶　衣帶。❽龜齡所稱蓮女漁郎　龜齡，指宋代文學家王十朋，其字龜齡。他的〈會稽風俗賦〉寫到鑒湖中蓮女漁郎往來的情景，云：「有菱歌兮聲峭，有蓮女兮貌都。日出兮煙銷，漁郎兮嘯呼。」❾外感中攻　中醫謂外感風邪，內有火氣攻心而致病。❿四蒙以辟　四面牆壁全部被遮蓋住。辟，通「壁」。

【語譯】越地的山比較大的，像禹穴、香爐、蛾眉、秦望之類，有上十座，小的就數不清了。至於湖，則總稱之為鑒湖，而由大湖派生出去另外形成的小湖，就更加不可勝數了。郡裡的城隍廟，在臥龍山的半山腰上，廟的西面有一座堂，正建在湖山環抱會合的地方。要說這景色像什麼，大體上是青色環衛、白色纏繞，像女子的髮髻一樣高聳，像瑩潔的絲帶一樣清澄。近觀可以看到山腳下的城牆，遠望可以看到村落。這中間樹木、草地、田地、沼澤錯雜分布，人群、家禽、房屋疏落掩映，稻黍菱蒲蓮芡這類作物，耕地捕魚用的犁槳等工具，散亂地遍布於高低各處；忽而煙雲迷蒙，忽而皓月當空，從早到晚變化非常迅疾。在方圓近百里之間，無論巨大的壯偉場面或細微的美好景物，莫不呈現在人們眼前。有時來到遊船上飲酒，遊人的歌聲與笑聲此起彼落，就像詩人王十朋所描寫的「蓮女」、「漁郎」，也時時點綴其間。此時登上這座堂，不論他是什麼人，即使受到外來的刺激或內心的煎熬，或者有壓抑無聊的心事，只要來此四面一望，煩惱憂慮就會頃刻消散。而在這裡當官的，每當宴請過往客人，也常常把宴會設在此處。只是這座堂的建造不成章法，四面都被牆壁遮蔽住了，西面開的窗戶，僅能容下兩個人。客人坐在朝東的主座，就不得不背靠湖山，要觀看景色就必須離座轉身，等轉回來景色就隨之看不見了。這真是放棄空曠明亮，而自取晦暗閉塞。我非常不滿這種狀況，於是把西面和南面兩堵牆全部開成窗戶，而只保留東邊一堵牆，又讓客人改為座東而向西，他倚靠在酒桌上就面對著湖山，直到席終也不會消失。從此以後，剛才所說的那些景色，就全都捨棄了閉塞而達到了開闊，擺脫了晦暗而接近於明亮。

工程完畢以後，打算為它起名，覺得沒有比「豁然」更適宜的了。

既名矣，復思其義曰：「嗟乎，人之心一耳。當其為私所障時，僅僅知有我七尺軀，即同室之親，痛癢當前，而盲然若一無所見者，不猶向之湖山，雖近在目前，而蒙以辟者耶？及其所障既徹，即四海之疎，痛癢未必當吾前也，而燦然若無一而不嬰❶於吾之見者，不猶今之湖山，雖遠在百里，而通以牖者耶？由此觀之，其豁與不豁，一間耳，而私一己、公萬物之幾係焉。此名斯堂者與登斯堂者，不可不交相勉者也，而直為一湖山也哉？」既以名於是義，將以共於人也，次而為之記。

【章旨】由豁然堂所帶來人的視野的改變，自然地聯繫到人心的豁達與否。

【注釋】❶嬰　接觸。

【語譯】已經命名後，我又思索它的含義，想道：「唉，人心其實和這一樣啊。當它被私利所障蔽的時候，只知道我自己的七尺身軀，即使是家中的親人，有利益攸關的事情發生在他面前，卻好像瞎子一樣什麼也看不見，不就像原先的湖山，雖然近在眼前，卻被牆遮蔽了一樣嗎？等到障礙撤除，即使像四海那樣遙遠，痛癢未必發生在我眼前，卻鮮明得好像無不縈繞在我眼前，不就像現在的湖山，雖然遠在百里以外，卻透過窗戶就能看到一樣嗎？由此看來，人心的豁達與不豁達，距離本是很近的啊！而只顧一己私利、與以天下萬物為公的細微差別，全維繫在這上面了。這是為這座堂起名的人和登上這座堂的人，不可不相互勉勵的啊，難道只是為了湖山的勝景嗎？」既已為了這些用意而命名這座堂，就想讓大家都知道，於是寫下了這篇記。

【研　析】徐渭的樓臺園林小品，一般自然而不隨意，往往從無意處見精警，從自然處見波瀾，這從〈豁然堂記〉即可見一斑。本篇記述臥龍山一山館改鑿窗戶，重新命名的事，主旨則在結尾點明，要求人們拆除私欲的屏障，擴大眼界。該文充溢著畫意詩情，作者從越中湖山之大處落筆，遠景勾勒。由遠而近。湖山環會之處，堂屋出焉，遊舫冶尊點綴其間，「蓮女」、「漁郎」歌笑互答，畫面為之鮮活流動。隨後筆鋒轉入鑿牖所向之不同，以致舍塞而就曠，卻晦而即明，堂廡為之「豁然」疏曠，點明題旨。正當文章似應戛然而止之時，波瀾頓生，筆鋒急轉，由實即虛，由堂屋而歎及人生：「嗟乎，人之心一耳。」由鑿牖以喻人：私一己抑或公萬物全在是否障蔽而已。

本文構思之精巧，寓意之深邃都十分突出。同時，我們還應看到這樣的事實：徐渭自然流轉，不著痕跡的文脈，其實又是作者熟參妙悟古人佳構而後得，文章整飭而不單調的節奏，依稀可見作者深厚的四六底蘊；篇末深刻的寄寓，正是蘇軾之文的重要特徵。《四庫》館臣雖然對徐渭有不公之評，但認為其文「源出蘇軾」則是十分準確的。

# 劉公去思碑

【題解】《文心雕龍・誄碑》云：「碑者，埤也。上古帝皇，紀號封禪，樹石埤岳，故曰碑也。」一般來說一篇碑文分散文和韻文兩部分，散文部分用來記敘傳主生平，韻文部分用來頌德贊勳。本文只有散文部分，作於萬曆七年（西元一五七九年）。傳主劉公名尚志，縣志記載「萬曆四年視事」，據碑文，任職三年而內召。劉尚志在任期間，處事公平，施政持久專一，最為難得的是刻意改弦更張以求政績。徐渭另有〈送山陰公序〉一文，也是為劉尚志所作。

今夫以百里之長，而聽斷百里之民，長之心一耳，非有二也；耳與口目一耳，亦非有二也。而百里之民蓋千萬其心，亦千萬其耳目與口。夫以千萬其心與耳目與口如此其眾也，且鬼蜮而狐奸者百出，而乘其所不及。至欲以一心一耳目一口以臨之，一不當則強弱倒置，淳黠無所別，書史❶起而陰把其衡，平者十一，而不平者十九，謗讟❷興而怨聲作矣。噫，然則孰謂聽斷非難哉！

【章旨】以對比的手法說明地方長官管理民務之難，為下文描寫劉公政績突出、受百姓愛戴做鋪墊。

【注釋】❶書史　指掌文書等事的吏員。❷讟　怨恨；誹謗。

【語譯】現今讓管轄方圓百里的長官，辦理百里之內百姓的案件，長官的心只有一個，卻沒有兩個；長官的耳朵和口眼各只有一副，也沒有兩副。但是百里之內的百姓的心則有千萬個，耳目與口也是如此。百姓的心、耳目與口有成千上萬之多，而且還有像鬼一般隱藏在暗處、像狐狸一般奸猾的歹人持續出現，趁著長官顧暇不及的時候做壞事。若只想憑藉長官一人以一心一耳目一口來管理眾多百姓，萬一有處置不當的時候，就會致使強弱倒置，使淳樸與狡黠無所分別，書吏小官趁機而起，在暗處操縱標準，使公平的事只有十分之一，而不公平的事有十分之九，繼而使讒謗的話和埋怨的聲音興起。唉，這樣看來，誰說聽斷案件、管理民務不難呢！

劉侯名某者之長我山陰也，其才能真足以起敝而完補破裂，特以承某侯後，侯恬然安之，欲不取赫赫事更張。獨其聽斷則真若止水，鬚眉靡所不燭，若禹之鑄鼎❶，即有魑魅魍魎，亦夔夔睢睢❷畢露而不可逃；

其折而低卬之，又若權石然，無不愜其輕重而後已。自一事至百千事，自一日至三年，民蹙而入者無不踴而出。於是一邑百里之間，帖帖若無事，而史胥❸、輿臺❹之輩亦縮手重足而退聽，無有攫民一錢一粟者。

【章　旨】稱讚劉公才能突出、公平正直，不刻意改弦更張，且施政又能持久專一。

【注　釋】❶禹之鑄鼎　《左傳・宣公二年》：「昔夏之方有德也，遠方圖物，貢金九牧，鑄鼎象物，百物而為之備，使民知神奸。故民入川澤山林，不逢不若，魑魅罔兩，莫能逢之。」意謂可以透明事理，看清真偽。❷夔夔睢睢　夔夔，敬謹恐懼的樣子。睢睢，仰視的樣子。❸史胥　掌管文書的小吏。❹輿臺　古代十等人中兩個低微等級的名稱，輿為第六等，臺為第十等。

【語　譯】劉侯擔任我山陰的長官時，他的才能真的足以振起衰敝，使破敗的事物、制度重新恢復完好。只是因為繼某人後上任，劉侯恬然自適，不願意辦一些聲勢赫赫的事情以改弦更張。但是他處理案件真可謂是公平得像靜止的水，任何隱微、細小的細節都看得一清二楚，就好像上古時期的大禹鑄鼎，即使有魑魅魍魎之類的鬼怪妖物，也都驚悚仰視，顯露原形，無處可逃；他處理事務的時候，好像測重量的權石一樣，無不合乎輕重。劉侯這種處理事情的態度，從一件事推廣到百千件事，從一天延續到三年，百姓雖皺眉而入，但沒有一個不是跳躍而出。於是方圓百里的一邑內，安安穩穩好像沒有事情發生一樣。而掌管文書的小吏和在官府工作的奴役們，也都小心約束自己的行為，退讓順從，沒有一個敢攫取百姓一錢一粟。

在漢史劉陶❶以孝廉❷宰順陽，無他事，特以縣多奸猾，陶能摘而發之。既去，吏民思之，復作歌曰：「悒然不平，思我劉君。何時復來，安此下民？」今侯之以召入也，民思而歌之，亦如之未已也，謀共祠而碑之，而屬書於予。噫，固其宜也！異時邑校圮❸，侯新之，不令勞且費於民。江汰天樂，侯隄之，可十萬丈，廣狹長短視田業而責之主者，民亦不知有勞。凡此皆教與養之大者也。然學不圮，堤不壞，則侯亦不作。吾所謂不獵取赫赫，而必欲功自己出者，大抵然也。噫！有才而不急於名，此更難。

【章　旨】以漢之劉陶比襯劉公善治民、得民心、惜民力，再次強調劉公不為顯名而做無益百姓之事。

【注　釋】❶劉陶　字子奇，一名偉，潁川潁陰人，東漢末年人，約漢桓帝至靈帝熹平末在世。《後漢書》卷五十七〈劉陶傳〉云：「後陶舉孝廉，除順陽長。縣多奸猾，陶到官，宣募吏民有氣力勇猛，能以死易生者，不拘亡命奸藏，於是剽輕劍客之徒過晏等十餘人，皆來應募。陶責其先過，要以後效，使各結所厚少年，得數百人，皆嚴兵待命。於是覆案奸軌，所法若神。以病免。」❷孝廉　漢武帝時設立的察舉考試，以任用官員的一種科目，孝廉是「孝順親長、廉能正直」的意思。❸圮 塌壞；倒塌。

【語 譯】東漢時劉陶以孝廉的身分，擔任順陽的長官，沒有做多餘的事情，只因順陽縣多奸猾之徒，劉陶能除去並揭露他們。離開之後，官吏和百姓都很思念他，還作歌唱道：「心中鬱悶不能平，苦苦思念劉使君。何時再來順陽縣，安撫庇護眾平民。」現在劉侯因為朝廷召喚而入朝任職，百姓思念他而作歌，像當年懷念劉陶那樣，但還覺得不夠，商量給劉侯立祠堂並刻碑，把寫作碑文的事情交待給我。啊，原本就應該這樣啊！之前縣裡的學校倒塌了，劉侯重新修建了學校，不僅不讓百姓辛苦，還不讓百姓出錢。江水衝擊天樂縣，劉侯築堤防禦，大約長十萬丈，堤壩的廣狹長短依據田地的優劣向主人借錢，百姓也不覺得辛勞。這些行為都是教導、養育民眾時十分重要的方面。然而學校不倒塌，大堤不壞，那麼劉侯也不興作工程。我所說的不獵取赫赫聲名，一定要使功勞歸於自己的人，大概就像劉侯這樣。啊！有才卻又不汲汲於名望，這就更難了。

【研 析】碑誌早在漢代便開始流行，其主要特點是在不太長的篇幅裡記敘傳主德行、事蹟，且多有諛美之詞，很容易形成空洞呆板的格套。徐渭的這篇碑文繼承了唐代散文家韓愈的許多特點，對傳統寫法有很大突破。首先，文章開頭打破了一般碑文介紹傳主姓名、籍貫的慣例，而是用排偶、連沓的句式論證地方官員治民之難，為下文稱讚劉公獨到的治民方法做鋪墊，文氣連貫而下，頗有先秦諸子特別是孟子文風。其次，不著意書寫傳主生平，而是抓住劉公在任時不為顯名而改弦更張、公平正直、治民方針持久專一這三個特點，稱讚劉公善治民、得民心、惜民力，生動地展示出了劉公獨特的人物形象，使這篇碑文具備了較強的獨特性。第三，借劉公之事發議論，寓諷刺。在劉公的三個特點中，作者最為欣賞的是劉公「不取赫赫事更張」，結尾又特別強調「有才而不急於名，此更難」，呼應前文，在反覆感歎中，我們可以讀出作者對民瘼的關心，也可以想見當時必然存在許多地方官吏為突出自己的政績而不惜民力、大肆改弦更張的現象，正是在這種背景下，這篇碑文才不單單為劉公所作，而具備了更深遠的現實意義。

# 聚禪師傳

【題解】這篇文章作於嘉靖四十三年（西元一五六四年），徐渭時年四十四歲。玉芝為人峻潔圓轉，舉止瀟然，工詩，善於說法，與季本、王畿、錢楩等交遊甚密。在徐渭所結交的僧侶中，他最推崇玉芝。玉芝曾為徐渭解《首楞嚴經》，徐渭深為折服，對徐渭著《首楞嚴經解》，泯會三教合一的學術路向以及創作《四聲猿》中的〈翠鄉夢〉具有直接的啟教之功。著有《玉芝內外集》。在徐渭的文集中，與玉芝有關的文章尚有〈聚法師將往天台，止其徒玉公庵中，余為留信宿〉、〈訪玉芝師夜宿新庵同蕭女臣〉、〈芝師將返天池山贈別〉等。

玉芝大師名法聚，姓富氏，嘉禾[1]人也。始去俗，從師海鹽[2]之資聖寺，與董從吾[3]翁謁陽明先生於會稽山中，問獨知[4]旨，持詩為贄。

先生器之，答以詩。至金陵，參夢居禪師❺於碧峰寺，問如何不落人圈繢，居與一掌，師大悟。自是往湖郡，居天池山。其弟子名祖玉者，與渭為方外交，結廬於山陰鏡湖之濱。師往來吳越間，數至其地。渭數往候之，或連晝夜不去，并得略觀其平生。

【章旨】簡單介紹禪師修行的經過和自己結交禪師的契機。

【注釋】❶嘉禾　今浙江嘉興。❷海鹽　地名，位於浙江省北部富庶的杭嘉湖平原。❸董從吾　董澐（西元一四五七－一五三三年），字復宗，一字子壽，號蘿石，晚號從吾道人，海鹽人。《明史・儒林傳》附載〈錢德洪傳〉末。嘉靖三年（西元一五二四年），董澐六十八歲，遊歷會稽時，聽王陽明講學，有人勸阻他，董澐回答說：「吾從吾所好耳。」因此號「從吾」。有《董從吾稿》一卷。❹獨知　「獨知」概念的提出是朱子針對《大學》、《中庸》之「獨」所作的疏解，陽明則順勢拿來作為對良知的解釋。他們向陽明請教的正是其良知學說。❺夢居禪師　《釋鑒稽古略續集》卷三記載：「夢居禪師住金陵碧峰山，乃玉芝得法之師。其接玉芝之際，即其二偈叱曰：『非非。』芝曰：『云何非非？』居曰：『子不非非，恁人非非。梁皇達磨，兩不見機。何勞折葦，又遣人追。古之今之，落人圈繢。』芝曰：『如何得不落人圈繢？』居打一掌曰：『是落也，是不落也。』芝即禮拜。」

【語譯】玉芝大師法名法聚，姓富，嘉禾人。最初出家的時候，師從海鹽資聖寺的法師，與董從吾老先生一起去會稽山中拜訪陽明先生，請教良知學說的要義，並以自己寫的詩作見面禮。陽明先生十分器重聚禪師，也作詩回答。到了金陵，聚禪師去碧峰寺參拜夢居禪師，問怎樣才能不落到別人的圈套中。夢居法師打了聚禪師一掌，聚禪師大悟。於是前往湖郡，居住在天池山。聚禪師有一個叫祖玉的弟子，是我的方外之友，住在山陰鏡湖的岸邊。聚禪師在吳越地區往來，多次到他的住所。我也多次前往祖玉的住所去等候聚禪師，有時一連幾日都不離開，得以大概了解聚禪師的平生。

所著論，多出入聖經，混儒與釋為一。然好勝者或以此詆之，謂師苦於文而疏於道。夫語道，渭則未敢，至於文，蓋嘗一究心焉者。渭觀師之文，未嘗苦也，所謂疏於道者，其又可信乎？然渭嘗令師代濟法師答白居易問未了佛法書，又令作《首楞嚴》昧晦為空一章解，合千有餘言，據案落筆，應手而成，奧旨猜辭，一時皆徹。則師之於道，概可知矣。若其為人峻潔圓轉，舉止瀟然。王公貴人見其人，至不敢屈。而庸夫豎子一聞其教，輒興起自愧，反其所為。曲儒小士多詆釋，遇師與立談，顧趨而事之，舍所學而從彼，不可以觀道乎？

【章 旨】稱讚禪師精通佛理，擅長作文，同時還能以其人格魅力教化大眾。

【語 譯】聚禪師的論著，大多出入於佛經，並將儒家學說和佛理混融為一。然而有好勝者因此詆譭禪師，說禪師花了過多的精力在寫文章上面，而疏於鑽研佛理。如果說到佛理，我不敢置喙，至於說到寫文章，我倒曾經專心研究過。我看聚禪師的文章，並未覺得他刻意作文，所謂的疏於鑽研佛理，又怎麼能相信呢？然而我曾讓聚禪師代濟法師回答白居易關於佛法中「未了」的問題，又讓他為《首楞嚴》「昧晦為空」章作章解，加起來有一千多字，聚禪師扶著書桌落筆作文，抬手便成，旨意深奧，辭藻精妙，「未了」的問題和《首楞嚴》「昧晦為空」章的旨意一時間全部解釋得清晰洞徹。那麼，聚禪師對佛理的鑽研，大概可以由此了解。聚禪師為人品行高潔，隨和溫順，舉止瀟灑自然。王公貴人見到他，甚至不敢憑藉權勢讓他屈服。而平庸之人和不成器的人，一聽到他的教誨，就感覺慚愧，並反省自己的所作所為。淺陋迂腐的儒生和士人多詆譭佛教，遇到禪師並與他站著交談後，就快步走上去侍奉他，捨棄以前學的東西，跟隨禪師學習佛理。由此難道不可以體會佛法的精深嗎？

師居天池山二十餘年，登坐說法者凡幾。每說，眾至若干人，退而警悟趨道者甚眾。而其所嘗侍奉弟子，往來山中，亦多至數十人，皆沖然自得，修行清苦，循雅有常度，間或以詩聞於世，所至人皆知其為師之徒也。

【章　旨】介紹禪師徒眾之多，其中不乏佛理、文學兼通之才。

【語　譯】聚禪師在天池山居住了二十多年，登座說法的次數難以計算。每次說法，聽眾都有很多人，回去之後警醒、領悟然後皈依佛理的人非常多。而曾經侍奉過他的弟子，出入山中，也多達數十人，都沖淡自得，修行時守貧刻苦，溫順文雅，舉止有度，其中還有人以詩聞名於當時，來聽講的人都知道他們是聚禪師的弟子。

嘉靖癸亥五月十九日，忽示微疾。一日，召徒眾謂曰：「吾將行矣！」沐浴更衣履而逝。閱一年，將以閏二月十六日藏骨於某所。其徒某某抱諸遺事，走數千里道來京師，請銘於兵部侍郎蔡公❶。而渭適以尚書李公❷聘寓京，得見之，取其遺，摭其大者為之傳。

【章　旨】描寫禪師臨終之事，交待自己為禪師作傳的緣起。

【注　釋】❶兵部侍郎蔡公　即蔡汝楠（西元一五一四—一五六五年），字子木，號白石，浙江德清人，嘉靖十一年（西元一五三二年）進士，任兵部右侍郎，嘉靖四十三年（西元一五六四年）去任。《明史》卷二百八十七有傳。❷尚書李公　即李春芳（西元一五一〇—一五八四年），字子實，號石麓，南直隸揚州興化（今江蘇興化）人，嘉靖十年（西元一五三一年）舉人，嘉靖二十六年（西元一五四七年）進士。尋遷太常少卿，拜禮部右侍郎。嘉靖四十四年（西元一五六五年）任禮部尚書。《明史》卷一百九十三有傳。

【語　譯】嘉靖四十二年五月十九日，忽然得了小病。一天，聚禪師召集徒眾，對他們說：「我就要死了！」然後沐浴，更換衣服鞋子後就去世了。隔了一年，計畫在閏二月十六日把他的骨灰藏到某個地方。他的徒弟某某，帶著記錄禪師遺事的紙張，走了數千里路來到京師，請兵部侍郎蔡公為禪師寫銘文。而我當時正好受尚書李公的邀請住在京師，得以見到某某，取得禪師的遺事，選擇其中重要的事件為他寫傳。

【研　析】尚短尚簡是徐渭創作散文時的自覺追求，他反對面面俱到地對對象作殫比罄論式的描摹，而主張抓住對象的主要方面加以突出，即使展現事物的某一側面或部分，其最終目的也是通過對這一側面或部分呈現對象的整體面貌和本質特徵。這篇〈聚禪師傳〉就很好地體現了徐渭散文簡短但不失神韻的特點。玉芝禪師與徐渭交情甚深，對徐渭的學術思想和戲劇創作也有很深的影響，為這樣的人作傳，按理應該有很多話要說，徐渭所知道的玉芝禪師的品德和事蹟肯定也不止一端，但他並沒有事無巨細地鋪展開來，而是重點突出禪師精通佛理和為人瀟灑出塵這兩點上，對禪師弟子的介紹也是為了從側面表現這兩個特點。全文話語無多，而精華濃縮，玉芝禪師的神韻躍然紙上。

# 彭應時小傳

【題　解】彭應時是徐渭少年時習武的老師，據〈畸譜〉自述，「十五六歲時，學劍於彭如醉名應時者」。後在抗倭戰鬥中陣亡。這篇小傳選取主要特徵與典型事蹟，表現了傳主剛直勇武的性格。

彭應時，山陰人，始以文敏為生員。既以俠敗，乃用武，中武科❶，為鎮撫❷，又以亢❸被黜，家居困鬱甚。久之，都御史❹王公忬❺來鎮浙，知其材，檄❻使練士。會參將盧鏜❼自松江擊走蕭顯❽，公令應時截諸海塘乍浦，為賊所掩❾，乃奮鬭，被創墮馬死。死之時，猶怪罵其馬前卒促使己脫身走者。應時性聰敏，能詩文，材力武技，一時蓋鄉里中，而馳射尤妙，幾於穿葉。少年時使氣，人莫敢忤。至是，善撫士卒，士卒且樂為之用，而竟以敗死，命也夫！

【注　釋】❶武科　科舉制度中專為選拔武官而設的科目。這一科目與其他常科考試的安排、要求一樣，但考試內容大為不同，射箭、馬槍、舉重、負重等是武科考試的重要內容。❷鎮撫　官名。❸亢　正直。❹都御史　官名，據《明史・職官志二》，其職責為：「糾劾百司，辯明冤枉，提督各道，為天子耳目風紀之司。」❺王公忬　王忬，明代名臣，王世貞之父。曾禦俺答，破倭寇，後因得罪嚴嵩及邊事失利被殺。❻檄　古代官府用以徵召或聲討的文書。❼盧鏜　明代名將，屢遭冤誣貶謫，但抗倭蕩寇志不消滅，立下赫赫戰功。❽蕭顯　明代海盜首領，嘉靖年間與徐海、陳東等漢奸共引倭寇入侵，釀成倭患。❾掩　襲擊。

【語　譯】彭應時是紹興人，起初因為文思敏捷被選拔為生員。因為任俠受到挫折，於是就轉而習武，考中了武舉，做了鎮撫，又因為耿直而被罷免，閒居在家時非常鬱悶。過了很長時間，都御史王忬來主管浙江軍政大事，知道他的才能，於是用檄文徵召他來訓練士兵。正逢參將盧鏜在松江打跑了蕭顯，王忬命令彭應時在海塘乍浦堵截，被賊兵襲擊，於是奮力作戰，受傷落馬而死。死的時候，還責罵催促他脫身逃跑的馬前卒。應時生性聰慧機敏，善寫詩文，才幹武藝，在當時鄉里最為突出，而騎馬射箭尤其精妙，幾乎能在百步之外射穿所瞄準的樹葉。年輕時發起脾氣來，沒有人敢招惹。到帶兵的時候，卻非常關心士兵，士兵們也樂意為他效力。然而竟戰敗身死，這就是命嗎？

【研　析】全文循序勾勒出彭應時人生中的三個主要階段：一則以俠敗，既而以亢被黜，最後激戰而死，雖說死得其所，卻可謂命運多蹇，與此不幸相對應的則是他「能詩文」的文才、「馳射尤妙，幾於穿葉」的武技和「善撫士卒，士卒且樂為之用」的大將風範，寥寥數語，彭氏的鮮活形象躍然紙上，同時也寄託了無限的感慨，暗示出現實社會對「俠」、「亢」等真率人格的抑制和戕害。文章布局遣詞之妙，學人早有究悉，即多用短句，少用虛詞，更無累贅字眼，使其短截精幹。

時而夾雜長句，既避免了急促易折，又使文章取得了鏗鏘有力、節奏強勁的效果，這正是吸取了韓愈散文長處的結構，陸雲龍有「言簡卻有氣韻」之評。

## 嚴烈女傳

【題解】嘉靖三十年（西元一五五一年），徐渭從紹興來到杭州，在瑪瑙寺陪伴湖州富家子弟潘鈇讀書，兩個月的伴讀生活使兩人結下深厚的友誼，次年五月，已回到湖州的潘鈇給在紹興的徐渭寫信，說要為其介紹嚴氏女為繼室，但徐渭因為懷疑她的父親而連帶懷疑到她。嘉靖三十五年，倭寇進犯浙西，嚴氏女遭劫後堅貞不屈，投水自殺。徐渭聽說後既傷且悲，作此傳以為紀念。

嘉靖辛亥❶，渭既交於湖歸安潘君鈇❷時誼，次年夏五月書來，且曰為君求得繼室於鈇縣雙林鄉，實嚴翁某長女，某翁父故某府知府，某同產兄弟也。渭見嚴翁與語大悅，許女焉。及察其動止，顧私獨以其駃❸也，固謝之。其後四年，倭夷寇浙西，入雙林。遇翁，斷其一臂。翁死，乃牽其二女俱去，行若干里許，過某橋，長女初許渭者，奮投橋下，溺死焉。浙及他道，自有寇以來，婦女虜，其還者以千計，而女獨死，難矣。事聞，渭痛之如室❹焉，且悔。以為當其時，苟成之，或得免。然天欲成斯人名，渭獨且奈何？疑其父而及其女，而不知其生而悔於其死，其可及乎？作〈嚴烈女傳〉。

【注釋】❶嘉靖辛亥　嘉靖三十年，西元一五五一年。❷潘君鈇　潘鈇，徐渭友人。❸騃　傻；愚蠢。❹室　古指妻子。

【語譯】嘉靖辛亥年，我結識了湖州歸安的潘鈇，第二年夏天五月他寫了封信來，信中說他幫我在歸安雙林鄉找到了一個可以做我繼室的人選，是嚴姓老翁的大女兒，這嚴姓老翁的父親曾做過知府，是他的同母兄弟。徐渭見了嚴翁跟他提了這事後他很高興，答應把女兒許配給我。等到觀察她的行為舉止，私底下個人覺得他有點傻，堅決推辭了。後來又過了四年，倭寇侵犯浙西，來到雙林，碰到了嚴翁，砍斷了他一隻胳膊。嚴翁死後，倭寇抓了他的兩個女兒一同離開，走到若干里遠的地方，要通過一座橋，當初打算許配給我的那個大女兒，奮力從橋上跳了下去，淹死了。在浙江和其他地方，自從有倭寇以來，婦女被抓走後又活著回來的數以千計，而這個女子唯獨選擇了尋死，難得啊！聽說了這件事後，徐渭如同自己的妻子死了一樣傷心，而且很後悔。覺得在那個時候，假如跟嚴女的婚事成了，或許她就能夠避免這樣的遭遇。但上天要成就她的名聲，徐渭獨自一人又能怎麼樣呢？因為懷疑她的父親連帶懷疑到她，在她生前不了解她，當她死後又感到後悔，又怎麼來得及呢？於是寫了〈嚴烈女傳〉。

【研　析】所謂「烈女」，是指剛正有節操的女子，一般多從封建禮教著眼，但本傳的主人公卻有所不同。嚴氏女，浙江鄉間的一名普通女子，但徐渭卻對她屢屢不能忘懷，除了此文外，當嚴翁被倭寇殺死、兩女被擄走的消息傳到紹興後，徐渭即寫下了〈宛轉詞〉。不久，傳來確切消息，嚴氏長女在被擄後投河自殺，二女放還後也死去。徐渭又寫下了〈湖嚴氏有二女，其翁以長者許渭繼室，渭自愆盟。頃聞為海寇斷其翁臂，二女俱被執，旋複放還，便已作宛轉詞憐之。後知其長女被執時，即自奮墜橋死，幼女放還亦死，因複賦此。宛轉詞中覆水句，正悔愆盟也〉詩。嘉靖四十一年（西元一五六二年）秋天，徐渭跟隨胡宗憲抵達龍遊。他去拜謁貞女徐蓮姑祠墓，睹物思情，想起歸安嚴氏的事蹟已被湮沒，因而寫下〈予過龍遊，拜貞女徐蓮姑祠墓，因感湖嚴氏女跡久湮，次壁韻〉一詩。晚年寫作〈畸譜〉時，又兩次提及此事。徐渭之所以屢屢念及嚴氏女，一則是因為自己當年因誤會而錯失此女，未能成婚，加之自己數年來婚姻不幸，自然要有所遺憾，故而每每稱「悔」，對嚴氏女表達了深厚的愧疚之情；二則是因爲嚴女的大義凜然、堅貞不屈也遠超世俗的一般理解，恰如文中說「自有寇以來，婦女虜，其還者以千記，而女獨死，難矣」。由於倭寇的進犯，普通民眾家破人亡、流連失所，他們是受害者、可憐人，能夠從敵人的屠刀下逃脫實屬不易，難以用所謂的道德去苛責她們，可嚴女卻毅然選擇了死亡，她所看重的不僅是所謂的名節，更是氣節，此種大義理當大書特書。由此也可見出，徐渭對嚴女這一普通女子乃至所有英勇不屈、抵抗仇敵人士的熱烈謳歌，乃是以隱晦之筆強烈譴責倭寇的罪行。

# 亡妻潘墓誌銘

【題解】徐師曾《文體明辨序說・墓誌銘》云：「志者，記也；銘者，名也。古之人有德善功烈可名於世，歿則後人為之鑄器以銘，而俾傳於無窮。」墓誌係記敘死者生平事蹟，墓銘則表彰死者之品德，同屬讚頌之辭，久而久之，逐漸形成一固定體例。多於古人歿後，由親戚、朋友、同窗等據其生平而作。本文是徐渭為自己的第一任妻子潘氏所作，據〈蕭女臣墓誌銘〉可知，此文乃事後追作，徐渭同時還為自己的嫡母苗宜人、伯兄徐淮一併撰寫了墓誌銘。

君姓潘氏，生無名字，死而渭追有之，以其介似渭也，名似，字介君。介君婞而樸廉❶，不嫉忌❷。從其父官於陽江❸時，時拾無所記詰之錢銀，以還其繼母。渭贅其家者六年，終不私取其家之付藏者一縷以與渭。父自陽江陞趙王府奉祀❹，還過梅嶺❺，開匣取十金與之，戒勿泄於母。介君怯焉，即以投於兄。與渭正言，必擇而後發，恐渭猜，蹈所諱。生時處繼母及繼母之弟妹，若宗親僮僕婦女婢，始終無不歡，死無不憐之者。生子一，名枚。娠時夢月，及產，頑然笑謂渭曰：「無異也。」介君始病瘵❻，產而病益加，踰年而死。死之前數日，有嫗入自後戶，犬逼之，躍積稻中不見。死後月餘，而家之蒼頭❼夜網魚歸汩門，忽墮水起，而懵然有神馮焉，聲音言笑，悉介君也，道生時事，哭泣悲兒子，責無禮於其所親某。介君生嘉靖某年月日，某年月日死其家，年纔十九，以某年月日歸其柩，葬舅姑❽側，去可三丈許。銘曰：生而贅其夫，死而不識其姑。女雖彗，魂悵然其踟躕。生而綴其珮，死而歸於其妹。女則廉，魂釋然而勿憝。生則短而死則長，女其待我於松柏之陽。

【注釋】❶樸廉　樸實儉約。❷嫉忌　猶妒忌。❸陽江　地名，屬廣東肇慶府。潘介君父潘克敬曾任廣東陽江縣主簿。❹奉祀　供奉祭祀官。❺梅嶺　即大庾嶺，五嶺之一，在廣東、江西交界處。❻瘵　病，多指癆病。❼蒼頭　指奴僕。❽舅姑　指公婆。

【語　譯】亡妻姓潘，生前沒有名字，死後因為徐渭的追加才有，因為她的耿介與徐渭相似，所以給她取名為似，字介君。介君為人聰慧樸實，方正而不嫉妒，跟隨她父親在陽江任職時，時常將那些沒有記錄的銀兩收拾起來交還給繼母。徐渭入贅六年，她始終沒有拿一絲一毫家裡的東西給我。她父親由陽江縣主簿升任趙王府奉祀官，途中經過梅嶺，打開箱子取出十兩銀子給她，並告誡她不要讓繼母知道。介君害怕，隨即給了自己的兄長。與我說話話語嚴正，一定是經過思量選擇才說出來，怕我猜忌，會遮掩那些有顧忌的內容。生前與繼母、繼母的弟弟妹妹，乃至宗室親戚、僕人、婢女相處，從來都很融洽，她死後，沒有人不感到哀憐惋惜。生了一個兒子，叫徐枚。懷孕時曾夢到月亮，等到生產時，會心一笑對我說：「沒有奇異的地方。」介君剛開始時得的是癆病，生了孩子後病情益加嚴重，一年後就去世了。臨死的數日前，有一個老婦從後門進入，遭狗逼迫，跳進堆積的稻穀中不見了。去世一個多月後，家裡的奴僕夜間捕魚回汨門，掉進水裡又突然起來了，恍惚似有神在護佑，而神靈的聲音笑貌都像是介君。說在世時的事情，哭著想念兒子，責怪我對她的一位親人不太禮貌。介君出生於嘉靖年的某年月日，某年月日在家中去世，才十九歲，某年月日我將她的靈柩送回家鄉，葬在公婆旁邊，大概離著三丈的距離。銘文說：活著的時候依靠丈夫，死後卻不認識自己的婆婆。你雖然很聰明，但魂魄卻悵然若失左右徘徊。活著的時候佩戴著玉佩，死後則給了自己的妹妹。你非常廉潔，魂魄釋然而不怨恨。活著的時候短而死後的時間長，你且在松柏之陽等待著我。

【研　析】嘉靖二十年（西元一五四一年）夏，徐渭在陽江縣官舍中與自己的第一任妻子潘氏成親，他年僅十五歲的新婚妻子善良、體貼，使徐渭獲得了難得的溫馨與幸福，可惜的是好景不長，本就身體虛弱且患有肺病的潘氏生育後病情更趨嚴重，並在嘉靖二十五年十月初八那天香消玉殞。妻子的驟然去世，幸福轉瞬即逝，給徐渭造成了極大的觸動，加之後來的三段婚姻生活皆不如意，甚而釀成悲劇，潘氏以及五年的婚姻生活成為徐渭一生揮之不去的思念，滿腔深情屢屢訴諸文字，充滿了溫情、甜蜜和傷感、失意。

本文是徐渭事後為妻子追作的墓誌銘，此類文字有其固定的寫作模式，先是交待墓主的生平事蹟，既而說明墓主的生卒年月及安葬事宜，最後是銘文，本文一如其例。但由於徐渭對潘氏充滿著特殊的情感，故而在常規套路之外呈現出別樣韻味。全文篇幅不長，描述潘氏事蹟的文字亦不過寥寥數語，但通過幾個日常事件，卻使她的形象躍然紙上，令人既愛且憐。如果說不敢要父親私下給的銀兩、與丈夫說話注意分寸、廣受家人讚譽尚只是傳統女德的風範，可敬卻未必可親，產後卻強顏歡笑對丈夫說「無異」，既可見其體貼、善良，也可見出夫妻間的深厚感情，使人聞之動容。文中還特別寫了一段妻子去世後的神異事件，既是對妻子形象和品德的進一步昇華，同時也寄託著自己的滿腔痛苦與深切懷念。

## 蕭女臣墓誌銘

【題　解】在徐渭所作〈畸譜〉中，被列入「師類」的有一位是蕭鳴鳳。蕭鳴鳳（西元一四八八—一五七二年），字子雝，號靜庵，紹興山陰大妻人，早年師從王守仁。弘治十七年（西元一五〇四年）鄉試第一。正德九年（西元一五一四年）登進士，歷官雲南道監察御史、南畿學政、湖廣兵備副使、廣東學政等。徐渭九歲這一年，見到了因故歸里的原廣東學政蕭鳴鳳，後又因蕭鳴鳳的安排，與鳴鳳的侄子蕭女臣一起讀私塾，兩人相交深篤。徐渭在追誌母兄妻時，也為自己的「好兄弟」蕭女臣撰寫了墓誌銘。

吾友雲萊子蕭女臣翊年三十九而死，葬未有誌銘，其父老而諸孤幼且貧，亦不知為其父請乞，而諸友則數屬渭。久之，渭追誌母兄妻，而女臣於渭好兄弟也，因誌女臣。

【章　旨】交待撰寫墓誌銘的緣由。

【語　譯】我的朋友雲萊子蕭女臣翊享年三十九歲去世，下葬的時候沒有墓誌和銘文，他的父親年紀大了，而遺留的兒子年紀尚小並且很貧窮，也不知道為他的父親去請求別人，而諸位朋友則多次屬意徐渭。很長時間以後，徐渭為嫡母、兄長及妻子追寫墓誌，女臣是我的好兄弟，因此也為他寫了墓誌。

女臣生而瘠峻捷輕，步履如飛，性絕聰明，亦絕疏落鹵莽，薄世俗，有物外想。年十六七時，其叔提學副使公諱鳴鳳者深愛之，歲具衣食，令就渭家同學於師。女臣心不喜舉業，獨喜秦漢古文、老莊諸子、仙釋經錄及古書法，以故楷甚精，摹十數種，死後爭得之，率丈尺金數兩。其於諸古文仙釋，則不求甚解，獨心竊好之。嘗從師季長沙公訪周江郎山人，與渭過宿北菴上人之所，從玉芝師者歸，則翩翩然欲飛去。晚尤喜與人飲謔，每自其贅婦錢塘朱家走其家中梅，踵不旋輒走渭所寓禹蹟寺中，與諸所好同席枕，或累數月無日不痛飲。眇世事，慼慨百集，病且劇猶臥寺中，渭與葉子肅侍之月餘而始歸中梅焉。

【章　旨】描述蕭女臣的生平遭際與性格特點。

【語　譯】女臣一出生就瘦弱輕捷，行走如同飛一樣，非常聰明，也非常磊落粗疏，鄙薄流俗，超然物外。十六七歲的時候，他的叔父提學副使蕭鳴鳳非常喜愛他，每年提供他衣服食物，讓他跟徐渭共同在徐氏家塾學習。女臣內心不喜歡舉業，唯獨喜歡秦漢時的古文、老莊等先秦諸子、仙佛的經書和古代的書法，因此楷書非常精通，模仿了十幾種，他死後人人爭奪，全都每尺價值數金。他對於各種古文仙佛的經書，全都不求完全理解，只是內心喜歡。曾經跟隨季本老師尋訪周江郎山人，跟徐渭居住在北菴上人住所，跟隨玉芝禪師後，翩然想要離去。晚年尤其喜歡與人喝酒戲謔，每每從他入贅的錢塘朱家回到家鄉中梅，立即來到徐渭寓居的禹蹟寺，跟投契的人同床共枕，有時好幾個月沒有一天不盡情喝酒。輕視世俗事務，感慨良多，病得很重了仍舊睡在寺廟裡，徐渭和葉子肅照顧了他一個多月才返回中梅。

女臣既貧而性復好施與，又不事生業❶，獨守一弟子員❷，心益厭苦之。或為人師，所得僅資一歲，至是又亡其妻，用是以窮愁死，而人不知，見其外終曠蕩，於是盡歸罪於酒與色矣。子五人皆穉❸小，始而寄散養，長大者今始歸焉。女臣以某年月日死，訃至，渭哭寺中幾絕，以某年月日葬某所，不給，渭與某稍會斂以遺。銘曰：枕耶席，寺禹蹟，欲與君共之，今可得耶！

【章　旨】交待蕭女臣死後的事情。

【注　釋】❶生業　產業；資材。❷弟子員　明清對縣學生員的稱謂。❸穉　同「稚」。

【語　譯】女臣本就貧困天性又樂善好施，又不從事生產，唯獨守著一個弟子員的名頭，心裡更加苦悶。曾經當過老師，獲得的報酬僅夠維持一年，到這時候妻子又去世了，自己因為貧窮愁苦而死，別人卻不了解，看見他始終表現得很放蕩，於是歸罪於酒色。五個孩子全都很幼小，開始時託給別人分散撫養，如今長大了才回來。女臣是某年月日去世的，訃告到達的時候，徐渭在寺廟中幾乎哭死，某年月日葬在了某地，供給不足，徐渭和某某稍稍湊了點錢贈送。銘文是：同枕共席，臥談禹蹟寺，想要跟你一起，如今可得乎！

【研　析】文章起始交待寫作之因緣，結尾說明蕭女臣歿後之遭際，這些都是墓誌銘寫作中的基本要素，中間部分則為全文關鍵之所在。寥寥數語，將蕭女臣的卓絕才華與不羈性情展現得淋漓盡致，「自其贅婦錢塘朱家走其家中梅，踵不旋輒走渭所寓禹蹟寺中」最能見出其人神采，讀之也每每無限神往；病臥寺中一事則讓人充分感受到了他們彼此間的朋友情深，雖寫的是文長與葉子肅對女臣之關切，由此亦可想見女臣為人之可貴與難得；但令人遺憾的是，與這樣一位高士伴隨始終的卻是落魄窮困，令人不勝感傷，其中當有個人性格之欠缺，更多的則怕是時代、社會所致，徐渭本人也是有志難伸、鬱鬱寡歡，此種傾訴中只怕亦有個人感慨所系。墓誌銘有固定體例，且多為歌頌讚揚之辭，極易落入俗套，但因徐渭情真意切，故而筆端文字也文色生動，感人至深。

## 自為墓誌銘

【題　解】墓誌銘雖多是亡者歿後由他人為之所作，亦有作者生前自撰者，譬如本文。嘉靖四十四年（西元一五六五年），胡宗憲再次被逮入獄，死於獄中，好幾位當日幕僚亦受牽連。文長深感前途迷惘，內心又倍受煎熬，終於他決意自殺，事前寫下了這篇言辭憤激的〈自為墓誌銘〉。此文既是了解他生平與思想的重要資料，亦是文學史上具有特殊意義的自傳作品。

山陰徐渭者，少知慕古文詞，及長益力。既而有慕於道，往從長沙公❶究王氏宗❷。謂道類禪，又去扣於禪，久之，人稍許之，然文與道，終兩無得也。賤而懶且直，故憚貴交似傲，與眾處不浼袒裼❸似玩，人多病之，然傲與玩，亦終兩不得其情也。

【章　旨】本段總述個人性格、志趣及求索歷程，抒發不為人所了解的人生感慨，刻畫出一代「畸人」的總體精神風貌。

【注　釋】❶長沙公　徐渭老師季本（西元一四八五—一五六三年），字明德，號彭山，山陰人，曾任長沙知府，故稱，係陽明高弟。❷王氏宗　指王陽明之心學。❸不浼袒裼　浼，汙染；玷汙。袒裼，赤身露體。《孟子·公孫丑上》：「爾為爾，我為我，雖袒裼裸裎於我側，爾焉能浼我哉？」

【語　譯】山陰人徐渭，小時候就知道仰慕古文詞，隨著年紀的增長越發用力於此。後來興趣又轉移到道學上，於是去跟季本先生研究王陽明的學說。又認為王學與佛學類似，於是就去學習禪學。時間長了，人們漸漸地認可我了，但在文學與道學方面終究都沒有什麼收穫。我出身寒微，人又懶惰並且耿直，所以害怕與顯貴交接，看起來好像很傲慢；與別人相處時難免敞衣露體，又好像玩世不恭，人們多有不滿。但傲慢和玩世不恭，都不是我的真實性情和人格。

生九歲，已能習為干祿文字❶，曠棄者十餘年，及悔學，又志迂闊，務博綜，取經史諸家，雖瑣至稗小，妄意窮極。每一思廢寢食，覽則圖譜滿席間。故今齒垂四十五矣，藉於學宮❷者二十有六年，食於二十人中❸者十有三年，舉於鄉者八而不一售。人且爭笑之，而己不為動，洋洋居窮巷，僦數椽❹儲瓶粟❺者十年。

【章旨】本段敘述自己的治學、科考歷程，表達自己雖仕途坎坷、眾人嘲笑卻坦然處之的超邁心態。

【注釋】❶干祿文字　指參加科舉考試用的八股文。❷藉於學宮　列名於學宮，即俗謂中秀才。徐渭於嘉靖十九年（西元一五四〇年）被擢為山陰縣學生員。❸食於二十人中　明制，學校生員中由政府供給口糧者稱廩生，縣學廩生定員為二十人。徐渭嘉靖三十一年（西元一五五二年）鄉試初試第一，被錄取為廩生。❹僦數椽　僦，租賃。椽，架屋頂的圓木條，這裡借指房子。❺儲瓶粟　用瓶子存放口糧，意謂家貧糧少。

【語　譯】我九歲時已能熟練寫作應試用的八股文，後來荒廢了十多年，等到悔悟向學時，又志向迂腐而不切合實際，力求博觀綜覽，遍及經史百家，即使是極其瑣碎細小的問題，也企圖研究透徹。每一動念就廢寢忘食，每當閱覽時，圖書就放滿了坐席。所以現在已經四十五歲了，列名在學宮已有二十六年，補為廩生也已經十三年，參加鄉試八次卻一次也沒有考取，人們都爭相譏笑我，但我卻不為所動，安然自得地居住在窮巷中，租了幾間屋，靠少許糧食度過了十年。

一旦為少保胡公❶羅致幕府❷，典文章，數赴而數辭，投筆出門。使折簡以招，臥不起，人爭愚而危之，而己深以為安。其後公愈折節，等布衣，留者蓋兩期，贈金以數百計，食魚而居廬，人爭榮機而安之，而己深以為危，至是，忽自覓死。人謂渭文士，且操潔，可無死。不知古文士以人幕操潔而死者眾矣，乃渭則自死，孰與人死之。

【章　旨】本段敘述胡宗憲對自己的知遇之恩及箇中榮辱安危，引出欲死原因及自己的特立思考。

【注　釋】❶少保胡公　即胡宗憲，字汝貞，號梅林，徽州績溪（今屬安徽）人，嘉靖十七年（西元一五三八年）進士，以抗倭有功，官至兵部尚書、加太子太保，後以黨附嚴嵩遭劾，下獄死。《明史》有傳。❷羅致幕

府　陶望齡〈徐文長傳〉：「胡少保宗憲總督浙江，或薦渭善古文詞者，招致幕府，管書記。」

【語　譯】後來被胡公宗憲羅致到幕府中，代其草擬文書，赴任多次，又辭職多次。放下筆離去，胡公又寫信來請，我躺在床上不肯起來，人們都認為我愚昧並且危險，但是我卻泰然自安。後來胡公進一步折節下交，如同自己是老百姓一般，於是我留下來連任兩屆幕僚，送給我的白銀數以百計，讓我居食無憂，人們都認為我榮耀而平安，但我自己卻深感危險。到現在，我突然想自殺。人們說我不過是一個文人，並且品格高尚，可不必尋死。可他們不知道，古代文人因為入了幕府儘管操守高潔卻終不免受死的多得很。況且我是自己想死，與別人想讓我死是不同的。

渭為人度於義無所關時，輒疏縱不為儒縛，一涉義所否，干恥詬，介穢廉，雖斷頭不可奪。故其死也，親莫制，友莫解焉。尤不善治生，死之日，至無以葬，獨餘書數千卷，浮磬❶二，研❷，劍，圖畫數，其所著詩若文若干篇而已。劍、畫先託市於鄉人某，遺命促之以資葬。著稿先為友人某持去。渭嘗曰：余讀旁書，自謂別有得於《首楞嚴》❸、莊周、列御寇❹若❺黃帝《素問》❻諸編，儻假以歲月，更用繹❼，當盡斥諸註者繆戾，摽其旨以示後人。而於《素問》一書，尤自信而深奇。

將以比歲昏子婦❽，遂以母養付之，得盡游名山，起僵仆❾，逃外物，而今已矣。渭有過不肯掩，有不知恥以為知，斯言蓋不妄者。

【章旨】本段說明徐渭對後事的安排，就中可見徐渭的超脫流俗、卓爾不群。

【注釋】❶浮罄　石製樂器。罄，同「磬」。《尚書・禹貢》：「泗濱浮磬。」孔穎達疏：「石在水旁，水中見石，似若水中浮然，此石可以為磬，故謂之浮磬也。」❷研　同「硯」。❸首楞嚴　佛經名，全稱《大佛頂如來密因修證了義諸菩薩萬行首楞嚴經》。❹列禦寇　戰國時思想家，著有《列子》。疑為後世偽託。❺若　及。❻素問　古代醫學經典，全稱《黃帝內經素問》，傳為黃帝所作。❼繹　理出頭緒，指深入鑽研。❽昏子婦　為子娶婦。❾起僵仆　使僵臥於地之人站起來，此指行醫救人。

【語譯】我為人處世，若與大義沒什麼關涉時，往往疏狂放縱，不受儒家禮教束縛；而一旦牽涉到有違大義，有關人的恥辱，關係到骯髒還是清廉，即使是掉腦袋也不會改變主意。所以我的死，是親人不能阻止，朋友也不能解救的。我最不擅長治理生計，到死的時候甚至無從安葬，只留下幾千卷書，兩個浮磬，還有些硯臺、劍、幾幅畫，以及我寫的那若干篇詩文而已。劍和畫之前已經委託給我的一個同鄉代為出售，留言催他快辦，好用賣得的錢作為喪葬費用，寫的書稿之前已被一位朋友拿走了。我曾說過：所讀經籍以外的書中，自認為對《首楞嚴》、《莊子》、《列子》及黃帝《素問》諸書獨具心得，如果有更多的時間，再加細緻研讀，要一一辯駁糾正以前注家的錯謬乖違，揭示其中的意旨來昭示後人。而對《素問》一書的見解，尤其自信，認為精深獨到。

原本打算近年給兒子完婚，把奉養母親的責任交給他，我也能從此遍遊名山，行醫救人，逃離俗務，但這些願望如今都作罷了。我有了過失不肯掩飾，有不知的東西恥於裝出知道的樣子。這話是大致不假的。

初字文清，改文長。生正德辛巳二月四日[1]，夔州府同知諱鏓庶子也[2]。生百日而公卒，養於嫡母苗宜人者十有四年。而夫人卒，依於伯兄諱淮者六年。為嘉靖庚子，始籍於學。試於鄉，蹶[3]。贅於潘，婦翁簿也，地屬廣陽江[4]。隨之客嶺外[5]者二年。歸又二年，夏，伯兄死；冬，訟失其死業[6]。又一年冬，潘死。明年秋，出僦居，始立學。又十年冬，客於幕，凡五年罷。又四年而死，為嘉靖乙丑[7]某月日。男子二：潘出曰枚；繼出曰杜，纔四歲。其祖系散見先公大人志中，不書。葬之所為山陰木柵[8]，其日月不知也，亦不書。銘曰：

杼全嬰[9]，疾完亮[10]，可以無死，死傷諒[11]；兢系固[12]，允收邕[13]，可以無生，生何憑？畏溺而投早，嗤渭；即髡⓮而刺遲，憐融⓯。孔微服⓰，箕佯狂⓱。三復〈蒸民〉⓲，愧彼「既明」。

【章旨】最後回顧自己生平，撰寫銘文。

【注釋】❶正德辛巳二月四日　正德，明武宗朱厚照年號。辛巳，正德十六年（西元一五二一年）。❷夔州府同知諱鏓庶子也　夔州府，治所在今重慶奉節。同知，官名。❸蹶　指失敗。❹廣陽江　廣東陽江。徐渭的岳父潘克敬曾外放廣東陽江縣主簿。❺嶺外　五嶺以南地區，指廣東。❻訟失其死業　指兄長徐淮死後，其家業在打官司中失去。〈畸譜〉云：「二十五歲。三月八日之巳，枚兒生。是年，兄淮卒。冬，有毛氏遷屋之變，貲悉空。」❼嘉靖乙丑　嘉靖四十四年，西元一五六五年。❽木柵　山名，在紹興城南。❾杼全嬰　杼，崔杼。嬰，晏嬰。二人都是春秋時齊國的大臣。崔杼殺了齊莊公，晏嬰頭枕莊公屍體大腿上而哭，崔杼認為晏嬰是百姓所仰望的人，放掉他可以得民心，就沒殺晏嬰，保存了他的志節。事見《左傳．襄公二十五年》。❿疾完亮　疾，辛棄疾，南宋詞人。亮，陳亮，南宋思想家、文學家。陳亮的僕人殺人，牽連他下獄。辛棄疾器重陳亮的才學，救他出獄。事見《宋史．陳亮傳》。⓫諒　固執。⓬兢系固　兢，種兢，西漢人，曾任洛陽令。固，班固，西漢史學家。班固是大將軍竇憲的下屬，他的僕從得罪了洛陽令種兢，種兢畏懼竇憲，不敢治罪。後竇憲事敗，種兢就拘捕班固，班固後死於獄中。事見《後漢書．班固傳》。⓭允收邕　允，王允，東漢人，曾任司徒。邕，蔡邕，東漢文士。蔡邕曾受董卓重用，董卓被誅後，蔡邕在司徒王允坐中為此而歎息，受到王允的斥責，並將他收付廷尉治罪，死於獄中。事見《後漢書．蔡邕傳》。⓮髡　禿。⓯憐融　融，孔融，漢末文士，曾任北海相，因得罪曹操而被殺。在曹操授意羅織的罪名中，有一條是「不遵朝議，禿巾微行」。這裡即指此事。⑯孔微服　微服，為隱蔽身分而更換平民衣服，使人不識。《孟子．萬章上》：「孔子不悅於魯衛，遭宋桓司馬，將要而殺之。微服而過宋。」⑰箕佯狂　箕，箕子，殷紂王的伯叔父，或云紂的庶兄。《史記．宋微子世家》：「紂為淫泆，箕子諫，不聽。人或曰：『可以去矣。』箕子曰：『為人臣諫不聽而去，是彰君之惡而自說於民，吾不忍為也。』乃被髮佯狂而為奴。」⑱蒸民　即《詩經．大雅．烝民》。周宣王命樊侯仲山甫築城於齊，尹吉甫作詩送行。詩有「既明且哲，以保其身」之語，謂仲山甫既明白事理，又有智慧，以保全他的一身。徐渭再三誦此詩句，自愧不能做到。

【語　譯】我最初字文清，後來改為文長。生於正德辛巳二月四日，是夔州同知徐鏓小妾生的兒子。我出生百天時父親就死了，由嫡母苗宜人養育了十四年。後來嫡母死了，又投靠長兄徐淮過了六年。嘉靖庚子年，開始名列學宮。參加鄉試，卻失敗了。此後我被潘家招為女婿，岳父任職廣東陽江主簿，跟他在嶺外客居了兩年。回來又過兩年，夏天長兄去世。冬天打了一場官司，丟光了祖產。又過了一年的冬天，妻子潘氏去世。第二年秋天，我搬出潘宅租房居住，開始拜師學習。又過了十年的一個冬天，我被招聘進了幕府，共五年才結束。又過了四年就要死了，時間是嘉靖乙丑某月日。我有兩個兒子，潘氏生的叫徐枚，繼室生的叫徐杜，只有四歲。祖先的情況在已去世的父親的志中有零散記載，就不交待了。我埋葬的地方是山陰縣的木柵，埋葬的日期不知道，也不寫了。銘文說：

崔杼保全了晏嬰，辛棄疾解救了陳亮，晏嬰、陳亮可以不死，死就失於固執；種兢拘捕了班固，王允抓捕了蔡邕，班固、蔡邕只能不活，想活又靠什麼？懼怕淹死而投水早早了此一生，人們都譏笑我；不顧禮法而終於被殺，人們都憐憫孔融。孔子過宋遇險改穿衣服而免禍，箕子諫紂不聽假裝發瘋而脫身。我一遍遍地誦讀〈烝民〉，真愧對仲山甫的明智。

【研析】此文八百餘字，在有限的篇幅中全面概括了徐渭四十五年的經歷、功名、際遇、愛好、個性、道德觀及家庭簡況。行文直達平實，努力追求本色真實，正因為其真、其本色，徐渭蔑視禮法、張揚個性的特徵躍然紙上。桀驁不馴、悲情難訴的衷曲也溢於言表，讀之令人感慨莫名。但文章主旨不在於交待生平，亦非為歌頌表彰，而可謂針對自殺原因所展開的一次特殊辯論。開頭先敘述自己的坎坷際遇，進而引出胡宗憲的折節下士、以禮相待。文長才華橫溢卻長期沉淪下僚，幸得宗憲賞識，雖只是幕僚之屬，卻得盡展生平所長，賓主相得，亦屬佳話。如今宗憲罹難，其不免心有戚戚。但文長之欲死，非為報宗憲知遇之恩，而是難以擺脫的宿命。正如他文中所說，古來文人因入幕而受牽連者甚眾。或有人認為文長本就性格偏激，加之科舉再度失利，因而在驚恐之餘對人生徹底掃興，生出自殺的念頭。此固是文長心曲之一端，但所謂驚恐亦是他對歷史、現實和人生的深刻感受。揆諸歷史，處處可見文人的辛酸史、傷心史。銘文內容尤值重視，有人可以不死，有人難以存活，但文長志存高潔，雖萬死不改其初衷，明哲保身非他所取，此等操行亦足以光耀後世，雖死而永生。



## 陳山人墓表

【題解】本文作於嘉靖四十四年（西元一五六五年）二月，徐渭時年四十五歲。陳山人，名陳鶴，字鳴野，一字九皋，號海樵山人，山陰人，嘉靖舉人，是一位才華卓異，騷賦詞曲、草書圖畫都工瞻絕倫的多才之士，與徐渭同為越中十子。陳鶴年長徐渭數十歲，他臻於成熟的書畫藝術對年輕時的徐渭產生了莫大的影響。

海樵陳山人鶴卒之六年，為嘉靖乙丑❶。其子廣西都指揮僉事某，將以是年春二月之十日葬山人於某所，與山人配胡安人合，且擬乞銘於湖之茅副使坤❷，而先以狀屬柳君❸文。至是，顧以葬事阻湖之行，又以余與柳君先後得友山人，雅相抱筆伸紙以朝夕，庶幾稱知己於山人也。顧且令予表山人墓，而柳君所為狀，亦束不使見，且曰：「必按狀而表吾翁若母，安取於知吾翁哉？」噫！都君之志則善矣，乃若天之所以縱山人者，豈惟余不之知，雖山人亦不能自測其然也。然謂余盡不知山人固不可。

【章　旨】交待為陳鶴作墓表的緣起。

【注釋】❶嘉靖乙丑　嘉靖四十四年，西元一五六五年。❷茅副使坤　茅坤，字順甫，號鹿門，浙江湖州人，明代散文家、藏書家，與王慎中、唐順之、歸有光等同被稱為「唐宋派」。茅坤性喜談兵，熟悉軍事，曾協助總督應檟鎮壓傜民起義，連破十七寨，因功升大名兵備副使。免官歸家後曾入胡宗憲幕府。❸柳君　即柳文，字彬仲，山陰人，生卒年月不詳，曾任高郵教諭，升任江西都昌縣令，亦是越中十子之一，徐渭與他相得頗深，乃無話不道的同道。

【語譯】海樵陳山人鶴卒後第六年，是嘉靖乙丑年。他的兒子廣西都指揮僉事陳某，打算在這一年春天二月十日，將山人葬在某處，與山人的夫人胡安人合葬，並且打算請求湖州的茅坤寫銘文，而先叮囑柳文撰寫山人生前的行狀。現在，因為葬事耽誤了去湖州的行程，又因為我與柳君曾前後與山人為友，朝夕雅集作文，大概可以稱為山人的知己。於是讓我為山人寫墓表，而柳君先前所寫的山人行狀，也不讓我看，還說：「如果一定要按行狀來寫我的父親、母親的話，又怎麼稱得上是了解我的父親呢？」唉！都君的本意是好的，然而，上天之所以垂青山人的原因，豈是只有我一個人不知道，即使是山人自己也不能推測其中的原因。然而，要說我對山人完全不了解，原本也不可以。

山人生而穎悟絕羣，年十餘，已知好古，買奇帙名帖，窮晝夜誦覽。十七而始以例襲其祖翁某軍功所得官，官故百戶❶也。山人固不喜握鞭，韔❷弓矢以自匿其芒角負平生。一旦鬱鬱得奇疾，更百療莫驗。山人則自學為醫，久之洞其旨，則自為診藥，凡七年而病愈。愈而棄其故所授官，著山人服，乍出訪故舊，神宇奇秀。

余從道上望見之，疑其仙人也。居數年，始得會山人於甥蕭家，酒酣言洽，山人為起舞也，而復坐，歌嘯詣謔，一座盡傾。自是數過山人家，見山人對客論說，其言一氣萬類，儒行玄釋，凌跨忲弘，既足以撼當世學士。而其所作為古詩文，若騷賦詞曲草書圖畫，能盡效諸名家，既已間出己意，工贍絕倫。其所自娛戲，雖瑣至吳歈❸越曲，綠章❹釋梵，巫史祝咒❺，櫂歌❻菱唱❼，伐木輓石，薤辭❽儺逐❾，侏儒伶倡，萬舞❿偶劇，投壺⓫博戲⓬，酒政⓭閹籌，稗官小說，與一切四方之語言，樂師矇瞍⓮，口誦而手奏者，一遇興至，身親為之，靡不窮態極調。於是四方之人，日造其庭，盡一時豪賢貴介若諸家異流，無不向慕，願得山人片墨，或望見顏色，一談一飲以為幸。雖遠在滇蜀，亦時有至者。即不至，幸以書托交，每旬月，積紙盈匣。山人又喜拔窮士，士或往四方，又必借山人片墨以動豪貴人。每值山人飲，旅者行者，舉爵持俎，載筆素以進。山人則振髯握管，須臾為一擲，累幅或數十丈，各愜其所乞而後止。而往復箋札，援酢去留，目營心記，口對手書，又雜以論說娛戲，如前所云者，一時雜陳，爍然畢舉。於是軒蓋益集，省諸司巨公，郡縣長吏，或銜命之使，有未見鄉縉紳而先造山人者。山人臥未起，或時就榻見之。諸公既異山人姿，高其履，而山人指顧自如，雄談闊視，雜以嘲詼，無不氣折心醉，願內交而去，蓋家居如是者幾三十年以為常。乃一往金陵，客四年而不復返矣。嗟哉！始山人少時游金陵，將造尚書顧公。公先一夕夢李白，及見，乃山人也，遂深相結。而今之殮山人而哭盡哀者，為尚書孫公，官又皆禮部，豈山人終始於金陵，固自有數耶？

【章　旨】稱讚陳鶴精通百家之學，才華極其出眾，性格豪爽灑脫，為各方名士、達官貴人所追捧。

【注　釋】❶百戶　官名，金初設置，為世襲軍職。明代衛所兵制亦設百戶所，百戶為一所的長官。統兵一百人，分為兩總旗，旗各五十人；十小旗，旗各十人，隸屬千戶所。❷韔　把弓裝進弓袋。❸歈　歌。❹綠章　即青詞，舊時道士祭天時所寫的奏章表文，用朱筆寫在青藤紙上，因而得名。❺呪　咒語。❻櫂歌　指漁民在撐船、划船時候唱的漁歌。❼菱唱　採菱人所唱之歌。❽薤辭　《樂府詩集．相和歌辭二》收有漢樂府〈薤露〉：「薤上露，何易晞。露晞明朝更復落，人死一去何時歸。」是中國古代著名的輓歌辭。此處代指輓歌。❾儺逐　驅除疫鬼儀式中所唱的歌。❿萬舞　古代的舞名。先是武舞，舞者手拿兵器；後是文舞，舞者手拿鳥羽和樂器。亦泛指舞蹈。⓫投壺　古代宴會禮制。亦為娛樂活動。賓主依次用矢投向盛酒的壺口，以投中多少決勝負，負者飲酒。⓬博戲　賭輸贏、角勝負的遊戲。⓭酒政　酒令。⓮矇瞍　指樂官。古代多以盲人充任，故名。

【語　譯】陳山人天生聰穎超過常人，十幾歲的時候，已經知道酷好古代事物，經常買稀見的和名人的字畫，晝夜不停地吟誦觀覽。十七歲時按慣例襲得祖父陳某通過軍功得到的官職，食邑百戶。山人本不喜歡武事，將弓箭放在套子裡以藏其鋒芒，並以此事自負平生。然而卻突然不幸得了奇怪的疾病，嘗試了各種治療方法都沒有效。於是山人就自學醫術，時間長了竟洞察了其中的奧妙。於是山人自己給自己看病、下藥，過了七年，病竟然痊癒了。病癒之後，山人放棄了之前授予自己的官職，穿上山人服，開始出門訪問故人舊友，神采氣宇奇偉而明秀。

我從道上遠遠地望見山人，甚至懷疑他是仙人。過了幾年後，我才得以在山人的外甥蕭某家，與山人會面，酒喝得很盡興，言談也很融洽，山人為我起舞助興，回到座位後唱歌、吟嘯，詼諧逗趣，在座的賓客全部為之傾倒。自此之後，我又屢次造訪山人家，看見山人對著客人論說的話題包羅萬象，儒學、玄學、佛學，凌跨諸家，氣勢恢宏，已經足以震撼當世的學士。而山人所寫的古詩文，以及騷、賦、詞、曲、草書、圖畫，都能效仿各位名家，還能不時加進自己的創意，工整、豐贍，無與倫比。山人自己娛樂的遊戲，即使微末如吳越兩地的歌曲，道士祭天時寫的章奏表文、佛經，巫史的祝辭、咒語，划船、採菱時唱的歌曲，伐木、拉石頭時喊的號子，輓歌、驅鬼的歌舞，侏儒、歌舞藝人的表演，舞蹈、木偶劇，投壺博戲，酒令、抓鬮抽籤，野史小說，以及一切四方的言語，樂師盲人，口中吟誦手上演奏的人，只要山人來了興致，就親自表演給眾人看，無不細緻生動，極盡摹擬之態。於是四方之人，每天都到他的門上來，全都是當時的豪傑、賢士、尊貴之人，以及各名家、各行業的人，大家沒有不嚮往仰慕山人的，希望能得到山人的一張墨蹟，或看見山人一面，以能夠和山人談一次話、飲一次酒為榮幸。即使是遠在雲南、四川，也不時有人來拜訪。即使是不能親至，也希望能通過書信結識山人，每一個月積攢的書信堆得都高過了盒子。山人又喜歡提攜窮士，有的窮士要去往外地，又一定要借山人的字畫來打動當地的豪門貴族。每當山人飲酒的時候，隨行之人都舉著酒杯拿著肉，帶著筆紙並呈給山人，山人則甩動鬚髯，手握筆管，不久就完成一幅，所有的字畫連起來大概有數十丈長，直到滿足了眾人的所有要求後才停止。而山人閱讀、回覆書信，與客人相互敬酒時，眼看、心記、口對、手寫，中間又穿插著之前所說的各種論說和嬉戲活動，所有的這些行為，山人都能夠輕鬆自如地完成。於是門前的馬車越發多了起來，省裡面各部門的大官，郡縣上的長官，或者受命而來的使者，有不見鄉里的縉紳卻先拜訪山人的。山人躺在床上未起，人們有時就到床前見山人。各位賓客因為驚異山人的風姿，故都高抬腿輕落步，而山人舉手投足間神態自如，高談闊視，雜以嘲諷，眾人沒有不發自內心欽佩山人的，希望結交山人後再離去。山人在家如此生活將近三十年，習以為常。然後山人突然前往金陵，在金陵居住四年都沒有回家。唉！當初山人年輕時遊金陵，打算拜訪顧尚書。拜訪前的前一天晚上，顧公夢見了李白，等到見面後，才知道是山人，於是與山人結下了深厚的友誼。而今收殮山人，並痛哭以抒發哀情的，是尚書孫公，顧公與孫公又都在禮部任職，難道山人在金陵開始成名，並最終在這裡去世，原本都是有定數的嗎？

嗟哉！山人之配為胡安人❶，先山人幾年卒，故千戶❷胡公女也。公性方嚴，無子，教其女如子。以故安人賢且才，卒能給山人取。山人雖外豪宕，然事父母至抑畏，處諸弟若女兄弟至和愛，周貧乏不問有無。至於宴客無虛夜，調飲食，紉巾服，皆時時出新巧，安人無不佐之，隨事立辦。於是山人內成孝友，外益得肆其抱以驚一世。

【章　旨】讚揚陳鶴之妻胡氏賢慧有德，幫助陳鶴內修孝悌，外展懷抱。

【注　釋】❶安人　猶夫人，對婦人的尊稱。❷千戶　金初設置，為世襲軍職。明代衛所兵制亦設千戶所，千戶為一所之長官。駐重要府州，統兵一千一百二十人，分為十個百戶所。

【語譯】唉！山人的妻子是胡安人，先於山人幾年去世，是去世的胡千戶的女兒。胡公性情方正嚴厲，沒有兒子，就像教育兒子一樣教育自己的女兒。因此安人賢慧而有才，能夠滿足山人各方面的要求。山人雖然表面性情豪爽疏宕，但是敬事父母卻恭敬之至，和幾個弟弟及姐妹相處得十分和諧友愛，賙濟貧乏之人而不顧自己是否物資充足。至於山人宴飲賓客夜以繼日，對烹飪飲食，縫紉衣物，皆時時有新穎巧妙的想法，安人都盡心輔佐，遇到事情就立刻去辦。於是山人於內養成孝悌、友愛的品質，於外更能夠抒發自己的懷抱以震驚當世。

故予嘗謂山人氣雄邁，跨諸貴游似東方朔[1]，才敏似劉穆之[2]，其為瑣細藝劇，忽整衣幘，談理道，辨世務，又大類曹植見許淳事[3]。然穆之史載其妻截髮為食飲事[4]，雖不類山人，然其賢可想見；而朔數買長安女[5]，未聞其妻之妒[6]，且割肉遺細君[7]，又意甚驩也，此亦與山人夫婦中頗相似。而獨悉舉山人，百所能真若海釀山負[8]，則三人者互有所短，而山人獨兼之，此所謂天所縱，雖山人亦莫測其所以然，豈以予寡陋，謂其智盡知山人耶？故予略述其所可知者，以復都君之請。都君當朝奠，以予表若柳君狀並告於山人，脫❾稍相異同，山人當自知之也。

【章　旨】將東方朔、劉穆之、曹植這些前代才華橫溢之人與陳鶴對比，認為陳鶴兼三人之長而無三人之短，更凸顯陳鶴才華之絕。

【注　釋】❶東方朔　（西元前一五四—九三年）字曼倩，平原厭次（今山東德州陵縣）人，西漢著名辭賦家。性格詼諧，博學多才，言辭敏捷。❷劉穆之　（西元三六〇—四一七年）字道和，小字道民，東莞莒（今山東莒縣）人，世居京口（今江蘇鎮江），東晉末年深受後來建立劉宋的武帝劉裕重用。劉穆之才華敏捷，《宋書》卷四十二〈劉穆之傳〉有載：「穆之內總朝政，外供軍旅，決斷如流，事無擁滯。賓客輻輳，求訴百端，內外諮稟，盈階滿室，目覽辭訟，手答牋書，耳行聽受，口並酬應，不相參涉，皆悉贍舉。又數客暱賓，言談賞笑，引日亙時，未嘗倦苦。裁有閒暇，自手書寫，尋覽篇章，校定墳籍。」❸曹植見許淳事　《三國志・魏書二十一》裴松之注引《魏略》云：「太祖（曹操）遣淳（邯鄲淳）詣植。植初得淳甚喜，延入坐，不先與談。時天暑熱，植因呼常從取水自澡訖，傅粉。遂科頭拍袒，胡舞五椎鍛，跳丸擊劍，誦俳優小說數千言訖，謂淳曰：『邯鄲生何如耶？』於是乃更著衣幘，整儀容，與淳說混元造化之端，品物區別之意，然後論羲皇以來賢聖名臣烈士優劣之差，次頌古今文章賦誄及當官政事宜所先後，又論用武行兵倚伏之勢。乃命廚宰，酒炙交至，坐席默然，無與伉者。及暮，淳歸，對其所知歎植之材，謂之『天人』。」❹穆之史載其妻截髮為食飲事　《南史》卷十五〈劉穆之傳〉記載：「穆之少時，家貧誕節，嗜酒食，不修拘檢。好往妻兄家乞食，多見辱，不以為恥。其妻江嗣女，甚明識，每禁不令往江氏，後有慶會，屬令勿來。穆之猶往，食畢求檳榔。江氏兄弟戲之曰：『檳榔消食，君乃常飢，何忽須此？』妻復截髮市肴饌，為其兄弟以餉穆之，自此不對穆之梳沐。」❺朔

數買長安女　《史記》卷一百二十六〈滑稽列傳〉記載：「（漢武帝）數賜縑帛，檐揭而去。徒用所賜錢帛，取少婦於長安中好女。率取婦一歲所者即棄去，更取婦。所賜錢財盡索之於女子。」❻妬　同「妒」。❼割肉遺細君　《漢書》卷六十五〈東方朔傳〉記載：「伏日，詔賜從官肉。大官丞日晏不來，朔獨拔劍割肉，謂其同官曰：『伏日當蚤歸，請受賜。』即懷肉去。大官奏之。朔入，上曰：『昨賜肉，不待詔，以劍割肉而去之，何也？』朔免冠謝。上曰：『先生起自責也。』朔再拜曰：『朔來！朔來！受賜不待詔，何無禮也！拔劍割肉，壹何壯也！割之不多，又何廉也！歸遺細君，又何仁也！』上笑曰：『使先生自責，乃反自譽！』復賜酒一石，肉百斤，歸遺細君。」顏師古《漢書注》云：「細君，朔妻之名。一說，細，小也，朔自比於諸侯，謂其妻曰小君。」❽海釀山負　又作海涵地負、涵海負山，指如海之能包容，地之能負載。比喻才能特異。❾脫　倘或；或許。

**【語　譯】**因此我曾說山人氣概雄偉豪邁，與各位貴遊子弟交往像是西漢的東方朔，才華敏捷像劉宋的劉穆之，山人精通各種瑣碎的技藝，表演完後突然整理衣帽，談理說道，辨析時事，又十分像曹植見許淳的事。然而《南史》記載劉穆之的妻子剪斷頭髮賣了錢後換食物，雖然不像山人夫婦，但她的賢慧也是可想而知的；東方朔屢次在長安城裡買少女，卻並沒有聽說他的妻子有妒忌之心，而且東方朔還割肉給他的妻子，表現得也很高興，這也和山人夫婦十分相似。但我在這裡偏偏詳細介紹山人，是因為山人才能極高，真好像山海負載萬物一樣。可以說東方朔、劉穆之、曹植三人互有短處，而山人獨兼三者之長，這就是我所說的上天對他的垂青，即使是山人也難以窺測其中的原因，以我這樣寡陋的學識，又怎麼能說了解山人呢？因此我大概講述我所可以了解到的事情，以作為對都君的答覆。都君當為朝奠之禮，把我寫的墓表和柳君寫的行狀告訴山人，假若二者互有異同，山人想必也會了然於心。

【研　析】本文是一篇極其精彩的人物傳記。作者以仰慕之心描述了陳鶴的過人學識，再現了陳鶴的高姿闊態，運用類似小說的筆法，使傳記具備了非常強烈的傳奇色彩，如文章首尾兩次強調的「天縱」，又如陳鶴自治奇疾、尚書顧公夢李白、陳鶴始終於金陵等情節。文章與其說是記錄，倒不如說是塑造了陳鶴這個超凡脫俗的形象和極富傳奇色彩的一生，同時也寄寓了徐渭自己的人生幻想和精神苦惱。

在傳記中，徐渭集中筆力對陳鶴身上活潑、輕靈的自由本性大加讚揚。幼時的「奇疾」是陳鶴早期生活免受傳統社會規範的天然保護性因素，「棄所授官」和「著山人服」寓示了一種新的人生道路的選擇。主人公特殊的成長經歷使他意外地領略到死板的科舉制度之外的寬鬆生活，使他的自由本性得以暢快地發揮，培養出一種「神宇奇秀」、飄然若仙的脫俗氣質。文章第二段用鋪張揚厲的筆法淋漓盡致地向讀者展示了陳鶴出入儒行玄釋之間的恢弘氣概，以及精通各種技藝的活潑生命氣象。這種對儒家單一道德模式的超越，不僅使陳鶴個人得到了精神上的解放和藝術上的精進，還讓名利場中縉紳巨公們氣折心醉。文章寫到這裡，陳鶴完全被塑造成了一個文化英雄，我們很難相信其中沒有徐渭的刻意誇大，沒有徐渭借陳鶴之人，一吐在現實政治中時刻如履薄冰的壓抑感的可能性。就在陳鶴的自由形象被放大到極點的時候，文章突然轉入寫陳鶴的孝悌之行，使感情抒發很不協調。這種違和感清楚地顯示了徐渭內心深處激烈的矛盾，即怎樣使一個自由任性之人能夠被世俗、倫理所接納。徐渭採取的方式是妥協，是將陳鶴不偏不倚地放在傳統倫理的規範之中。這種充滿矛盾的處理方式，既寄託了徐渭通過藝術反抗壓抑的訴求，又暴露了他精神世界中的分裂和巨大壓力。可以說，寫陳鶴就是在寫徐渭自己，也是在寫明末渴望反抗秩序的士大夫群像。

## 祭少保公文

【題解】嘉靖四十一年（西元一五六二年）五月，嚴嵩被罷官，其子嚴世蕃被逮。胡宗憲是由嚴嵩義子趙文華的舉薦而屢屢升遷的，在朝中很多大臣的眼裡，他屬於嚴黨。這年年底，南京給事中陸鳳儀就以貪汙軍餉、濫徵賦稅、黨庇嚴嵩等十大罪名上疏彈劾胡宗憲。很快，世宗就下令將胡宗憲的一切職務悉數罷免，並將其逮捕押解進京。胡宗憲到京之後，世宗念其抗倭的功勞，改變了主意，讓他回籍閒住。但嘉靖四十四年（西元一五六五年）三月，曾經協助胡宗憲抗倭的羅龍文犯罪被抄家，在對羅龍文抄家時，御史意外發現了胡宗憲被彈劾時寫給羅龍文賄求嚴世蕃作為內援的信件，信中附有自擬聖旨一道。世宗聞聽此事後大怒，這年十月，胡宗憲再次被押赴至京。在獄中，胡宗憲寫下洋洋萬言的〈辯誣疏〉，為自己進行辯解。可是〈辯誣疏〉遞交上去後遲遲沒有結果。胡宗憲徹底絕望了，十一月初三日，自殺身亡，時年五十四歲。徐渭對胡宗憲之死非常震驚，寫下了〈祭少保公文〉，表達了深沉的憤慨與傷心。

於乎❶痛哉！公之律己也，則當思己之過❷；而人之免亂❸也，則當思公之功。今而兩不思也，遂以罹於凶。於乎痛哉！公之生也，渭既不敢以律己者而奉公於始；今其歿也，渭又安敢以思功者而望人於終？蓋其微且賤之若此，是以兩抱志而無從。惟感恩於一盼，潛掩涕於蒿蓬❹。

【注釋】❶於乎　同「嗚呼」。感歎之詞。❷過　指胡宗憲攀附權奸嚴嵩事。❸免亂　指胡宗憲打敗倭寇，使朝廷上下免於禍亂。❹蒿蓬　蒿和蓬。泛指雜草。

【語譯】哎呀，真是哀痛！胡公您如果能嚴於律己，就應該反思自己的過失；而他人得以免於禍亂，就應該感念您的功績。如今這兩種應有的反思都沒能實現，於是使您遭到大難。哎呀，真是哀痛！胡公您活著的時候，我既不能在開始時就以律己的忠告來向您進言；現在您去世了，我又如何能在終了時以思功的名義來責望別人？我卑微低賤至斯，所以雖然抱著這兩種心願卻無法落實其中的任何一種，只有懷著對您的感恩，偷偷掩面痛哭在這荒草之中。

【研析】全文有兩層意思，分別以「於乎痛哉」領起。第一層主要是分析胡宗憲「罹於凶」的原因，徐渭認為胡宗憲自身的不律己與世人的忘恩負義共同釀成了這起悲劇。雖說徐渭對胡宗憲有特殊的感情，面臨胡宗憲之死又可謂傷心不已，但他仍能不為尊者諱，客觀理性地分析問題，實屬難能可貴。第二層是表達自己對胡宗憲遭遇的態度，此時他再也不能抑制自己的滿腔悲憤，雖然他表面上說自己「微且賤」，昔日也不曾積極向胡建言，今日也不能以要人「思功」的名義來為胡宗憲辯護，但不滿之情卻溢於言表，批評世人不念及胡宗憲往日的勳勞，以致他死於政治陰謀之手。雖說自己心存感恩之念，但人微言輕，無力為胡宗憲洗刷冤屈，只能痛哭流涕，可見徐渭的赤子之心與款款深情。全文簡短而克制，情感真摯，令人動容。

# 與諸士友祭沈君文

【題　解】沈鍊，字純甫，號青霞，紹興人。嘉靖十七年（西元一五三八年）進士，歷任溧陽、茌平、清豐縣令，為官清廉，頗著政績，為百姓所稱道。但因其不阿諛奉迎，而秉性耿直，每每齟齬權貴，後被貶職為錦衣衛。沈鍊為人剛直，嫉惡如仇，曾上疏歷數嚴嵩父子的十條罪狀，被處以杖刑，謫發居庸關守邊。沈鍊在塞外，仍以詈罵嚴嵩父子為樂。嘉靖三十六年，嚴世蕃與黨羽合謀誣陷沈鍊謀反，將其殺害，還杖殺了他的兩個兒子。直到嚴氏倒臺，世宗死後，倖免於難的其子沈襄才得以申訴冤情，平反了他的冤案。《明史》有傳。沈鍊是徐渭的姊夫，同為「越中十子」之一。徐渭對沈鍊非常敬佩，寫了多篇詩文對他予以表彰。本文係重新安葬沈鍊時所作。

嗟乎哉！公之奇塊超卓，芳鮮而磊落也，將古之人，疇❶可以擬之耶？英年茂學，高蹈賈生❷；請纓系虜，齊軌終軍❸；借劍斬佞，抗蹤朱雲❹。惟斯數子，吾方以擬公於生。而公之死也，詆權奸而不已，致假手於他人，豈非激裸罵於三弄，大有類於撾鼓之禰衡耶❺？彼數子之駁矣，敢望公之醇精？矧遭時之方泰，依日月之盛明，乃遽罹於慘辟，胡天道之足憑？豈蒼蒼者將以短公之世，而欲以永公之名？

【章　旨】列舉數位古人的英勇事蹟來凸顯沈錬的光輝忠直。

【注　釋】❶疇　誰。《昭明文選・張衡・西京賦》：「天命不濤，疇敢以渝？」❷賈生　賈誼，西漢初年著名的政論家、文學家，以年少博學著稱。❸終軍　字子雲，西漢濟南人。少好學，以辯博能屬文揚名於郡中。十八歲被選為博士弟子，後受到漢武帝的賞識，擢升諫議大夫。受命出使南越王，臨行時請求給他一根長纓，揚言要將南越王縛來漢宮闕下。戰前「請纓」的典故即由此而來。後事敗被殺，年僅二十出頭。❹朱雲　字游，西漢人。為人狂直，多次上疏抨擊朝廷大臣。漢成帝時，他進諫指責丞相張禹為佞臣，說：「願借上方劍，斬佞臣張禹。」成帝大怒，欲斬之，他死抱殿檻，結果殿檻被折斷。後獲赦。❺豈非激裸罵於三弄二句　禰衡，字正平，東漢末年名士、文學家。為人才高氣傲，好侮慢權貴。曾拒絕曹操召見，曹操懷恨在心，但礙於他的才名不能殺他，於是罰他做鼓吏，在宴會時差他擊鼓，想藉此侮辱他。禰衡卻在眾人面前赤身露體，奮擊鼓曲〈漁陽〉三撾，反使曹操受侮辱。

【語　譯】啊！您的奇偉不凡、超邁卓犖、志行芳潔、行為磊落，拿那些古人，有誰可以與您比較呢？年少博學，超過那賈誼；請長纓繫敵虜，可與終軍抗衡；借寶劍斬殺奸佞，足以與朱雲並稱。只有這幾個人，我才能拿來比擬您生前的壯舉。至於您的死，痛罵權奸而不停聲，以致被人借刀而遭殺害，不正像是激昂慷慨裸身擊鼓三撾痛罵曹操的禰衡嗎？這幾個人品行不一，哪裡比得上您的純正精粹？何況正逢天下太平，皇上偉大聖明，卻突然遭受到慘刑，這天道有什麼值得依憑？難道是蒼天想要縮短您的壽命，來長存您的聲名？

嗟哉！奸魄永淪，忠魂不死！絕塞草青，掩公何壘？令子壯士，伏闕陳情，返公之骼，以妥先塋。以忠見僇❶，何代不有？所賴蓋棺，事定於久。忌讒奢質❷，員走尚囚❸；今也聖明，釋孥❹於收。檜構飛罪❺，待珂始原❻；今也聖明，亟洗其冤。主仁臣直，父忠子孝，所系綱常，豈直光曜。聚哭傾里，朗誦哀章，將以激懦，匪以悼亡！

【章　旨】褒揚沈鍊子為父伸冤的壯舉，表達沈鍊冤屈得以洗刷的激動。

【注　釋】❶僇　通「戮」。殺戮。❷忌讒奢質　忌，費無忌，春秋楚平王時任少師，在平王面前進讒言誣陷太子建。奢，伍奢，春秋後期楚大夫，楚平王時為太子太傅，輔佐太子建。費無忌進讒言時，他直諫平王不要「以讒賊小臣疏骨肉之親」，惹怒平王被囚，又將他作為人質，打算召來他的兩個兒子伍尚與伍員一併殺掉。❸員走尚囚　員，伍員，字子胥。其父伍奢、兄伍尚因費無忌的讒言被楚平王殺害，他逃到吳國，成為吳王闔閭重臣。西元前五〇六年，伍子胥協同孫武帶兵攻入楚都。其時平王已死，據說伍員掘開平王的墳墓，鞭屍三百，以報殺親之仇。闔閭死後，夫差繼位，攻越，越請和，伍員力諫不可，但不為夫差接受。後夫差聽信太宰伯嚭讒言，令伍子胥自殺。❹孥　子女。這裡是指沈鍊的兒子沈襄。沈鍊死後沈襄亦受株連被捕。❺檜構飛

罪　檜，秦檜，南宋奸臣，宋高宗的寵臣，官至宰相。飛，岳飛，南宋名將，屢立戰功，後遭秦檜等人的誣陷而入獄，西元一一四二年，岳飛以「莫須有」的罪名被殺害。❻待珂始原　珂，岳珂，岳飛的孫子。因痛恨祖父被秦檜陷害，著有《籲天辯誣》、《天定錄》等書，集結為《金佗粹編》，為岳飛辯冤。

【語　譯】啊！奸佞的魂魄永遠沉淪，忠臣的靈魂萬古長存。遙遠的邊塞荒草青青，掩埋您的是哪座墳塋？您的公子真是一位壯士，前往皇上面前陳述冤情，終於迎回了您的骸骨，安置好了先人的墳墓。因為忠誠遭到殺戮，哪個朝代沒有？好在人死之後，事情有了永久的公正定論。費無忌進了讒言，伍奢成為人質，伍員逃奔於外，伍尚成為囚犯；如今皇帝聖明，將您的公子從牢獄中放出來。秦檜羅織罪名陷害岳飛，到了岳珂時才得以平反；如今皇帝聖明，很快就洗刷了您的冤屈。君主仁厚臣子正直，父親忠義兒子孝順，這些都是綱常所繫，不只是榮耀而已。鄉里的人全都聚在一起為您而哭泣，朗誦著哀痛的辭章，將以此來激起怯懦者的勇氣，不只是為了悼亡！

【研　析】全文分為兩個部分，第一部分列舉賈誼、終軍、朱雲、禰衡等人的事蹟與沈鍊類比，凸顯沈氏的堅貞不屈、忠肝義膽，進而對他的不幸罹禍表達憤慨與痛心；繼而在第二部分中褒揚沈鍊子為父伸冤的壯舉，同樣列舉了伍子胥、岳飛等人的事蹟，表達沈鍊冤屈得以洗刷的激動，同時徐渭似乎想要告訴世人，奸臣的陷害只能奏效於一時，忠臣的冤屈必會得以澄清，他們的英魂將震鑠古今。全文以駢體寫就，情感真摯、言辭激烈。沈鍊之死對徐渭震動很大，他曾多次賦詩撰文，歌頌沈鍊，以抒悲憤，沈鍊對嚴嵩的「慷慨罵詈，流涕交頤」，是劇作《狂鼓史漁陽三弄》的基本寓意。

# 附錄一：徐渭簡譜

西元一五二一年（明武宗正德十六年）二月初四日（西曆三月十二日）生於浙江省山陰縣（今紹興市）。

五月，父卒。

西元一五二六年（嘉靖五年），六歲。入小學，初學於管士顏，即讀唐詩。

西元一五二八年（嘉靖七年），八歲。稍解經義。師陸如岡，學時文。師奇之，批文云：「昔人稱十歲善屬文。子方八歲，校之不尤難乎。噫，是先人之慶也，是徐門之光也。所謂謝家之寶樹者，非子也耶。」

西元一五二九年（嘉靖八年），九歲。已能習為干祿文字。陶望齡〈徐文長傳〉：「九歲能屬文。」

始見蕭鳴鳳。

西元一五三四年（嘉靖十三年），十四歲。〈畸譜〉：「王廬山先生名政，字本仁。十四歲，從之兩三年。先生善琴，便學琴。止教一曲〈顏回〉，便自會打譜。一月得廿二曲，即自譜〈前赤壁賦〉一曲。然十二三時，學琴於陳良器鄉老。」

嫡母苗宜人卒，依於兄徐淮。

西元一五三六年（嘉靖十五年），十六歲。擬揚雄〈解嘲〉作〈釋毀〉。

〈畸譜〉云：「十五六歲時，學劍於彭如醉名應時者，俱不成。」

西元一五四〇年（嘉靖十九年），二十歲。進山陰學諸生，得應鄉科，秋試落第。

西元一五四一年（嘉靖二十年），二十一歲。成婚於陽江。秋，隨兄徐淮歸。冬，抵玉山。

西元一五四二年（嘉靖二十一年），二十二歲。正月，作〈梅賦〉。夏，復往陽江，冬復歸。

西元一五四三年（嘉靖二十二年），二十三歲。秋試不第，遷居俞家舍。從錢楩遊。

西元一五四四年（嘉靖二十三年），二十四歲。婦翁自覲得罷歸，買東雙橋姚百戶屋。

西元一五四五年（嘉靖二十四年），二十五歲。三月份八日巳時，長子枚出生。長兄淮卒。

冬，有毛氏遷屋之變，失遺產。

西元一五四六年（嘉靖二十五年），二十六歲。科丙午，落第。秋，出僦居，始立學，以授徒教學為生。

十月初八日，妻潘氏去世。喪畢，赴太倉州，失遇而返。

西元一五四八年（嘉靖二十七年），二十八歲。遷寓一枝堂。從季本學。

西元一五四九年（嘉靖二十八年），二十九歲。應己酉科，落第。迎生母以養。納妾胡氏。晉京。

西元一五五〇年（嘉靖二十九年），三十歲。出妾胡氏。

西元一五五一年（嘉靖三十年），三十一歲。寓杭州瑪瑙寺。

西元一五五二年（嘉靖三十一年），三十二歲。應壬子科。時督浙學者薛應旂閱其卷，判為第一，為廩生。九月，鄉試落第。涉江東歸，作〈涉江賦〉。初夏赴歸安。移居目連巷。

西元一五五三年（嘉靖三十二年），三十三歲。春，往武進謁薛應旂，阻兵未果。冬，作詩追憶亡妻潘氏。

西元一五五四年（嘉靖三十三年），三十四歲。作〈奉贈師季先生序〉。

西元一五五五年（嘉靖三十四年），三十五歲。應乙卯科，不第。作〈龕山凱歌〉等。冬，啟程入閩訪內兄。

西元一五五六年（嘉靖三十五年），三十六歲。自順昌北遊武夷。在閩和《南詞敘錄》。自順昌返越。

西元一五五七年（嘉靖三十六年），三十七歲。作〈代胡總督謝新命督撫表〉。辭歸。往平湖設帳授徒。

西元一五五八年（嘉靖三十七年），三十八歲。入胡宗憲幕府。作〈代初進白牝鹿表〉、〈代再進白鹿表〉等。應戊午科，不第。冬遷往塔子橋。

西元一五五九年（嘉靖三十八年），三十九歲。徙師子街。夏，入贅杭州王氏。秋，絕之。作〈代賀嚴公生日啟〉。

西元一五六〇年（嘉靖三十九年），四十歲。為胡宗憲作〈賀嚴閣老生日啟〉、〈進白龜靈芝表〉、〈謝欽賞表〉等。聘張氏為繼室。

西元一五六一年（嘉靖四十年），四十一歲。應辛酉科，落第，從此與科場作別。漸患狂病。

西元一五六二年（嘉靖四十一年），四十二歲。隨幕之崇安，再入武夷，至衢，入爛柯山。冬，次子枳生。作〈少保公五十壽篇〉等。

十一月，胡宗憲被逮削籍，文長歸越。

西元一五六三年（嘉靖四十二年），四十三歲。移居酬字堂。冬，赴李春芳招入京。作〈南明篇〉等。

西元一五六四年（嘉靖四十三年），四十四歲。仲春，辭李春芳歸。秋，因李春芳恫嚇而復入京，盡歸其聘不內以苦之。是歲甲子，當科，因此之故而未就科試。

西元一五六五年（嘉靖四十四年），四十五歲。病狂，懼禍自殺，不死。

胡宗憲復被逮入獄，死於獄中。

西元一五六六年（嘉靖四十五年），四十六歲。病狂，殺繼室張氏，革生員籍，入獄。

西元一五六七年（隆慶元年），四十七歲。獄中。作〈贈光祿少卿沈公傳〉等。

西元一五六八年（隆慶二年），四十八歲。獄中。保釋料理生母喪事。作〈送張子藎春北上〉等。

西元一五六九年（隆慶三年），四十九歲。獄中。作《參同契注》等。前紹興府同知俞憲編《徐文學集》，列於《盛明百家詩》後集。

西元一五七〇年（隆慶四年），五十歲。獄中。元日作〈評字〉。

西元一五七一年（隆慶五年），五十一歲。獄中。作〈送張子藎會試〉等。

歸。

西元一五七二年（隆慶六年），五十二歲。獄中。作〈高君墓誌銘〉、〈促潮文〉等。除夕，釋歸。

西元一五七三年（萬曆元年），五十三歲。獲釋，歸。赴張大復家拜謝。飲於吳。作〈哀諸尚書辭〉等。

西元一五七四年（萬曆二年），五十四歲。張大復死。作〈祭張太僕文〉等。遊諸暨五泄。編《會稽縣志》，數月而成。

西元一五七五年（萬曆三年），五十五歲。往遊天目山。作〈春祠碑〉、〈稽古閣記〉等。遊南京，縱觀諸名勝。作〈恭謁孝陵〉等。

西元一五七六年（萬曆四年），五十六歲。四月，由南京晉京，赴宣大巡撫吳兌幕。在京晤見李如松。作〈寫竹贈李長公歌〉、〈宣府槐龍篇〉、〈贈方公序〉等。

西元一五七七年（萬曆五年），五十七歲。春，歸自宣府，寓北京。與張元忭同遊摩訶、法藏諸剎。病，仲秋始歸越。

西元一五七八年（萬曆六年），五十八歲。赴徽州祭胡宗憲，至嚴州因病折回。

西元一五七九年（萬曆七年），五十九歲。遊禹蹟寺。作〈送李遂卿〉等。秋，改葬先考妣。

西元一五八〇年（萬曆八年），六十歲。赴某招，至京。

西元一五八一年（萬曆九年），六十一歲。應李如松之邀赴馬水口。狂疾復作，不穀食。

西元一五八二年（萬曆十年），六十二歲。離京南歸。仍居目連巷金氏典舍。冬，長子枚決意析居，枚附其妻華家。徐渭與枳徒范氏舍。

一五八三年（萬曆十一年），六十三歲。作排律〈雪詩〉、〈鈕太學墓誌銘〉等。

一五八四年（萬曆十二年），六十四歲。作〈諸暨學記〉、〈隍災對〉等。

一五八五年（萬曆十三年），六十五歲。作〈上冢〉、〈麟〉詩等。

一五八六年（萬曆十四年），六十六歲。晤葡萄牙傳教士二人。枳兒出贅王氏。冬，枳歸，同徙王家。

一五八七年（萬曆十五年），六十七歲。作〈壽吳家程媼序〉、〈贈李宣鎮〉等。

一五八八年（萬曆十六年），六十八歲。偕枳往邊投李如松，至徐州病歸。夏初，弔張元忭，撫棺大慟，云：「唯公知我。」不告姓名而去。《四聲猿》付刻：西山樵者校正，龍峰徐氏梓行。

一五八九年（萬曆十七年），六十九歲。作〈記夢〉、〈旱禱十七韻次陳長公〉等。

一五九〇年（萬曆十八年），七十歲。作〈題青藤道士七十小像〉、〈紀異〉等。

一五九一年（萬曆十九年），七十一歲。作〈題史甥畫後〉等。闔家居住。

一五九二年（萬曆二十年），七十二歲。作〈春興八首〉等。

一五九三年（萬曆二十一年），七十三歲。卒於里。

# 附錄二：主要著述

一、《徐文長三集》三十卷（萬曆二十八年合《文長集》十六卷、《闕編》十卷、未刊稿《櫻桃館集》若干卷而成，故名三集。陶望齡序。末一卷為《四聲猿》雜劇）。

二、《徐文長逸稿》二十四卷，張岱輯。其祖張汝霖序云：「余孫維城，搜其佚書數十種刻之，而欲余一言弁其端。」

三、《徐文長佚草》十卷，明思耕堂寫本。

四、《路史》二卷，明刻本。

五、《南詞敘錄》，壺隱居黑格鈔本。

另據陶望齡《徐文長傳》載：「（徐渭）注《莊子・內篇》、《參同契》、黃帝《素問》、郭璞《葬書》各若干卷，《四書解》、《首楞嚴經解》各數篇，皆有新意。」

# 古籍今注新譯叢書

書種最齊全
注譯最精當

**哲學類**

新譯四書讀本　謝冰瑩等編譯
新譯學庸讀本　王澤應注譯
新譯孝經讀本　賴炎元等注譯
新譯論語新編解義　胡楚生編著
新譯易經讀本　郭建勳注譯
新譯乾坤經傳通釋　黃慶萱著
新譯易經繫辭傳解義　吳　怡著
新譯禮記讀本　姜義華注譯
新譯儀禮讀本　顧寶田等注譯
新譯孔子家語　羊春秋注譯
新譯老子讀本　余培林注譯
新譯老子解義　吳　怡著
新譯莊子讀本　黃錦鋐注譯
新譯莊子讀本　張松輝注譯
新譯莊子本義　水渭松注譯
新譯莊子內篇解義　吳　怡著
新譯列子讀本　莊萬壽注譯
新譯管子讀本　湯孝純注譯
新譯墨子讀本　李生龍注譯
新譯公孫龍子　丁成泉注譯
新譯晏子春秋　陶梅生注譯
新譯鄧析子　徐忠良注譯
新譯荀子讀本　王忠林注譯
新譯尹文子　徐忠良注譯
新譯尸子讀本　水渭松注譯
新譯鬼谷子　王德華等注譯
新譯韓非子　傅武光等注譯
新譯呂氏春秋　朱永嘉等注譯
新譯韓詩外傳　孫立堯注譯
新譯淮南子　熊禮匯注譯
新譯春秋繁露　朱永嘉等注譯
新譯新書讀本　饒東原注譯
新譯新語讀本　王　毅注譯
新譯潛夫論　彭丙成注譯
新譯論衡讀本　蔡鎮楚注譯
新譯申鑒讀本　林家驪等注譯
新譯人物志　吳家駒注譯

新譯張載文選　張金泉注譯
新譯近思錄　張京華注譯
新譯傳習錄　李生龍注譯
新譯呻吟語摘　鄧子勉注譯
新譯明夷待訪錄　李廣柏注譯

## 【文學類】

新譯詩經讀本　滕志賢注譯
新譯楚辭讀本　傅錫壬注譯
新譯文心雕龍　羅立乾注譯
新譯世說新語　劉正浩等注譯
新譯昭明文選　周啟成等注譯
新譯古文觀止　謝冰瑩等注譯
新譯古文辭類纂　黃　鈞等注譯
新譯樂府詩選　溫洪隆注譯
新譯古詩源　馮保善注譯
新譯千家詩　邱燮友等注譯
新譯詩品讀本　成　林等注譯
新譯花間集　朱恒夫注譯
新譯南唐詞　劉慶雲注譯
新譯唐詩三百首　邱燮友注譯
新譯宋詞三百首　汪　中注譯
新譯宋詞三百首　劉慶雲注譯
新譯元曲三百首　賴橋本等注譯
新譯明詩三百首　趙伯陶注譯
新譯清詩三百首　王英志注譯
新譯清詞三百首　陳水雲等注譯
新譯唐人絕句選　卞孝萱等注譯
新譯唐才子傳　戴揚本注譯
新譯拾遺記　石　磊注譯
新譯搜神記　黃　鈞注譯
新譯唐傳奇選　東　忱等注譯
新譯宋傳奇小說選　東　忱注譯
新譯明傳奇小說選　陳美林等注譯
新譯容齋隨筆選　朱永嘉等注譯
新譯明散文選　周明初注譯
新譯人間詞話　馬自毅注譯
新譯白香詞譜　劉慶雲注譯
新譯幽夢影　馮保善注譯
新譯菜根譚　吳家駒注譯
新譯小窗幽記　馬美信注譯
新譯圍爐夜話　馬美信注譯
新譯郁離子　吳家駒注譯
新譯歷代寓言選　黃瑞雲注譯
新譯賈長沙集　林家驪注譯
新譯揚子雲集　葉幼明注譯
新譯諸葛亮集　朱永嘉等注譯
新譯曹子建集　曹海東注譯
新譯建安七子詩文集　韓格平注譯
新譯阮籍詩文集　林家驪注譯
新譯嵇中散集　崔富章注譯
新譯陸機詩文集　王德華注譯
新譯陶淵明集　溫洪隆注譯
新譯江淹集　羅立乾等注譯
新譯庾信詩文選　歸　青注譯
新譯初唐四傑詩集　李福標注譯
新譯駱賓王文集　黃清泉注譯
新譯王維詩文集　陳鐵民注譯
新譯孟浩然詩集　楊　軍注譯
新譯李白詩全集　郁賢皓注譯
新譯李白文集　郁賢皓注譯
新譯杜甫詩選　張忠綱等注譯
新譯杜詩菁華　林繼中注譯
新譯高適岑參詩選　孫欽善等注譯
新譯昌黎先生文集　周啟成等注譯
新譯劉禹錫詩文選　閻　琦注譯

新譯柳宗元文選　卞孝萱等注譯
新譯白居易詩文選　陶　敏等注譯
新譯元稹詩文選　郭自虎注譯
新譯李賀詩集　彭國忠注譯
新譯杜牧詩文集　張松輝注譯
新譯李商隱詩選　朱恒夫等注譯
新譯范文正公選集　王興華等注譯
新譯蘇洵文選　羅立剛注譯
新譯蘇軾文選　滕志賢注譯
新譯蘇軾詞選　鄧子勉注譯
新譯蘇轍文選　朱　剛注譯
新譯曾鞏文選　高克勤注譯
新譯王安石文選　沈松勤注譯
新譯柳永詞集　侯孝瓊注譯
新譯李清照集　姜漢椿等注譯
新譯陸游詩文集　韓立平注譯
新譯辛棄疾詞選　聶安福注譯
新譯歸有光文選　鄔國平注譯
新譯徐渭詩文選　周　群等注譯
新譯薑齋文集　平慧善注譯
新譯顧亭林文集　劉九洲注譯
新譯方苞文選　鄔國平等注譯
新譯袁枚詩文選　王英志注譯
新譯聊齋誌異全集　袁世碩等注譯
新譯聊齋誌異選　任篤行等注譯
新譯閱微草堂筆記　嚴文儒注譯
新譯浮生六記　馬美信注譯

## 歷史類

新譯史記　韓兆琦注譯
新譯漢書　吳榮曾等注譯
新譯後漢書　魏連科等注譯
新譯三國志　吳樹平等注譯
新譯資治通鑑　韓兆琦等注譯
新譯史記—名篇精選　韓兆琦注譯
新譯尚書讀本　吳　璵注譯
新譯尚書讀本　郭建勳注譯
新譯周禮讀本　賀友齡注譯
新譯逸周書　牛鴻恩注譯
新譯左傳讀本　郁賢皓等注譯
新譯公羊傳　雪　克注譯
新譯穀梁傳　顧寶田注譯
新譯春秋穀梁傳　周　何注譯
新譯戰國策　溫洪隆注譯
新譯國語讀本　易中天注譯
新譯說苑讀本　左松超注譯
新譯說苑讀本　羅少卿注譯
新譯新序讀本　葉幼明注譯
新譯吳越春秋　黃仁生注譯
新譯西京雜記　曹海東注譯
新譯列女傳　黃清泉注譯
新譯越絕書　劉建國注譯
新譯燕丹子　曹海東注譯
新譯東萊博議　李振興等注譯
新譯唐六典　朱永嘉等注譯
新譯唐摭言　姜漢椿注譯

## 宗教類

新譯金剛經　徐興無注譯
新譯高僧傳　朱恒夫等注譯
新譯碧巖集　吳　平注譯
新譯百喻經　顧寶田注譯
新譯楞嚴經　賴永海等注譯
新譯梵網經　王建光注譯
新譯六祖壇經　李中華注譯
新譯禪林寶訓　李中華注譯

新譯維摩詰經　陳引馳等注譯
新譯經律異相　顏洽茂注譯
新譯阿彌陀經　蘇樹華等注譯
新譯無量壽經　邱高興注譯
新譯觀無量壽經　蘇樹華等注譯
新譯妙法蓮華經　張松輝注譯
新譯景德傳燈錄　顧宏義注譯
新譯大乘起信論　韓廷傑注譯
新譯釋禪波羅蜜　蘇樹華注譯
新譯八識規矩頌　倪梁康注譯
新譯永嘉大師證道歌　蔣九愚注譯
新譯華嚴經入法界品　楊維中注譯
新譯地藏菩薩本願經　李承貴注譯
新譯悟真篇　劉國樑等注譯
新譯无能子　張松輝注譯
新譯坐忘論　張松輝注譯
新譯列仙傳　張金嶺注譯
新譯抱朴子　李中華注譯
新譯神仙傳　周啟成注譯
新譯性命圭旨　傅鳳英注譯
新譯老子想爾注　顧寶田等注譯
新譯周易參同契　劉國樑注譯
新譯道門觀心經　王卡注譯
新譯養性延命錄　曾召南注譯
新譯樂育堂語錄　戈國龍注譯
新譯沖虛至德真經　張松輝注譯
新譯長春真人西遊記　顧寶田等注譯
新譯黃庭經・陰符經　劉連朋等注譯

## 軍事類

新譯司馬法　王雲路注譯
新譯尉繚子　張金泉注譯
新譯三略讀本　傅傑注譯
新譯六韜讀本　鄔錫非注譯
新譯吳子讀本　王雲路注譯
新譯孫子讀本　吳仁傑注譯
新譯孫臏兵法　孫鴻艷注譯
新譯李衛公問對　鄔錫非注譯

## 教育類

新譯爾雅讀本　陳建初等注譯
新譯顏氏家訓　李振興等注譯
新譯聰訓齋語　馮保善注譯
新譯曾文正公家書　湯孝純注譯
新譯三字經　黃沛榮注譯
新譯百家姓　馬自毅等注譯
新譯幼學瓊林　馬自毅注譯
新譯增廣賢文・千字文　馬自毅注譯
新譯格言聯璧　馬自毅注譯

## 政事類

新譯商君書　貝遠辰注譯
新譯鹽鐵論　盧烈紅注譯
新譯貞觀政要　許道勳注譯

## 地志類

新譯山海經　楊錫彭注譯
新譯水經注　陳橋驛等注譯
新譯佛國記　楊維中注譯
新譯大唐西域記　陳飛等注譯
新譯洛陽伽藍記　劉九洲注譯
新譯徐霞客遊記　黃珅注譯
新譯東京夢華錄　嚴文儒注譯